Birgit Jennerjahn-Hakenes

Zeit verteilt au

RHEIN
MOSEL
VERLAG

RHEIN-MOSEL-VERLAG
Zell/Mosel
Brandenburg 17, D-56856 Zell/Mosel
Tel 06542/5151 Fax 06542/61158

ISBN 978-3-89801-444-1
Lektorat: Christine Kaula
Ausstattung: Stefanie Thur
Titelfoto: Dmitri Ma/shutterstock.com
Autorenfoto: Klaus Eppele

Damit die kulturelle Vielfalt erhalten und für die Leser bezahlbar bleibt, gibt es die gesetzliche Buchpreisbindung. Deshalb kostet ein verlagsneues Buch in Deutschland jeweils immer und überall dasselbe. Ob im Internet, in der Großbuchhandlung, beim lokalen Buchhändler, im Dorf oder in der Großstadt – überall bekommen Sie Ihre Bücher zum selben Preis.

Birgit Jennerjahn-Hakenes

Zeit verteilt auf alle Wunden

Roman

Rhein-Mosel-Verlag

Erstes Kapitel
Winterblitz und Staubschauer

Martin starrte auf die roten Zahlen seines Radioweckers. 3:53 Uhr. Somit lag er jetzt seit zwei Stunden und neunundzwanzig Minuten wach. Blieben noch zwei Stunden und sieben Minuten, bis ihm der Wecker um sechs Uhr die Nachrichten verkünden würde, und er sich für einen weiteren Tag an der Schule fertigmachen musste – ein Gedanke, bei dem sich jetzt schon sein Magen zusammenzog. Er schloss die Augen und versuchte, sich zu entspannen, da läutete das Festnetztelefon. Martin wunderte sich, er wurde nur höchst selten angerufen, aber dann gewiss nicht um diese Uhrzeit. Da es nicht aufhörte zu klingeln, quälte er sich aus dem Bett, lief die Treppen hinunter zum Flurschränkchen und griff nach dem Telefon, das dort in der Ladestation stand.

»Wachs.«

»Hallo Herr Wachs, hier spricht Schwester Tamara aus dem Hospiz. Bitte entschuldigen Sie, dass ich um diese Uhrzeit anrufe, aber es wäre gut, wenn Sie herkommen könnten. Ihre Großmutter … es geht zu Ende.«

Martin nahm auf der drittletzten Treppenstufe Platz. Er spürte die kalten Fliesen durch seine Boxershorts.

»Herr Wachs? Sind Sie noch am Apparat?«

»Ja.«

»Würden Sie bitte kommen? Ihre Großmutter sagt unentwegt Ihren Namen.«

Martin blieb stumm.

»Ich weiß, es ist früh«, sagte Schwester Tamara.

»Früh fängt bei mir später an.«

»Bitte, Herr Wachs!«

»Ich kann ihr nicht helfen.«

»Sie sollen ihr auch nicht helfen, sondern nur zuhören. Es scheint, als wolle sie Ihnen noch etwas sagen.«

Martin betrachtete seine Fingernägel. Er sollte sie schneiden.

»Ich brauche eine halbe Stunde«, sagte er, obwohl er es in einer viel kürzeren Zeit hätte schaffen können.

Das Erste, das ihm auffiel, als er hinter Schwester Tamara das Zimmer seiner Großmutter betrat, war der grelle Schein der Nachttischlampe. Ein Bühnenlicht für das Sterben, dachte er.

»Setzen Sie sich zu ihr«, bat Schwester Tamara.

»Danke, ich bleibe lieber stehen«, sagte Martin und verharrte an der Tür.

Trotzdem schob die Schwester einen Stuhl an das Bett und kam dann seufzend auf ihn zu. »Hören Sie, ich weiß nicht, was zwischen Ihnen und Ihrer Großmutter vorgefallen ist. Es geht mich auch nichts an. Aber ich betreue schon lange sterbende Menschen und habe den Eindruck, dass sie Ihnen noch etwas sagen will.«

Martin sah zu dem Stuhl und wunderte sich, dass es möglich war, drei Meter als eine unüberwindbare Strecke zu empfinden. Sein Blick wanderte wieder zum Bett. Da lag die Frau, die seine Mutter geboren hatte. Nun würde das letzte Band zerreißen. Es spielte keine Rolle, ob dieses Band bereits mit dem Tod seiner Mutter einen Riss bekommen hatte. Den ersten von vielen. Trotzdem war sie für ihn da gewesen. So gut sie eben konnte. Vor dem Tod der Mutter war alles anders gewesen. Da waren sie eine richtige Familie gewesen: seine Mutter, er und die Großmutter. Fröhlich am Küchentisch, einander Geschichten erzählend und lachend. Mit diesem Bild im Kopf fiel es ihm jetzt leichter, auf seine Großmutter zuzugehen. Der aschfahle Teppich verschluckte seine schweren Schritte, dann stand er vor ihr. Über der Bettdecke lagen ihre Hände – gefaltet, als sei sie schon tot. Martin sah auf ihren Kopf, der ihm sehr klein vorkam, wie er da im Kissen eingesunken lag. Ob man dem Leben davonschrumpfen konnte? Ihre Augen waren geschlossen, ihr Atmen klang angestrengt. Als Kind hatte ihm ihre robuste Erscheinung Angst eingeflößt, jetzt verschwand ihre Gestalt beinahe unter der Bettdecke wie eine Erinnerung aus dem Gedächtnis. Ein trauriges Bild. Das Verschwinden. Für immer. Martin bekam einen Kloß im Hals und spürte plötzlich eine ihm nur allzu bekannte Last auf seinen Schultern. Sie war wieder da, schwerer denn je. Sofort tauchten auch die grausamen Bilder wieder vor ihm auf. Der Aufprall. Die Schreie. Dann Stille – die gleiche wie jetzt. Unumkehrbar. Endgültig. Seine Mutter, die Augen weit offen und für immer erstarrt.

Weil er schwitzte, zog er seine dunkelblaue Steppjacke aus und hängte sie über die Stuhllehne. Er musste sich setzen. Sein Smartphone drückte in der Gesäßtasche seiner Jeans und der Wollpullover kratzte, obwohl er ein T-Shirt darunter trug. Sehr gern wäre er fortgegangen, blieb aber trotzdem sitzen und schaute seine Großmutter wieder an. So sah es also aus: ein Lebensende. Wie alt war Großmutter? Er rechnete nach und kam auf achtundneunzig Jahre.

»Schauen Sie, sie öffnet die Augen«, sagte Schwester Tamara, »ich lasse Sie nun alleine. Wenn etwas ist, können Sie mich hiermit rufen.« Sie deutete auf den Klingelknopf, der an einer Schnur am Bettgalgen hing.

Als die Schwester die Tür hinter sich geschlossen hatte, schaute Martin seiner Großmutter in die Augen. »Ich bin's«, sagte er, »Martin.«

Sie erwiderte den Blick und presste die Lippen aufeinander, ein brummendes »mm« kam heraus, Martin sah, wie sehr sie sich anstrengte. Die eingefallenen Wangen blähten sich leicht auf, er erinnerte sich daran, wie er als Kind nicht genug Puste gehabt hatte, um einen Luftballon aufzublasen. Sie hatte es dann für ihn getan. Was sollte er jetzt tun? Er hielt den Blickkontakt. Großmutters Augen erschienen ihm unnatürlich weit. Er ahnte nicht einmal, was ihr Blick sagen wollte. Er spürte nur ihr Wohlwollen ihm gegenüber, und das war schon viel. Trotz der aussichtslosen Situation freute er sich darüber. Aber etwas in ihren Augen war anders als bei allen anderen Menschen. Die Lederhaut war gelb unterlaufen, ihr Blick sah sehr krank aus, ungewollt leblos. Er erschrak. Leiden tropfte tränenlos aus Großmutters Blick. Martin bekam Mitleid. Sie mussten nicht darüber sprechen. Gleich käme der Tod und würde sie mitnehmen.

Der Tod war alles andere als minimalistisch, dachte er, wehrte sich gegen das Wort gigantomanisch und atmete schneller, weil etwas in ihm aufstieg, was nach außen drängte. Um sich zu beruhigen, sah er auf seine Hände und knetete sie, aber es half nicht. Wieder blickte er seine Großmutter an. Ihre Augenlider flackerten jetzt wie eine defekte Glühbirne. Dann blieben die Augen wieder offen, schauten ihn durchdringend an. Ihm war, als würde Großmutter ihm zunicken. Martin erwiderte die Geste, um sie zu ermuntern, zu sagen, was sie ihm noch zu sagen hatte. Speichelfäden krochen aus ihrem Mund; sie röchelte. Ihm stieß das kohlensäurehaltige Fruchtgetränk auf, das er vor der Abfahrt in sich hineingeschüttet hatte. Nein, er konnte das doch nicht. Hier sitzen. Sie begleiten. Er sprang auf, der Stuhl kippte und landete mit einem dumpfen Knall auf dem Teppichboden. Martin hob ihn nicht auf, sondern stürmte aus dem Zimmer und prallte mit einer Frau zusammen.

»Hoppla«, sagte die Frau.

Martin schenkte ihr einen kurzen Blick und wollte weiter, aber plötzlich wurde ihm so schwindelig, dass er sich an der Wand abstützen musste.

»Brauchen Sie Hilfe?«, fragte die Frau. Ihr Haar war so schwarz, dass es sich noch von der Dunkelheit im Flur abhob.

Allmählich gewöhnte Martin sich an das spärliche Flurlicht. Er erkannte den Ausgang am Ende des Ganges. Raus hier, dachte er, ich muss raus hier und setzte einen Fuß vor den anderen. Da fragte die Frau noch einmal: »Brauchen Sie Hilfe?«

»Nein, danke, ich möchte gehen«, sagte er. Das allerdings so leise, als spräche er nur zu sich selbst.

Er hatte die Ausgangstür noch nicht erreicht, als mit einem Mal das Deckenlicht aufleuchtete.

»Herr Wachs, warten Sie!«

Notgedrungen drehte er sich um. Schwester Tamara eilte ihm nach und fragte außer Atem: »Hat sie es geschafft?«

»Was geschafft?«

»Ihnen zu sagen, was so wichtig für sie war.«

»Sie hat nichts gesagt.«

»Oh.«

Die Schwester ging zurück zum Zimmer seiner Großmutter. Martin sah ihr nach, dann wieder zur Ausgangstür. Er griff den Knauf. Bevor er ihn drehte, schaute er ein letztes Mal zurück. Dann entschied er, zu gehen. Schließlich musste er unterrichten.

Wieder hallte Schwester Tamaras Stimme durch den Flur: »Rudi! Kennen Sie Rudi?«

Die Frage traf auf seinen nassgeschwitzten Rücken, drang ins Mark, raste die Nervenbahnen empor und explodierte in seinem Kopf wie ein Winterblitz. Magisch angezogen lief er zurück ins Zimmer. Dort angekommen, wurde ihm schwarz vor Augen. Schnell setzte er sich wieder, um nicht zu stürzen. Umzufallen war ohnehin eine Möglichkeit, die er bisher aus seinem Leben ausgeklammert hatte; er fand, dass dies einem fünfundfünfzigjährigen Mann schon gar nicht zustand. Und außerdem – niemand würde ihn auffangen. Heute nicht und damals auch nicht. Er schloss die Augen und konzentrierte sich darauf, ruhig ein- und auszuatmen. Er wusste nicht, was er sonst hätte tun können. Und während sein Atemrhythmus beschleunigt war, war der ihre verlangsamt und unregelmäßig, laut und röchelnd und widerlich kämpfend. Martin hielt sich an beschreibenden Worten fest, wie er es als Kind gelernt hatte. *Mama liegt im Sarg auf einem weichen Kissen, das weiß ist wie eine Sommerwolke.* Der Angst vor der Wirklichkeit zog er mit Worten einen Schutzmantel an. Da drangen Worte aus Großmutters Mund an sein Ohr: »Rudi ist auf dem Speicher.«

Martin stürzte ins Freie. Draußen empfing ihn ein eisiger Wind. Bevor er sein Auto erreichte, hörte er schon wieder Schwester Tamara rufen: »Herr Wachs, ich habe noch etwas für Sie!« Außer Atem erreichte sie ihn und übergab ihm einen Umschlag. Er bedankte sich, klemmte ihn zwischen die Zähne, schloss den Reißverschluss seiner Steppjacke und marschierte zu seinem Auto. Der rote Volvo stand mutterseelenallein auf dem großen Besucherparkplatz. Das Ende hielt immer Plätze frei. Er schloss die Fahrertür auf, stieg ein und legte den Umschlag auf den

Beifahrersitz. Wieder drückte das Smartphone in seiner Gesäßtasche. Er nahm es heraus und steckte es unter den Umschlag. Dann führte er den Schlüssel ins Zündschloss, schaffte es aber nicht, ihn umzudrehen und loszufahren. Wie gelähmt saß er da, das Bild seiner sterbenden Großmutter vor Augen. Er war froh, aus dem überheizten Sterbezimmer entlassen worden zu sein. Aber jetzt, allein hier draußen, befiel ihn auf einmal eine unglaubliche Kälte. Tränen stiegen auf, er wischte sie weg. Er mochte nicht in den Tag starten, aber hier stehen bleiben, konnte er auch nicht. Die Zeiger der Armbanduhr bedeuteten ihm, dass er noch Zeit hatte. Ratlos, was er mit dieser Zeit anfangen sollte, betrachtete er die Uhr. Ein Erbstück seines Vaters, ohne das er nicht aus dem Haus ging – weitere Tränen stiegen auf. Er ließ sie fließen. Sein Vater hatte nie viel Zeit für die Familie gehabt, trotzdem war es allemal besser gewesen, einen Vater zu haben, als niemanden mehr. Schlagartig ging ihm auf, dass er jetzt keine Familie mehr hatte. Betrübt sah er aus dem Fenster. Wenngleich sich das Nachtschwarz allmählich davonschlich, war der Sonnenaufgang noch fern. Wie oft würde die Sonne für ihn noch aufgehen? Es war so verdammt kalt. Er zog die Nase hoch. Weil er kein Taschentuch fand, drehte er den Schlüssel im Zündschloss, damit die Heizung anspringen konnte. Dann griff er nach dem Umschlag. Schon von außen konnte er einen Schlüssel fühlen. Wahrscheinlich sollte er sich jetzt um alles kümmern, das Auflösen von Großmutters Haushalt und den Verkauf ihres Hauses. Wollte er das? Doch wer sollte das sonst tun? Die Frage war aber, ob er es konnte. Er öffnete den Umschlag und förderte außer dem Schlüssel die Visitenkarte eines Notars zu Tage. Eigentlich wunderte ihn das nicht, Großmutter war ein organisierter Mensch gewesen. *Ich habe alles geregelt* – einer ihrer Lieblingssätze. Gemeint hatte sie nicht nur das, was jetzt eingetreten war. Sie hatte schon immer für alles Regeln gehabt. Auch nach dem Unfalltod seiner Eltern hatte sie ihn nach ihren Regeln aufgezogen. Maximen, die ihm oft an der Grenze zur Lieblosigkeit erschienen waren. Wahrscheinlich hatte sie es nach diesem schrecklichen Ereignis einfach nicht anders hinbekommen. Sie hatte es so gut gemacht, wie sie eben konnte. Aber er war ein Kind gewesen, das mehr gebraucht hätte, als Vorschriften und ein Dach über dem Kopf.

Er schaltete das Radio an. Gerade begannen die Sechs-Uhr-Nachrichten. Martin dachte an den Radiowecker in seinem Schlafzimmer, der nun vor sich hin dudelte. Dann musste er wieder an Großmutters letzte Worte denken: »Rudi ist auf dem Speicher.«

Wenig später ging er auf das Haus zu, in dem er aufgewachsen war. Wie oft hatte Mutter früher vor der Tür gestanden und ihm zugerufen, dass das Essen fertig sei. Und dann war er seiner lachenden Mutter in die Arme gerannt. Nach dem Unfall hatte er das Herumtrödeln angefangen.

Es wäre ein Geschenk des Himmels, dachte er, wenn er Rudi tatsächlich auf dem Speicher finden würde. Vor der Haustür angekommen, kramte er in der Jackentasche nach dem Schlüssel und schloss die Tür auf. Er trat ein, tastete die raue Wand nach dem Schalter ab und machte Licht. Harte Strahlen fielen in den geräumigen Korridor. Er wandte seinen Blick nach links auf die Wendeltreppe, die nach oben führte in den nächsten Flur, in dem eine ausziehbare Leiter in die Decke eingelassen war.

Martin, komm bitte hoch, dein Bett ruft nach dir.

Ich komme ja, bin schon auf der dritten Stufe.

Martin hörte seine Mutter lachen. Er nahm die Stufen entschlossen und zählte sie. Vierzehn.

Das starke Flurlicht von unten reichte aus, um die Luke an der Decke zu erkennen. Die Stange, die man benötigte, um die eingearbeitete Leiter herunterzulassen, lehnte an der Wand wie ein Spazierstock, der darauf wartete, ausgeführt zu werden. Martin nahm sie. Die Leiter entfaltete sich wie eine Ziehharmonika, es regnete Staubflocken. Er rieb sich die Augen, drehte sich weg und hustete. Zögerte. Dann stieg er nach oben.

Kalte Luft empfing ihn. Schüchtern fiel der Morgen durch das Dachfenster herein. Martin brauchte einen Moment, um sich zu orientieren. Wo sollte er suchen? Seine Armbanduhr sagte ihm, dass er eigentlich losfahren müsste, wenn er wie immer um kurz vor sieben das Schulgebäude betreten wollte. Dennoch sah er sich weiter um. Rudi, wo finde ich dich? Obwohl die Sonne inzwischen aufgegangen war, reichte die Helligkeit nicht. Martin stand da und fragte sich, wo, verdammt noch mal, der Schalter für das Speicherlicht war. Als er es gefunden hatte, knallte die Birne durch, und er musste sich weiterhin mit dem spärlichen Tageslicht begnügen.

In der rechten Ecke stapelten sich Dachziegel und Ersatzfliesen, geradeaus lehnten Skier an der Wand. Davor verbarg sich, was auch immer, unter Bettlaken. In der linken Ecke stand ein Regal unter dem Dachfenster.

Irgendwo musste er anfangen, also riss er zunächst die Laken herunter. Staub wirbelte auf, er hustete abermals und rieb seine Augen. Zum Vorschein kamen drei Koffer, ein Puppenwagen – hatte der nicht seiner Mutter gehört –, Kartons und die Nähmaschine. Letztere versetzte ihm einen Stich, er konnte sie nicht anschauen, ohne nicht auch seine Mutter zu sehen. Dieser Staub! Er rieb erneut seine Augen. Dann suchte er Rudi. Wo verdammt war Rudi? Er öffnete die Koffer, sie waren leer. In den Kartons fand er Bücher. Vielleicht im Puppenwagen? Bestimmt. Nein da lag nur eine Puppe. Martin richtete seine Aufmerksamkeit auf das Regal, das neben dem kleinen Dachfenster stand. Auf den ersten Blick in die Fächer sah er Unbrauchbares wie vertrocknete Pinsel, Farbeimer und Schwämme, die sicher zerfielen, wenn man sie berührte. Als er genauer hinschaute, entdeckte er einen Karton, der unter dem letzten Regalfach hervorragte. MARTIN stand in dicken fetten Schwarzlettern darauf. Er zog ihn heraus. Das musste Großmutter gemeint haben.

Er kniete sich nieder und öffnete den Karton. Da lag er. Sein Stoffaffe mit hellem Fell und roter Latzhose: Rudi. Ein Geruch nach Kindheit stieg auf, sommerschwer. In seiner Brust wurde es eng. Früher hatte er Rudi an sich gedrückt, wenn er seine Mutter zu sehr vermisste. Bis Großmutter ihn fortgenommen hatte. Jetzt war er wieder da. Endlich. Er nahm ihn an sich und drückte ihn an sein Herz. »Wie ich dich vermisst habe«, sagte er und fand es gar nicht albern, mit einem Stofftier zu reden. Er hielt ihn ganz fest, und da fiel es ihm auf: Das Büchlein, das er in seinen Rücken eingenäht hatte, war weg. Er war enttäuscht. Als hätte er sechs Richtige im Lotto und nun erfahren, dass es dieses Mal leider viel weniger Geld gab als sonst. Rudi wiederzuhaben, war enorm viel wert, Großmutter hatte ihm damit ein Stück glückliche Kindheit zurückgegeben. Bestimmt hatte sie ihm das Büchlein auch wiedergeben wollen. Wahrscheinlich hatte sie gedacht, es sei noch da, wo er es damals versteckt hatte. »So ein Mist«, sagte er in den frühen Morgen hinein. Sogar die Naht, die er damals aufgetrennt hatte, um das Büchlein zu verstauen, war feinsäuberlich verschlossen. War Großmutter so gemein gewesen? Das glaubte er nicht. Es konnte nicht sein, dass sie ihre letzte Kraft dafür aufgewendet hatte, ihn in die Irre zu führen. Hatte ein anderer das Stofftier aufgetrennt und das Büchlein entfernt? Aber außer ihm und Großmutter gab es niemanden, den die darin enthaltenen Wort-Schätze interessiert hätten. Martin konnte es sich nur so erklären, dass Großmutters Atem nicht mehr ausgereicht hatte, um alles zu sagen. Vielleicht wusste sie auch nicht mehr, dass sie das Büchlein woandershin getan hatte. Schließlich war sie achtundneunzig Jahre alt geworden. Alles wäre vielleicht anders gekommen, wenn er über seinen Schatten gesprungen wäre und sie die letzten Jahre öfters besucht hätte. Martin hielt inne.

Das Lesen und Grübeln macht deine Mutter auch nicht wieder lebendig.

Er durchwühlte den Karton und hoffte, das Büchlein darin zu finden, aber da waren nur Kinderbücher. Und die Holzkugelbahn, die er so geliebt hatte. Stundenlang hatte er der Murmel zusehen können, wie sie die Kurven nahm, bis sie am Ende die Glocke auslöste. Darunter entdeckte er den Kassettenrekorder und ein paar Bänder. Er musste grinsen. Papa hatte immer den neuesten technischen Kram mitgebracht. Je länger er fort gewesen war, desto exklusiver wurden die Geschenke. »Du bist bestimmt das erste Kind im Dorf, das so etwas besitzt.«

Ob der Kassettenrekorder noch funktionierte? Martin runzelte die Stirn. Dann legte er alles zurück in den Karton und schloss ihn. Mit dem Affen in der Hand schritt er noch einmal alle Ecken des Speichers ab. Das Büchlein gab es wohl doch nicht mehr. Er schaute noch einmal in den Puppenwagen, nahm die Matratze hoch, aber auch da war nichts. Also klemmte er den Karton unter den Arm, steckte Rudi unter seine Steppjacke und stieg wieder hinab.

Großmutters Wohnzimmer wirkte jetzt, da sie nicht mehr zurückkommen würde, ganz anders als früher auf ihn. Früher hatte er sich an der hässlichen Einrichtung gestört, vor allem an dominierenden Balken, die in den Raum eingelassen waren, als könnten sie durch Fachwerkhausromantik etwas zur Gemütlichkeit beitragen. Die klassische Schrankwand in nussbraun, die Stehlampe mit dem Schirm in giftgrün, der sich von der dunkelgrünen Couchgarnitur abhob, der Couchtisch – ebenfalls dunkelbraun, mit fetten kurzen Tischbeinen, deren Füße ihn an Pferdehufe erinnerten –, all das war noch immer hässlich, aber auf einmal missfiel es ihm nicht mehr. Jetzt sah er vor seinem inneren Auge nur, was nicht mehr da war. Seine Mutter, die zusammen mit Großmutter eine der Samstagabend-Shows im Fernsehen sah und durch ihr Lachen das Schwarz-Weiß-Fernsehen verbuntete. *Verbunten, Martin, da hast du wieder ein tolles Wort erfunden.*

Martin stellte den Karton auf dem Fußboden ab, nahm den Rekorder heraus und platzierte ihn auf dem Beistelltisch neben dem Fernsehsessel, zog den Stecker der Stehlampe und stöpselte das Gerät ein. Er wollte nur einmal kurz hineinhören und dann in die Schule fahren. Er zog seine Steppjacke aus, dann drückte er den Knopf für Wiedergabe und machte es sich mit Rudi auf dem Schoß im Sessel bequem. Es rauschte im Gerät. Martin setzte Rudi auf die Sessellehne, stoppte den Rekorder und nahm das Band heraus. Es war gerissen. Aus dem Karton fischte er fünf weitere Bänder. Er überprüfte sie, indem er den kleinen Finger in die Spule steckte und drehte, wie früher, wenn es Bandsalat gegeben hatte. Vier Bänder rissen sofort durch. Das fünfte hielt, er legte es ohne große Hoffnung ein. Da hörte er eine weibliche Stimme. Es war die seiner Mutter.

Hallo Martin, hier spricht Mama …

Er wusste nicht, wie lange er im Sessel verharrt hatte, als es klingelte. Erschrocken schaute er auf die Uhr, die halb acht zeigte. War er etwa eingeschlafen? In der Tür stand Agnes Wondra, die Nachbarin.

»Martin«, sagte sie.

Die Verrückte, wie sie im Dorf genannt wurde, dachte Martin und blieb stumm.

»Irmgard, ist sie …?«

Er nickte.

Frau Wondra nahm seine Hand, sah in die Innenfläche und sagte: »Der Apfel hält sich fest am Stamm.«

Ein Blitz erschreckte Martin, er trat auf die Bremse, hinter ihm hupte jemand. War er bei Rot über eine Ampel gefahren? Er hielt am Straßenrand und sah im Rückspiegel einige langsam fahrende Autos, aber keine Ampel. Mist, das war eine Dreißigerzone. Wie schnell war er gewesen? Mindestens doppelte Geschwindigkeit, schätzte er. Ab wann war der Führerschein weg? Dann müsste er mit der Straßenbahn zur Schule fahren. Eine furchtbare Vorstellung! Er reihte sich wieder in den Berufsverkehr ein. Es war viel mehr los als sonst, normalerweise war er ja auch viel früher unterwegs. Nicht einmal einen Kaffee hatte er gehabt. Er warf einen Blick nach hinten und fluchte. Die Unterlagen für den Deutschkurs lagen nicht auf der Rückbank, sie lagen zu Hause. Aussichtslos, jetzt noch einmal umzukehren. Das erste Mal würde er nicht pünktlich vor seiner Klasse stehen.

Er kurbelte das Fenster herunter, es ging schwerfällig wie immer. Sein Auto war eben keines, bei dem alles per Knopfdruck funktionierte. Manchmal sah er nicht ein, Dinge zu ersetzen, die funktionierten. *Ich mag Dinge, die bleiben*, hatte er kürzlich in einem Roman gelesen. Mit so einem Satz identifizierte er sich gern. Wieder hupte jemand. Die Stadt war unerträglich laut.

Die wenigen Parkplätze direkt vor dem Schulgebäude waren belegt, erst ein paar Straßen weiter tat sich eine Lücke auf. Martin parkte ein und stieg aus. Die kalte Luft tat ihm gut, sie verschaffte ihm einen klaren Kopf. Langsamer als sonst ging er auf den Eingang des Schulgebäudes zu, langsamer denn je stieg er die zweimal achtzehn Treppenstufen hinauf in den zweiten Stock.

Gedankenverloren stand er vor der Klassenzimmertür, sammelte sich und trat ein.

»Guten Morgen, entschuldigen Sie die Verspätung«, sagte er und wich den Blicken seiner Schüler aus. Er schnappte sich die Kreide und schrieb nach kurzem Überlegen *Alliteration* an die Tafel. Er wusste, dass es zu wenig war, aber mehr fiel ihm nicht ein. Immerhin ein Anfang. Hoffentlich war der Tag bald zu Ende.

»Kann mir jemand ein Beispiel für eine Alliteration nennen?«, fragte er.

Hendrik meldete sich. Auf ihn war Verlass. Martin bedeutete ihm zu sprechen.

»Warum machen wir nicht mit der Abilektüre weiter?«, fragte er.

»Alliterationen sind ein wichtiges Stilmittel.« Martin versuchte in seinen Rhythmus zurückzufinden.

»Ja, aber Sie wollten uns heute die restlichen Unterlagen aushändigen, die wir fürs Schriftliche brauchen.«

»Montag.«

»Es ist aber nicht mehr lange bis …«

»Ich sagte: Montag.«

Es tat Martin leid, gerade Hendrik abkanzeln zu müssen. Er wusste, der Junge war ebenso an schönen Worten interessiert wie er. Zu Recht war er Anwärter auf den diesjährigen Scheffelpreis.

Martin schrieb *toter Tag* unter *Alliteration* und unterstrich die beiden Anfangs-T. Gemurmel. *Toter Tag*. Es war ihm völlig klar, wie er darauf gekommen war, dennoch haute ihn die Wucht dieser Worte nun um. Als sei ihm gerade eben erst bewusst geworden, dass viele tote Tage hinter ihm lagen. Aufgewühlt unterstrich er die zwei T erneut und entlockte der Kreide ein hässliches Quietschgeräusch.

»Müssen Sie ausgerechnet so blöde Wörter nehmen?«, fragte Charlotte. Martin drehte sich zu ihr um. »Dann geben Sie mir gerne ein anderes Beispiel für eine Alliteration.«

»Tolle Tasche?«

Martin schrieb es nicht an. *Tote Tage tragen tolle Taschen* kam ihm in den Sinn, aber er schrieb auch das nicht an.

»Fantastische Freistunde«, rief Sebastian.

»Picklige Pia«, kam es aus Toms Mund.

»Blöder Blödmann«, sagte Mira.

Martin sah seine Schüler an. Sie saßen in Hufeisenform. Auf einmal kam er sich regelrecht umkreist vor. Er sah in lachende Gesichter, sah Jugend und fühlte sich fehl am Platz. Wie hatte seine Mutter das gemacht? Wie hatte sie sich dabei wohlfühlen können?

»Fischers Fritz fischt frische Fische, ist auch eine Alliteration, oder?«, fragte Charlotte.

Wortlos wandte sich Martin wieder der Tafel zu und schrieb *alberne Alliterationen* hin. Er ging einen Schritt zurück und las für sich die Worte *toter Tag* und *alberne Alliterationen*. Was er hier machte, das taugte doch nichts. Die Schüler lachten und wetteiferten um die witzigsten Alliterationen.

So hatte er sich das nicht vorgestellt, als er vor vielen Jahren vor seiner ersten eigenen Klasse gestanden hatte. Er hatte sie für Sprache begeistern wollen wie kleine Kinder für Märchen. Nun starrte er auf das Untergrundgrün der Tafel. Die Farbe der Hoffnung. Er hatte keine mehr.

»Herr Wachs, stimmt was nicht?«

»Ruhe, verdammt noch mal. Können Sie nicht einmal ruhig sein?« Er schmiss den Kreidestumpen an die Tafel.

Und dann war die Klasse ruhig. Endlich.

Martin hörte die Stimme auf dem Kassettenrekorder. Eine Stimme. Seine Mutter. So fröhlich und vor allem so lebendig.

Hallo Martin, hier spricht Mama.

Vor gerade mal drei Stunden hatte er am Bett seiner sterbenden Großmutter gesessen und sollte jetzt fortfahren mit seiner Arbeit, die nur noch Routine war, dem Lehrplan entsprechend, ohne Herzblut, wie es in den Anfängen in seinen Adern pulsiert hatte. Als sei Idealismus eine Krankheit, von der man im Alter geheilt wurde.

»Herr Wachs, ist Ihnen nicht gut? Sollen wir jemanden holen?«

Jemanden holen? Wieso? Er musste hier raus. Die Tür war in greifbarer Nähe. Aber dieser verdammte Gong tat seinen Dienst nicht. Dieses Klassenzimmer war ein Gefängnis. Das ganze Schulgebäude. Seit Jahren ließ er sich hier festhalten. Er musste hier raus. Raus, raus, raus. In ein paar Minuten würde der Gong ihn hoffentlich erlösen. Er kannte das doch. Auf den Pausengong war Verlass.

»Herr Wachs, weinen Sie?«

Weinen? Er? Nein. Nur ein Staubschauer.

Zweites Kapitel
Abtauchen und Abschalten

Am nächsten Tag erwachte er mit fürchterlichen Kopfschmerzen und fühlte sich kraftlos. Alles in ihm sträubte sich dagegen, aufzustehen. Er starrte an die Decke, stieß einen Fluch aus und schloss die Augen wieder. So musste es Menschen gehen, die an Migräne litten. Weil seine Blase so prall gefüllt war, dass Ignorieren sinnlos war, musste er seinen Körper schließlich doch in die Senkrechte befehlen und war irritiert, weil er sich von keiner Zudecke befreien musste. Offensichtlich hatte er in Kleidern geschlafen. Sein Schädel thronte auf ihm wie ein mit Blei gefüllter Hut. Tat das weh! Vor ihm auf einem hässlichen Couchtisch erkannte er mindestens sieben Bierflaschen und angefangenen Wodka. Hatte er das alles getrunken? Seit wann trank er so viel Bier, seit wann trank er Wodka? Immerhin verstand er, dass er nicht zu Hause war. Das war nicht sein Bett, aus dem er zu steigen versuchte, das war eine hässliche Couchgarnitur, in einem Grün, das zwar mit dem Schirm der Stehlampe harmonierte, aber deshalb nicht weniger giftig daherkam. Er erhob sich mühsam, und schlagartig wurde ihm so übel, dass er kurzfristig überlegte, im Sitzen in eine der Bierflaschen zu pinkeln. *Jetzt reiß dich zusammen,* befahl er sich und tat einen Schritt am Tisch vorbei. Das Orientieren strengte ihn so sehr an, dass es die Übelkeit für einen Moment in die zweite Reihe stellte. Endlich ging ihm auf, wo er war: in Großmutters Haus. Die braunen Balken, die er nie hatte leiden können, boten ihm nun Halt. Er schaffte es zur Toilette im Flur.

Während sich seine Blase entleerte, füllte sein Gehirn sich mit Erinnerungsfetzen. Er las sie wie die Überschriften in der Boulevardpresse: *Lehrer versagt im Unterricht und schmeißt mit Kreide.*

Inzwischen war die Blase leer, und die Fetzen hatten ein Bild ergeben. Martin erinnerte sich, fluchtartig das Klassenzimmer verlassen zu haben, mit einer irritierten Kollegin auf dem Gang zusammengestoßen zu sein, sah sich durchs Dorf seiner Kindheit rasen und das Haus seiner Großmutter, in dem er aufgewachsen war, betreten.

Er spülte, schloss die Tür zur Toilette und ging zurück ins Wohnzimmer. Unbedingt musste er sich wieder hinlegen. Wie spät war es eigentlich? Stand sein Smartphone auf stumm? Nicht, dass die Schulsekretärin Frau Schlott ihn ermahnte, zum Unterricht zu kommen. Die treue Seele. Er langte in die Gesäßtasche, holte das Smartphone hervor und schaute nach. Kein Anruf, obwohl es schon zehn Uhr am Morgen war. Martin sah noch einmal auf sein Smartphone: Samstag, 19. März. Samstag! Unterrichtsfrei. Nicht in die Schule fahren zu müssen, sich nicht in seinem furchtbaren Zustand vor die Klasse stellen zu müssen, ließ ihn laut aufatmen.

Er stand noch einmal auf und kramte in Großmutters Küchenschubladen, wo er eine Reihe Tabletten fand, darunter auch welche gegen Kopfschmerzen. Vorsichtshalber nahm er gleich zwei, ließ anschließend die Rollläden herunter und legte sich nochmals hin. Nach einer Weile schlief er wieder ein.

Am frühen Nachmittag wurde er zum zweiten Mal wach. Durst. Einen ganzen Pool hätte er austrinken können. Aber Großmutter hatte kein Mineralwasser im Haus. Wie alt war das Bier, das er getrunken hatte? Wurde Bier schlecht? Martin hängte seinen Kopf unter den Wasserhahn der Küchenspüle und trank. Schluckte auf eine Art, dass er es selbst hörte. Es klang wie *ugg ugg*, dumpf und verlangend. Anschließend gönnte er seinem Gesicht mehrere Hände voll kaltem Wasser. Danach ging es ihm besser. Er sah sich in der Küche um, in deren Mitte der helle Holztisch prangte, an dem er als Kind oft gesessen und viel gelacht hatte. Er fühlte sich eingeladen und nahm Platz. Automatisch wählte er den Stuhl, auf dem er gesessen hatte, als seine Mutter noch lebte. Von hier aus konnte er rechts aus dem Fenster auf die beiden Apfelbäume und links in den angrenzenden Wohnraum sehen, der durch eine Flügeltür von der Küche getrennt war. Als Kind fand Martin dieses Wort so witzig: Flügeltür. Selten hatte diese Tür ihre Flügel ausgebreitet, meist stand sie so oder so weit offen. Martin wollte nie mit dem Rücken zur Tür sitzen, das war noch heute so. Wann hatte er das letzte Mal hier gesessen? Es sah alles so unverändert aus. Alt. Vergangen. Nicht wieder herstellbar. Das Lachen seiner Mutter, die ihm jeden Mittag gegenübergesessen hatte.

Spielst du eine Partie Schach mit mir?

Essen ist gleich fertig.

Bitte, bitte, Mama, eine Partie schaffen wir noch.

Stimmt, du setzt mich sowieso wieder in Nullkommanichts schachmatt.

Am Wochenbeginn saß er um 6:56 Uhr am Bettrand und starrte sein Smartphone an. Normalerweise betrat er um diese Uhrzeit das Schulgebäude und trank dann mit der Schulsekretärin, Frau Schlott, einen kleinen Kaffee. Aber heute nicht. Er wollte sich krankmelden, er brauchte unbedingt wenigstens einen freien Tag, um sich zu sortieren. So ein Patzer wie Freitag sollte ihm nicht noch einmal passieren. Er musste jetzt anrufen, da führte kein Weg daran vorbei. Er räusperte sich und wählte die Nummer des Sekretariats.

»Wachs hier, ich bin krank.«

»Sie?«, fragte Frau Schlott.

Martin sah sie vor sich, wie ihr der Mund offenstand.

»Ja, ich.«

»Aber nicht lange, oder?«

»Diese Woche«, sagte er schnell, um es hinter sich zu bringen und kam sich vor wie ein Betrüger. Jetzt hatte er sogar *diese Woche* gesagt anstatt *Heute*.

»Ja, dann gute Besserung und ein paar schöne Ferientage«, sagte Frau Schlott und legte auf.

Martin dachte, sich verhört zu haben, dann dämmerte ihm, dass Ostern vor der Tür stand. Das bedeutete noch mehr unterrichtsfreie Zeit. Er atmete auf und ging ins Bad.

Den Rasierer schon in der Hand, entschied er sich anders und legte ihn wieder weg. Aus irgendeinem Grund hatte er heute keine Lust, sich zu rasieren. Schließlich ging er nach einer für ihn sehr kurzen Morgentoilette in seinem Schlaf-T-Shirt und Boxershorts die Treppen seiner Maisonettewohnung hinunter in die Küche.

Als er die elektrische Kaffeemühle anstellte, erschrak er. War sie schon immer so laut gewesen? Was war nur los mit ihm? Sein Herz stolperte, und das war sehr unangenehm. Er stellte die Mühle wieder aus und suchte im Hängeschrank nach beruhigendem Tee. Als er keinen fand, nahm er einen Schluck Leitungswasser. Ein Blick auf den Wandkalender sagte ihm, dass er nun zwei Wochen frei hatte. Frei. Es war ihm mit einem Mal alles zu eng hier, er hatte das Gefühl, an die frische Luft zu müssen, um atmen zu können. Durchatmen. Er öffnete die Haustür und trat in den Laubengang hinaus. Ein angenehmes Kribbeln durchströmte ihn, gleichzeitig taktierte es seinen Herzschlag. Laut Wettervorhersage sollten heute zwanzig Grad erreicht werden, zwölf Grad mehr als gestern. Martin bekam Lust auf einen Waldspaziergang. Und das an einem Montag, zudem angeblich krank? Sollte er? Der Wald lag unweit seiner Wohnung, er musste nur ein paar Straßen überqueren, schon war er im Schlosspark, dahinter begann das Waldgebiet. Es war unwahrscheinlich, dass er auf dem Weg jemanden traf, der ihn fragte, warum er nicht arbeitete, aber Martin wollte auf Nummer sicher gehen und entschied sich für einen anderen Wald, den am Rand des Dorfes seiner Kindheit.

Unterwegs hielt er bei einem Bäcker, kaufte zwei Croissants und nahm auch einen *Coffee to go* mit. »Den trinke ich im Gehen«, sagte er zur Verkäuferin, die ihn verständnislos ansah. Aber er trank den Kaffee schon während der viertelstündigen Autofahrt aus und bereute, dass er nicht auch noch eine Flasche Wasser mitgenommen hatte. Wo kam nur dieser Durst her?

Er streifte das Dorf und parkte am Waldrand, schnappte sich die Bäckertüte vom Beifahrersitz und lief los. Sonnenstrahlen drängten sich zwischen Kiefern und Laubbäumen hindurch. Ein paar Meter lief er über den breiten Kiesweg, den für gewöhnlich die meisten Spaziergänger nutzten. Dann sah er eine Abzweigung, die ihm bekannt vorkam, und er bog ein. Das war der schmale Pfad, den er schon als Kind so gerne gelaufen war. Am Ende ging es leicht bergauf durch einen dichten Nadelwald. Hier hatten sie als Kinder Hütten gebaut und sich gegen imaginäre Räuber verteidigt.

Obwohl es nur ein kleiner Anstieg war und den Namen Berg kaum verdiente, kam er aus der Puste. Früher bin ich hier hochgerannt, dachte er.

Er stieß auf eine Lichtung, in deren Mitte ein Baumstamm ihn einlud, sich hier auszuruhen. Ein guter Ort, die Croissants zu genießen, dachte er. Er war umgeben von einer Stille, die nur von sich einander zurufenden Meisen unterbrochen wurde, was ihn ebensowenig störte, wie das Klopfen des Spechts. Stille und Waldgeräusche ergaben in der Summe immer noch eine Ruhe, die er aus der Stadt nicht kannte. Die Sonne leuchtete dieses wunderbare Fleckchen Erde aus und wärmte ihn. Er atmete tief durch und langte in die Bäckertüte. Das Rascheln des Papiers störte ihn. Es passte nicht hierher. *Passe ich noch hierher*, schoss es ihm durch den Kopf. Er konnte den Denkvorgang nicht stoppen – *Passe ich wieder hierher?* Sein Herz antwortete mit Stolpern. Martin ignorierte es, er wollte die Croissants genießen und biss hinein, verschlang schließlich beide und bekam Bauchschmerzen. Hätte ich sie bloß nicht so schnell gegessen, dachte er. Und dann merkte er, dass er dringend eine Toilette brauchte. Er wollte nicht mitten in den Wald … wie ein Hund … Er sah nur eine Möglichkeit, Großmutters Haus, und eilte zum Auto.

Zum dritten Mal innerhalb kurzer Zeit schloss er das Haus seiner Großmutter auf. Er war noch nicht eingetreten, da rief Agnes Wondra aus dem Fenster nebenan: »Martin, du bist zurück!«

Er hatte Bauchkrämpfe, verharrte aber vor der Tür und sah nach oben. »Ich kann jetzt nicht«, presste er hervor. Ein bisschen kam er sich vor wie ein verlorener Sohn von Frau Wondra, die kinderlos geblieben war und sich seit der vierten Fehlgeburt vor vielen Jahren schwarz kleidete.

»Die Zeit verteilt auf alle Wunden.«

Martin winkte ihr, lief hinein und stürzte zur Toilette. Er dachte über Frau Wondra und ihr Schicksal nach. Vier nie geborene Kinder. Er hielt sie nicht für verrückt, das hatte er nie getan. Schon komisch, was sich die Menschen manchmal zusammenreimten. Was dachten sie in der Schule nun über ihn, nachdem er sich krank gemeldet hatte? Rechtfertigen würde er sich jedenfalls nicht. Er allein wusste, was er in seinem Beruf schon geleistet hatte. Er allein wusste, wie engagiert er die ersten Jahre unterrichtet und gegen starre Lehrpläne angekämpft hatte. Von Ferien zu Ferien, die nur immer einen Aufschub boten, ein Hinauszögern dessen bedeuteten, was unvermeidlich war: sich als Lehrer der Aufgabe zu stellen, Sprache zu unterrichten. Dabei lag es gar nicht an seinen Fächern Englisch und Deutsch. Vor allem Letzteres liebte er. Die Idee der Schriftstellerei, die seine Mutter neben ihrem Dasein als Deutschlehrerin verfolgt hatte, war so gar nichts für ihn. Er hatte nur ein ähnlich gutes Sprachverständnis wie seine Mutter und hatte es ihr nach ihrem Tod gleichtun wollen, indem er sein Talent als Lehrer weitergab.

Inzwischen war er vom Flur ins Wohnzimmer gegangen, sah die leeren Bierflaschen auf dem Couchtisch und erinnerte sich an den Tag zuvor. Er hatte nach dem Büchlein gesucht. Zuletzt im Keller, wo er die Bierkiste gefunden hatte. Und weil das Büchlein nirgends zu finden gewesen war, hatte er sich ein Bier genommen. Und dann noch eins und noch eins und noch eins.

Martin räumte die Bierflaschen zurück in den Keller, leerte die Wodkaflasche in der Küchenspüle aus und stellte sie in den Flur für den Glasmüll. Dann riss er die Gardinen im Wohnzimmer auf, um Licht hereinzulassen. Staubkörnchen wirbelten durch die Luft als tanzten sie den Tanz der Freiheit. Vor Martin lag der Blick auf die Terrasse und den angrenzenden Garten. Hier musste man dringend Hand anlegen, wollte man – ja was, fragte er sich. Das Haus verkaufen und mit dem Erlös auf Weltreise gehen? Wenn es ihm überhaupt in die Hände fiel. Wen Großmutter wohl im Testament bedacht hatte? Aber selbst, wenn er zu einen Batzen Geld käme – nein, reisen würde ihn nicht mehr reizen, diese Zeit lag hinter ihm.

Du bist doch noch jung, hörte er seinen Freund Paule sagen. *Heute ist man selbst mit achtzig noch nicht alt.*

Aber Martin fühlte sich jetzt alt. Alt und müde. Egal, was die Zahlen sagten.

Er setzte sich in Großmutters Fernsehsessel und schaute sich um. Früher war es das Tollste gewesen, wenn Großmutter ihm erlaubte, in ihrem Sessel das Sandmännchen zu sehen, auf dem Schoß einen Erdbeermarmeladentoast, noch warm, die Butter zerlaufen, die Marmelade ganz dick obendrauf. Er sah seine Mutter lächeln.

Erdbeertoast zum Abendessen, na, du wirst verwöhnt!

Und so schrecklich er die nussbraune Schrankwand auch fand, so furchtbar das Gemälde einer Sonnenblume in dem goldenen Rahmen, so fragwürdig das Belegen des wunderschönen Eichenfußbodens mit den geknüpften Teppichen – all das vermittelte doch ein seltsames Gefühl von, ja, es mochte wohl Heimat sein, was ihn all diese Dinge spüren ließen. Und das, obwohl seine Mutter immer nur vom Übergang gesprochen hatte. *Wir wohnen hier nur zum Übergang. Wenn Papa zum Arbeiten nicht mehr so viel in der Weltgeschichte rumfahren muss, bauen wir unser eigenes Haus.* Aber dazu war es dann nicht mehr gekommen.

Martin kam der Gedanke, dass man aus dem Haus etwas machen könnte. Dieser Blick in den Garten war unbezahlbar. Osterglocken und die beiden Zwergmagnolien trauten sich schon hervor, und an vielen Stellen drängte lebhaftes Grün aus der Erde. Welche Farben mochten die Tulpen haben, die sich da gerade aus dem Boden schoben?

Wetten, dass zuerst eine weiße blüht?

Um eine Tafel Schokolade, Mama, zuerst wird eine rote blühen.

Martin ging nach draußen. Er hatte noch keine Sekunde dort gestanden, da holte ihn Frau Wondra ins Hier und Jetzt zurück.

In ihrem verwilderten Garten stand sie da, sah zu ihm rüber und lächelte ihn an. Trotz Trauerschwarz strahlte sie Lebensfreude aus. *Wie ging das,* fragte er sich. Zum ersten Mal drängte es ihn, sie zu fragen, warum sie niemals wieder Farbe getragen hatte. Aber ehe er sich versah, war sie wieder hineingegangen. Auch er ging wieder rein, schloss die Terrassentür, verließ das Haus und eilte zum Auto. Er wollte Klarheit. Hoffentlich lag die Karte des Notars noch auf dem Beifahrersitz.

Er ließ das Auto an und stellte fest, dass das Benzin bald leer war, weshalb er an der Tankstelle in der Dorfhauptstraße hielt. Er steckte den Zapfhahn in den Tank, verankerte ihn und öffnete die Tür auf der Beifahrerseite, auf deren Sitz sein Geldbeutel lag. Er bückte sich danach und stieß sich den Kopf, als er wieder hochkam.

»Wehgetan?«, fragte eine Frau, die aus einem Auto stieg, das hinter ihm gehalten hatte.

»Geht schon, danke«, sagte Martin und betrachtete die Frau. Diese schwarz glänzenden Haare hatte er schon einmal gesehen. Auch sie schien ihn erkannt zu haben, zumindest sah sie ihn irgendwie wissend an.

»Sie sind doch der Enkel von Frau Vollmer.«

»Kennen wir uns?«

»Neulich morgen im Hospiz, wir…«

… sind zusammengestoßen, dachte Martin, ja, da fiel es ihm wieder ein. »Ach ja«, sagte er und spürte den Drang, schnell von hier wegzukommen.

»Wie geht es Ihnen?«

»Gut, danke«, sagte er und fragte sich sogleich, ob das eine passende Antwort gewesen war, wenn ein Familienangehöriger verstorben war. Schon bemerkte er ihren durchdringenden Blick, wie neulich nachts.

Brauchen Sie Hilfe?

Nein, danke, ich möchte gehen.

»Ich mochte Ihre Großmutter, sie war irgendwie eine Dame von Welt.«

Martin wusste nicht, was er sagen sollte und hob den Geldbeutel zum Zeichen, dass er zum Bezahlen gehen wollte. Als er zurückkam, war auch sie fertig mit Tanken. »Alles Gute«, sagte sie. Martin hatte den Eindruck, sie wollte noch mehr sagen, aber da fuhr schon der nächste Wagen hinter ihnen die

Zapfsäule an, sie standen im Weg. Erleichtert, keine Konversation betreiben zu müssen, setzte er sich in seinen Wagen, fuhr los und ertappte sich dabei, wie er versuchte, im Rückspiegel nochmals einen Blick auf diese schwarzen Haare zu erhaschen.

Zehn Minuten fuhr er durch ein bewaldetes Gebiet, dann erreichte er seine Stadt. Er kannte die Straße, die er auf der Visitenkarte gelesen hatte: Fliederstraße. Hier standen die schönsten Altbauten der Gegend. Direkt vor dem imposanten Gebäude mit der Hausnummer dreiundzwanzig war ein Parkplatz frei. Gebührenpflichtig. Normalerweise dachte er immer daran, ein paar Parkmünzen parat zu haben, aber heute hatte er kein Kleingeld dabei. Er schüttelte den Kopf über sich selbst.

Eine Sekretärin, deren Augenpartie hinter einer riesigen Brille verschwand, musterte ihn etwas abschätzig, wie er fand, wurde aber freundlicher, als er seinen Namen genannt hatte. Dr. Deinig sei zu Mittag, er könne gerne warten. »Ich hätte mir wohl einen Termin holen sollen«, sprach er die Sekretärin nach einer Viertelstunde an.

»Normalerweise ja«, sagte sie und sah kurz vom Computerbildschirm auf. Das Aber, nach dem der Satz klang, führte sie nicht weiter aus. »Möchten Sie einen Kaffee?«, fragte sie.

»Ja, gerne«, sagte Martin lauter, als er wollte.

Als Dr. Deinig schließlich vom Mittagstisch kam, rumorte es schon wieder in Martins Bauch. Die sportliche Erscheinung des Notars erinnerte ihn daran, dass er ab und zu daran dachte, sich besser zu ernähren. Leichte Kost, mehr Obst und Gemüse, statt Bratkartoffeln mit viel Speck.

»Herr Wachs, wie schön!«

Martin verstand nicht. Er hatte sich nicht vorgestellt.

Eine gute halbe Stunde später trat er wieder aus dem Altbaugebäude heraus. Ihm schwindelte. Der Notar hatte ihn nach der Testamentsverlesung angesehen, als müsse Martin ihm persönlich Danke sagen. Wohl auch, weil er darüber hinwegsah, das Testament vor der Beisetzung zu verlesen. Scheinbar waren der Notar und Großmutter alte Bekannte gewesen. Dr.

Deinigs Gesichtsausdruck hatte ständig gewechselt zwischen Trauer und dem Strahlen, das man um die Augen hat, wenn man einem anderen Menschen eine gute Nachricht überbringen darf.

Martin ging zu seinem Auto. Im Näherkommen sah er eine Politesse einen Strafzettel unter das Wischblatt klemmen.

Das geschah ihm recht.

Er erbte siebenundneunzigtausend Euro und Großmutters Haus. Und jetzt? Sie lag noch nicht einmal unter der Erde, da konnte er doch nicht darüber nachdenken, was er nun mit dem Erbe anfangen sollte. Aber Denken war nichts, das sich abstellen ließ. Sollte er das Haus verkaufen? Es war alt, das Innenleben gehörte runderneuert, vielleicht sogar das Dach neu gedeckt – der Wert des Anwesens lag eher im Grundstück. Die Preise hier in Süddeutschland waren kontinuierlich hoch. Was könnte er verlangen? Wie lange könnte er mit dem Geld auskommen, ohne – er traute sich kaum, das zu Ende zu denken – ohne sich als Lehrer abmühen zu müssen?

Den Wagen startete er mit dem Gefühl, er würde in ein neues Leben starten.

Wherever I lay my hat, that's my home, drang es aus dem Autoradio in seine Gedanken. Wo war sein *home*? Er schaltete das Radio wieder aus.

Seine Maisonettewohnung in der Stadt war sehr schön. Hell und freundlich, wie es in den Wohnungsanzeigen immer hieß, zentral gelegen, aber teuer. Und groß. Ausgelegt für mindestens zwei Menschen, wenn nicht gar für eine Familie mit zwei Kindern. Die Zeit mit Maria tauchte aus dem Nebel auf. Zehn Jahre waren sie zusammen gewesen. Und dann war Maria von einem auf den anderen Tag gegangen. Weil er keine Wurzeln schlagen wollte, indem er mit ihr Kinder in die Welt setzte. Weil er keine Familie wollte. Weil er unter den Folgen seiner Kindheit litt. Maria gab seiner Großmutter die Schuld an seiner Unfähigkeit, Ja zu einer eigenen Familie zu sagen und reichte die Scheidung ein. Soweit er wusste, hatte sie inzwischen drei Kinder. Und er? Hatte nie an das große Glück geglaubt. Jetzt hatte er gar keine Familie mehr. Nicht einmal entfernte Verwandte. Er hatte nur dieses Haus. Und dann ermahnte er sich, zückte wie so oft seinen imaginären Rotstift und strich das Wort *nur* aus dem Satz.

Gedankenversunken fuhr er automatisch zu seiner Stadtwohnung, stellte seinen Wagen in seiner Garage ab und betrat das Treppenhaus. *Defekt* stand an der Fahrstuhltür. Martin seufzte. Sechzig Stufen bis in den fünften Stock lagen vor ihm.

Etwas aus der Puste betrat er seine Wohnung. Sofort fiel ihm der blinkende Anrufbeantworter auf. Ein ungewöhnlicher Anblick, es mochte Monate her sein, dass er das letzte Mal geblinkt hatte. Martin hängte seine Jacke an den Garderobenständer und drückte auf Wiedergabe.

»Hallo Herr Wachs, hier spricht Hendrik Müller. Die Schulsekretärin sagte, Sie seien krank, aber ich hätte noch Fragen, weil doch am sechsten April das schriftliche Deutschabi ist, und ich die Osterferien zum Lernen nutzen wollte. Können Sie mich bitte zurückrufen? Ich brauche wirklich dringend Ihre Hilfe! Meine Nummer ist …«

Auf die Schnelle fand Martin nichts zum Schreiben. Der Anrufbeantworter piepste. Bevor er ihn erneut abhörte, legte er sich Stift und Papier zurecht.

Danach starrte er auf die Telefonnummer, konnte sich aber trotzdem nicht vorstellen, Hendrik anzurufen, obwohl er ihn mochte. Er gehörte nicht zu jenen, denen alles zuflog. Hendrik lernte, weil er ein klares Ziel vor Augen hatte. Es waren Schüler wie er, die Martin trotz der Desillusionierung, die ihm seit Jahren aufs Gemüt schlug, wie die immer schlechter werdenden Weltnachrichten in der Tagespresse, weiter unterrichten ließen. Gäbe es sie nicht, gäbe es ihn als Lehrer schon längst nicht mehr. Doch es gab sie immer wieder – diese Hendrik Müllers, die sich selbst und der Welt etwas beweisen wollten und etwas suchten, womit sie sich intensiv auseinandersetzen konnten.

Er legte die Nummer beiseite und kratzte sich am Kopf. Einzelne Haarsträhnen kitzelten seine Stirn. Normalerweise wusch er die Haare jeden Morgen unter der Dusche. Aber seit dem Anruf aus dem Hospiz hatte er gar nicht mehr geduscht. Er schnupperte unter den Achseln, verzog das Gesicht, ging ins Bad und duschte länger als sonst.

Als er das Wasser abstellte, dampfte es im fensterlosen Bad. Der Spiegel war beschlagen, er wischte ihn mit einem Handtuch frei. Aber rasieren tue ich mich trotzdem noch nicht, dachte er. Die Bartstoppeln gefielen ihm. Er fand, sie verliehen ihm etwas Verwegenes, sahen nach Umbruch aus. Ja, sein Spiegelbild bestätigte ihm, dass etwas in ihm heranreifte. »Wer bist du?«, fragte er sich. »Was willst du?« In wenigen Tagen wurde er sechsundfünfzig Jahre alt. Na und?, sagte er zu seinem Ebenbild, das schon wieder hinter einer feuchten Wand verschwand. Mit einem Mal verspürte er den Drang, mit jemandem zu reden. Über sein Erbe und die Frage, was er tun solle. Über die Gedanken, die das Erbe mit sich brachte, Gedanken, die ihn überforderten, weil sie ihn aufforderten, einen anderen Weg einzuschlagen. Das Haus verkaufen oder vermieten, um damit die hohe Miete für die Maisonettewohnung zu zahlen. Denn wenn er einen Wunsch frei hätte, wäre die Antwort klar: Nur noch Schüler wie Hendrik Müller unterrichten zu dürfen.

Er hatte auch selbst ein wenig gespart. Schon in jungen Jahren hatte er damit begonnen. Weil man das so machte. Bausparvertrag. Für später. Für das Eigenheim, die Frau, die Kinder, zu denen er nie den Mut gehabt hatte. Er hörte Maria ihren Lieblingssatz sagen: »Das Leben spielt sich hier ab, nicht in deinen Büchern.« Heute musste er sich nicht mehr rechtfertigen. Er stellte sich vor, wie er von nun an ohne Verpflichtungen ein Buch nach dem anderen lesen könnte, am Nachmittag beim Kaffee, am Abend bei einem Glas Rotwein. Trotzdem war ihm jetzt zum ersten Mal seit Langem zum Reden zumute. Paule fiel ihm ein, der einzige Freund, den er hatte. Ja, ich gehe jetzt zu ihm. Paule betrieb eine Kneipe, in der sich nur allzu gerne schwänzende Schüler trafen, doch Martin kannte ihn seit vielen Jahren und frühstückte jeden Sonntag bei ihm. Jetzt aber war es schon nach drei Uhr, die Gefahr also gering, einen Schüler zu treffen.

Mit einem Handtuch um die Hüften verließ er das Bad und holte sich im Schlafzimmer Boxershorts, Socken, Jeans und ein blaues Poloshirt aus dem Kleiderschrank. Unten im Flur schnappte er die leichte hellbraune Cordjacke vom Garderobenhaken, nahm Smartphone und Schlüsselbund vom Flurschränkchen und ging. Die Türklinke schon in der Hand, machte er wieder kehrt und schaltete den Anrufbeantworter aus. Dann machte er sich auf den Weg. Sein Magen knurrte.

»Und wie groß ist das Haus?«, fragte Paule.

»Groß«, sagte Martin und machte sich über den Wurstsalat und die Bratkartoffeln her. Bratkartoffeln konnte er jeden Tag essen. »Ich glaube einhundertsechzig Quadratmeter Wohnfläche.«

»Wow. Und was willst du da?«

Lesen und meine Ruhe haben, dachte Martin.

»Auf deine alten Tage eine Familie gründen und ein Trampolin in den Garten stellen?«, fragte Paule.

»Sicher nicht.«

Aus dem Biergarten rief jemand: »Zahlen bitte«. Paule ging und Martin saß wieder alleine in der Kneipe. Das war ihm lieber, als mit anderen Gästen um einen Platz an der Sonne zu konkurrieren. Hier hatte er seine Ruhe. Herrlich. Ein Lächeln huschte über sein Gesicht. Es blieb haften und Paule, der wieder hereingekommen war, bezog es auf das Essen. »Hat wohl geschmeckt?«

»Ja«, sagte Martin.

Paule räumte den Teller ab, auf dem nur noch ein Salatblatt lag, sagte: »Wir können ja eine Männer-WG aufmachen«, und brachte das Geschirr in die Küche.

Martin wusste, dass Paule das nicht ernst meinte. Er hasste WGs. Paule lebte genauso allein wie er, auch wenn er weit öfter Damenbesuch hatte. Er war das, was man einen Frauenheld nannte, zufrieden mit seiner Ungebundenheit, wie er Martin einmal erzählte und glücklich darüber, ein Kind in die Welt gesetzt zu haben. Damit was bleibt, wenn ich gehe. Ein Junge, der in Norddeutschland bei seiner Mutter und einem Stiefvater lebte. Der es gut hatte, besser als er es bei ihm hätte. Ab und an skypten sie, aber nur selten trafen sie sich. »Die jungen Leute haben ja keine Zeit«, sagte Paule.

Damit etwas bleibt, wenn ich gehe.

Was bliebe von ihm? Höchstens Worte. Wenn er sie aufschrieb. Manchmal fielen ihm besondere ein. Aber wohin damit? Das Büchlein, in das er sie gerne eingetragen hätte, war weg. Auch ein unschuldiger Stoffaffe hatte es nicht retten können.

Geblieben war die Erinnerung.

Ich habe eine Idee, Mama.

Ja, Martin?

Wir machen einen Wörterladen auf.

Wie geht das?

Wir verkaufen unsere Worte.

Du hast recht, sie sind wertvoll.

»Magst noch was trinken?«

Martin leerte das Wasserglas, sagte: »Nein danke«, bezahlte und ging.

»Bis die Tage«, rief Paule ihm hinterher.

Die Leichtigkeit, die Martin spürte, wenn er daran dachte, nur noch seinem eigenen Rhythmus zu folgen, verkehrte sich in Schwermut, weil ihm auffiel, dass es niemanden gab, der sich um ihn sorgte. Außer vielleicht die Schulsekretärin, Frau Schlott, die ihn zumindest anrief, wenn er nicht wie gewohnt um sieben Uhr das Lehrerzimmer betrat. Wenn er jetzt tot umfiele, wer käme zu seiner Beerdigung? Ihm fielen drei Menschen ein: Paule, Frau Schlott und eventuell Hendrik. Da konnte man ja nicht einmal von Trauergemeinde reden. In der Stimmung, in der er nun war, konnte er sich gut um die Beisetzung seiner Großmutter kümmern. Sie wollte verbrannt und ihre Asche sollte anonym verstreut werden. Das ganze Prozedere, finanzielle Mittel und nötige Unterschriften hatte sie bei Dr. Deinig hinterlegt. Martin würde damit nicht viel zu tun haben, und er wollte bestimmt nicht dabei sein. Großmutter war nach dem Unfalltod von Martins Eltern vom Glauben abgefallen. Vielleicht wäre es einfacher gewesen, sie hätte sich an einen Gott klammern können. Vielleicht hätte dieser Gott ihr zugeflüstert, dass ihre Tochter in Martin weiterlebte. Vielleicht wäre das Aufwachsen bei ihr dann von Wärme durchzogen gewesen. So war es nicht gekommen. Und auch Martin glaubte an keinen Gott. Religion. Das war etwas für schwache Menschen. Für Menschen, die ihr Schicksal nicht ertragen wollten oder konnten.

Vor dem Haus angekommen, grüßte ihn ein Nachbar. Martin hätte nicht einmal sagen können, in welchem Stockwerk dieser Mann wohnte, geschweige denn, wie er hieß. Stadtleben bedeutete Anonymität. Er betrat seine eigenen vier Wände, hängte die Jacke an den Haken, suchte die Unterlagen des Notars heraus und führte ein paar Telefonate, bei denen es um Großmutters letzten Willen bezüglich der Beisetzung ging. Dann zog er den Stecker aus dem Telefon und setzte sich vor den Fernseher. Es gehörte zu seinen Gewohnheiten, die Sieben-Uhr-Nachrichten im ZDF zu schauen. Bei Gewohnheiten sollte niemand unterbrochen werden. Immerhin gab es Hendrik auf dem Anrufbeantworter. Und der könnte wieder anrufen.

Die Nachrichten gaben nicht viel her. Ein Busunglück in Spanien, irgendwelche Fußballergebnisse aus der zweiten Liga, dabei interessierte ihn nicht einmal die erste und eine Wettervorhersage, die von freundlichen Aussichten sprach. War es nicht jeden Abend das Gleiche? Ein Unglück, Fußball und das Wetter. Was sich änderte, waren die Unglücksorte, die Spieler, die Temperaturen. Mürrisch schnappte er die Fernbedienung, schaltete den Fernseher ab und fand, dass der Punkt an ihn ging.

Drittes Kapitel
Der Panther im Haus

Der Dienstag war vier Stunden alt und Martin wälzte sich wach im Bett. Um fünf gab er auf. Es wollte ihm nicht gelingen, auszuschlafen. Um kurz vor sechs verließ er die Wohnung und ging zum Bäcker um die Ecke. Ein warmer Duft nach Süße empfing ihn.

»Was darf's sein?«, fragte die Frau hinter der Theke. Zwar lächelte sie, aber mit der Bäckertüte in der einen und einer Zange für Gebäck in der anderen Hand signalisierte sie Martin trotzdem, dass er sich beeilen solle.

Martin zögerte. Die Auswahl war so groß. Er bestellte schließlich einen Mohnstreusel und eine Laugenbrezel.

Zu Hause gab er einen Löffel Kaffeepulver mehr als sonst in den Filter. Das Aroma passte wunderbar zu dem Gebäck. Während der Kaffee durch den Filter in die Tasse tropfte, breitete er die Tageszeitung auf dem Esstisch aus. Danach deckte er sich den Tisch. Es war irgendwie wie in den Ferien. Aber dennoch fühlte es sich anders an. Martin musste an den Panther von Rilke denken.

Ihm ist, als ob es tausend Stäbe gäbe und hinter tausend Stäben keine Welt.

Noch nie hatte er sich gefühlt wie jetzt. Die Zukunft erschien ihm auf einmal wie ein großes Loch.

Als er zehn Jahre alt gewesen war, starben seine Eltern, und von einem auf den anderen Tag war alles anders gewesen. Als er achtundzwanzig Jahre alt gewesen war, hatte ihn seine erste große Liebe Angelika verlassen. Und wieder war von einem auf den anderen Tag alles anders gewesen. Nun war seine letzte Familienangehörige seiner ohnehin kleinen Familie gestorben, und das »Anders« war ein neues Anders. Ein so noch nie gefühltes Anders. Er fühlte sich frei und einsam zugleich, das fand er mehr als seltsam.

Ihm ist, als ob es tausend Stäbe gäbe und hinter tausend Stäben eine Welt.

Er biss in den Mohnstreusel. Der Zuckerguss klebte an seinen Fingern. Er leckte ihn ab. Eine Welt.

Eine Welt. Seine Welt.

Auf einmal fragte er sich, wie viel Zeit ihm eigentlich noch blieb. Der Gedanke, dass es zu wenig sein könnte, ließ ihn nicht stillsitzen, und er fuhr zum Haus seiner Großmutter. Spontan klingelte er bei Frau Wondra, um sich zu bedanken, weil sie das Haus gehütet hatte, aber sie öffnete auch nach viermaligem Klingeln nicht. Martin hielt sein Ohr an die Tür, hörte aber nichts. Er ging und schloss Großmutters Haus auf. Es ist mein Haus! Durch den Flur ging er ins Wohnzimmer, zog erst den Vorhang beiseite, schob dann die Terrassentür auf, trat hinaus und sah vom Garten aus zu Frau Wondra hinüber. Auch hinter dem Haus konnte er sie nirgends entdecken. Er würde später noch einmal klingeln. Er ging wieder ins Haus, ließ aber die Terrassentür offenstehen, weil er das Gefühl hatte, Luft täte ihm und dem Haus gut. Dann ging er zurück in den Flur und von dort aus in das andere Zimmer, das an die Terrasse grenzte – das Arbeitszimmer seiner Mutter. Wie lange sie auch schon tot war – für ihn war es noch immer ihr Arbeitszimmer. Hier hatte sie früher gesessen und die Arbeiten ihrer Schüler korrigiert. Mit welcher Freude und Geduld sie die Aufsätze und Diktate gelesen hatte, nie war sie müde geworden, sich zu überlegen, wie sie die Schreibfehler ausmerzen, wie sie ihren Schülern Freude am Deutschunterricht, an der Sprache und ihren Möglichkeiten vermitteln konnte. Sie war eine gute Lehrerin gewesen, Martin hatte das nicht fortsetzen können, obwohl das seinerzeit sein größter Wunsch gewesen war, ein guter Deutschlehrer zu sein.

Die letzten Male hatte er nur einen flüchtigen Blick in das Zimmer geworfen, jetzt sah er sich um; sah hin; schaute auf Mutters Sessel.

Immer, wenn Mutter ein paar Stunden am Schreibtisch gearbeitet hatte, belohnte sie sich mit dem Ausruhen im Sessel. Wobei das Ausruhen für sie im Lesen bestand. Lesen und aus dem Fenster schauen. »Ich verdaue die Worte, mein Schatz«, hatte sie Martin geantwortet, wenn er sie fragte, warum sie so oft nach draußen schaue; dann legte sie die Lektüre auf den Schoß und breitete die Arme aus, damit sich Martin an sie kuscheln konnte.

Lies mir vor.

Das ist ein Buch für Erwachsene.

Lies, ich werde auch mal ein Erwachsener sein.

Er musste sich setzen. Aber nicht auf den Sessel, dessen leeren Anblick er kaum ertragen konnte. Er setzte sich an den Schreibtisch, den Großmutter jahrelang für sich genutzt hatte und räumte alles, was auf ihm lag, auf den Fußboden – eine altmodische Stiftablage, die längst ergraut war, einen Stapel Notizblätter, die hässliche Gummiunterlage in verblasstem Rot, die den antiken Tisch schützen sollte. »Hallo«, sagte er zum Schreibtisch, auf dem er nur das gerahmte Bild seiner Mutter stehen ließ, das sie lachend zeigte als sehr junge Frau. Er nahm an, dass es aus einer Ära stammte, in der er noch nicht gezeugt worden war. Es wunderte ihn nicht, dass Großmutter ein Bild gewählt hatte, das das Leben vor seiner Zeit zeigte.

Melancholie flog ihn an. Bevor sie ihn ganz packen konnte, hörte er das Geräusch eines Schlüssels, der in ein Schloss gesteckt wurde. Und noch bevor er es als ein Türaufschließen erkannte, rief Frau Wondra: »Ich habe dir Apfelkuchen gebacken!« Martin fuhr vom Schreibtisch hoch und ging in den Flur. Frau Wondra streckte ihm einen Teller entgegen.

»Iss, mein Junge«, sagte sie.

Martin bedankte sich und nahm ihr den Teller ab.

Frau Wondra wandte sich um, zog den Schlüssel aus der offen stehenden Haustür und reichte ihn Martin. »Den brauche ich nicht mehr, du bist nun Hüter des Hauses.«

Die Begegnung hatte ihn aufgewühlt. Wie kam Frau Wondra auf die Idee, dass er nun der Hüter des Hauses sei? Lieber wollte er einen Käufer finden und suchte am Nachmittag seine Hausbank auf. Nachdem er am Telefon erklärt hatte, er hätte ein Haus zu verkaufen, ob man das schätzen könne, hatte er direkt einen Termin beim Filialleiter Herrn Richter bekommen.

»Ganz ehrlich, Herr Wachs, ohne das Haus zu schätzen – ich kenne die Gegend –, kann ich Ihnen jetzt schon sagen, dass Sie das Haus im Nu los sind.«

Martin nickte. Herr Richter fuhr fort: »Wenn Sie wollen, kann ich schon morgen mit Interessenten vorbeikommen. Sie kennen sicher die Lage auf dem Immobilienmarkt. Die niedrigen Zinsen. Man wird Ihnen das Haus aus den Händen reißen. Sagen wir um elf?«

In dieser Nacht schlief Martin wie ein Stein, so gut wie schon lange nicht mehr. Kein Wachliegen, kein Rote-Zahlen-Anstarren. Keine Träume. Es war schon fast acht.

Noch immer nach diesem Sportduschgel duftend, das ihm das Gefühl gab, er sei so fit wie ein junger Mensch, saß er an seinem runden Esstisch mit Blick in sein Wohnzimmer und beschmierte sich den dritten Toast. Er war so hungrig. Gerade wollte er nach der Erdbeermarmelade langen, da klingelte das Festnetztelefon. Er hätte den Stecker draußen lassen sollen. Widerwillig stand er auf.

»Ja bitte?«

»Hendrik Müller hier.«

»Hendrik!« Warum nur war er ans Telefon gegangen?

»Herr Wachs, endlich erreiche ich Sie. Sie sind ja leider krank geworden – ich hoffe, es geht Ihnen wieder besser – und ich dachte, ich frag mal nach, was Sie diese drei Schultage noch mit uns durchgesprochen hätten. Sie wissen doch, dass ich ein gutes Abitur brauche.«

»Hendrik!«

»Ja?«

»Sie schaffen das.«

»Aber …«

»Nichts aber. Sie werden das beste Abitur Ihres Jahrgangs machen, und das wissen Sie.«

»Sie verstehen nicht.«

»Sie machen sich umsonst Sorgen. Sie haben doch nur Bestnoten. In allen Fächern.«

»Ich darf mir aber keinen Patzer erlauben. Ohne Stipendium bin ich aufgeschmissen, und ich wollte ja auch nur wissen, was Sie noch durchgenommen hätten, und ob ich vielleicht noch was Bestimmtes nachlesen soll?«

»Nein, nein.«

»Gut, dann gehe ich alles noch mal durch. Darf ich Sie anrufen, wenn ich Fragen habe?«

Nach einem brummigen »Mm« legte Martin den Hörer auf.

Sie verstehen nicht.

Doch, er verstand Hendrik. Natürlich war es ihm in all den Jahren, die er ihn unterrichtet hatte, nicht entgangen, dass ihm gute Noten wichtiger waren als anderen Schülern. Und er ahnte auch den Grund dafür.

Martin räumte den Frühstückstisch ab und fuhr zum Haus seiner Großmutter.

Schon von Weitem sah er Frau Wondra, die in Begleitung eines Herrn auf ihn zukam.

»Das ist Herr Schmidt von der Nachbarschaftshilfe, er geht mit mir einkaufen«, sagte sie, als sie auf Augenhöhe mit Martin war.

»Der Kuchen war lecker«, sagte Martin.

»Es sind meine Zutaten«, antwortete Frau Wondra.

Martin ging wortlos weiter, öffnete die Haustür zu Großmutters Haus, betrat es, schloss die Tür hinter sich und fragte sich, was Frau Wondra gemeint hatte. *Meine Zutaten*. Die Türglocke unterbrach seine Gedanken. Das musste Herr Richter sein mit den Interessenten. Er öffnete.

»Einen wunderschönen guten Tag«, sagte Herr Richter. Hinter ihm stand eine sechsköpfige Familie: Vater, Mutter und vier Kinder vom Grundschulalter bis Teenager.

»Am besten, wir gehen gleich außen herum in den Garten«, sagte Martin und trat vor die Tür. Er konnte sich nicht vorstellen, so viele wildfremde Menschen gleichzeitig unkontrolliert durch das Haus trampeln zu lassen.

»Schau mal Timmy, wie groß der Garten ist«, sagte der Vater. »Wenn wir die Büsche da wegmachen, ist Platz für dein Tor.«

Die Büsche! Sprach er etwa von den Forsythien oder gar dem wunderschönen Fliederbaum? Martin stellte sich etwas abseits. Herr Richter gesellte sich zu ihm. »Die Nachfrage bestimmt das Angebot. Wenn ich das Haus für Sie verkaufe, werden wir beide daran verdienen.«

»Sie müssen es doch noch schätzen.«

War dieser Mann kompetent? Martin sah ihn kritisch an.

»Natürlich können wir die offizielle Schätzung durchführen. Ich weiß, normalerweise macht man das vorher. Ich hatte gestern nur den Eindruck, Sie hätten es eilig mit dem Verkauf, weshalb ich dachte, die Interessenten könnten ja schon einmal einen Blick auf das Objekt werfen, aber davon abgesehen ...«, Herr Richter legte die Stirn in Falten , »... das Grundstück, die Lage, ich schätze um die 350.000 bis 450.000 Euro.«

Martin dividierte spontan 400.000 Euro durch vierzig verbleibende Lebensjahre. Zehntausend Euro jährlich würden nicht reichen zum Leben. Wie hoch würde die Rente ausfallen, wenn er jetzt seine Laufbahn abbrach? Schon alleine die Miete für seine Maisonettewohnung stieg kontinuierlich.

Die Familie wollte nun das Haus von innen sehen.

»Wie schön ist diese altertümliche Küche. Fast wie im Museum«, sagte die Frau.

»Ich schaue mich mal oben um«, rief eines der Kinder. Ein Mädchen. Martin schätzte sie auf acht Jahre.

Da es keiner sonst tat, ging er ihr hinterher.

»Wo bist du?«, rief er vom Flur aus.

»Hier«, kam es aus seinem ehemaligen Kinderzimmer.

Mit einem mulmigen Gefühl näherte Martin sich der offen stehenden Tür.

»Wenn ich hier wohne, wird das mein Zimmer«, hörte er das Mädchen sagen.

Er umklammerte den Türgriff fest, trat aber nicht ein. Das Mädchen lachte. Es war ein fröhliches Lachen, und obwohl es von einem Kind kam, erinnerte es ihn an das Lachen seiner Mutter. *Man lacht nur mit dem Herzen gut.*

Martin sah die abendlichen Kissenschlachten vor dem Vorlesen. Vor dem Eintragen besonderer Worte in das Büchlein. Er musste das Haus noch einmal absuchen. Vielleicht fand er die Wort-Schätze doch noch.

»Herr Wachs?«

Das war die Stimme Herrn Richters, die sich gegen all die anderen Stimmen durchsetzte.

»Ich komme.«

»Ich denke, wir können die Besichtigung beenden«, sagte Herr Richter, als Martin gerade die letzte Stufe erreichte.

»Die Leute haben doch noch gar nicht alles gesehen.«

»Nicht nötig. Das Haus ist alt und marode«, sagte der Familienvater.

»Dann wollen Sie es sowieso nicht?«, fragte Martin und spürte eine eigenartige Erleichterung.

»Das Haus würden wir abreißen. Renovieren lohnt sich nicht. Es müsste neu gebaut werden.«

Abreißen? Was bildete der sich denn ein? Noch war es sein Haus, und er konnte bestimmen, was damit geschah.

Endlich waren die lauten Menschen weg. Martin schloss die Tür und atmete tief durch. Dann ging er abermals nach oben, magisch angezogen von dem Zimmer, das er einst bewohnt hatte. Vielleicht konnte es ihm eine Antwort auf die Frage geben, ob und vor allem, an wen er das Haus verkaufen sollte. Aber einen möglichen Abriss? Nein! Das wollte er nicht. Das wäre ein Abschied für immer.

Das Farblose seines ehemaligen Kinderzimmers schwärzte seine bunten Erinnerungen nicht.

Na warte, den nächsten Treffer lande ich.

Denkste, Mama!

Er sah sich um.

Das Zimmer war nicht sehr groß. Zehn, zwölf Quadratmeter vielleicht. Die Raufasertapete war ebenso ergraut und in die Jahre gekommen wie der Teppichboden und sah fleckig und schäbig aus. Der Zweisitzer lud mit seinem unansehnlichen Grau nicht einmal zum Sitzen ein, und der klobige Kleiderschrank hätte vom Sperrmüll stammen können. Trotz des großen Fensters wirkte alles sehr trostlos. Martin starrte die leere Wand an, die früher übersät gewesen war mit Postern. Auf den meisten waren Raumschiffe abgebildet gewesen, aber auch ein paar Tierposter hatten hier gehangen.

Der schlaue Fuchs passt zu dir, du Schachweltmeister.

Danke Mama.

Ja, im Schach war er gut gewesen. Und die Schach-AG hatte ihm darüber hinaus die Flöten-AG erspart.

Nach dem Autounfall hatte er alle Poster heruntergerissen und nichts mehr an die Wand gehängt.

Das ständige Nachdenken an und über die Vergangenheit strengte ihn an, und er schüttelte den Kopf, als sei es so möglich, die Bilder darin zu löschen. Noch einmal blickte er sich im Raum um. Was mochte wohl in dem klobigen Kleiderschrank stecken? Das Büchlein? War es hier? Wo er es am wenigsten vermutete?

Er öffnete die Türen und sah einen so vollen Schrank, dass die Kleiderstange sich leicht bog . Auf den Kleiderbügeln hingen schwere Winterjacken und Mäntel seiner Großmutter, außerdem Strickpullover aus dicker Wolle. Alles sah noch gut aus, soweit er das beurteilen konnte.

Weggeschmissen wird nichts.

Sein Vater war so selten zu Hause gewesen, aber an diesen Satz erinnerte er sich oft in seinem Leben. Vor allem, weil der Vater es erklärte, wie er immer alles erklärt hatte. Denn wenn er Zeit für Martin hatte, dann nahm er sie sich auch. »Damit du die Welt als Ganzes verstehst«, sagte er. Heute konnte Martin das auch nicht: wegwerfen, was noch seinen Zweck erfüllte.

Als er das Zimmer verlassen wollte, sah er in der Ecke etwas am Boden liegen. Er hob es auf, es war ein Kalender der Sorte, die man kurz vor Jahreswechsel überall geschenkt bekam. Dieser hier war von einer Apotheke. Landschaftsaufnahmen umrahmt von Werbung für Arzneien aller Art. Ein Spruch stand darunter:

Manchmal beginnt das Leben in der Mitte von vorne und schiebt so das Ende nach hinten.

Martin trat einen Schritt zurück und lehnte sich an die Wand; las den Spruch noch einmal und ging dann mit dem Kalender in der Hand nach unten. Es klackerte beim Auftreten, etwas haftete wohl unter einer seiner Schuhsohlen. Auf der viertletzten Treppenstufe nahm er Platz, legte den Kalender beiseite und sah nach. Ein Reißnagel. Sicher hatte damit der Kalender an der Wand gehangen. Martin entfernte ihn.

Manchmal beginnt das Leben in der Mitte von vorne und schiebt so das Ende nach hinten.

Konnte das Leben in der Mitte wirklich von vorne beginnen? Gab es diese Löschtaste? Was hieß es für ihn, zurück auf Anfang zu gehen? Er nahm den Kalender wieder zur Hand und las nun alle Sprüche. Keiner beschäftigte ihn so sehr, wie der zuerst entdeckte, einzig über die Gedanken Konfuzius' musste er ebenfalls grübeln:

Wenn die Worte nicht stimmen, dann ist das Gesagte nicht das Gemeinte.

Sofort dachte er an Angelika. Nicht willentlich. Es wäre ihm nie in den Sinn gekommen, willentlich an ihr »*Ich liebe dich*« zu denken. Denn wenn er daran dachte, hörte er sie laut und bestimmt sagen: »*Ich liebe dich nicht mehr*«. Worte, die bis heute ein Hungergefühl auslösten, wenn er sie erinnerte.

Er erhob sich, stöhnte kurz dem Flur seinen Rückenschmerz entgegen, ging in die Küche und setzte sich an den Esstisch. Worte. Manch einer würde sagen, Worte seien nur Worte. Für ihn waren Worte Möglichkeiten. Lehrer. Ich bin Lehrer.

Martin spielte mit dem Wort und ersetzte gedanklich das H durch ein E. Er tat so etwas öfter, es gefiel ihm. Andere lösten Kreuzworträtsel, um das Gehirn auf Trab zu halten, er kreierte Worte. Nun nahm er einen Zettel und schrieb drei Worte auf: Leerer. Leeren. Beleeren. Beleeren haftete ein Nachklang an. Ein Ton, den man noch hörte, als längst alle Instrumente in ihren Koffern eingeschlossen waren. Ihm gefiel das Wort. Es war das Gegenstück zu dem Wort *befüllen*. Das Wort *beleeren* war sehr viel aussagekräftiger als das im Duden stehende *ausleeren*. Denn Beleeren bedeutete nichts anderes als etwas mit Leere zu befüllen. Manche Menschen gingen in ihrem Beruf auf, weil er sie ausfüllte. Martin fühlte sich von seinem Beruf beleert. Wenn er an die Pausen im Lehrerzimmer dachte, wie sich manche Lehrer über ihre Schüler lustig machten, als seien sie selbst nie Schüler gewesen, sondern schon mit einem Wissen und einer Weisheit auf die Welt gekommen, das sie mit Eimern in sich hineingeschüttet haben mussten ... dann platzte ihm fast der Kragen. Wer sah denn noch hin, wer hörte denn noch hin? Jedes Kind besaß eine eigene Geschichte, aber in seinem Schulbetrieb ging es um die Masse, nicht um den Einzelnen. So hatte er es erfahren. Er hatte damals gerade mal die Angel nach den Schülern ausgeworfen, da rissen Zwänge sie ihm nach kurzer Zeit vom Haken.

Was treiben Sie im Unterricht? Die Schüler sollen den Faust in ihren eigenen Worten niederschreiben? Das steht alles nicht auf dem Lehrplan.

Er hätte nicht so schnell aufgeben sollen. Nun war es zu spät. Zu spät, um ein guter Lehrer zu werden. Zu spät, um ein guter Lehrer zu sein. Er ließ seinen Kopf sinken und stützte ihn auf seine Hände. Das Ticken der goldenen Armbanduhr drang an sein Ohr.

Ein Uhr war es. In vierundzwanzig Stunden war offiziell Ferienbeginn. Seine Lüge würde danach leicht enttarnt werden, wenn er sich nicht noch eine Krankmeldung besorgte für die drei Fehltage bis Ferienbeginn. Hätte das Konsequenzen? Wenn er an den Schulleiter Herrn Sassen dachte, hieß die Antwort Ja. Und wie sähen die Konsequenzen aus, wenn er gar nicht mehr erschiene? Er stand auf und ging ins Wohnzimmer, von dort aus in die Küche, wieder zurück ins Wohnzimmer, in den Flur, von dort aus in das Arbeitszimmer ...

Ihm ist, als ob es tausend Stäbe gäbe und hinter tausend Stäben eine Welt.

... und dann dachte er sich, dass er hier ein eigenes Dach über dem Kopf hatte. Eine Weile würde er die üblichen Kosten für Heizung, Strom und Wasser durch seine Ersparnisse und das Erbe decken können. Eine lange Weile. Gab es überhaupt einen Grund, nach den Ferien in die Schule zurückzukehren? Ihm fiel keiner ein.

Mama, wie war das, als ich auf die Welt kam?

Du hattest es sehr eilig, ich habe es nicht mehr ins Krankenhaus geschafft.

Und dann?

Dann wurdest du zu Hause geboren.

Zu Hause. Ich bin zu Hause. Wieder zu Hause. Endlich zu Hause. Martins Kopf wurde nicht müde, diesen Gedanken zu variieren, der im Ergebnis gleich blieb: Der Körper war nach einer langen Reise sehr müde und mochte sich nicht mehr wegbewegen – jetzt, da er am Ziel war. Die Gedanken konnten sich austoben, der Bewegungsapparat durfte ruhen, ausruhen. Und tat ihm nicht der Rücken weh? Vom Sitzen auf den harten Stühlen in den Klassenzimmern, die immer grau auf ihn wirkten, weil die meisten Schüler für sein Empfinden den Enthusiasmus entbehrten, den er sich gewünscht hätte. Nur zu oft merkte er ihnen an, wie sehr sie den Gong herbeisehnten, der die Pause einläutete. Ihm war es als Schüler ganz anders ergangen. Er hatte gar nicht genug bekommen können vom Lernen und war immer der Letzte, der in die Pause ging. Meist hatte er eher lustlos in sein Pausenbrot gebissen.

Brot. Er hatte gar kein Brot mehr zu Hause und machte sich auf den Weg zum Supermarkt, in dem es jetzt auch einen Bäcker gab. Früher hatte es im Dorf nur einen Kiosk gegeben, einen Bäcker und einen Metzger, dachte er. Heute gab es einen großen Supermarkt. Man bekam hier alles, was man zum Leben brauchte. Das Dorf war größer geworden, Neubauten eroberten Grünflächen. Damit etwas wachsen konnte, musste anderes weichen.

Er lief auf einem Weg, der gleichermaßen Rad- und Fußweg war, und prompt ertönte eine Fahrradklingel hinter ihm. Er ging zur Seite. Eine Frau überholte ihn, sie grüßte im Vorbeifahren, er grüßte zurück, wie man das eben tat auf dem Dorf. Es war ähnlich wie in den Bergen beim Wandern, wo ein jeder zu jedem Grüß Gott sagte. Kaum war die Frau an ihm vorbeigefahren, bremste sie und stieg ab.

»Ach, das sind ja Sie!« Sie schob ihr Rad in seine Richtung.

Da stand sie wieder vor ihm. Die Frau aus dem Hospiz, die Frau von der Tankstelle.

»Fahren Sie ruhig weiter«, sagte er, aber sie blieb stehen.

»Wie geht es Ihnen?«

»Geht, danke.«

»Wann ist denn die Beisetzung von Frau Vollmer? Ich würde mich gerne noch einmal von ihr verabschieden.«

»Meine Großmutter wünscht eine anonyme Beisetzung.«

»Ach, wie schade. Also ich meine, ich hätte gerne ... wie sagt man denn da?«

Am besten, man redet nicht zu viel, dachte Martin und blieb stumm.

»Ich hätte ihr gerne die letzte Ehre erwiesen. Darf ich Sie bitten, ihr einen Gruß von mir mit auf den Weg zu geben? Sicher werden Sie dabei sein.«

Hatte er nicht *anonym* gesagt? Statt weiterer Worte nickte er.

»Und mit Ihrem Rücken ist alles okay?«

»Mein Rücken?«

Sie deutete auf seine Körperhaltung. Er hielt sich den unteren Rücken mit beiden Händen, seine Wirbelsäule vertrug das Stehen nicht. Als hätte sie ihn ertappt, ließ er nun die Arme lässig neben dem Körper baumeln.

»Das ist nichts«, sagte er.

»Wirklich?«

»Ja.«

»Dann wünsche ich Ihnen noch einen schönen Tag.«

Sie wandte sich ab. Dann drehte sie sich noch einmal um. »Tut mir leid«, sagte sie »… bestimmt kann ein Tag nicht schön werden, wenn man gerade einen Angehörigen verloren hat.«

Martin wusste nicht, was er sagen sollte und beobachtete, wie sie auf ihr Rad stieg. Bevor sie davonfuhr, schenkte sie ihm ein sanftes Lächeln. Er setzte seinen Weg zum Supermarkt fort, kaufte das Brot und langte auf dem Heimweg in die Brottüte. Manchmal gab es nichts Besseres im Leben, als das Randstück eines noch warmen Brotes in den Mund zu stecken. Er fühlte sich draußen so wohl, dass er zum Vogelpark abbog. Dort setzte er sich auf eine Bank, griff nach seinem Smartphone und rief Herrn Richter an.

»Ich verkaufe das Haus nicht«, sagte er und griff wieder nach dem warmen Brot.

Viertes Kapitel
Im Denkmeer

Der Spaziergang hatte nicht nur seine Rückenschmerzen beseitigt, sondern ihn auch hungrig gemacht. Nur mit trockenem Brot würde er nicht satt werden. Er erhob sich von der Bank und lief pfeifend zurück zum Supermarkt.

Dort füllte er den Einkaufswagen, ohne nachzudenken. Er griff einfach aus jedem Regal etwas heraus. Gleich würde er sich zu Hause eine Mahlzeit zubereiten. Zu Hause, wie gut sich das anfühlte.

»Großeinkauf, was?«, fragte die Kassiererin, während sie Nudeln, Pesto, Joghurts, Tiefkühlpizzen, mehrere Tafeln Nussschokolade, Toastbrot und vieles mehr über den Scanner zog.

»Ja«, sagte er und lächelte. Er konnte es kaum abwarten, alles in den Kühlschrank und die Schränke einzuräumen und fühlte sich wie als Kind, wenn er neue Schachfiguren bekommen hatte.

Mit einem Mal fiel Martin auf, dass er keine Tasche dabei hatte. Er langte nach einer großen Tüte und legte sie auf das Band.

»Du musst Stofftaschen nehmen, Plastik ist nicht gut für die Umwelt, weißt du das nicht?«

Martin drehte sich zu der Kinderstimme um, die hinter ihm erklungen war. Da stand ein Mädchen in grüner Latzhose.

»Entschuldigen Sie, meine Tochter ist manchmal etwas vorlaut.«

»Sie hat ja recht«, sagte Martin zu der Mutter und wandte sich an das Mädchen: »Das nächste Mal benutze ich eine Stofftasche. Versprochen.«

»Da hinten stehen Kartons, nimm doch die«, plapperte das Mädchen weiter, aber die Kassiererin hatte die Tüte schon eingetippt. Zum Glück konnte er mit Karte zahlen, denn an Bargeld hatte er auch nicht gedacht.

»Ich habe Ferien«, sagte das Kind, während die Mutter Waren auf das Band legte. »Und du?«

»Ich auch.«

»Schule ist doof.«

Die Mutter sah auf. »Lilly, nun belästige doch den Herrn nicht.«

»Aber Schule ist doof, Mama.«

Martin packte den letzten Joghurt in die prall gefüllte Tüte, lächelte das Mädchen an und sagte zu ihr, der Mutter und der Kassiererin gleichermaßen: »Wo sie recht hat, hat sie recht.« Dann fuhr er die Tüte im Einkaufswagen nach draußen, nahm sie heraus, stellte den Wagen zurück und sah zur Eingangstür des Supermarktes. Irgendwie hätte er noch gerne mit dem Mädchen geplaudert. Sie war so ansteckend fröhlich gewesen.

Zum Glück war es nicht weit zum Haus, die Einkaufstüte war schwer, er hätte sich besser zwei geben lassen sollen, um das Gewicht auf beide Körperseiten verteilen zu können. An der Straße hielt ein Pkw-Fahrer und ließ ihn den Asphalt überqueren. Einen Zebrastreifen gab es nicht, aber das hier war eine Dreißigerzone, und es herrschte kaum Verkehr. Weil der Fahrer trotzdem gehalten hatte, kam sich Martin vor wie ein sehr alter Mann, für den man anhielt, egal, wie eilig man es hatte. Im Haus legte er die Einkäufe auf die Arbeitsplatte, dann überprüfte er, ob der Kühlschrank lief, er hatte ihn erst angestellt, bevor er aus dem Haus gegangen war. Ja, er kühlte, Martin war erleichtert, denn neu war er nicht mehr. Aber manchmal bedeutete alt eben auch gut in Schuss. Gerade in der heutigen Zeit, in der die Hersteller es seiner Meinung nach darauf anlegten, dass nichts ewig hielt, damit der Konsument gezwungenermaßen konsumierte.

Wenn ich hier tatsächlich einziehen will, muss ich trotzdem einiges um- und ausräumen, dachte er, als er einen Küchenschrank nach dem anderen öffnete. Wie viel Geschirr da überall stand. Er nahm einen Stapel Teller heraus. Das Blumenmuster am Tellerrand fand er hässlich, das Gelb war bleich geworden wie eine Sonne im Nebel. Er räumte einen Schrank frei und stellte Großmutters Geschirr auf die Arbeitsplatte. Als er stattdessen Kekse und Schokolade in den Schrank räumen wollte, überlegte er, dass das eher in die Vorratskammer gehörte. Er aß ein paar der Kekse, dann öffnete er die Schiebetür zur Vorratskammer, machte Licht und freute sich, weil die Regale dort Platz boten und die Konserven, die er zur Hand nahm – saure Gurken, Kapern, Apfelmus – das Haltbarkeitsdatum noch nicht überschritten hatten. *Verhungern werde ich nicht.* In seiner Stadtwohnung hatte es keine Vorratskammer gegeben, und der Inhalt des Kühlschranks dort hatte die letzten Tage darauf hingewiesen, dass er auf der Durchreise war. Damit war nun Schluss.

Ich verkaufe das Haus nicht. Weil ich selbst einziehe, weil ich hier der Hüter des Hauses bin. Es klang so logisch wie eine mathematische Formel.

Nachdem er die Einkäufe verstaut hatte, ging er den nächsten Punkt an. Dass er eigentlich etwas essen wollte, stellte er in die zweite Reihe. Er brauchte einen Platz zum Schlafen. Zielstrebig ging er nach oben in Großmutters Schlafzimmer. Er starrte das Bett an, das schon eine Weile nicht mehr benutzt worden war. Früher war das hier das Schlafzimmer seiner Eltern gewesen. Oft hatte er bei seiner Mutter schlafen dürfen, weil sein Vater häufig weg gewesen war. *Kuschelnächte* nannte seine Mutter diese Nächte, in denen sie meist sehr lange wach lagen, weil sie Wörter erfanden und einer immer wieder aufstehen musste, um das Büchlein zu holen. *Kuschelnachtworte* war eine eigene Rubrik. Denn wenn sie im Dunkeln aneinander gekuschelt lagen, fielen ihnen Worte ein, die ihnen bei Tageslicht niemals eingefallen wären. *Kieselregen* war ein solches Wort. Es war entstanden, als sie die Regentropfen, die an die Scheibe klatschten, beschreiben wollten. Nach dem Tod der Eltern hatte Großmutter das Bett genutzt, auf Mutters Seite geschlafen und Martin verboten, den Raum zu betreten. Ihr eigenes Schlafzimmer hatte sie links liegen gelassen. Wie oft hatte sich Martin mit Rudi im Arm in seinem Kinderzimmer in den Schlaf geweint. Manchmal ging er heimlich nach drüben und roch an der Bettwäsche, doch der Geruch nach seiner Mutter war mit der Zeit von dem der Großmutter vertrieben worden. Er war auch nicht wiedergekommen.

Martin steckte seine Nase in die Bettwäsche, ein Duft nach Zitrone kitzelte ihn, und er musste niesen. Ein frisch gemachtes Bett, obwohl Großmutter nie wieder zurückkommen würde. Martin schluckte. Ob Großmutters Putzfrau das erledigt hatte? Weil man ihr nicht gesagt hatte, dass sie nicht mehr zurückkehren würde? Nie wieder. Ein Donnerschlag an Worten, weil es der Wahrheit entsprach. Wahrheit war von Natur aus laut.

Martin wandte sich vom Bett ab und öffnete den Kleiderschrank. Sogleich sah er seine Großmutter vor sich. In ihren hübschen Kostümen, wie man die Zweiteiler nannte. Kostüm. Martin verstand es als Synonym. Großmutter hatte sich Eleganz übergezogen, um Erlebtes zu kaschieren. Warum hatte sie nie gemeinsam mit ihm geweint? Er wusste, dass auch sie Tränen vergossen hatte. Immer nachts, wenn sie dachte, er schliefe. Einmal, als sie besonders laut schluchzte, war er zu ihr gegangen und hatte ihr über den Arm gestreichelt. Sie hörte sofort auf zu schluchzen. Er dachte, jetzt würde alles gut. Aber dann sagte sie, sie habe nur schlecht geträumt, und er solle machen, dass er in sein Bett zurückkäme. Noch heute wünschte er, es gäbe eine Medizin, die Erinnerungen auslöschte. Zum Teufel damit. Er verscheuchte den Gedanken aus seinem Kopf. Ein Kleidungsstück nach dem anderen nahm er vom Bügel und warf es auf das Bett. Er fühlte die Traurigkeit eines kleinen Jungen, der im größten Schmerz alleingelassen worden war. Mit ihrer Sprachlosigkeit hatte Großmutter ihn in die Verzweiflung getrieben. Täglich hatte er fühlen müssen, dass sie ihn nicht liebte, und ihm die Schuld am Tod seiner Mutter gab. Weil seine Mutter auf sein Betteln eingegangen war, trotz Glatteis zum Schachturnier zu fahren. Weil der Vater gesagt hatte, das sei kein Problem, es sei ja nicht weit. Und dann wurde es die weiteste Reise, die Martin je angetreten hatte. Seine Reise in den Abgrund, in die eisige Einsamkeit. In ein Dahinvegetieren abseits jedes realen Seins. Er hatte die Schachfiguren durchs Zimmer geworfen, fortlaufen wollen, wollte Großmutter mit selbst gepflückten Blumen versöhnen. Hatte alles versucht, was ihm als Kind nur eingefallen war. Er fühlte sich verstoßen, wie im Märchen von Hänsel und Gretel.

Wenn man ihn fragte, was ihn damals gerettet hatte, so gab es nur eine Antwort: Das Büchlein mit Mutters und seinen besonderen Worten. Sie zu lesen hatte seine Mutter ein wenig ins Leben zurückgeholt.

Vielleicht war er deshalb Deutschlehrer geworden, um so seiner Mutter nahe zu sein. *Sprache verbindet.* Indem er die Leidenschaft seiner Mutter fortsetzte, lebte sie weiter. Sie, die erst nicht hatte fahren wollen bei Glatteis. Am Vater musste er nichts wiedergutmachen. Der hatte im Brustton der Überzeugung gesagt: »Wir fahren. Wenn mein Sohn ein wichtiges Turnier hat, bin ich dabei.« Was natürlich Quatsch war, so selten, wie er zuvor dabei gewesen war. Martin erinnerte sich kaum an ihn. Wieso kam ihm erst jetzt sein Vater in den Sinn? Weil der Vater ohnehin nie eine Rolle gespielt hatte, hatte er ihn aus seinem Denken ausgeklammert. Es erschien fast wie ein dummer Zufall, dass er diese eine Fahrt am Steuer gesessen hatte, wo doch seine Mutter von Anfang an nicht hatte fahren wollen. Als hätte sie geahnt, dass es die letzte Fahrt sein würde. Ja, seinen Vater traf eine gewisse Schuld. Wer weiß – wäre er ein anwesender Vater gewesen, hätte jedem wichtigen Turnier zuvor beigewohnt, hätte er sagen können: »Martin, ich habe alle deine wichtigen Turniere gesehen, da müssen wir nicht bei Glatteis unser Leben riskieren.«

Er stöhnte. Scheinbar hütete das Haus seine Vergangenheit und spuckte sie aus, sobald er es betrat.

Auf dem Bett lag nun ein Haufen gut erhaltener Kostüme. Noch heute sah er seine Großmutter damit im Dorf herumgehen – die Frau, die den Tod der Tochter verkraften und den Enkel großziehen musste.

Ich mochte ihre Großmutter, sie war irgendwie eine Dame von Welt.

Wen interessierte schon die Wahrheit? Seine Wahrheit? Die Kleidungsstücke sahen alle gut aus und rochen, als seien sie gerade aus der Reinigung gekommen. Er wollte sie loswerden, holte einen Müllsack, dachte an Krimis, in denen Leichenteile in Säcke verpackt und im Wasser versenkt wurden.

Weggeschmissen wird nichts.

Ja, Papa.

In der Nähe seiner Stadtwohnung gab es diesen Secondhandladen. Warum nicht, dachte er. Er schulterte die Säcke, was seinen Lendenwirbeln nicht gefiel, ließ sie im Flur noch einmal ab, nahm seine Jacke von der Garderobe und kontrollierte, ob Haus- und Wagenschlüssel in der Tasche waren. Dann schulterte er die Säcke erneut, verließ das Haus und packte sie in den Kofferraum seines Volvos, der auf dem Parkstreifen stand. Er schwitzte. Den Stirnschweiß wischte er mit seinem Jackenärmel weg, stieg ein und fuhr los.

Ob er die Kleider verkaufen konnte? Dann hätten andere noch etwas davon. Und das zu einem günstigen Preis. Vielleicht verschenkte er sie einfach. Sein Vater wäre sicher stolz auf ihn gewesen. Er wollte ein für alle Mal seine Ruhe. Gerade gab der Radiosprecher die Arbeitslosenzahlen durch. Martin wäre nur froh, seine Arbeit endlich los zu sein. Warum merkte er erst jetzt, dass sie so sehr an ihm nagte? Begriff er das erst im Angesicht des Todes? War das zu spät? Er fühlte sich ausgezehrt, nicht einmal der Gedanke an einen alternativen Beruf hob seine Laune. Seine Gedanken galten einzig dem Wann und Wie seines Ausstiegs aus dem Lehrerberuf.

Er bog in die Veilchenstraße ein, wo sich der Secondhandladen befand und fand genau davor einen Parkplatz. Im Schaufenster des Secondhandladens waren Sommerkleider, Schuhe und Handtaschen für Frauen ausgestellt. Alles sah neu aus. Warum trennten sich die Menschen so schnell von den Dingen, fragte Martin sich und drückte den Türgriff nach unten. Der fröhliche Klang des Windspiels, das die Inhaberin, wie sich herausstellte, als Türglocke verwendete, löste seine Anspannung ein wenig.

»Ich habe drei Säcke Kleider im Auto, würden Sie sich die einmal ansehen?«

»Immer gerne«, sagte die Verkäuferin.

Noch zweimal freute Martin sich über den Klang des Windspiels, dann wuchtete er die Säcke auf den Tresen, auf den die Verkäuferin deutete.

»Dann zeigen Sie mal.«

Martin öffnete wahllos einen der Säcke und nahm ein paar Stücke heraus. Die Verkäuferin begutachtete sie und fragte, ob der Rest ähnlich sei.

»Ähnlich?«

»Für ältere Damen.«

»Nun ja ...«, Martin verstand nicht.

»Es tut mir leid, dafür habe ich keine Verwendung. Bei mir kaufen jüngere Frauen ein. Auf dieser Ware würde ich sitzen bleiben. Wenngleich die Stücke sehr schön und von guter Qualität sind.«

»Keine Chance?«, fragte Martin.

»Da müssen Sie schon selbst einen Secondhandladen eröffnen.«

»Ich überlege es mir«, sagte er zu der Dame und ging so beladen, wie er gekommen war.

Müssen Sie schon selbst waren Worte, die sich eingebrannt hatten in Martins Leben. Wie oft hatte seine Mutter gesagt: »Das musst du schon selbst probieren, Martin.« Wobei probieren austauschbar war. Gültig waren Verben wie lesen, erfahren, tun, rausfinden und viele mehr. Einzig das Wort *selbst* war unersetzlich.

Bevor er den Kofferraumdeckel schloss, sah er gedankenversunken auf die Säcke und fragte sich, wie es wohl wäre, getragene Kleider überzuziehen? Wie wäre es, eine andere Frau in Großmutters Kleidern zu sehen? Oder einen anderen Mann, einen Transvestiten – veränderte sich das eigene Ich, wenn man getragene Kleider anzog? Wie fühlte es sich an, sich ein anderes Leben überzustülpen? Und weil er jetzt in diesem Denkmeer schwamm, sein Leben zu verändern, betrat er den Secondhandladen erneut.

»Was muss man denn machen, wenn man selbst einen Secondhandladen eröffnen will?«

»Das ist ganz einfach«, sagte die nette Frau.

Auf der Rückbank des Volvos klapperten die Stangen der beiden fahrbaren Kleiderständer, die ihm die Verkäuferin aus dem Secondhandladen für wenige Euros überlassen hatte. Wenigstens hörte er jetzt die Geräusche nicht mehr, die anzeigten, dass der Volvo seinem Ende entgegenfuhr.

Er parkte vor dem Haus seiner Großmutter und schulterte die Kleidersäcke ein weiteres Mal. Frau Wondra kam aus ihrem Haus.

»Hallo Martin, na, was trägst du denn Schweres?«

Sie fasste einen der Säcke an, aus dem ein Stoffstück herausschaute, dann sagte sie: »Ach, das ist doch Irmgards Lieblingskleid. Und das hier«, sie zog einfach etwas aus dem Sack, »das hat sie immer in der Kirche angezogen. Sie hat immer auf ihr Äußeres geachtet.«

Martin sagte nichts, beschleunigte seine Schritte, stolperte über einen Stein und beide Säcke fielen zu Boden. Frau Wondra bückte sich sofort. »Soll ich dir helfen? Wir sind wieder Nachbarn!«

Im Gegensatz zu ihm schien ihren alten Rücken das Bücken nicht zu stören. Martin sah ihr zu, wie sie sich mit einer Leichtigkeit, die er gerade entbehrte, aufrichtete.

»Wenn du meinen Rat willst«, sie roch daran, »lass das alles reinigen, sonst kannst du das nicht verkaufen.«

Frau Wondra wusste, was er vorhatte, ohne dass er ein Wort darüber verloren hatte. Nach Verkaufen war ihm nun grade aber gar nicht, ihm war nach Entspannung, nach Ausruhen zumute.

Als er viel später in den Garten hinaustrat, vernahm er Frau Wondras Schnarchen durch ihr offenes Fenster. Es hatte einen zufriedenen Beiklang und er staunte, wie laut Frauen schnarchen konnten. Dann holte er die Kleiderstangen aus dem Auto und stellte sie ins Wohnzimmer.

Fünftes Kapitel
Kofferträume

Am Abend saß er auf der dunkelgrünen Wohnzimmercouch seiner Großmutter und sah sich um. An der gegenüberliegenden Wand stach ihm das Gemälde der Sonnenblume in dem goldenen Rahmen ins Auge. Er dachte es weg. Er starrte auf die nussbraune Schrankwand linker Hand und dachte auch sie weg. Dann besah er sich den Boden. Schon früher war ihm der Perserteppich ein Dorn im Auge gewesen. Seiner Mutter hatte er auch nicht gefallen. Der wunderschöne Holzfußboden kam nicht zur Geltung.

Der Teppich ist eine Erinnerung an Opa und bleibt liegen.

Mit dem Fuß hob Martin ihn an. Seine Liegezeit hatte Farbunterschiede im Fußboden hinterlassen. Der Teppich war schwer und wollte zurückrollen. Martin stand auf, zog den Couchtisch, der auf dem Teppich stand, beiseite und rollte die Hässlichkeit dann zusammen. Gut so, das gefiel ihm. Gestern noch hatten ihm all die Einrichtungsgegenstände in Erinnerung an die schönen Begebenheiten in diesem Haus ein Gefühl von Heimat vermittelt. Das änderte aber nichts an ihrer Hässlichkeit. Wären seine Eltern nicht so früh gestorben, vielleicht hätten beide tatsächlich ein eigenes Haus gebaut und es nach eigenem Geschmack eingerichtet. Heute war dies der Ort, der die Erinnerung an seine Mutter beherbergte; der Ort, an dem sie ihn zur Welt gebracht hatte. Martin wollte ihn nicht verlassen. Nicht wieder, nicht mehr. Einen schönen Ort würde er daraus machen. Seinen Ort.

Er öffnete die Terrassentür und schaffte als Erstes den Couchtisch nach draußen. Dann hängte er das Bild der Sonnenblume ab und legte es draußen auf den Tisch. Im Wohnzimmerschrank befand sich unsäglicher Kram. Er wusste nicht, was er damit anfangen sollte. Ein altmodisches Essservice, Rentenordner, Rechnungsmappen, Arztbefunde und Fotoalben. Kurzerhand zog er den Stecker der Stehlampe, die in einer Wohnzimmerecke stand, schob sie beiseite und stapelte in dieser Ecke Aktenordner und Fotoalben. Das Essservice trug er in die Küche. Ohne lange zu überlegen, baute er die ganze Schrankwand auseinander und stellte die Einzelteile nach draußen auf die Terrasse. Sein T-Shirt war klatschnass, und ihm war schwindelig vor Anstrengung.

»Ich hab dich gehört«, sagte Frau Wondra, die von ihrer Terrasse aus zu ihm hinübersah. »Es ist gut, dass ich dich wieder hören kann.«

»Ich bereite meinen Einzug vor.«

»Du warst immer hier.« Frau Wondra sah in den Himmel, dann ging sie hinein.

Martin sah nach oben. Einzelne Sterne leuchteten zaghaft. Auch er ging wieder hinein. Der Anblick des Wohnzimmers, das ohne den Schrank viel größer wirkte, gefiel ihm. Er zerrte noch den Perserteppich in den Flur und schob die Couchgarnitur ganz an die Wand, so dass die Schönheit des Eichenfußbodens endlich zur Geltung kam. Es galt, Großmutters in die Jahre gekommenen Fernseher samt Fernsehtisch und den Fernsehsessel und Beistelltisch ebenso loszuwerden wie die Couchgarnitur.

Plötzlich überfiel ihn ein Bärenhunger, und er ging in die Küche, holte zwei Joghurts aus dem Kühlschrank und verzehrte sie in Windeseile. Dann öffnete er die Tafel Nussschokolade, die auf dem Küchentisch lag und aß sie halb auf. Er hätte nicht warten können, bis die Tiefkühlpizza im Ofen gebacken gewesen wäre.

Nachdem sein Hunger fürs Erste gestillt war, ging er noch einmal nach draußen. Er fand, dass alles so stehen bleiben konnte, ging zurück ins Wohnzimmer und sah sich um. Mitten im Raum standen nun die zwei Kleiderständer aus dem Secondhandladen. Er verteilte Großmutters Kleider auf beiden Stangen und setzte sich. Jetzt sah er in den Kleidern nicht mehr die für ihn hässlichen Kostüme seiner Großmutter, sondern Farbtupfer, die hervorragend zum Holzfußboden passten. Sie müssten anständig beleuchtet werden, dachte er mit Blick zur Deckenlampe, die ihr Licht grell in den Raum warf. Vielleicht sollte er als Alternative zum Lehrerberuf tatsächlich seinen eigenen Secondhandladen eröffnen.

Was muss man machen, wenn man selbst einen Secondhandladen eröffnen will?

Das ist ganz einfach.

Einfach. Oftmals hatte er seinen Schülern gesagt, sie sollten die einfachen Formulierungen wählen. Gemeint hatte er, man könne ihn nicht mit Fremdworten beeindrucken, und er hasse es, wenn er in ihren Arbeiten die Formulierungen aus der Sekundärliteratur wiedererkannte, die sie sich zu eigen gemacht hatten. Deshalb hatte er auch die Idee gehabt, seine Schüler den Faust in ihren eigenen Worten niederschreiben zu lassen, damit sie dahinterkämen, wie einfach sie im Grunde genommen den großen Dichtern und Denkern auf die Schliche kommen konnten.

Er war müde geworden und kehrte in seine Stadtwohnung zurück.

Martin erwachte in seiner Stadtwohnung in dem Bewusstsein, dass er mit dem heutigen Gründonnerstag offiziell Ferien hatte. Elf Tage. Schon sah er einen Buchtitel für einen dieser Ratgeber vor sich: *Ein neues Leben in elf Tagen* – und er dachte wieder an den Kalenderspruch: *Manchmal beginnt das Leben in der Mitte von vorne und schiebt so das Ende nach hinten.* Letztendlich war es egal, wie weit sein Lebensende nach hinten verschoben wurde, wichtig war jetzt nur, dass es möglich war, von vorne zu beginnen.

Er stand mit einem Tatendrang auf, den er von sich nicht kannte. Er fühlte sich leicht, als habe er über Nacht etliche Kilogramm verloren. Er warf einen Blick auf das Display des Radioweckers und war überrascht über die Uhrzeit. Es war schon 7:43 Uhr. Dass er so lange durchschlafen konnte, war ihm neu. Die Sonne lag hinter einer Wolkendecke, das Licht war nicht so grell im Schlafzimmer wie am Tag zuvor, er hatte gut geschlafen. Mit Elan stand er auf und plumpste beinah auf das Bett zurück, weil das schnelle Hochkommen ihm im

Rücken weh tat. Das Möbelrücken gestern habe ich wohl übertrieben, dachte er. Es würde noch einiges an Anstrengung nötig sein, bis er sich im Haus eingerichtet hatte. Mein Haus. Mein Zuhause. Er stellte sich unter die Dusche und ignorierte den Rückenschmerz, so gut er konnte.

Der Mann mit kurzem Barthaar, der ihn im Badezimmerspiegel anlächelte, gefiel ihm. Er hatte ein ruhiges Leben vor sich.

Aber ein paar Dinge galt es vorher noch zu erledigen, allem voran der Umzug. Er würde nicht sparen, alles machen lassen, damit es zügig über die Bühne ging. Gut Ding will Weile haben – dem stimmte er zwar zu, aber weder hier noch dort zu wohnen – er mochte sich nicht vorstellen, was das für ein Chaos wäre. Das war wie zwischen zwei Stühlen zu sitzen: unbequem. Mit dem finanziellen Polster würde ein komfortabler Umzug hoffentlich kein Problem sein. Später hätte er ausreichend Zeit, sich zu überlegen, wie er das Polster wieder aufstocken konnte. Nur seine Bücher wollte er selbst einpacken.

Er sang laut und übertönte die elektrische Kaffeemühle, summte einen Radiosong mit, schmierte ein Brot, ließ sich keine Zeit zum Essen, sondern klappte seinen Laptop auf und suchte nach einem Umzugsunternehmen.

Nur eine halbe Stunde später hatte er eine Firma beauftragt. Am Dienstag wollten sie bei ihm abbauen und mit dem Aufbau bis Mittwoch fertig sein im neuen Zuhause. Aber vorher musste er die Möbel seiner Großmutter loswerden. Eigentlich war das alles überhaupt nicht zu schaffen. Osterferien hin oder her. Seine Hauruckaktion schlug ihm auf den Magen. Besser, er ordnete seine Gedanken und sah sich schwarz auf weiß an, was zu tun war.

Und so erstellte er das erste Mal in seinem Leben eine To-do-Liste. Als er fertig war, standen auf dem Zettel drei Dinge: Umzugskartons für Bücher besorgen; wohin mit Großmutters Möbeln?; Kündigung schreiben.

Drei Dinge auf einer To-do-Liste waren nicht viel, dachte er und sein Magengrummeln beruhigte sich ein wenig, aber leider ging es nicht um die Anzahl der Punkte, es ging um deren

Inhalt. Bei dem Wort Kündigung hatte er zunächst das Beenden seines Mietverhältnisses vor Augen gehabt, doch als er das Wort so vor sich sah, dachte er daran, dass er eigentlich zuerst seine Arbeit als Lehrer kündigen musste. Seine Laune sank. Hatte er sich mit seinem Vorhaben übernommen? Zweifel bewölkten sein Tun. Wollte er das alles wirklich? Hatte er so viel Energie? Er müsste seine Entlassung aus dem Dienst beantragen, dem würde Schulleiter Sassen sich sicher in den Weg stellen. Das bedeutete ein Hinziehen über Wochen oder gar Monate. Was Martin aber wollte, war kündigen und gehen. Sofort.

Da seine Gedanken zu nichts führten, suchte er im Internet die Telefonnummer seines Vermieters heraus.

»Guten Tag Herr Korn, hier spricht Herr Wachs, ihr Mieter«, sprach er auf den Anrufbeantworter. »Ich möchte die Wohnung kündigen, bitte rufen Sie mich zurück.«

Was soll ich als Nächstes tun?, fragte er sich. Bücher einpacken? Aber er hatte keine Kartons. Da erinnerte er sich an den Einkauf und das kleine Mädchen, die auf die umweltfreundlicheren Kartons hingewiesen hatte. Er stellte nur Butter und Marmelade in den Kühlschrank, ließ das Geschirr und den angefangenen Kaffee stehen und machte sich auf den Weg. Zu agieren war immer noch besser als zu grübeln. Je schneller er den Umzug und die Beendigung seiner Anstellung als Lehrer hinbekam, desto schneller würde er Ruhe genießen können. Es fühlte sich an, als stünde er auf einem Zehnmeterbrett und hinter ihm schrien alle »Spring! Spring doch endlich!« Dabei war ihm schon das Dreimeterbrett zu hoch. Aber musste das so bleiben?

Direkt vor dem Eingang zum Supermarkt wurde ein Parkplatz frei, und er freute sich darüber, als hätte man ihm ein einzigartiges Geschenk gemacht. So konnte er hoffentlich zügig ein paar Kartons in den Kofferraum laden. Bei der Gelegenheit wollte er noch ein paar Äpfel einkaufen, er aß sie gerne zwischendurch. Gerade überlegte er, ob er die saure oder die milde Sorte nehmen sollte, da sprach ihn eine Frau an.

»Martin? Bist du das?«

Er sah die Frau fragend an, schätzte, dass sie in seinem Alter war.

»Ich bin's, die Bärbel«, sagte sie, und ihr Tonfall verriet, dass sie ein Wiedererkennen erwartete.

»Die Bärbel, ja …«, sagte Martin und legte vier Äpfel der sauren Sorte in den Korb.

»Du erinnerst dich nicht, oder?«

Martin konzentrierte sich auf die Äpfel.

»Mein Beileid übrigens«, sagte Bärbel. »Gut ist es dir ja nicht ergangen bei ihr.«

Martin betrachtete die Frau genauer. Sie wirkte mächtig, wahrscheinlich, weil sie sehr groß war. Graue, volle Haare umrundeten ihren Kopf wie eine Mütze, an beiden Ohren baumelten riesige rotgraue, runde Ohrringe, den Rest des massigen Körpers verhüllte ein graues Wollkleid, das auf Martin wie ein Kartoffelsack wirkte. Woher zum Teufel sollte er diese Person kennen?

»Stell dir einfach vor, meine Haare wären lang, dunkelbraun statt grau, und ich würde Zöpfe tragen.«

Martin dämmerte es. »Pippi!«, rutschte es ihm raus.

Bärbel grinste. »Genau, die Pippi«, sagte sie und sah ins Leere, als fände sie dort die Vergangenheit.

Bärbel, ein Kind aus dem Dorf, das immer Pippi Langstrumpf hatte sein wollen. Frech war sie gewesen, Martin erinnerte sich. Ein Schreck jeden Lehrers, weil sie alles hinterfragte und ihre Wissbegierde manchmal über den Horizont der Grundschullehrer hinausging. Pfiffig war sie gewesen.

»Schade, dass ich mich sputen muss, ich kümmere mich heute um meinen Enkel. Aber vielleicht können wir an einem anderen Tag ein wenig plaudern. Hast du auch Enkelkinder?«

Nicht mal Kinder.

»Nein.«

»Na, was nicht ist, kann ja noch werden. Auf bald mal. Vielleicht sehen wir uns öfter, hab gehört, du bist zurück. Ich heiße inzwischen Höfer, falls du mich suchst.«

Dorftratsch? Martin verachtete Menschen, die über anderes Leben redeten, weil sie über sich selbst nichts zu sagen wussten und damit eigene Lebenslücken zu füllen versuchten. Er packte noch zwei Äpfel der sauren Sorte in seinen Korb und ging zur Kasse. Die Schlangen dort erinnerten ihn an die bevorstehenden Osterfeiertage. Normalerweise mied er das Einkaufen an solchen Tagen. Vor lauter Kartons hatte er nicht an einen überfüllten Supermarkt gedacht. Gerade stellte er sich an Kasse drei an das Ende der Schlange, da öffnete Kasse vier und er wechselte.

Die Kassiererin lächelte ihn an.

»Haben Sie Kartons für mich?«

Die Kassiererin deutete auf einen Stapel hinter sich. »Bedienen Sie sich.«

Bevor Martin sich bei ihr bedanken konnte, ertönte eine Frauenstimme hinter ihm: »Du ziehst in ihr Haus? Wie schön!« Er erkannte Bärbel, sagte nichts und wandte sich wieder an die Kassiererin: »Danke sehr.«

»Immer gerne.«

Martin schnappte sich ein paar Kartons und verließ mit einem kurzen Gruß an Bärbel den Supermarkt.

Sie rief ihm hinterher: »Dann sehen wir uns jetzt wirklich öfter!«

Vor dem Haus lag eine kostenlose Wochenzeitung auf der Fußmatte. Martin stellte die Kartons beiseite, nahm die Wochenzeitung, schloss die Tür auf und legte sie in der Küche auf den Tisch. Dann holte er die Kartons herein und ließ sie im Flur stehen. Am Küchentisch blätterte er in der Wochenzeitung. Eine Anzeige fiel ihm ins Auge: *Flohmarkt für gebrauchte Kleider.* Er sah von der Zeitung auf ins Wohnzimmer, in dessen Mitte noch immer Großmutters Kleider auf den beiden fahrbaren Ständern hingen. Dann nahm er sein Smartphone, wählte die angegebene Nummer und machte Nägel mit Köpfen. Nicht einmal eine Standgebühr wurde verlangt. Nur ein Kuchen, da könnte er Frau Wondra fragen.

Am Ostersamstag, dem Flohmarkt-Samstag, um kurz nach sieben Uhr, holte Martin die beiden Kleiderständer aus dem Volvo. Kaum hatte er sie auf dem Gehweg abgestellt, da tippte ihm jemand auf die Schulter, Martin drehte sich um.

»Hier können Sie Ihr Auto nicht stehen lassen«, sagte ein Mann in schwarzer Jogginghose und einem Shirt, auf dem in orangenen Großbuchstaben Orga-Team geschrieben stand. »Das ist die Feuerwehrzufahrt.«

»Ich lade nur schnell ab«, sagte Martin.

»Das sagen alle, und dann haben wir den Salat. Ich gebe Ihnen eine Minute, aber wehe, es werden zwei.«

Wortlos kehrte Martin dem Wichtigtuer den Rücken und sah sich mit den Stangen in beiden Händen um. Es herrschte emsiges Treiben. Tapeziertische wurden auseinandergeklappt, Kisten ausgepackt und Habseligkeiten ausgebreitet, die heute den Besitzer wechseln sollten. Martin sah altes Kochgeschirr, Silberlöffel, Legobausätze, Kisten voller Matchboxautos und einen Tisch nur mit Hüten. Er rief sich die Anzeige ins Gedächtnis: Flohmarkt für gebrauchte Kleider. Ob er mit Großmutters Kleidern in eine andere Ecke musste? Er sprach eine Frau an, die gerade Babystrampler vor sich ausbreitete und sie mit den Händen glattstrich, als wische sie eine vergangene Zeit weg.

»Entschuldigung, können Sie mir sagen, wer die Stände einteilt?«

»Freie Wahl«, sagte die Frau.

Von Wahl konnte jedoch keine Rede mehr sein, stellte er fest, als er sich erneut umsah. Er schüttelte den Kopf. Nur noch am Rand des asphaltierten Turnhallenvorplatzes entdeckte er eine Stelle, die ihm groß genug schien für seine beiden Kleiderständer und den Hocker, den er in Großmutters Keller aufgetan hatte. Schnell verband er die Stangen, so dass er mit ihnen den Platz reservieren konnte und eilte zum Auto zurück, um die Kleider und den Hocker zu holen.

Von einem Mädchen, das unterschiedliche Puppen auf einem Tisch drapierte und so liebevoll über deren Köpfe strich, als wolle sie sie behalten, erfuhr er, dass der Kuchen, den ihm

Frau Wondra gebacken hatte, in der Turnhalle abgegeben werden sollte.

»Oh, wie der duftet«, sagte die Frau, die ihn entgegennahm. »Name?«

»Martin Wachs.«

Wenn er das Paule erzählte. *Du magst doch keine Menschenansammlungen,* würde der sagen und recht hätte er. Als sie sich angefreundet hatten, hatte Paule oft versucht, ihn auf irgendwelche Rockkonzerte mitzunehmen. Aber bald hatte er verstanden, dass Martin in seiner freien Zeit lieber alleine war, oder allenfalls Lesungen besuchte.

Die Frau starrte noch immer auf die Liste.

»Wachs«, sagte er in der Hoffnung, die Frau würde seinen Namen nun endlich finden.

»Das sagten Sie bereits.«

»Wachs schreibt man mit W. Mein Name müsste ganz unten stehen.«

»Die Namen sind nicht alphabetisch aufgelistet.« Die Frau rückte ihre Brille zurecht und fuhr mit dem Zeigefinger akribisch von oben nach unten über die Liste. Wenn sie ihn nicht in den nächsten Sekunden fand, würde sie ihm hinterherrufen müssen. Endlich konnte er die Halle wieder verlassen, fragte sich aber, warum der Flohmarkt nicht hier drinnen stattfand, wo Wärme und Kuchen in greifbarer Nähe waren. Ihm sollte es allerdings recht sein, er war lieber an der Luft. Was war das nur wieder für eine Idee gewesen? Am Ostersamstag einen Flohmarktstand anmieten. Das lag ihm wohl in den Genen.

Weggeschmissen wird nichts.

Ja, Papa.

Martin drängte sich durch die Menschen zurück zu seinem Stand. Dieser Platz war zu klein für all die Anbieter und Kaufinteressierten. Zügig ging er durch die Tischreihen, bis ihn eine Frau anrempelte, die von der Seite kam.

»Hoppla«, sagte sie.

Martin zuckte zusammen.

»Oh Verzeihung.«

»Ist schon gut«, sagte Martin und wollte seinen Weg fortsetzen, da hielt ihn die Frau auf:

»Ach, das sind ja Sie, Frau Vollmers Enkel. Wie geht es Ihnen?«

Ihre pechschwarzen Haare glänzten wie Lack. Die Frau aus dem Hospiz.

»Gut«, sagte er und wollte weiter.

»Lösen Sie den Haushalt Ihrer Großmutter auf?«

»Ja, ich versuche hier ein paar Kleider loszuwerden, vielleicht ...«

»Ihre Großmutter hat immer sehr auf ihr Äußeres geachtet.«

Ja, dachte Martin. Äußerlichkeiten. Als ob es darauf ankam.

»Viel Erfolg«, sagte sie und ging davon.

Erleichtert stellte Martin fest, dass die Ständer mitsamt Kleidern noch an Ort und Stelle standen. Neben ihm stapelten zwei Jugendliche – ein Mädchen und ein Junge, sie mochten Geschwister sein – Gesellschaftsspiele auf: Monopoly, Mensch-ärgere-dich-nicht und Scrabble. Spielte das heute noch jemand? Martin schätzte die beiden auf vierzehn oder fünfzehn Jahre. Sie schielten zu ihm hinüber.

»Schau mal, der Alte verkauft Frauenkleider«, sagte der Junge so laut zu dem Mädchen, dass Martin es nicht überhören konnte. Jetzt kam er auch noch näher, griff eines der Kleider aus dem Ständer und hielt es in die Höhe.

»Könnte noch zu klein sein für dich, Schwesterherz«, sagte er.

Martin nahm ihm das Kleid aus der Hand. Worte sparte er sich, an einen pubertierenden Jugendlichen wollte er keine verschwenden. Die Mutter kam hinzu, schimpfte laut genug mit ihrem Sohn, Martin nickte zum Zeichen, dass es in Ordnung sei, und wollte das Kleid zurückhängen, da vernahm er eine weibliche Stimme im Rücken: »Warten Sie, zeigen Sie doch mal her.«

Schon wieder die Frau aus dem Hospiz.

Sie nahm ihm das Kleid ab, hielt es etwas von sich weg, murmelte *Das könnte passen*, legte es quer über den Ständer und schaute die anderen Kleider durch.

»Da ist ja eines schöner und eleganter als das andere. Ich sehe Frau Vollmer vor mir.«

Noch bevor Martin irgendetwas sagen konnte, fuhr sie fort: »Eine gute Idee von Ihnen, die Kleider hier anzubieten. Ich weiß gar nicht, wie ich mich entscheiden soll.«

»Nehmen Sie doch alle«, rutschte es Martin heraus. Das wäre seine Chance, in Windeseile diesen belebten Platz verlassen zu können.

»Was kosten die Kleider denn?«

Martin war die Frage unangenehm. Wie stand er nun da vor dieser Frau, die seine Großmutter gekannt hatte. War sie ihre Pflegerin gewesen? Was hielt sie von ihm, der aus den Kleidern Kapital schlagen wollte?

»Nun?«, fragte sie.

»Ich schenke sie Ihnen.«

»Aber nein, das müssen Sie nicht.«

»Doch, doch«, sagte er. Wenigstens sah es jetzt nicht so aus, als wolle er sich am Tod seiner Großmutter bereichern.

»Ich glaube, dann nehme ich alle … unter einer Bedingung.«

»Aha. « Martin mochte keine Bedingungen.

»Ich darf Ihnen dafür etwas geben.«

»Wenn Sie das unbedingt wollen.«

Sie fuhr sich mit der Hand ins Haar und wickelte eine Haarsträhne um ihren Zeigefinger. »Nein, wir machen das anders.« Sie griff ein zweiteiliges fliederfarbenes Kostüm heraus. »Ich nehme das sofort mit und den Rest …« – Sie machte wieder eine Pause und sah Martin an, als erwarte sie etwas, er wusste nur nicht, was – »… würde ich später bei Ihnen abholen. Ich bin nämlich nur mit dem Rad unterwegs.«

Eigentlich wollte er keinen Besuch.

»Wo und wann kann ich die Kleider denn holen?«

»Meisenweg 7, das ist …«

»Ach so, klar, in Frau Vollmers Haus. Ich weiß, wo das ist. Sagen wir, in einer Stunde?«

»Gerne«, sagte Martin und sah der Frau hinterher.

Gerne. War er von allen guten Geistern verlassen? Als er sich durch die Masse zu seinem Auto drängte, war er dennoch erleichtert, dass er die Sachen so schnell losgeworden war. Er fragte sich nur, was so eine zierliche, adrette Frau mit diesen Kleidungsstücken wollte, die ihr ganz bestimmt zu groß waren.

Kurzentschlossen fuhr Martin direkt bis an die Haustür seines neuen Domizils, stieg aus dem Auto, öffnete den Kofferraum, holte die Stangen der Kleiderständer heraus, steckte sie zügig zusammen und hing die Kleider auf. So müsste er die Frau aus dem Hospiz nicht reinbitten. Dann fuhr er das Auto auf den Parkplatz und ging zurück zum Haus. Gerade hatte er den Schlüssel ins Haustürschloss gesteckt, da hörte er eine weibliche Stimme rufen: »Herr Wachs, hallo!«

Er wusste, ohne sich umzudrehen, dass es die schwarzhaarige Frau war. Sie schien ihm keine Pause gönnen zu wollen. Woher kannte sie eigentlich seinen Namen? Seine Großmutter hieß Vollmer.

»Ich denke, es ist am einfachsten, wir schieben die Ständer zu meinem Auto, dann müssen wir die Kleider nicht tragen und so oft hin und her laufen.«

Nun nahm jeder einen Ständer und schob ihn über das Pflaster. Die Frau lief viel schneller als Martin, und so kam er in den Genuss, sie von hinten zu betrachten. Für eine Sekunde erlaubte er es sich, den straff sitzenden Jeansstoff über ihrem Hintern wegzudenken. Am Ende des Weges zeigte sie nach links, dort am Straßenrand stand ein weißer Kombi. Martin staunte über die Größe des Autos, die ihm neulich an der Tankstelle gar nicht aufgefallen war. Das passte irgendwie nicht zu dieser doch eher kleinen Frau, bis er im Innern Kindersitze entdeckte. Knackige Figur für eine Mutter, dachte er und fühlte sich ertappt, als die Frau erklärte: »Der Wagen gehört meinem Bruder. Der hat drei Kinder. Seine Frau und er müssen sie ständig in der Gegend herumfahren. Fußball, Handball, Flötenunterricht. Aber ich hatte Glück. Für eine halbe Stunde kann ich den Wagen haben.«

Martin fragte sich, auf was sie das Glück bezog. Darauf, dass sie keine Kinder hatte, die sie rund um die Uhr von A nach B fahren musste, oder darauf, dass sie den Wagen ausleihen konnte.

»Helfen Sie mir einladen, Herr Wachs?«, fragte sie und klappte den Kofferraum auf.

»Gerne, die Dame«, sagte Martin in lakonischem Tonfall.

»Ach ja. Und entschuldigen Sie, dass ich vergessen habe, mich vorzustellen.« Sie wandte sich zu ihm um und streckte ihm die Hand entgegen »Anouk May.«

Martin nahm ihre Hand und war überrascht über den starken Druck. »Martin Wachs«, sagte er.

Sie ließ seine Hand wieder los, sah ihn aber erwartungsvoll an. Martin schwieg und begann, die Kleider von der Stange zu nehmen und im Kofferraum abzulegen. Es wäre wirklich einfacher gewesen, er hätte sie im Auto gelassen, um von Kofferraum zu Kofferraum umzuladen. *Sei doch nicht immer so umständlich.* Dieser Satz war aus zehn Jahren Ehe mit Maria hängen geblieben wie ein Wäschestück auf einer Leine vor einem verlassenen Haus.

»Ich arbeite in einer Physiotherapiepraxis. Und was machen Sie so?«, fragte Frau May, während sie und Martin nun im Wechsel den großräumigen Kofferraum befüllten.

»Lehrer«, fühlte Martin sich gezwungen zu sagen.

»Ach, wie schön. Was unterrichten Sie denn?«

»Deutsch und Englisch.«

»Welche Klassen?«

»Fünfte bis Zwölfte.«

»Ach herrje, das wäre nichts für mich. Mir reichen schon die ganzen Nichten und Neffen, ich kann sie bald nicht mehr zählen. Ich hab nämlich drei Geschwister, und die haben alle einen Stall voller Kinder. Alle zusammen ergäben bestimmt eine ganze Fußballmannschaft. Ich bewundere ja Menschen, die anderen etwas beibringen können.«

Martin fiel ein Kleid auf den Boden, er bückte sich. »Mist«, sagte er.

»Ich werde die Kleider sowieso erst in die Reinigung geben.«

»Tut mir leid, das habe ich nicht mehr geschafft.« Martin hoffte, dass die Kleiderübergabe nun bald erledigt sei, denn er war jetzt lange genug unter Menschen gewesen. Er wollte mit sich alleine sein.

Als alle Kleider verstaut waren, sagte Martin höflich, aber bestimmt: »Auf Wiedersehen«.

»Ja, wäre schön, wenn wir uns wiedersehen. Jetzt muss ich aber schleunigst die Kleider versorgen und meinem Bruder das Auto zurückbringen.«

Frau May war eine von diesen Frauen, die ohne Punkt und Komma plapperten. Das war ihm zu anstrengend. Auch wenn ihre Reaktion auf die Nennung seines Berufes nicht das typische *Ach, die haben ja nur Ferien* gewesen war, reichte es ihm. Jetzt wollte er nur eines. Eine Tasse starken Kaffee, im Sessel sitzen, lesen und nach draußen schauen.

Schon wenige Minuten später klingelte es. Martin erhob sich vom Küchentisch. Bestimmt war es Frau May, die vergessen hatte, ihm wie angekündigt, etwas für die Kleider zu geben.

»Hallo, Martin, so schnell sieht man sich wieder.«

»Bärbel?«, erstaunt sah Martin zu der großen Frau auf.

»Überrascht?«

»In der Tat, ich dachte …«

»Das macht nichts. Ich will dich wirklich nicht lange stören. Darf ich hereinkommen?«, fragte sie.

Martin wich vor ihrer Körperfülle zurück. Er konnte gar nicht so schnell reagieren, da war sie schon im Wohnzimmer und steuerte die Couch an. Um nicht gänzlich das Gefühl zu haben, nicht mehr Herr im eigenen Haus zu sein, sagte Martin: »Setz dich doch.« Dann stand er hilflos vor ihr. Sie wirkte selbst im Sitzen noch wie ein Riese.

»Ich habe dir auf dem Flohmarkt hinterhergerufen, aber du hast mich wohl nicht gehört«, begann Bärbel. Dann stockte sie und sah sich um. »Sag mal, ziehst du jetzt wirklich hier ein? Das würde mich ja freuen.« Sie machte eine Pause, scheinbar hatte sie den Faden verloren. Aber sie nahm ihn wieder auf.

»Schon komisch, wie man sich fühlt, wenn man seine Klassenkameraden aus der Grundschule wieder trifft. Mir geht es so, dass ich mich gleichzeitig jung und alt fühle.«

»Was führt dich zu mir?«

»Du bist Deutschlehrer, oder?«

»Wieso?«

»Es geht um Folgendes: Ich engagiere mich hier im Dorf für die Flüchtlinge, und wir suchen händeringend Leute, die diesen armen gestrandeten Menschen Deutsch beibringen. Ich weiß, du müsstest deine Freizeit opfern, aber ich sag dir, diese Menschen sind so dankbar. Ich kann dir Geschichten erzählen … unglaublich, was die alles durchgemacht haben.« Bärbel holte Luft. »Das geht mir ans Herz, und ich kümmere mich um so vieles wie zum Beispiel das Beschaffen von Möbeln für die Flüchtlingsunterkunft hier …«

Martin nutzte die Gelegenheit. »Braucht eure Organisation noch Möbel?«

»Ja, aber deswegen bin ich nicht hier.«

Martin machte eine ausladende Handbewegung, die den Raum erfasste. »Könnt ihr alles haben«, sagte er. »Auch das, was draußen auf der Terrasse steht. Umsonst.«

»Ach ja?« Bärbel stutzte und sah sich um. »Das ist sehr großzügig von dir, danke schon mal, ich weiß das zu schätzen. Das können wir bestimmt gebrauchen.«

»Ein Schlafzimmer hätte ich auch noch und …«

»Gerne Martin, wichtiger wäre aber der Unterricht.«

»Wichtig ist ein Dach über dem Kopf«, entgegnete Martin.

»Da hast du auch wieder recht. Wegen der Möbel schick ich dir meinen Mann vorbei. Noch mal zum Unterricht. Sicher könntest du nur abends, morgens bist du ja selbst in der Schule. Ein-, zweimal die Woche würde auch schon reichen für den Anfang.«

»Bärbel …«

»Denk darüber nach, ich bitte dich!«

Er wollte nicht darüber nachdenken, brachte eine Absage aber jetzt nicht über die Lippen, weil er Bärbels Engagement honorierte. Ohne Menschen wie sie funktionierte die Welt eben nicht. Ihm hatte sie früher in Mathe geholfen, da war sie unschlagbar gewesen. Er wollte jetzt nicht so unfreundlich sein und ihr eine Absage erteilen, weshalb er sie vertröstete. »Ich denke darüber nach.« Zu seiner Erleichterung erhob sich Bärbel daraufhin und ging zur Haustür.

»Ich komm dann wieder vorbei. Und den Achim schick ich dir auch.«

»Achim?«

»Meinen Mann. Wegen der Möbel.«

»Gib mir besser deine Telefonnummer, ich weiß nicht, wann ich da bin.« Er wollte nicht überrascht werden.

»Martin, wir leben hier auf dem Dorf. Ich suche die Leute lieber gleich auf, anstatt zu telefonieren. Ist doch viel persönlicher, findest du nicht?«

Persönlich? Martin hatte hierzu seine eigene Meinung.

»Auf Wiedersehen«, sagte er und schloss die Tür hinter Bärbel. In den letzten Tagen hatte so oft jemand etwas von ihm gewollt, keine Spur von ruhigem Landleben. Er fragte sich, ob es eine gute Idee gewesen war, hier einzuziehen. Es ging zu wie im Taubenschlag. Kurz schoss ihm der Gedanke durch den Kopf, dass es von Vorteil war, die Stadtwohnung noch nicht schriftlich gekündigt zu haben, und es noch drei Tage bis zum geplanten Umzug dauern würde. Bärbel verhielt sich, als läge ihre gemeinsame Grundschulzeit erst ein paar Tage hinter ihnen. Man konnte doch nicht einfach so viele Jahre übergehen. Aber immerhin tat sich die Gelegenheit auf, sehr viel schneller als gedacht, Großmutters Möbel loszuwerden und damit auch noch einen guten Zweck zu erfüllen. Und im gleichen Atemzug würde er Bärbel beibringen, dass es für ihn nicht infrage kam, Geflüchtete zu unterrichten. Mit dem Zeitmangel würde er sich herausreden, den ein Umzug mit sich brachte. Früher oder später würde sie verstehen. Und dann würde Ruhe einkehren. Endlich.

Martin ging durch alle Zimmer des Hauses, um zu schauen, welche Möbel er behalten wollte. Wahrscheinlich lief es darauf hinaus, dass er die Küche behalten würde, auch wenn sie schon sehr alt war, außerdem den Lesesessel seiner Mutter und den Schreibtisch. Das alles waren Einrichtungsgegenstände, denen seine Mutter Leben eingehaucht hatte. Er ging in sein ehemaliges Kinderzimmer, öffnete den Kleiderschrank, um nachzuschauen, ob er Frau May, die vielleicht nachher käme, nicht noch das ein oder andere Stück mitgeben konnte. Seinem Geschmack entsprachen die vielen Winterjacken, Mäntel und Strickpullover nicht, aber ihm hatten ja auch die Kleider nicht gefallen, die er auf dem Flohmarkt angeboten hatte. Zumindest nicht für so eine adrette Frau, wie es Frau May war. Dann ging er wieder nach unten, wo ihm im Flur die leere Wodkaflasche auffiel. Da er nicht den Eindruck eines Säufers hinterlassen wollte, nahm er die Flasche und ging damit in die Küche. Nach kurzem Überlegen öffnete er den Abstellraum, um sie dort loszuwerden, da fiel ihm die hässliche, altbackene Kittelschürze seiner Großmütter ins Auge. Die könnte er auch mit der Winterkleidung in die Altkleidersammlung geben, dachte er und nahm sie heraus, da klingelte es. Er ging an die Tür. Diesmal stand tatsächlich Frau May vor ihm. Schuldbewusst lächelte sie ihn an.

»Ich wollte Ihnen doch etwas geben für die Kleider«, sagte sie und hielt ihm einen Schein hin.

Martin sah ihr in die Augen. »Müssen Sie doch nicht.« Hatte sie vorhin schon diesen Lippenstift getragen, fragte er sich. Er hatte es gar nicht mehr so eilig, Frau May loszuwerden und war über sich selbst irritiert. »Halten Sie mal bitte?« Er reichte ihr die Kittelschürze, um seinen Geldbeutel aus der Hosentasche zu ziehen.

»Mein Gott, ist die hässlich!« Frau May lachte laut, besah sich die Schürze genauer und wandte sich wieder an Martin. »Aber meine Oma würde sie lieben.«

Martin fiel auf, dass sie auch mit den Augen lachte. »Dann schenke ich sie Ihnen«, sagte er und musste grinsen.

»Vielen Dank. Das ist zu nett.«

»Ich hätte noch ein paar Kleider«, sagte er.

»Schaue ich mir gerne an.«

Frau May trat in den Flur, Martin nahm ihr kurzerhand die Kittelschürze wieder ab und hängte sie über das Treppengeländer. Sie fiel herunter, etwas steckte wohl in der Tasche, Martin wollte nachsehen, aber Frau May stand schon vor der Treppe, und er bat sie nach oben. Die Kleidungsstücke wollte sie nicht, weil sie ein Mottenloch entdeckt hatte und nicht Gefahr laufen wollte, ihrer Großmutter die Viecher ins Haus zu holen.

»Wohin geht es denn hier?«, fragte sie und sah interessiert auf die Leiter, die auf den Speicher führte.

»Auf den Speicher«, sagte Martin und dachte, wohin denn sonst?

»Ich liebe alles, was alt ist. Wenn Sie außer den Kleidern noch etwas loswerden möchten …«

»Ausgediente Koffer könnte ich Ihnen auch noch anbieten.«

»Sind die dort oben? Darf ich?«

»Ja, bitte.«

Frau May stieg nach oben.

»Geht es?«, fragte Martin. Die Stufen knarzten. Er fand es waghalsig, wie Frau May in Sandalen die Leiter erklomm. Er befürchtete, sie könne jeden Moment abrutschen. Als sie den ersten Blick in den Raum erhaschte, stieß sie begeistert aus: »Was ist das denn für ein wunderschöner Raum? Hier würde ich mir ein Zimmer einrichten, wenn das mein Haus wäre. Man müsste nur ein paar gescheite Dachfenster einbauen.«

Martin sah auf ihre Beine. In den Sandalen steckten wohlgeformte Waden. Gerade, als er sich fragte, ob ihre Oberschenkel ebenso fest waren, stieg sie ganz hinauf und entzog sich damit seinen weiteren Blicken. Er fragte sich, wie lange es her war, dass er einer Frau unter den Rock gesehen hatte. Dafür schämte er sich und stieg nun ebenfalls die Leiter empor.

»Alles unbrauchbares Zeug«, sagte er, als er oben angekommen war.

»Aber nein! Sehen Sie doch nur den Puppenwagen. Mein Gott, ist der schön. Das wäre was für meine Nichte, sie wird bald sechs. Wo findet man denn heute noch so etwas Schönes? Manchmal denke ich, früher, als die Menschen weniger hatten, waren sie viel kreativer. Allein dieser geblümte Bezug wirkt so liebevoll. Was wollen Sie dafür?«

»Ich weiß nicht«, sagte Martin. Er vermutete, dass es der Puppenwagen seiner Mutter gewesen war und wollte ihn nicht hergeben.

»Meine Nichte hat erst in ein paar Wochen Geburtstag. Sie können es sich ja noch überlegen.« Dann zeigte sie auf die Koffer vor ihr auf dem Fußboden. »Sind das die Koffer, von denen Sie gesprochen haben?«

Er nickte.

Frau May machte einen Schritt nach vorn, blieb vor den Koffern stehen, bückte sich und strich über die Oberfläche. »Wo diese Koffer wohl schon überall waren?«

»Vielleicht im Krieg«, sagte Martin.

»An was für schreckliche Sachen denken Sie denn gleich?«

Während Frau May in die Koffer hineinschaute, dachte Martin an seinen Großvater, den er nie kennengelernt hatte. Auch seine Großmutter hatte nie über ihn gesprochen. Martin wusste nur, dass die beiden während des Zweiten Weltkrieges geheiratet hatten.

Frau May kniete noch immer vor einem der Koffer. »Ich stelle mir vor, hier lagen gebügelte und gefaltete Nachthemden drinnen, eine Schlafhaube, geblümte Kleider und ein Notizbuch, um die schönsten Reiseerlebnisse aufzuzeichnen.« Sie richtete sich auf. »Sie müssen entschuldigen. Wenn ich Koffer sehe, geht meine Fantasie mit mir durch. Du und deine Kofferträume, sagt meine Nichte immer. Also nicht die, für die der Puppenwagen gedacht wäre. Die Älteste meiner mittleren Schwester, die …«

»Kofferträume«, wiederholte Martin und sagte es mehr zu sich selbst: »Ein schönes Wort.«

»Sehen Sie, ein Koffer würde niemals davon träumen, für den Krieg gepackt zu werden.«

»Gegenstände träumen überhaupt nicht«, entgegnete Martin.

Frau May sah Martin an. Wieder fiel ihm die Diskrepanz auf zwischen ihrer zierlichen Gestalt und dem festen Händedruck.

»Aber wir Menschen können träumen.«

»Bitte?« Die Frau verwirrte ihn.

»Ach nichts«, sagte sie und sah sich wieder im Raum um.

Martin räusperte sich. »Wenn Sie die Koffer wollen …«

»Ach, zu gerne, leider habe ich gar keinen Platz. Es geht nur manchmal mit mir durch. Ich mag alte Dinge, die überlebt haben. Aber denken Sie über den Puppenwagen nach, ich gebe Ihnen meine Telefonnummer.«

Nacheinander stiegen sie die Leiter hinab.

Unten angekommen hob Frau May die Kittelschürze vom Boden auf und stopfte sie schnell in ihre Umhängetasche. »Weg damit«, sagte sie und grinste. »Aber Dankeschön noch einmal für dieses augenbetäubende Stück. Es wird meine Oma trösten.«

Augenbetäubend. Was für ein außergewöhnliches Wort.

Als Frau May gegangen war, sah er auf die Uhr und befand, dass es zu spät war für einen Kaffee. Abgespannt, wie er war, setzte er sich in den Fernsehsessel.

Es war so schön still. Still wie in einem Museum, und in seiner Vorstellung war er der Wächter, der in einem Buch las und ab und zu aufschaute, ob auch kein Besucher die wertvollen Ausstellungsstücke begrapschte. Aber hier gab es keine Ausstellungsstücke. Nichts außer Ruhe und Leere. Was, wenn er Frau Mays Vorschlag überdachte und sich auf dem Speicher ein Zimmer einrichtete? Wenn er seinen geliebten Schreibtisch dort oben aufbaute? Aber was machte er dann mit dem Schreibtisch im ehemaligen Arbeitszimmer seiner Mutter? Noch einmal sah er sich um. Nein, er konnte sich nicht vorstellen, diesen Raum mit Möbeln zu bevölkern. Dieser Raum schrie nach Stille und Leere, und er wollte diesem Raum, aber auch sich selbst, die ersehnte Stille und Leere gönnen. Wohnzimmer. Lesezimmer. Leseraum. Hier war ein Raum, in dem er gelesenen Worten Platz lassen konnte. Dies hier war kein Wohnraum. Dies hier war ein Wort-Raum.

Lies mir vor.

Das ist ein Buch für Erwachsene.

Lies, ich werde auch mal ein Erwachsener sein.

Wenn es einen Platz gab, an dem er sich Mutters Lesesessel noch vorstellen konnte, dann hier. Ihn überkam das Gefühl, dass er sich hineinsetzen könnte, wenn er ihn in einen anderen Raum stellte. Ja, wenn er aus dem ehemaligen Wohnzimmer seiner Großmutter seinen Wort-Raum machte und den Sessel seiner Mutter hierher brachte, dann wäre es für ihn denkbar, darin Platz zu nehmen, weil es das Erschaffen eines besonderen Ortes ermöglichte, das Möbelstück gleichzeitig zu entfremden und neu zu beheimaten.

Hier wollte er in Zukunft in ihrem Sessel sitzen und Worte verdauen. Ja, das wollte er. Rudi würde sich in diesem Sessel recht wohl fühlen.

Und dann gab es noch die Aufnahme mit der Stimme seiner Mutter.

Hallo Martin, hier spricht Mama …

waren die einzigen Worte, die er aus dem Kassettenrekorder hören konnte, in seinem Kopf gab es jedoch viel mehr Worte …

Morgen wirst du zehn, freust du dich?

Und wie, Mama, mehr als auf Weihnachten.

Zehn. Zwei Zahlen. Doppeltes Glück.

Danke Mama.

Sechstes Kapitel
Wort-Schätze

Die Nacht auf Ostersonntag hatte er in seinem ehemaligen Zimmer auf der ausklappbaren Ikea-Couch geschlafen, die die Großmutter irgendwann nach seinem Auszug hier hatte aufstellen lassen. Hatte sich vorgestellt, er sei wieder Kind; hatte die vergangenen Jahre weggedacht und war am Vorabend seines sechsundfünfzigsten Geburtstages am 27. März schlafen gegangen, als sei es der Vorabend seines zehnten Geburtstages, an den er sich so gerne erinnerte.

Als er die Küche betrat, hörten die Kirchenglocken auf zu läuten.

Er lauschte. Unwillkürlich hielt er inne. Endlich war es still. So still, wie er es sich wünschte. Sein Blick fiel auf die Kaffeehandmühle auf der Fensterbank. Ob sie noch funktionierte? Martin reinigte die Mühle und betrachtete sie wie ein Museumsstück. Seine Gedanken glitten in eine andere Zeit. Er sah seine Großmutter am Küchentisch sitzen, die Mühle auf dem Schoß; er hörte seine Mutter schwärmen: »Der Kaffee schmeckt am besten, wenn er handgemahlen ist.« Wie damals fühlte er sich geborgen, als er nach etwas Betteln die Kaffeemühle bekam und mahlen durfte.

Heute musste er nicht mehr betteln. Und seinen sechsundfünfzigsten Geburtstag würde er nicht feiern, denn seit dem Unfall erschien ihm das Feiern von Lebensjahren auf immer pietätlos. Zugegeben entfloh er so auch der Trauer, der er sich nicht stellen wollte, denn sie würde die Einsamkeit in ihm hervorholen, und davor hatte er am meisten Angst. Er schluckte, stellte die Mühle auf die Arbeitsplatte und holte die Bohnen aus dem Kühlschrank. Das Geräusch beim Einfüllen weckte seine Lebensgeister. Nun setzte er sich und nahm die Mühle zwischen die Beine wie früher. Er drehte. Erst ging die Kurbel schwerfällig und quietschte. Dann spürte er, wie sie den Widerstand aufgab und mit jeder Umdrehung leichter ging. Das Lachen seiner Mutter erfüllte wieder diesen Raum und breitete sich aus wie der Kaffeeduft. Beides bescherte Martin Bilder, die das Haus mit Leben füllten. Ihm fielen die Worte von Frau May ein: *Ich mag Dinge, die überlebt haben.* Der Satz erinnerte ihn an einen Roman und er fragte sich, ob sie ihn auch gelesen hatte? Während er über den Titel nachdachte, holte er den Porzellanfilter aus dem Schrank und eine Tasse, auf der eine Rose aufgedruckt war. War das nicht die Lieblingstasse seiner Mutter gewesen? Er stellte den Wasserkocher an, legte eine Tüte in den Filter, kippte den gemahlenen Kaffee hinein und goss das Wasser auf.

Dann lief er barfuß mit der Kaffeetasse in der Hand über die Wohnzimmerdielen. Jetzt, da er die Teppiche entfernt hatte, knarzten sie ordentlich. So wie es sich für ein altes Haus gehörte, dachte er und setzte sich in den Fernsehsessel. Noch hatte er den Lesesessel seiner Mutter nicht hierhergeholt.

Er wollte gerade den ersten Schluck genießen, da klingelte es, also stellte er die Tasse auf den Beistelltisch neben dem Sessel ab und ging an die Tür.

»Ich hab's eben grad vom Pfarrer erfahren«, sagte Frau Wondra.

»Was?«

»Dass Irmgards Leiche verbrannt und ihre Asche anonym verstreut wurde.«

»Das war ihr Wunsch.«

»Du hast ihr einen Wunsch erfüllt. Gut.«

Martin versuchte, in ihrem Blick zu lesen. Offensichtlich lag ihr etwas auf dem Herzen.

»Erfülle dir deine Wünsche. Irmgard hätte das gewollt.«

Zurück im Wohnzimmer, betrachtete er die leeren Kleiderständer. Mit einem Mal war ihm danach, die Terrassentür aufzureißen und Morgenluft hereinzulassen. Er tat es, trat nach draußen und schaute in die Ferne; sah sich an seinem zehnten Geburtstag am Küchentisch die Kerzen auspusten.

Schau, Mama, alle aus bis auf eine.

Na, da musst du noch üben, mein Schatz, es werden jedes Jahr mehr.

Stärker war seine Sehnsucht nach ihr geworden, und so schmerzhaft wie sein Leben nach dem Unfall. Jetzt blieb ihm nur der Schluck Kaffee aus handgemahlenen Bohnen aus ihrer Lieblingstasse, mit dem er die Traurigkeit herunterkippen wollte. Er ging wieder hinein, nahm die Tasse vom Tisch und merkte, dass der Kaffee kalt geworden war. Aber der Morgen war noch immer jung, er konnte sich einen neuen kochen.

Erfülle dir deine Wünsche. Irmgard hätte das gewollt.

Als er den ersten Schluck genießen wollte, läutete es schon wieder an der Tür. Das darf doch nicht wahr sein! Draußen stand Frau May mit der Kittelschürze über dem Arm und strahlte ihn an.

»Wollen Sie die zurückgeben?«

»Ja.«

Unwillkürlich trat er einen Schritt zurück.

Und deswegen kommen Sie extra noch einmal hierher? Ich brauche keine Erinnerung an meine Großmutter, Sie hätten die Schürze behalten können.

Frau May deutete auf die Tasse in seiner Hand. »Das duftet ja nach Kaffee bei Ihnen. Wahnsinn! Wie in einem alten Kaffeehaus. Frisch gemahlen, oder?«

»Ich trinke meist frisch gemahlenen.« Martin streckte die freie Hand nach der Schürze aus.

Auf was wartete Frau May?

»Darf ich hereinkommen?«

Nein.

»Ich muss Ihnen etwas zeigen«, sagte sie und schob sich schmunzelnd an ihm vorbei in den Flur, schielte ins Wohnzimmer und rief: »Ziehen Sie hier eigentlich ein?«

Martin begann zu befürchten, dass auch sie Interesse an dem Haus haben könnte und die Kittelschürze nur ein Vorwand war.

»Was ist denn jetzt damit?«, fragte er und deutete auf das Kleidungsstück, das nach wie vor über Frau Mays Arm baumelte.

Frau May marschierte ins Wohnzimmer und hängte die Schürze auf einen der Kleiderständer. Dann stellte sie sich daneben und verschränkte die Arme. Sie lächelte und wirkte wie jemand, der einem anderen einen lang ersehnten Beweis liefern konnte.

»Langen Sie mal in die Tasche!«

»Bitte?«

»Tun Sie's!«

Er dachte an seine Lieblingslektüre aus Kindertagen. Wie die Dollarzeichen in Dagobert Ducks Augen sah er jetzt unzählige Ausrufezeichen in Frau Mays Blick aufleuchten. Er war drauf und dran, sie hinauszuwerfen, aber ihr Blick verwirrte ihn zu sehr, als dass er die richtigen Worte fand.

»Tun Sie's, bitte, Sie werden es nicht bereuen. Ich kann mir nicht vorstellen, dass Sie das verschenken wollten.«

Was sollte das? Zögerlich langte er in die große Kittelschürzentasche. Noch bevor er den Gegenstand herauszog, wusste er, was es war: das Büchlein!

So oft hatte er früher über den samtenen Einband gestrichen und die einzelnen Blütenblätter der aufgedruckten roten Gerbera nachgefahren. So oft hatten seine Finger diesen Schatz berührt, dass sich dieses Gefühl wie ein unveränderbarer Code in sein Gehirn eingebrannt hatte. Jetzt hielt er es in den Händen.

»Ich dachte, das möchten Sie vielleicht wiederhaben.«

Martin war nicht in der Lage, ihr zu antworten. Er wollte jetzt nur noch alleine sein.

Fassungslos stand er da, sah auf das Büchlein und hielt es so fest, als bestünde die Gefahr, eine unsichtbare Kraft könne es ihm wieder entreißen. Er spürte eine sanfte Berührung an seinem Arm, vernahm dann das Geräusch leiser Schritte auf Holz und dann kaum hörbar das Öffnen und Schließen der Haustür.

Erst als er wieder ganz allein war, strich er über die Blütenblätter der Gerbera auf dem samtenen Einband.

Schau mal Mama, ein Käfertunnel.

Ein Käfertunnel?

Ja hier, schräg über die Straße, damit die Käfer heil zur anderen Seite kommen, kein Auto sie überfährt und keiner drauftritt.

Seine Mutter hatte ihm die Illusion nicht genommen und ihn nicht darüber aufgeklärt, dass diese Rinnen in den Bergen dazu dienten, dass das Wasser abfließen konnte, wenn die Schneeschmelze einsetzte.

Er traute sich nicht, nachzuschauen, ob das Wort *Käfertunnel*, das seine Mutter seines Wissens nach noch im Wanderurlaub eingetragen hatte, noch enthalten war. Er wusste, es gab sehr viel ältere Aufzeichnungen als das hier, aber nach der Erfahrung mit den defekten Tonträgern und dem einzig erhaltenen Satz seiner Mutter zögerte er den Moment hinaus, das Büchlein aufzuschlagen. In ihm kämpften Vorfreude und Angst gleichermaßen. Die Vorfreude glich der an Weihnachten, als seine Eltern noch gelebt hatten, und er nicht hatte abwarten können, in das Wohnzimmer zu gelangen, wo ihn dann der Anblick des von Mutter liebevoll geschmückten Baumes genauso glücklich machte wie die eingewickelten Pakete, die Vater von unterwegs mitgebracht hatte. Er hatte Angst vor einer Enttäuschung. Was, wenn das, was er las, gar nicht so großartig war, wie er glaubte? Er hatte nicht mehr damit gerechnet, das Büchlein zurückzubekommen. Vielleicht hatten die Wörter darin für ihn nur deshalb eine so große Bedeutung gewonnen.

Denn was du hast, das merkst du erst, wenn du es nicht mehr hast.

Stand wirklich jedes einzelne Wort noch genauso dort geschrieben, wie er erinnerte, es mit seiner Mutter aufgezeichnet zu haben? Wie auf einer Bühne stand er unentschlossen mitten im Wohnzimmer, so, als müsse er gleich einen wichtigen Text aufsagen und wisse nicht wie, weil jeder Satz, jedes Wort, sogar jeder Buchstabe eine angemessene Betonung verlangte. Ihm wurden die Beine schwer und er beschloss, dass es nun an der Zeit sei, Mutters Sessel hier hereinzuholen. An keinem anderen Ort auf der Welt hätte er das Büchlein aufschlagen wollen.

Nachdem er den Lesesessel an der Fensterfront platziert hatte, setzte er sich hinein und schlug das Büchlein auf.

Wort-Schätze – besondere Worte von Martin und Ruth.

Wie erleichtert er war.

Dann las er. Las und las und las. Las, bis er das Gefühl hatte, dies war kein Traum. Großmutter hatte ihm ein Stück glückliche Kindheit zurückgegeben.

Schau mal Mama, der Himmel ist wolkenbunt.

Wolkenbunt – das ist ein Wort für unser Büchlein, Martin.

Ja, früher war alles bunt gewesen. Er las die Worte *Sonnenblumensterne, Sehkästchen, Tränentau, Morgenlächeln, Laubbub, plauderlustig* und dachte, dass ihm genau das heute fehlte: das Bunte. Aber nicht nur Farben verblassten.

Manchmal taten ihm die Schriftsteller leid. *Wer schreibt, bleibt.* Von wegen! Wussten sie denn nicht, dass nichts blieb? Dass die Sonne mehr Kraft hatte als niedergeschriebene Worte? Dass sie in 7,49 Milliarden Jahren alles verschlucken würde? Für sein Empfinden war Leben endlich, waren Worte endlich, nur Zeit nicht. Die Vorstellung aber, etwas Besonderes für eine lange Zeit zu hinterlassen, fand Martin nachvollziehbar. Und was ihn betraf, so würde das Büchlein ihn nun bis an sein Lebensende begleiten. Was danach mit den Worten passierte, lag nicht mehr in seiner Macht. Mit nichts anderem hätte Frau May ihm eine größere Freude bereiten können. Unmögliches schien möglich, seine Mutter schien Stück um Stück von den Toten zu erwachen. Er schluckte und überlegte, welches Wort er wählen würde, wenn es nur ein Wort gab, das er der Nachwelt überlassen durfte. Vielleicht *Wolkenwinker,* weil es zum Thema Abschied passte, oder *Badewannenwasserwellen,* weil es einen trotz seiner Länge nicht erschlug, sondern weich berührte, oder *Butterblumenfest, Tollmond* oder *himbeerblaubeerig*? Es gab so viele schöne Worte in diesem Büchlein, das wie ein eigenes Kind auf seinem Schoß lag. Letztendlich waren die Worte aber nur für ihn selbst von so großer Bedeutung; er konnte sich nicht vorstellen, dass andere bei *Badewannenwasserwellen* ähnlich empfanden wie er. Auch wenn Frau May ihm das Büchlein zurückgebracht hatte, weil sie spürte, dass es etwas Besonderes war.

Ich darf Ihnen dafür etwas geben.

Wenn Sie das unbedingt wollen.

Die Ereignisse wühlten ihn auf. Am besten, er ging spazieren. An früher denken wollte er nicht mehr. Nicht jetzt, wo das Leben für ihn von vorne begann. Eilig ging er aus dem Haus. Wenn er einen Fuß vor den anderen setzte, würden seine Gedanken der Vorwärtsbewegung folgen, so hoffte er.

Als er zurückkam, fühlte er sich erfrischt und hungrig. Er aß einen Teller Spaghetti mit Pesto und gönnte sich dazu ein Glas teuren Rotweins. Danach setzte er sich in den Sessel und nahm das Büchlein erneut zur Hand. Behutsam, als drohten die Blätter zu Staub zu zerfallen, las er darin. Viele wunderschöne Formulierungen tummelten sich wie Goldfische in einem Teich. Er entdeckte Worte wie *Duftikuss, Rosenblätterregen* oder *Nachtperlen* als Synonym für Sterne am Himmel. Es war ein Schatz, den er in Händen hielt. Täglich hatte Großmutter das Büchlein bei sich getragen. Täglich war es also auch in seiner Nähe gewesen. Und er hatte geglaubt, Großmutter hätte es weggeworfen.

Nun gib mir dieses Buch.

Nein, das gehört mir.

Es ist von meiner Tochter, also gehört es mir.

Nein, nein, nein. Das sind unsere Worte. Mamas und meine.

Deine Mama ist tot. Und du bist schuld.

Er war so clever gewesen, das Büchlein in Rudis Rücken einzunähen, aber Großmutter hatte es gefunden und genommen.

Nun, die Worte und wundervollen Sätze aus seinen glücklichen Jahren waren nicht vernichtet worden. Sie waren alle genau dort gelandet, wo sie hingehörten: mitten in seinem Leben. Martin stellte sich vor, wie Großmutter Hausarbeit gemacht, zwischendrin pausiert und im Büchlein geblättert hatte. Um ihrer Tochter nahe zu sein, so nahm er heute an. Warum hatte sie nicht mit ihm geteilt, sich ihm mitgeteilt, damals? Wie war es, wenn das eigene Kind starb? Er war nicht imstande, das nachzuempfinden, weil er keine Kinder hatte, aber er kannte Beispiele aus der Literatur, die diese Gefühle genau beschrieben. Er fand die Vorstellung schön, dass Großmutter auf ihre Art diese *Wort-Schätze* in ihr Leben eingebunden hatte. Was mache ich denn jetzt mit euch?, fragte er sich.

Er schnappte sich Jacke und Autoschlüssel und verließ das Haus. Heute konnte er hier nicht mehr bleiben. Die Stimmen aus der Vergangenheit wühlten ihn zu sehr auf, als dass er in den Schlaf finden würde. Er brauchte Abstand von den Erinnerungen, die das Haus hervorrief. Deshalb fuhr er zu seiner Stadtwohnung, um dort zu schlafen.

Siebtes Kapitel
WohnWortWechsel

Am Morgen des Ostermontags räumte Martin den Frühstückstisch ab und staunte, wie still eine Stadt am Feiertag sein konnte. Soll ich wirklich in Großmutters Haus ziehen? Zweifel durchströmten ihn, hielten aber nicht länger an als eine Gänsehaut. Nur auf dem Dorf würde er die Stille und das Aufatmenkönnen in der Natur finden.

Heute wollte er seine Bücher einpacken. Doch zunächst wollte er im Keller nachschauen, was es dort zu entsorgen galt. Er konnte sich gar nicht mehr erinnern, wann er den Keller das letzte Mal betreten hatte. Es war kühl im Treppenhaus, noch kühler im Kellergang. Nummer siebzehn gehörte zu seiner Wohnung. Ach Gott, hier standen ja lauter Umzugskartons, er hätte die aus dem Supermarkt gar nicht gebraucht. Sechzehn Jahre nach der Trennung von Maria kamen sie ihm jetzt grade recht.

Trauerte er der Vorstellung hinterher, dass er mit Maria eine Familie hätte gründen können? Sie hatte es gewünscht, aber er hatte es nicht fertiggebracht. Vielleicht wäre es ihm auf dem Land möglich gewesen, vielleicht hätte er dort mehr Bodenhaftung verspürt und hätte es gewagt. Damals hatte es ihm die Kehle zugeschnürt, als Maria ihn mit ihrem Kinderwunsch konfrontiert hatte. Selbst Vater zu sein, konnte er nicht denken, ohne auch zu bedenken, es nicht im Griff zu haben, wann und wie er sein Kind verlassen musste. Was, wenn auch er bei einem Unfall ums Leben käme? Es reichte nicht, für sein Kind da sein zu wollen, denn es gab das Schicksal.

Hatte er aus seinem Leben gemacht, was er wollte? Wusste er überhaupt, was er wollte? Wusste er es jetzt? Er schleifte die Kartons zum Fahrstuhl, vier auf einmal schaffte er, dreizehn waren es insgesamt, da sollten einige Bücher reingehen.

Martin nahm Hesses Siddhartha aus dem Regal und blätterte es durch. Vor Jahren, als er mit Maria in diese Wohnung gezogen war und seine damalige Zweizimmerwohnung aufgegeben hatte, hatte er es ebenso gemacht: Jedes Buch einzeln zur

Hand genommen und einmal durchgeblättert; in einem seiner Bücher hatte er siebzig Mark gefunden. Bis heute konnte er sich nicht erklären, wie das Geld in das Buch gekommen war. Aber er erinnerte sich an seine Freude, die gar nicht dem Geld an sich, sondern dem Unerwarteten gegolten hatte. Freude ist am größten, wenn man nichts erwartet, so wie bei dem wiedergefundenen Büchlein. Er lächelte, da fiel ein Bild aus Hesses Siddhartha. Angelika. Seine erste große Liebe. Man sollte sein Glück nicht herausfordern, dachte er. Sofort spürte er einen Verlust, den er bei Maria nie empfunden hatte. Dabei war es so lange her, dass er mit Angelika zusammen gewesen war. In seiner Jugendzeit, lange vor Maria. Aber nach acht Jahren hatte Angelika ihn verlassen.

Martin, ich muss weiterziehen, die Welt ist groß.

Auf dem Foto, das er in seinen Händen hielt, lächelte sie. Nicht in die Kamera. Sie sah irgendwohin. In die Ferne, in der das Leben ohne ihn stattfand. »Nimm es nicht so schwer, Martin. Die Liebe kommt, die Liebe geht.«

Martin starrte die Frau auf dem Bild an. Seine Angelika. *Ja, die Liebe kommt, die Liebe geht, das kommt vor. Aber wenn einen die erste Liebe verlässt, ist das ein bisschen wie Sterben.*

Das Festnetztelefon unterbrach seine Nostalgie. Hoffentlich war es nicht Hendrik, er hatte ihn immer noch nicht zurückgerufen. Das Display zeigte ›Nummer unbekannt‹. Martin hob ab.

»Ich hoffe, ich störe nicht am Feiertag«, sagte eine männliche Stimme.

»Wer spricht?«

»Korn. Ihr Vermieter.«

»Herr Korn, guten Tag, Sie stören nicht.«

»Eigentlich schade, dass Sie ausziehen wollen, sie sind einer meiner unkompliziertesten Mieter.«

Noch konnte er zurück, denn jetzt, da er Herrn Korn am Apparat hatte, schreckte er vor seiner eigenen Courage zurück. Sollte er wirklich hier ausziehen? Das Umzugsunternehmen könnte er sicher wieder abbestellen. In Windeseile erstellte sein

Gehirn eine Pro- und Kontra-Liste: Stadtleben gegen Landleben, Stadtlärm gegen Dorfstille. »Nun, ich …«

»Aber ehrlich gesagt, passt es gerade. Meine Nichte will mit ihrem Freund zusammenziehen. Die beiden suchen was in Uninähe. Ist eigentlich zu teuer für sie, aber Verwandtschaft, was tut man nicht alles?« Herr Korn lachte blechern.

»Ja dann …«

»Wie schnell sind Sie denn draußen? Ich weiß, Sie haben eine Kündigungsfrist, müssen nicht sofort …«

Will ich aber. Wenn schon, denn schon.

»… aber wenn Sie mir entgegenkommen, mache ich Ihnen ein Zugeständnis. Wo ziehen Sie denn hin?«

»Aufs Dorf, das Haus meiner Großmutter, ich habe …«

»Oh, ein Todesfall, mein Beileid. Erben Sie ein altes Haus? Gut, ich weiß, da muss man immer erst renovieren, aber meine Nichte steht nächste Woche auf der Straße, wenn Sie schnell ausziehen könnten, packe ich auf die Kaution noch was obendrauf. Streichen müssten Sie auch nicht.«

Martin konnte sein Glück kaum fassen. Anstatt noch mindestens drei Monate Miete zahlen zu müssen für eine Wohnung, die er nicht mehr bewohnen würde, entließ ihn der Vermieter sofort aus dem Vertrag und gab ihm einen Bonus dazu. Gott sei Dank hatte er bisher nicht erwähnt, wann er überhaupt ausziehen wollte und auch das nicht schriftlich gemacht.

»Wann könnten Sie es denn schaffen?«

Martin beschloss, alles auf eine Karte zu setzen. »Wenn Sie die Kaution verdoppeln, dann bis zum ersten April.« Wenn Herr Korn dem zustimmte, dann sollte es so sein.

»Geht klar.«

Martin legte auf und starrte auf das Telefon. Er konnte kaum glauben, dass das hier so glatt lief, ebenso überrascht war er über sich selbst. *Wenn Sie die Kaution verdoppeln, dann bis zum ersten April.* Hatte er das eben zu Herrn Korn gesagt? Und der hatte eingewilligt? War das Leben schon immer so einfach gewesen, und er hatte es nur nicht gemerkt?

Er war nun in einer euphorischen Stimmung, die ihn an seinen Schreibtisch trieb. Als allererstes wollte er jetzt ganz bewusst die fristlose Kündigung für seinen Job als Lehrer schreiben und die formale Bitte um Entlassung aus dem Beamtenverhältnis ignorieren. Denn wenn man um etwas bat, hieß das noch lange nicht, dass man es bekam.

Nach beinahe vier Stunden war er soweit: er hatte zwei Briefe geschrieben – die Kündigung seiner Mietwohnung, in der er sich auf das Telefonat bezog und um die schriftliche Bestätigung der ausgehandelten Sonderkonditionen bat, und die Kündigung seines Arbeitsverhältnisses, hatte sie eingetütet und frankiert. Der Fußboden war jetzt übersät mit Kartons, die er kaum stapeln konnte, weil die Bücher zu viel wogen. Er hatte Nägel mit Köpfen gemacht und wollte, dass der Umzug schnell über die Bühne ging, damit er nicht in Versuchung kam, zu bereuen. Reue war ein bitteres Gefühl. Ich könnte selbst ein paar Bücherkartons in meinem Auto transportieren, dachte er und versuchte, einen Karton anzuheben, aber sein Rücken reagierte schlecht gelaunt, so dass er es wieder sein ließ. Morgen kamen die Umzugsmänner, sollten die sich abplagen, sie wurden dafür bezahlt. Er hatte vorbereitet, was ihm wichtig war. Nun hatte er Hunger. Und weil der Kühlschrank nicht viel hergab, entschied er, zu seinem Haus zu fahren, in dessen Küche es inzwischen ausreichend Lebensmittel gab. Bevor er sich auf den Weg machte, nahm er Goethes Faust vom Tisch. Dieses Buch hatte er absichtlich nicht in einen Karton gegeben. Auf dem Weg in das Dorf seiner Kindheit schielte er auf den Beifahrersitz und sprach in Gedanken mit seiner Lieblingslektüre. *Du bekommst einen besonderen Platz.*

Unterwegs hielt er an einem Briefkasten und warf das Schreiben an seinen Vermieter ein. Die Kündigung seines Arbeitsverhältnisses als Lehrer würde er nach den Ferien einfach Frau Schlott in die Hand drücken, weil er seinen Schulschlüssel ohnehin persönlich abgeben musste. Sie sollte diese Information dem Schulleiter weitergeben, damit wollte er sich nicht plagen. Anschließend würde er eine zweite Ausfertigung an das Regierungspräsidium senden. Formell musste er um die Entlassung aus dem Beamtenverhältnis nach einem bestimmten Paragrafen aus dem BGB bitten, tat es aber nicht. Da war er stur und seiner Liebe zum Wort und dessen Bedeutung treu.

Es klingelte. Da Martin mit dem Umzugsunternehmen rechnete, drückte er auf den Summer, ohne an die Sprechanlage zu gehen, öffnete die Haustür und wartete. Er lehnte sich über die Brüstung, sah aber keinen Lkw. Gerade wollte er wieder reingehen, da bog doch einer in seine Straße ein. Ja, das war der richtige: ›Umziehen leicht gemacht mit Firma Bracht‹. Er beobachtete, ob der Fahrer, wie besprochen, in die Einfahrt fuhr, da rief jemand: »Guten Morgen Herr Wachs!« Irritiert drehte sich Martin um.

»Hallo!«

Hendrik stand vor ihm.

»Hendrik, was machen Sie denn hier?«

»Ich war grade in der Nähe, und da dachte ich, ich klingle einfach mal.«

Hätte er ihn bloß angerufen.

»Es ist denkbar ungünstig.«

Woher hatte Hendrik seine Adresse?

Martins Türklingel ging erneut. Dieses Mal ging er an die Sprechanlage und vergewisserte sich, dass es die Umzugsmänner waren. Ja. »Vierter Stock – wenn Sie aus dem Fahrstuhl kommen, rechts«, sagte er.

»Oh, Sie bekommen Besuch. Ich wollte auch nicht lange stören, ich hätte nur wenige Fragen zur Lektüre …«

»Hendrik, jetzt geht es nicht.« Martin setzte einen entschuldigenden Blick auf.

»Später vielleicht?« Er spähte in den Flur. »Stehen da Umzugskartons? Ziehen Sie etwa weg?«

»Ja.«

»Weit?«

»Nein.«

»Ach so, ich dachte schon …«
»Was dachten Sie?«
»Dass Sie uns womöglich gar nicht mehr unterrichten können.«
Dass der Junge ausgerechnet jetzt vor der Tür stehen musste.
Ein blöder Zufall. Dieser Zeitpunkt. Allerdings passte das zu Hendrik, dem erstklassigen Schüler, der panisch wurde und dann doch die besten Noten schrieb.
»Tun Sie nicht, oder?«
»Was?«
»Mich im Stich lassen?«
»Aber nein. Nur heute …«
»Wo ziehen Sie denn hin?«
Die Umzugsmänner kamen aus dem Fahrstuhl den Gang entlang auf die beiden zu.
»Ich rufe Sie an, Hendrik, versprochen.«
»Soll ich vielleicht mit anpacken?«
»Danke nein, das lasse ich alles machen.«
»Brauchen Sie jemanden, der renoviert? Mein Vater ist Handwerker und …«
»Hier sind wir richtig, oder?«, fragte einer der Umzugsmänner. »Herr Wachs?«
»Ja, hier sind Sie richtig, kommen Sie rein.«
Nacheinander betraten drei Männer die Wohnung. Alle waren sie muskulös, die Shirts des Umzugsunternehmens saßen straff.
»Ich brauche niemanden«, sagte Martin zu Hendrik.
Hendrik senkte seinen Kopf. »Ja, schade«, sagte er und wandte sich zum Gehen.
»Ich rufe Sie an, morgen.«
Mit schlechtem Gewissen schloss Martin die Tür. »Fangen Sie oben im Schlafzimmer an«, sagte er zu den Männern und begleitete sie die Treppe hoch.
»Wir haben unser eigenes System«, entgegnete der Muskulöseste von allen.
Martin merkte schnell, dass er im Weg stand und ging auf den Balkon. Er sah auf die Straße und hielt nach Hendrik Ausschau.

Er hätte sich um ihn kümmern, seine Fragen jetzt beantworten können, dann hätte er das hinter sich gebracht, er war aber auch zu blöd. Mist, fluchte er. Hendrik war nirgends zu sehen.

Am frühen Mittwochabend war Großmutters Haus vollgestopft mit seinen Habseligkeiten. Bücherkisten stapelten sich neben Kisten mit Geschirr, das er nicht in die Schränke räumen konnte, weil er Großmutters Küchenschränke noch nicht vollständig ausgeräumt hatte. Zum Glück hatte sich einer der Umzugsmänner die Ikea-Couch schenken lassen. In seinem ehemaligen Kinderzimmer stand jetzt sein Bett. Leider hatte er die letzte Nacht sehr schlecht geschlafen.

Es war noch hell, als er mit der Bahn in die Stadtwohnung fuhr. Das Auto ließ er, wann immer möglich, stehen. Auch für seinen letzten Kontrollgang in der Stadtwohnung nutzte er es nicht.

Ihm war, als müsse er sich gebührend von seiner Wohnung verabschieden, damit ihn sein neues Domizil willkommen heißen konnte. So schnell wie Wiesenflächen, Schrebergärten und Wohnsiedlungen am Straßenbahnfenster vorbeizogen, so schnell sprang er nun in ein neues Leben.

Manchmal beginnt das Leben in der Mitte von vorne und schiebt so das Ende nach hinten.

Neuanfang. Anfang. Die erste Seite eines Buches war immer etwas Besonderes, und wenn man es konnte, warum sollte man dann das Besondere hinauszögern, anstatt es gleich zu erleben?

Sein knurrender Magen passte zu der Leere, die ihn in der ausgeräumten Maisonettewohnung empfing. Es war zum Glück keine Leere, die ihn hinabzog in eine depressive Stimmung. Es war eine Leere, die es möglich machte, von vorne zu beginnen. Einst hatte er an dieser Tür mit Maria gestanden.

Jedem Anfang wohnt ein Zauber inne.

Dann lass uns hier einziehen.

Nun stand er hier, um Erinnerungen zurückzulassen. Er ging nach oben in sein ehemaliges Schlafzimmer.

Das wird einmal das Kinderzimmer.

Später, Maria. Später.

Er ging in sein ehemaliges Arbeitszimmer.

Hier kommt unser Schlafzimmer rein.

Wie du willst.

Er ging in das kleine Zimmer, in dem er das Bügelbrett irgendwann nicht mehr abgebaut hatte, auch wenn er selten bügelte.

Und das wird das Gästezimmer.

Wenn du meinst.

Er ging ins Bad. Nie wieder fensterlos, dachte er im Hinblick auf sein neues Zuhause. Dann ging er noch einmal durch sein ehemaliges Schlafzimmer, um auf den kleinen Balkon zu gelangen und schaute über die Dächer der Stadt. Sie lagen im schönsten Frühlingslicht und strahlten kupfern in die Abendsonne. Martin seufzte. Jetzt kam eine Straßenbahn an der nahen Haltestelle quietschend zum Stehen, eine Autohupe ertönte und aus der Ferne näherte sich ein Krankenwagen. Seit langem konnte er unterscheiden, ob die Polizei, Feuerwehr, oder der Rettungsdienst mit eingeschaltetem Martinshorn die Straße entlang sauste. Dieses Mal war es ein Krankenwagen, das Städtische Klinikum lag nicht weit entfernt.

Martinshorn. Ausgerechnet. Jetzt nicht mehr, dachte er. Er würde das nicht vermissen. Das Tatütata, das ihn störte, wenn er Arbeiten korrigierte; das ihn aus dem Schlaf riss, wenn er endlich hineingefunden hatte.

Wie er sich jetzt freute. Auf traumlose und erholsame Langschläfernächte, auf die Zeit ohne Korrekturen, denn die lag nun endgültig hinter ihm, so hoffte er. Eilig verließ er seinen Aussichtspunkt und schloss die Balkontür. Er wollte jetzt weg von hier und nahm die Treppenstufen schwungvoll, da strauchelte er und musste sich am Geländer halten. Was war das denn? Die restlichen Stufen ging er langsam. Dann schaute er noch in die Küche, das Wohn- und Esszimmer und das Gäste-WC; die Balkontür unten öffnete er nicht mehr. Er blickte durch die Scheibe und fand, alles machte einen ordentlichen Eindruck. Gut, dass ich mir all die Jahre eine Putzfrau geleistet habe, überlegte er und strich sich unwillkürlich über den Bauch, als sein Magen knurrte. Das brachte ihn auf die Idee, seinen Abschied aus der Stadt mit einem Essen bei Paule zu besiegeln. Er sah auf seine Uhr. Es ging auf acht zu.

»Martin, was rufst du an, komm vorbei.«

»Ich bin auf dem Weg zu dir. Sind Schüler da?«

»In Massen.«

Martin blieb stehen, ein Fußgänger prallte von hinten gegen ihn und fluchte.

»Martin, bist du noch dran?«

Martin hörte im Hintergrund Musik, die sich mit Stimmen mischte. Es war wohl voll bei Paule.

»Martin?«

»Ja?«

»Dann komm in Gottes Namen zum Kellerschacht.«

»Kellerschacht?«

»Ich lass dich über die Bierzuliefererleiter rein.«

Martin wollte noch fragen, ob er das ernst meinte, aber Paule hatte aufgelegt. Sollte er doch in sein neues Heim fahren? Sein Magen knurrte wieder. Oder rebellierte er? Sein Hungergefühl übernahm die Entscheidung für ihn.

Zehn Minuten später erreichte er Paules Kneipe. Es war Viertel nach acht, die Sonne war gerade untergegangen, ihn fröstelte, und er freute sich auf eine warme Mahlzeit. Paule stand schon vor der Tür. Ein echter Freund.

»Hier geht's lang«, sagte Paule und bedeutete Martin, ihm die Hofeinfahrt entlang zum Hintereingang der Kneipe zu folgen.

Als Martin den schmalen Einstieg und die Treppe sah, zweifelte er.

»Wir können gerne vorne rein, aber deine Schüler sitzen gleich am Eingang.«

Sie würden ihn auf jeden Fall sehen. Aber er musste ja nicht an der ganzen Horde vorbeigehen. Es war gut, jemanden wie Paule zu haben. Ein einziges Mal hatten ihn Schüler in der Kneipe erkannt, und Paule hatte gesehen, wie unangenehm Martin das war. Normalerweise passierte ihm das nicht, weil er sonntags bei Paule frühstückte, da kamen keine Schüler. Aber nun war Mittwochabend, und das Normale aus den Fugen geraten. Er stieg mit Paule die Treppe hinab, sie schlängelten sich vorbei an Bier-, Wein- und Sprudelkästen, liefen dann einen schmalen Gang entlang an den Toiletten vorbei, eine Wendeltreppe hinauf, und schließlich platzierte Paule Martin an den Zweiertisch neben der Theke, der für Personal reserviert war, wo ihn wenigstens nicht alle sehen konnten.

»So, Agenten erfolgreich eingeschleust, ein Bier?«

»Schrei nicht so.«

»Wie bitte?«

Paules Kneipe war rappelvoll, und Martin fragte sich, wie Paule das aushielt. Den Lärm. Wortfetzen vermischten sich mit Textzeilen aus alten Songs. The Rolling Stones. *You can't always get what you want.* Mochten das die jungen Leute überhaupt noch? Irgendetwas strahlte diese Kneipe aus, sie besaß eine enorme Anziehungskraft. Und Paule hatte es damit sogar mal in einen Reiseführer geschafft. Allerdings beschäftigte sich der Autor Martins Ansicht nach zu ausführlich mit Paules langen Haaren, immer wieder hieß es: Der *langhaarige Wirt* oder *Der Wirt mit den grauen, langen Haaren*. Ich sitze trotz des Lärms hier, dachte Martin. Wieder überlegte er, nach Hause zu gehen, da stellte ihm Paule ein Pils vor die Nase.

»Schnitzel und Bratkartoffeln kommen gleich.«

Es war Paule vorbehalten, ihm ungefragt etwas zu servieren. Paule wusste stets, was er wollte, ohne, dass er es äußerte. *You can't always get what you want,* war das eine, aber wie sang Mick Jagger weiter : »... *but if you try, sometimes, you might find, you get what you need.*

Als er aufgegessen hatte und Paule ihm ein zweites Pils brachte, fühlte er sich wohl. Und jung. Er erinnerte sich an die Kneipenöffnung 1998. Er war mit Maria hierhergekommen, weil ihre Wohnung in der Nähe lag und Maria so gerne ausging. Achtunddreißig Jahre jung war er damals gewesen, und seine Beziehung mit Maria glitt gerade ins Gewöhnliche ab. Da lernte er den ungewöhnlichen Paule kennen. Einen einundvierzigjährigen Hanseaten mit Nachnamen Hansen, den die Liebe nach Süddeutschland entführt hatte. Zumindest war das Paules Wortwahl gewesen. Erst später erfuhr Martin, dass Paule im Norden eine Frau mit einem einjährigen Kind zurückgelassen hatte. Paules Sohn wuchs ohne Vater auf. Ähnlich wie er selbst. Er trank einen Schluck und sah sich um. Die meisten Kneipenbesucher waren keine zwanzig Jahre alt. Sie hatten alles noch vor sich. Wussten Sie das? Wussten das Christoph, Mira, Charlotte und Sebastian, die wenige Meter von ihm entfernt zusammensaßen? Er beobachtete sie. Das Bier hatte ihn entspannt, außerdem hatte Paule ihm versichert, dass er mit seinem Haarwuchs im Gesicht, den man inzwischen einen Bart nennen konnte, nicht zu erkennen war. Das hatte ihn beruhigt. Er wollte nur nicht den gleichen Weg gehen, den er gekommen war und sich durch den Kellerschacht nach oben zwängen. Um zehn Uhr hoffte er, dass die Schüler bald gehen würden.

»Jetzt wird's ruhiger«, sagte Paule, brachte Martin ein drittes Pils und setzte sich zu ihm.

»Wie lange bleiben die denn?«

»Deine Schüler?«

»Das sind nicht mehr meine Schüler.«

»Was interessiert es dich dann?«

Martin wusste keine Antwort. Dann hörte er seinen Namen. Herr Wachs. Er erschrak. Aber es hatte ihn niemand angesprochen. Er hörte auch den Namen Frau Ungerer, eine Lehrerkollegin.

»Betrinken wir uns heute?«, fragte Paule. »Ich hätte Lust.«

»Sei mal still.«

»Was ist los?«

»Schau nicht hin«, sagte Martin, als Paule zum Schülertisch sah.

»Die planen die Abizeitung, sitzen schon seit Tagen immer wieder zusammen.«

»Aha.«

»Hast du den Spitznamen *Faust* oder so ähnlich?«

Nicht das schon wieder, dachte Martin, es wiederholte sich in jeder Abizeitung. Zum Glück ging es ihn nichts mehr an.

»Hast du nun?«

»Ja, eine alte Geschichte.«

Sie saßen noch eine Weile beisammen, dann fühlte sich Martin müde genug, um diese Nacht endlich schlafen zu können. Zum Glück war er mit der Straßenbahn gekommen, spätestens der Schnaps nach den drei Bieren hatte ihn fahruntauglich gemacht. Die Schüler saßen noch immer da, aber er wollte nun raus hier und ins Bett. Außerdem hatte er Angst, die letzte Bahn zu verpassen, und bei Paule wollte er nicht übernachten, auch wenn er wusste, dass es bei Paule immer einen Schlafplatz für ihn gab. Inzwischen hatte er genug getrunken, es war ihm jetzt egal, ob Schüler ihn erkannten. Gleichzeitig hielt er es für unwahrscheinlich, denn sie erwarteten ihn hier nicht, schon gar nicht um diese Uhrzeit.

Der Türgriff klemmte, er ruckelte daran, innerlich glucksend, weil ihn die Schüler tatsächlich nicht erkannt hatten. Warum ging nur diese Tür nicht auf, er wollte die Bahn erwischen.

»Soll ich Ihnen helfen, Herr Wachs?«, fragte Christoph.

Martin drehte sich unwillkürlich um und sah ihm ins Gesicht. Ich bin enttarnt, dachte er, Agent würde auf jeden Fall nicht sein zweiter Beruf werden. Was soll's, dachte er und freute sich über die Leichtigkeit dieses Gedankens.

»Geht schon«, sagte er und trat ins Freie.

Der März war lautlos in den April übergegangen. Rote und gelbe Tulpen standen am Straßenrand Spalier und beglückten ihn auf dem Weg in die Schule. Er parkte direkt vor dem Eingang. »Und auf dich nehme ich heute keine Rücksicht«, sagte er mit Blick auf das Halteverbotsschild, das er so oft verflucht hatte in seiner Laufbahn. Dass die Schule keinen anständigen Parkplatz bot, war ihm ein Rätsel. Was soll's, dachte er, ich habe nicht vor lange zu bleiben. Es müsste mit dem Teufel zugehen, wenn das heute irgendjemanden störte. Es war gerade mal zehn vor sieben in der Früh, sicher zu früh für Politessen. Er schloss den Volvo ab und ging den breiten Weg entlang zum Haupteingang der Schule. Vierzehn Stufen, bis er die Tür erreichte. Und noch ein paar mehr zum Sekretariat. Außer Atem kam er an. Die Tür stand offen, er hörte die Sekretärin Frau Schlott im angrenzenden Lehrerzimmer mit Geschirr klappern. Wahrscheinlich räumte sie die Geschirrspülmaschine aus. Er wusste, dass sie das jeden Morgen als erstes tat, die Geräusche waren ihm vertraut wie der Schulgong.

»Guten Morgen«, sagte er und trat ein.

»Guten Morgen, Herr Wachs«, sagte Frau Schlott und räumte Kaffeetassen ins Regal, »bin gleich so weit.«

»Für mich heute keinen Kaffee, Frau Schlott, ich stehe im Halteverbot. Ich möchte nur schnell meinen Schlüssel abgeben«, sagte Martin und öffnete seine Aktentasche schon, während er noch auf Frau Schlott zuging. »Es war mir zu unsicher, ihn mit der Post zu schicken, und Sie müssen mir den Erhalt ja ohnehin quittieren.«

Frau Schlott hielt inne und sah Martin fragend an. »Schlüssel? Habe ich da was verpasst? Werden die ausgetauscht?«

»Nein. Ich brauche meinen nicht mehr.« Martin zog den Schlüssel aus der Tasche und reichte ihn Frau Schlott. Sie machte keine Anstalten, ihn zu nehmen.

»Ich verstehe nicht«, sagte sie und dann, als fiele jetzt der Groschen, wechselte ihr Gesichtsausdruck von einem fragenden in einen erschrockenen.

»Oh Gott«, sagte sie, »so schlimm?«

Jetzt sah Martin sie fragend an.

»Ihre Krankheit?«

»Nein, nein. Ich kündige.« Er legte den Schlüssel auf den Platz, der sonst im Lehrerzimmer seiner war, und holte das Schreiben aus der Aktentasche. »Wären Sie so gut, das Kündigungsschreiben weiterzuleiten?«

»Das kann nicht Ihr Ernst sein.«

»Doch, ich dachte …«

»Für Kündigungen bin ich nicht zuständig, ich …«

»Ich bitte Sie!« Martin nahm den Schlüssel vom Tisch und hielt ihn ihr zusammen mit dem Schreiben hin. Sie strafte ihn mit einem bösen Blick, weshalb Martin sich vorkam wie ein Verbrecher, der auf der Flucht die Tatwaffe jemand anderem unterschob. Frau Schlott kannte er schon so lange, und er mochte nicht unfreundlich sein, aber er wollte weg, ehe die Kollegen kamen und Fragen stellten. »Bitte!« Er warf einen Blick auf die große Uhr im Lehrerzimmer. 7:01 Uhr.

»Sie müssen doch nichts weiter tun, als mir den Erhalt zu quittieren.« Unbedingt wollte er hier raus, bevor Schüler und Lehrer das Gebäude bevölkerten.

»Nein. Das geben Sie bitte Herrn Sassen persönlich. Da kommt er schon«, sagte Frau Schlott und wies aus dem Fenster.

Auch dem Schulleiter wollte Martin jetzt nicht begegnen. Wann immer es ging, mied Martin diesen Schwätzer.

Jetzt stand er unschlüssig im Türrahmen und verfluchte sich für das lange Zögern. Die Zeit arbeitete gegen ihn. Dieser verdammte Schulschlüssel hatte ihm das eingebrockt.

Es ist, wie es ist, dachte er. Er steckte den Schlüssel und das Schreiben zurück in die Tasche. Dann wollte er das jetzt hinter sich bringen. Er verabschiedete sich von Frau Schlott und lief eine weitere Treppe hinauf in den nächsten Stock, in dem sich das Schulleiterbüro befand. Vor der Tür ging er auf und ab und betrachtete die gerahmten Gemälde von Schülern aus den Kunstkursen, aber was er sah, war nur sein eigenes Gesicht, das sich in den Glasrahmen spiegelte.

Gut sah er nicht aus. Sein verfallen wirkendes Äußeres hatte bestimmt dazu beigetragen, dass Frau Schlott zuerst an Krankheit gedacht hatte.

7:09 Uhr. Bald kamen die Schüler. Jetzt hörte er Schritte. Herr Sassen kam die Treppe hoch und auf ihn zu.

»Guten Morgen, ich wollte …«

»In fünf Minuten und keine Sekunde eher.«

Herr Sassen verschwand in seinem Büro. Martin stöhnte. Um 7:16 Uhr klopfte er dreimal hart. Er mochte das Geräusch nicht. Es hatte so etwas Bittendes.

»Ja«, sagte Herr Sassen.

»Guten Tag«, sagte Martin noch einmal im Hereinkommen, und weil der Schulleiter nicht aufsah, fügte er an, weshalb er gekommen war: »Ich möchte das hier abgeben.« Er hielt Herrn Sassen den Umschlag hin.

»Wie bitte?« Herr Sassen, der gerade den Computer hochfuhr, sah vom Bildschirm auf und nahm Martin den Umschlag, den er ihm hinstreckte, ab. Einen Umschlag, in dem ein Schreiben steckte, das eine schlichte Tatsache enthielt, keine Begründung. Und schon gar keine Bitte um Entlassung aus dem Dienst, sondern die Kündigung. Fakten machten Wortwechsel überflüssig. Martin mochte keine Wortwechsel.

Schulleiter Sassen öffnete den Umschlag, holte Martins Schreiben heraus, überflog die Zeilen darin und sah Martin fragend an.

Martin räusperte sich und sagte: »Ich komme nicht mehr.« Jetzt, da es laut und deutlich ausgesprochen war, war es gut.

»Was reden Sie denn da?«

»Ich kündige.«

»Burn-out?«

»Wie bitte?«

»Heutzutage kriegen das alle Lehrer. Frau Hamm soll Sie die nächsten Tage vertreten, dann sehen wir weiter. Ich rechne mit Ihnen.«

»Wie ich bereits sagte: Ich kündige.«

»Was soll der Quatsch? Sie halten jetzt schön noch ein paar Tage durch, die Pfingstferien stehen ohnehin vor der Tür. Da können Sie sich erholen. Ich zähle auf Sie. Übrigens, wo ich Sie gerade sehe: wer wird in diesem Jahr Scheffelpreisträger? Das ist doch ihr Ressort.«

Sofort dachte Martin an Hendrik. Er war der Anwärter auf den Scheffelpreis für das beste Deutschabitur. Hendrik, der wissbegierige Schüler, um den es ihm am meisten leid tat. Zum Glück war Martin keiner, der Entscheidungen zurücknahm. Er war hier, um nicht wiederzukommen. Es war ihm leichtgefallen, das aufzuschreiben. Es wieder und wieder aufsagen zu müssen, fühlte sich an, als sei er wie einst zur Überprüfung ins mündliche Abitur bestellt worden, weil die schriftliche Note zu sehr von seinen bisherigen Leistungen abwich. Nun kam es also drauf an. Man bekam keine zweite Chance, wenn man versagte. Er war nicht hier, um zu versagen, weshalb er tief Luft holte, um es ein letztes Mal zu wiederholen: »Ich kündige. Fristlos und mit sofortiger Wirkung.«

»Herr Wachs, wovon wollen Sie denn leben? Jetzt überstehen Sie Ihr Burn-out, und dann kommen Sie wieder. Sie sind nicht der Erste und nicht der Letzte mit dieser neumodischen Krankheit. Und nun muss ich arbeiten.«

Konnten die Menschen nicht mehr richtig zuhören? Was war nur falsch an eindeutiger Kommunikation? Martin verstand es nicht. Und es war ihm nicht danach, jetzt und hier für irgendjemanden Verständnis aufzubringen. Kein weiteres Wort würde er an einen Menschen verschwenden, der nicht zuhörte. Er legte dem Schulleiter sein Kündigungsschreiben auf die Tastatur und verließ das Büro. Er hatte ihn nur informieren wollen.

In der Aula sah er auf die Uhr. 7:27 Uhr. Nichts wie weg, dachte er und rannte die Stufen hinab, als sei er ein Schüler, der kurz entschlossen schwänzte und nicht gesehen werden wollte. Im Freien sog er die Frühlingsluft ein. Sie roch nach einer Leichtigkeit, die ihn wenigstens in Gedanken schweben ließ. Er hatte es tatsächlich hinter sich gebracht. Bloß nicht mehr umdrehen. Dann stand er auf dem Gehweg und suchte sein Auto. Es war weg. Er sah sich um und erkannte einen Abschleppwagen, der gerade mit seinem Volvo im Schlepptau rechts abbog. Nun gut, dachte er, weil er sich heute nicht mehr aufregen wollte. Ich habe Zeit. Leichtfüßig ließ er das Schulgebäude hinter sich zurück. Es fühlte sich an wie damals, als er das Abitur in der Tasche hatte. Niemals hatte er eine größere Freiheit verspürt als nach dem letzten Schultag. Das Leben war leicht gewesen. Das Leben schien möglich gewesen. Sein Leben.

Er lief Richtung Innenstadt.

»Herr Wachs«, rief jemand von der anderen Straßenseite.

Hendrik.

Er blieb stehen. Hendrik winkte ihm erfreut zu, wartete einen vorbeifahrenden Transporter ab und kam zu ihm rüber.

So gut, wie Paule ihn glauben gemacht hatte, war die Tarnung durch seinen Bart durchaus nicht.

»Sind Sie heute zu Fuß? Wo ist Ihr Volvo?«

»Abgeschleppt.«

»Oh. Na ja. Ich freue mich, dass Sie doch wiederkommen, in zwei Tagen ist die schriftliche Prüfung und …«

»Ich bin auf dem Heimweg. Ich habe gekündigt. Fristlos und mit sofortiger Wirkung. Frau Hamm vertritt mich«, sagte Martin und sah auf seine Füße. Warum gingen sie nicht weiter und nahmen ihn mit?

»Frau Hamm? Aber… Die hat doch gar keine Ahnung von dem, was sie da redet. Sie brauche ich für meine Abiturvorbereitung.«

»Sie sind ohnehin schon prima vorbereitet.«

»In der Schule sagen sie, Sie hätten ein Burn-out. Ich weiß, die Klasse war nicht immer fair zu Ihnen, doch …«

»Sie waren immer fair, Hendrik.« Martin hoffte, Hendrik würde endlich den Weg zur Schule einschlagen.

»Und warum schmeißen Sie dann hin?«

Es entstand eine Pause. Martin betrachtete die Kinder und Jugendlichen, die zu Fuß oder auf dem Fahrrad Richtung Schulgebäude unterwegs waren.

»Müssen Sie nicht los?«, fragte er Hendrik.

»Wohin?«

»Zum Unterricht.«

»Deutsch bei Frau Hamm?«

Jetzt kamen die Schulbusse. Martin meinte, alle Schüler blickten aus dem Fenster auf ihn. Sie ertappten ihn beim Schwänzen.

»Sie werden zu spät kommen«, sagte er zu Hendrik. »Sie schaffen das schon.«

Nach diesen Worten gehorchte ihm sein Bewegungsapparat endlich wieder, und er setzte seinen Weg fort.

»Wohin gehen wir?«, fragte Hendrik.

»Wir?« Martin konnte nun nicht mehr stehen bleiben.

»Wenn ich es schaffe, dann nur mit Ihnen. Ich will ein Einser-Abitur, damit ich ein Stipendium bekomme.«

Ach was, dachte Martin. Hendrik würde ein Einser-Abitur hinlegen. Mit oder ohne ihn. Und während Martin dachte, dass Hendrik ihn nicht mehr brauchte, machten seine Beine immer größere Schritte – weg von der Schule. Auch Hendrik vergrößerte seine Schritte und lief im gleichen Tempo neben ihm.

»Also gut, dann kommen Sie mal mit. Trinken wir einen Kaffee bei Paule.« Er war neugierig, für welches Studienfach Hendrik ein Stipendium wollte.

»Okay.«

Sie liefen gegen den Strom aus Schülern, der Richtung Schule strebte. Vielleicht sahen sie beide aus wie Vater und Sohn. Martin entbehrte beides. Seine Familie lebte als Worte in Büchern. Ihnen schaute er zu. Beobachtete, ob sie sich nebeneinander wohlfühlten. Mit Hendrik an seiner Seite fühlte es sich an, als sei er Teil einer Wortfamilie.

»Was ist los? Martin! Schon wieder du? Und der Bart, bleibt der jetzt? Siehst ja richtig verwerflich aus. Schon wieder nicht dein Tag, deine Uhrzeit.«

»Was meint er?«, fragte Hendrik.

»Ich meine«, fuhr Paule fort und sah Martin eindringlich an, »dass man sich auf Martin verlassen kann. Normalerweise.«

»Das dachte ich auch«, sagte Hendrik.

»Und wer bist du?«, fragte Paule an Hendrik gewandt.

»Hendrik. Einer meiner Schüler«, sagte Martin. Er wollte noch ehemalig hinzufügen, da redete Paule schon weiter:

»Dich habe ich hier noch nie gesehen«, sagte er zu Hendrik gewandt.

Martin konnte sich Hendrik hier nicht vorstellen. »Wollen wir uns setzen?«, fragte er ihn.

»Dein Tisch ist frei, Martin«, sagte Paule. »Eier mit Speck, wie immer?«

Es war weder ein Sonntag, noch ein Feiertag, noch waren Ferien. Es war ein normaler Montag, der keine Rücksicht darauf nahm, dass Martin seine Gewohnheiten abermals durchbrach und sich anstatt sonntags nun an einem ganz normalen Montag Eier mit Speck gönnen wollte. »Warum nicht?«, fragte er und setzte sich auf die Eckbank, die an die Wand grenzte.

»Nehmen Sie Platz«, sagte er zu Hendrik, der sich nach ihm umschaute.

Hendrik blieb vor dem Ecktisch stehen und betrachtete die Wände. Sie waren mit alten Werbeplakaten tapeziert. Zwieback von Brandt, Ahoj-Brause oder Weichspüler von Lenor. Hier wurde für alles geworben. War das der Preis für ein Einser-Abitur? Der Verzicht auf Freunde, mit denen man schwänzte und bei Paule saß?

»Nett hier«, sagte Hendrik.

»Die alte Werbung beansprucht einen gewissen Charme für sich. Der überträgt sich auf die Kneipe.«

»Red keinen Unsinn, Martin, natürlich überträgt sich ausschließlich mein eigener Charme auf die Kneipe«, sagte Paule. »Was möchtest du trinken, Hendrik?«

»Cola.«

»Mir bitte auch eine Cola«, sagte Martin.

»Cola? Du? Martin, Martin. Mit dir stimmt doch was nicht. Trägst einen ungepflegten Bart, der deinen entspannten Gesichtsausdruck nicht verbergen kann, und jetzt auch noch Cola. Du musst wissen, Hendrik, Martin bestellt sonst immer Eier und Speck und schwarzen Kaffee. Immer.«

»Echt jetzt?« Hendrik setzte sich Martin gegenüber.

»Normalerweise frühstücke ich immer sonntags hier.« Martin hatte das Gefühl, sich rechtfertigen zu müssen. »Und ja, ich trinke sehr gerne schwarzen Kaffee und esse am liebsten Eier mit Speck.«

»Das passt doch gar nicht zusammen«, sagte Hendrik und verzog das Gesicht.

»Vieles im Leben passt nicht zusammen und funktioniert doch.«

»Und warum wollen Sie als Lehrer nun nicht mehr funktionieren?«

Funktionieren. Das war es. Er wollte nicht mehr funktionieren. Hendrik hatte es auf den Punkt gebracht. Hendrik konnte eben mit Sprache umgehen. »Ich brauche Ruhe«, sagte er.

»Leibniz sagt, die Ruhe sei eine unendlich kleine Geschwindigkeit«, erwiderte Hendrik.

»Ja, er denkt, die Natur sei ständig in Bewegung.«

»Hat er recht?«

»Ich glaube schon.«

»Spiegeleier und gebratener Speck, das war lecker«, sagte Hendrik und fuhr mit seiner Zunge über die Oberlippe. »Für was brauchen Sie denn Ruhe?«

Martin kratzte die Reste vom Teller, schob die Gabel in den Mund und ließ sich mit einer Antwort Zeit.

»Manche brauchen Gesellschaft, ich brauche Ruhe. Wofür möchten Sie denn ein Stipendium haben?«

»Zum Studieren.«

»Und was möchten Sie studieren?«

»Das Leben.«

Nach diesem ungewöhnlichen Vormittag setzte Martin sich in Bewegung. Eier, Speck, Cola, schwarzer Kaffee und das Tiramisu, das Paule aus dem Hut gezaubert hatte, lagen ihm schwer im Magen. Statt eines Verdauungsschnapses, wie Paule es vorgeschlagen hatte, zog Martin es vor, sich in der Stadt die Füße zu vertreten. Hendrik war nach Hause gegangen. Ein Briefkasten erinnerte Martin daran, was er noch in der Aktentasche mit sich trug: das Kündigungsschreiben an das Regierungspräsidium. Also ging er zum Postamt am Rande der Innenstadt, gab es dort sicherheitshalber als Einschreiben auf und setzte seinen Weg fort.

Während er durch die Stadt lief, fiel ihm jetzt, da er sie durch seinen raschen Umzug hinter sich gelassen hatte, ein gewisser Charme auf, den er sonst übersehen hatte. Pflastersteine vermittelten eine dörfliche Idylle, die just in dem Moment an Attraktivität verlor, weil gerade Rollläden hochgezogen wurden und Geschäfte öffneten, Straßenbahnen mitten durch die Fußgängerzone fuhren und Presslufthämmer sich durch Beton bohrten. Immer gab es etwas, das erneuert werden musste.

Martin holte das Smartphone aus der Jackentasche und fand schnell heraus, wohin man sein Auto gebracht hatte. Der Platz für abgeschleppte Wagen lag etwas außerhalb, Martin nahm ein Taxi.

Trotz des hohen Preises, den man ihm für das Abschleppen nannte, hielt Martins Laune ein Niveau, das er bisher nicht kannte. Es war gleichbleibend hoch und sank auch nicht, als er den Autoschlüssel aus seiner Aktentasche holen wollte. Denn was er in der Hand hielt, war nicht etwa der Autoschlüssel – der steckte in seiner Jackentasche – nein, er war noch immer im Besitz des Schulschlüssels. Er hielt ihn in der Hand und sagte sich, dass er das Seine dafür getan hatte, ihn loszuwerden. Das Wichtigste war ohnehin gewesen, seine Kündigung an den Mann zu bringen. Da er sie Schulleiter Sassen persönlich gegeben und ein zweites Exemplar an das Regierungspräsidium zur Post gebracht hatte, fühlte er sich nun frei wie der berühmte Vogel, betrachtete sich als eine Elster, die sich für den Glanz des Schlüssels begeistern konnte und ihn als Spielzeug für freie Stunden betrachtete.

Was denke ich da für einen Quatsch, fragte er sich und steckte den Schulschlüssel wieder in die Aktentasche. Soll ich doch noch einmal zur Schule fahren? Er setzte sich in sein Auto, sah auf die Armbanduhr und stellte fest, dass sicher niemand mehr dort war. Und irgendwo ablegen – nein, am Ende lastete man ihm an, er hätte den Schlüssel verloren. Eine Versicherung hatte er seinerzeit nicht abgeschlossen, obwohl alle dazu geraten hatten, denn der Verlust konnte teuer werden. Martin entschied, den Schlüssel zu Hause zu verwahren und abzuwarten. Er startete den Wagen und fuhr los.

Achtes Kapitel
Spazierflucht und Punktblau

Zwei Tage später – es war genau eine Minute nach sieben – riss Martin das Klingeln des Smartphones aus einem Traum. Verschlafen nahm er das Gespräch entgegen. Am Apparat war die Schulsekretärin.

»Schlott hier, Herr Wachs, wo sind Sie denn?«

Im Bett wollte er nicht sagen, weshalb er ein »zu Hause« in den Hörer murmelte, das einem *Lassen Sie mich in Ruhe* gleichkam.

»Wie zu Hause? Sind Sie krank?«

»Nein. Ja.«

»Was denn jetzt? Sie haben doch nicht etwa vergessen, dass heute das schriftliche Deutschabitur ist? Sie doch nicht! Sie müssen kommen.«

»Ich kann nicht.«

»Dann geben Sie wenigstens eine Krankmeldung ab, Sie werden einen Riesenärger bekommen.«

Ein Dach über dem Kopf, ein finanzielles Polster – und Ärger? Nein, über den Ärger, den er bekäme, würde er sich nicht ärgern.

»Herr Wachs, sind Sie noch am Apparat?«

»Ja.«

»Machen Sie keine Dummheiten.«

»Ich habe gekündigt.«

»Meine Güte, Sie können doch nicht mitten im Abitur kündigen. Außerdem sind Sie verbeamtet.«

»Und?«

»Wollen Sie das etwa aufgeben? Sie?«

Habe ich schon.

»Ja.«

»Für die Fehltage vor den Ferien haben Sie aber keine Krankmeldung abgegeben.«

Na und, wollte er sagen, ließ es aber bleiben, weil er die Verzweiflung in Frau Schlotts Stimme hörte, die so gar nichts dafür konnte.

»Schicken Sie eine Krankmeldung. Ich sage, dass Sie sich telefonisch gemeldet haben.«

Warum tat Frau Schlott das? Das war sehr nett von ihr, und er musste sich eingestehen, dass er die kurzen Kaffeegespräche, die er am frühen Morgen mit ihr führte, wenn das Schulgebäude noch nicht mit Stimmen überfüllt war, vermisste.

»Haben Sie vielen Dank«, sagte er betont freundlich und legte auf.

Den Vormittag verbrachte er am Küchentisch. Zunächst las er lange Zeitung, später klappte er den Laptop auf und suchte im Internet nach Bauunternehmen, die ihm halfen, das Haus umzugestalten. Am meisten störten ihn die vergilbten Wände, die Türen mit den hässlichen Milchglaseinfassungen, die monströsen Balken im Wohnzimmer, die für Martin ohne Sinn und Zweck hier eingebaut worden waren, die dunkelbraunen Fensterrahmen, die schwergängigen und verdreckten Rollläden. Dies alles und vieles mehr wollte er entfernt und erneuert wissen. Nun wählte er bereits die fünfte Telefonnummer, aber auch da hieß es, er sei an der falschen Adresse. Gerade wollte er die nächste Nummer wählen, da klingelte sein Smartphone. Er nahm ab.

»Ich glaub, ich hab's vergeigt«, sagte eine männliche Stimme.

»Ich glaube, Sie haben sich verwählt.«

»Herr Wachs? Sind Sie das?«

»Ja.«

»Ich bin's, Hendrik.«

»Hendrik!« Martin erhob sich vom Küchentisch und lief mit dem Smartphone am Ohr zur Terrassentür. Er sah hinaus in einen freundlichen Morgen. »Was gibt's?«, fragte er.

»Ich glaub', ich hab's vergeigt«, wiederholte Hendrik.

»Was vergeigt?«

»Das Schriftliche. Bestimmt prüfen die mich mündlich nach. Helfen Sie mir wenigstens jetzt?«

»Mündliche Nachprüfungen gibt es schon lange nicht mehr.«

»Bei mir werden sie eine Ausnahme machen.«

»Quatsch.«

»Doch, ich habe ein leeres Blatt abgegeben.«

»Was?«

Hendrik wiederholte seine Worte, die Martin sprachlos gemacht hatten. Blitzschnell rasten seine Gedanken eine Lösung suchend im Gehirn umher, ihm wurde heiß, er öffnete die Terrassentür und trat auf Socken ins Freie. Wie sollte er Hendrik jetzt helfen? Er würde ihm raten, um eine mündliche Nachprüfung zu bitten, wenngleich er wusste, dass das gar nicht mehr üblich war. Es galt, Zeit zu schinden und Hendrik Hoffnung zu machen. Oder war er es, der hoffen wollte?

»Sie können …«

»Kann ich vorbeikommen? Jetzt gleich?«

»Jetzt? Müssten Sie nicht im Unterricht sein?«

»Heute nicht. Wir dürfen uns nach dem Schriftlichen erholen.«

»Ja, genau. Erholen Sie sich.«

»Von was, ich habe nichts hingeschrieben.«

Martins Füße waren kalt geworden, er bewegte die Zehen, ging wieder hinein und sagte zu Hendrik: »Wann möchten Sie denn vorbeikommen?«

»Ich stehe mehr oder weniger vor Ihrer Tür.«

Martin hustete und schob es auf den trockenen Toast vom Frühstück. Warum hatte er dem Jungen bei seinem letzten Besuch in der Stadtwohnung bloß seine neue Adresse genannt? Er ging in die Küche und griff nach der Wasserflasche auf dem Tisch, dabei bemerkte er die Unordnung. »Ich muss erst aufräumen«, sagte er, um gleich darauf festzustellen, wie albern das klang.

Hendrik blieb hartnäckig. »Kann ich jetzt kommen?«

Martin hatte das Gefühl, dass ihm nichts anderes übrig blieb. »Na, dann kommen Sie eben in Gottes Namen vorbei.« Er legte das Smartphone beiseite, wischte die Krümel vom Frühstückstisch auf einen Teller, um sie kurz darauf den Spatzen auf der Terrasse anzubieten. Ob Hendrik wirklich ein leeres Blatt abgegeben hatte? Warum? Was glaubte er damit zu erreichen? Dass er wieder unterrichten würde? Hendrik, der die Schule so oder so bald verließ? Das machte keinen Sinn. Kopfschüttelnd ging Martin zur Haustür, öffnete sie und spähte hinaus. In etwa dreißig Metern Entfernung sah er einen jungen Mann, der ihm, kaum, dass er ihn bemerkt hatte, zuwinkte. Der junge Mann beschleunigte seine Schritte und rief von Weitem: »Hallo, Herr Wachs!«

»Machen Sie langsam, Hendrik, das Leben dauert noch eine Weile.«

»Nun seid ihr schon zu zweit«, sagte eine warme Stimme über ihm. Frau Wondra. Sie beugte sich aus ihrem Fenster und winkte.

Hendrik lachte und winkte zurück.

»Zwei fehlen noch«, sagte Frau Wondra.

»Was meint sie?«, fragte Hendrik an Martin gewandt.

»Ich nehme an, sie meint ihre vier Kinder«, sagte Martin, nachdem sie ins Haus gegangen waren.

»Muss ich das verstehen? «

Seine Mutter hatte mit Martin darüber geredet, als er hatte wissen wollen, warum alle immer nur von der Verrückten redeten. Er fand sie nämlich gar nicht verrückt. Sie war anders. Ein bisschen wie eine Märchenfigur. Geheimnisvoll.

»Frau Wondra und ihr Mann wünschten sich viele Kinder. Leider hatte sie als junge Frau vier Fehlgeburten. Seitdem trägt sie nur noch schwarz. Sie ist nie darüber weggekommen, und wenn sie junge Leute sieht, stellt sie sich vor, dass es ihre Kinder hätten sein können«, erklärte er Hendrik.

»Krass. Kann ich meine Jacke hier aufhängen?« Hendrik deutete auf die Garderobe im Flur.

Martin nickte. Gleichzeitig fragte er sich, wie lange der Junge bleiben wollte. »Wir setzen uns an den Küchentisch.«

Hendrik machte keine Anstalten, Martin zu folgen. Er blieb im Wohnzimmer stehen. »Ganz schön großer Raum. Wo sind Ihre Möbel?« Ohne eine Antwort abzuwarten, schritt er auf die breite Fensterfront zu und sah hinaus.

Martin fragte sich, ob er den Ausblick genauso herrlich fand. Er betrachtete Hendrik von der Seite. Viel zu ernst für sein Alter, dachte er und musste wieder an das leere Blatt denken, das er abgegeben hatte. Schließlich sprach er Hendrik an:

»Beschaffen Sie sich ein Attest von einem Arzt, sagen Sie, Sie hätten ein Blackout gehabt, und dann holen Sie sich im Mündlichen die Bestnote, das wird schon. Vielleicht erreichen Sie mit entsprechendem Attest auch, dass Sie das Schriftliche wiederholen dürfen.«

»Weiß nicht.«

»Kommen Sie, setzen wir uns an den Küchentisch und sprechen das durch. Möchten Sie ein Glas Wasser?«

Hendrik kam nun doch zu ihm. »Kaffee wäre mir lieber«, sagte er, als er die Handkaffeemühle entdeckte. »Benutzen Sie die?«

»Ja.«

»Zeigen Sie mal.«

Kaffee kochen. Der Junge wollte tatsächlich länger bleiben. Eigentlich hatte er schon genug Kaffee getrunken, eigentlich wollte er sich jetzt um Handwerker kümmern und eigentlich hatte er mit dem Lehrerdasein abgeschlossen. Und dass Hendrik ein leeres Blatt abgegeben hatte, das war doch Humbug. Oder nicht? Er fühlte sich irgendwie schuldig.

Martin nahm die Mühle in die Hand, hielt sie mit links an den Bauch und kurbelte mit rechts.

»Darf ich mal?«, fragte Hendrik in Martins Gedanken hinein.

Martin reichte Hendrik die Mühle und zeigte ihm, wie es ging. Viel beizubringen gab es nicht, aber Martin spürte etwas in sich hochkommen, als er dem Jungen zusah. War es schon so lange her, dass Mutter und Großmutter ihm beim Kaffeemahlen zugesehen hatten? Wo war die Zeit zwischen damals und jetzt geblieben? Und war die Zeit allein mit Großmutter nur schwarz gewesen wie Kaffee? Jetzt, da Hendrik die Kurbel der Mühle drehte, erinnerte Martin sich, wie er kurz nach dem Unfall in der Küche gesessen und Kaffee gemahlen hatte. Heute war ihm klar, dass das damals fast einen meditativen Charakter barg, und den musste Großmutter erkannt haben. »Möchtest du mit mir einen Kaffee trinken«, hatte sie ihn gefragt und sich zu ihm gesetzt. Er als Zehnjähriger mit seinem allerersten

Kaffee und die Großmutter, die ihn zum ersten Mal nach dem Unfall richtig wahrgenommen hatte – da hatte er sich wieder ein wenig zu Hause gefühlt.

»Reicht das?«, fragte Hendrik.

»Zeigen Sie her.«

Hendrik reichte Martin die Mühle.

»Ja, damit dürfte der Kaffee stark genug werden.« Martin wandte sich ab.

»Suchen Sie Handwerker?«

Martin drehte sich zu Hendrik und sah, wie dieser ungeniert auf seinen aufgeklappten Laptop schaute.

»Neugierig sind Sie gar nicht?«

»Entschuldigung. Ich dachte nur ... Es ist, weil ... Also mein Vater, ich hab ja schon erzählt, dass er Handwerker ist, und der sucht immer Jobs, die er nebenher erledigen kann. Er hatte Pech mit seinem Geschäftspartner, der hat ihn übers Ohr gehauen, das hat meinen Vater eine Stange Geld gekostet. Jetzt klotzt er noch mehr ran, um da wieder rauszukommen. Wenn Sie also jemanden brauchen?«

»Sie reden von Schwarzarbeit?«

»Muss ja keiner wissen. Mein Vater ist echt gut. Und schimpft ständig, weil ich sein handwerkliches Geschick nicht geerbt habe. Aber dann sagt er immer, es sei schon besser, wenn ich einen ordentlichen Schulabschluss mache und studiere. Ich solle nur bald fertig sein und Geld verdienen und nicht so einer werden, der nie Fuß fasst.«

Martin füllte den Wasserkocher, schaltete ihn ein, holte zwei Tassen aus dem Schrank, stellte sie auf den Tisch und sah Hendrik an. »Was wollen Sie denn später für einen Beruf ausüben?«

»Schriftsteller.«

»Weiß Ihr Vater das?«

Schriftsteller. Wie meine Mutter.

»Nein. Er würde verzweifeln. Wo er doch so hart für mich arbeitet, wie er sagt, damit ich mir nicht wie er die Finger schmutzig machen muss, irgendeinen tollen Job am Schreibtisch bekomme und so reich werde, dass ich mir nicht den Rücken kaputt schuften muss.«

»Und warum wollen Sie ihm dann zu einem Job bei mir verhelfen? Wenn Sie genau wissen, dass das Geld am Ende für Sie ist, für einen Job, den Sie gar nicht machen möchten?«

»Mein Vater ist glücklich in seinem Job. Er mag es, wenn seine Hände Arbeit haben. Ich werde ihm beibringen, dass meine Hände anders arbeiten wollen. Sie können mir ja helfen.«

Das Wasser im Kocher sprudelte heftig, dann schaltete sich das Gerät ab. Martin goss es in den vorbereiteten Filter, es tröpfelte in Großmutters beige Porzellankanne.

»Riecht das gut«, sagte Hendrik prompt.

»Und schmeckt auch so.«

»Da bin ich sicher.«

Nach dem Kaffee stand Hendrik auf und sah sich wieder im Wohnzimmer um.

»Toller Raum, aber es hallt so stark. Wo sind denn jetzt Ihre Möbel?«

»Ich habe die meisten dem Flüchtlingsheim gespendet, sie wurden gestern abgeholt.«

Hoffentlich kam Hendrik nicht auf die Idee, das Haus ansehen zu wollen. »Wollen wir jetzt über Ihre Prüfung sprechen?«, fragte Martin, der am Küchentisch sitzen geblieben war. Die offene Flügeltür bot einen wunderbaren Blick ins Wohnzimmer.

»Gleich«, sagte Hendrik und nahm wie selbstverständlich in Mutters Lesesessel Platz. Martin traute seinen Augen nicht. Und schließlich nahm Hendrik auch noch Rudi auf den Schoß und das Büchlein zur Hand.

»Legen Sie das sofort wieder weg!«

Hendrik vertiefte sich in das Büchlein und begann vorzulesen: »*Badewannenwasserwellen, Duftikuss, Nährmaschine* – das sind ja tolle Worte, wow, die …«

»Geben Sie das her.«

Martin ging auf ihn zu und wollte ihm das Büchlein abnehmen, doch Hendrik entzog es ihm.

»Das müssen Sie veröffentlichen«, sagte Hendrik und begann wieder zu blättern.

»Das geht niemanden etwas an. Das sind meine Worte.«

»Aber man kann Worte doch nicht besitzen, oder?«

Obwohl das für Hendrik eine typische Frage war, irritierte sie Martin. Schließlich war er der Lehrer. Der er gar nicht mehr sein wollte, korrigierte er sich.

Auch auf Martins nächsten Impuls hin, rückte Hendrik das Büchlein nicht raus, sondern blätterte und las, blätterte und las. Am liebsten hätte Martin Hendrik das Büchlein einfach aus den Händen genommen, aber aus Sorge, dass dabei Blätter zerrissen, sagte er noch einmal: »Hendrik, bitte, geben Sie mir das Büchlein.«

»Büchlein? Warum diese Verniedlichung? Haben Sie das nicht schon im Unterricht erwähnt beim Thema Flüchtlinge? Wir sollten Geflüchtete oder Schutzsuchende sagen. Ehrenamtliche statt fleißige Helferlein und dergleichen. Darüber nachdenken, was und wie wir reden. Das hier verdient den Namen Buch, nicht Büchlein. Wer hat das geschrieben? Das ist nicht Ihre Schrift. Ihre Schrift kenne ich.«

»Meine Mutter. Geben Sie mir jetzt bitte endlich das Buch.«

»Werden Sie das veröffentlichen? Das müssen Sie veröffentlichen!«

»Ich muss gar nichts. Her mit dem Buch.«

Hendrik umklammerte es und sah ihn an. In seinem Blick steckte Neugierde. Martin fühlte sich provoziert.

»Her damit, Hendrik.«

»Gleich.«

Nun gib mir dieses Buch.

Nein, das gehört mir.

Es ist von meiner Tochter, also gehört es mir.

Nein, nein, nein. Das sind unsere Worte. Mamas und meine.

Deine Mama ist tot und du bist schuld daran.

Endlich reichte Hendrik Martin das Büchlein, aber Martin ergriff es erst nicht. Hendriks Mimik irritierte ihn. Dieser vorwurfsvolle Blick. Dann streckte Martin seine Hand aus, nahm das Büchlein und drückte es an sich. Vorsichtig blätterte er darin, als sorgte er sich, dass Blätter zerrissen und Worte unleserlich geworden waren.

»Das ist nicht fair«, sagte Hendrik. »Ich dachte immer, wir reden die gleiche Sprache.«

Tun wir doch auch. Hatte er den Jungen eben angeschrien?

»Tun wir das nicht?«, fragte Martin.

»Schon gut. Unter den Schülern habe ich nicht viele Freunde. Die meisten finden mich komisch.«

Hendrik ging zur Haustür und öffnete sie.

»Bleiben Sie Hendrik, lassen Sie uns jetzt überlegen, wie Sie in einer mündlichen Nachprüfung das leere Blatt ausgleichen können.«

»Kein Interesse mehr.«

Hendrik eilte aus dem Haus.

Am Nachmittag sah es draußen noch so freundlich aus, dass Martin sich entschied, den für ihn erholsamsten Ort auf Erden aufzusuchen: den Wald. Nach wenigen Metern war er umgeben von Kiefern und Laubbäumen und dankte der Natur für die Stille. Alles wuchs. Kein Laub raschelte unter seinen Füßen. Die Blätter hingen brav am Baum, boten ihm gar ein schützendes Dach und behüteten seinen Spaziergang. Martin atmete auf, fragte sich aber, warum er sich so gehetzt und matt fühlte, eigentlich sollte es ihm jetzt gut gehen. An einem Wochentag, an dem er bis vor kurzem zur Arbeit gegangen war, ging er im Wald spazieren, ohne den lästigen Gedanken im Hinterkopf, am nächsten Morgen wieder vor einer Schulklasse stehen zu müssen. Er hatte ein Haus, keine finanziellen Sorgen und endlich Zeit zum Lesen. Einzig die Bücher, die in ihren Kartons noch immer das Wohnzimmer bevölkerten, als seien sie Küken, die warteten, bis der Stall fertiggebaut war, musste er auspacken. Es fehlten Regale. Es fehlte noch viel mehr, aber daran wollte Martin jetzt nicht denken.

Er hörte ein Klopfen, blieb stehen, sah nach oben und erkannte einen Buntspecht auf mittlerer Baumhöhe. Er mochte das

Klopfen, es klang so siegessicher. Und da – eine Blaumeise flog umher. Martin hielt gezielt Ausschau und wurde belohnt. Er machte zwei Rotkehlchen und einen Kleiber aus. Vogelkundler war er keiner, aber neugierig genug, um nach seinen Spaziergängen in der Internetsuchmaschine nachzuschauen, welcher Vogelart er die Begleitmusik seines Spazierganges zu verdanken hatte. Inzwischen kannte er sich gut aus. Nach seiner kleinen Umschau setzte er seinen Weg fort. Bewusst atmete er die Waldluft ein. Wenn er nicht hier lernen würde, das Leben zu genießen, wo dann?

Wie erhofft, beruhigte ihn der Waldspaziergang schließlich. Er bog nach rechts ein, um einen Bogen zu laufen, der ihn nach Hause führen sollte. Hier war der Waldboden noch weicher, es fühlte sich fast an, als federe er ab wie auf einem Trampolin. Wie es wohl sein mochte, Trampolin zu springen? Rhythmisches Klopfen durchbrach seine Gedanken. Waren das Spazierstöcke? Das Geräusch kam näher, es mussten mehrere Stöcke sein. Ein anderer Waldweg kreuzte den seinen. Für die Förster, die mit dem Auto hier durch mussten, war er mit Schotter und Steinen belegt. Eine Nordic-Walking-Gruppe, bestehend aus vier Frauen, marschierte ihm entgegen.

»Hallo Martin!«, rief eine von ihnen, blieb stehen und störte damit den Laufrhythmus der anderen. Bärbel. Martin wollte die Kreuzung zügig überqueren, da fuhr es ihm in den Rücken, er stolperte über einen Stein und sackte zusammen. Sofort war Bärbel bei ihm.

»Mein Gott, Martin, was treibst du denn?«

»Ich gehe spazieren.« Er stützte sich auf die Hände und kam zum Sitzen. »Au!«

»Warte, ich helfe dir hoch.« Sie legte ihre Stöcke beiseite und streckte ihm die Hände entgegen.

Martin strich sich die Kieselsteine aus der Handinnenfläche und versuchte, selbst auf die Beine zu kommen, sank aber sofort wieder in sich zusammen.

Bärbel wandte sich an ihre Laufkolleginnen. »Anita, Kerstin, Caroline – jetzt helft ihm doch mal!« Selbst kniete sie schon neben ihm.

»Danke, geht schon«, sagte Martin und versuchte erneut aufzustehen. Als es wieder nicht gelang, probierte er es über den Vierfüßlerstand, der zwar albern aussehen mochte, aber die einzige Möglichkeit für ihn zu sein schien, schmerzfrei hochzukommen. Auf halber Höhe spürte er überall Hände.

»Herrgott noch mal, ich bin doch nur gestolpert.«

Die Damen nahmen ihre Stöcke wieder auf. Außer Bärbel. Sie grinste und sagte: »Das sind die Qualitäten eines Lehrers. Brave Schüler hören auf ihn.«

»Wegen mir müsst ihr nicht stehen bleiben«, sagte Martin, richtete sich auf, sah die vier Frauen kurz an und dann in den Himmel. »Haufenwolken, es könnte Regen geben.«

»Man merkt, dass du Lehrer bist.«

Martin wollte etwas erwidern, aber Bärbel ließ ihm keine Zeit.

»Das ist der Deutschlehrer, von dem ich euch erzählt habe. Ich habe ihn gebeten, uns zu unterstützen. Euch muss ich ja nicht erzählen, dass wir im Moment am dringendsten einen Deutschlehrer hier brauchen.«

Anita, Kerstin und Caroline nickten eifrig. Für Martin sah es aus wie eine einstudierte Choreografie.

»Ich unterstütze euer Ehrenamt gerne, deshalb habe ich ja auch meine Möbel gespendet, aber …«

Martin hoffte sich mit diesem Einwand freikaufen zu können, Achims Worte lagen ihm noch im Ohr: »Du bist sehr großzügig, die meisten hätten das hier zu Geld gemacht und du verschenkst es, solche Leute braucht das Dorf.«

»Hab vielen Dank dafür, Martin«, sagte Bärbel. »Und nun hoffen wir natürlich, dass du uns jetzt, wo du so viel Zeit hast, weiterhelfen wirst.«

»So was wird doch vom Staat organisiert.«

»Martin, nun lenk nicht ab. Diese armen Menschen müssen dir doch auch leidtun. Die haben nicht so viel Glück wie wir und wachsen in einem der reichsten Länder der Welt auf. Und Häuser erben sie schon gar nicht.«

Provokativ wie früher, dachte Martin und setzte an, etwas zu sagen, aber schon sprach Bärbel wieder.

»Ich weiß, nach dem Tod deiner Eltern hast du den Glauben verloren, aber vielleicht findest du ihn jetzt wieder.«

Was Bärbel alles wusste, er wunderte sich.

»Mach dich nützlich als Deutschlehrer. Irgendeinen Job musst du so oder so im Dorf übernehmen. Wer hier lebt, sagt stillschweigend ja zum Ehrenamt. Du müsstest ja nur tun, was du ohnehin kannst.«

Martin wich ihrem bittenden Blick aus.

»Tut mir leid, ich bin in Pension.«

»Eben.«

»Was meinst du?«

»Pension. Pensionäre haben Zeit.«

»Ich bin in Pension gegangen, weil ich nicht mehr unterrichten kann. Und nun entschuldigt mich.«

In gebeugter Haltung machte er sich auf den Heimweg.

Er machte kleinere Schritte aus Angst, größere in seinem Lendenwirbelbereich zu spüren.

»Wir sprechen uns noch!«, rief ihm Bärbel hinterher. »So schnell gebe ich nicht auf!«

Unterwegs fluchte er innerlich und beschloss, in der Apotheke ein Schmerzmittel zu kaufen.

»Wo haben Sie denn die Schmerzen?«, fragte die Angestellte. Frau Bertsch stand auf ihrem Namensschild.

»Im Rücken«, sagte Martin und hoffte, Frau Bertsch würde nun zügig hinter sich greifen und eine Tablettenschachtel aus dem Regal nehmen.

»Sind Sie nicht der Deutschlehrer, der in Frau Vollmers Haus gezogen ist?«

»Bitte?«

»Bärbel, ich meine Frau Höfer…, sie hat so was erzählt. Sie ist ja sehr aktiv in der Flüchtlingshilfe und …«

»Könnten Sie mir bitte ein Schmerzmittel verkaufen?«

»Aber sicher doch. Wir hätten auch Wärmepflaster.«

»Ich möchte aber lieber Schmerztabletten.«

»Waren Sie denn schon beim Arzt?«

»Arzt?«

»Beim Orthopäden? Bekommen Sie Physiotherapie?«

»Hören Sie, ich habe nur zu schwer getragen. Haben Sie nun ein Schmerzmittel?«

Offensichtlich widerwillig reichte Frau Bertsch Martin eine Pillenschachtel. Er zahlte und ging. Deutschlehrer. Er konnte das Wort nicht mehr hören. Sein Name war Martin Wachs. Und als Martin Wachs wollte er in diesem Dorf leben.

Nachdem er die Haustür aufgeschlossen hatte, ging er in die Küche, nahm ein Glas aus dem Schrank, ließ Leitungswasser hineinlaufen und schluckte gleich zwei Schmerztabletten.

Endlich Ruhe. Er schaute auf den Sessel im Wohnzimmer, dessen Armlehne Rudi gehörte. Es war Mittagszeit, er könnte eine warme Mahlzeit vertragen, aber ihm fehlte noch die Kraft, am Herd zu stehen und zu kochen. Er setzte sich hin und schloss die Augen. Bestimmt wirkten die Tabletten bald. Dann würde er sich etwas kochen. Er fror. Hoffentlich bekam er keine Erkältung. Das Donnergrollen und einsetzendes Regenprasseln war eine Wohltat in seinen Ohren. Ein Gewitter, bei dem keiner auf die Straße ging. Auch keine Bärbel. Solange es draußen ein Wetter gab, wie es der Österreicher formulierte – das hatte Martin bei Wolf Haas gelernt – solange war drinnen Ruhe. Donnergrollen, Regenprasseln – welche Synonyme wären seiner Mutter eingefallen? Himmelszorn, Wolkenwassermelodie? Nein. Er grübelte und sah dem Wetter zu.

Am nächsten Morgen erwachte er um kurz nach sieben, reckte und streckte sich und stellte fest, dass kaum noch etwas weh tat. Also hatten die Tabletten geholfen, er hatte gut geschlafen. Nun wollte er endlich einen ruhigen Tag genießen und deshalb die Städtische Kunstgalerie besuchen. Im Museum würde er mit Sicherheit niemanden treffen, der ihn wegen irgendetwas bedrängte.

Das müssen Sie veröffentlichen.

Nichts lag ihm ferner, als Teile seines Lebens öffentlich zu machen. Niemanden ging das Büchlein etwas an.

Er duschte, zog sich an und ging nach unten in die Küche, um sich ein Frühstück zuzubereiten. Als er die Kaffeemühle zur Hand nahm, sah er wieder Hendrik vor sich, wie er die Mühle auf dem Schoß gehabt und sie mit einer kindlichen Neugier betrachtet hatte. Ähnlich einem interessierten Museumsbesucher.

Ob Hendrik wirklich ein leeres Blatt abgegeben hatte? Und das war dann seine Schuld? Papperlapapp! Martin konzentrierte sich auf das Kaffeekochen, um die lästigen Gedanken loszuwerden.

Der Kaffee war viel zu heiß, um ihn schnell zu trinken, weshalb er nur ein paar Mal daran nippte. Es war zwar noch nicht einmal acht und die Städtische Kunstgalerie öffnete erst um zehn, aber er wollte jetzt schon gehen. Er stellte die Tasse in die Spüle, schnappte sich seine Jacke vom Küchenstuhl, verließ das Haus und eilte zur Straßenbahnhaltestelle, als hätte er einen wichtigen Termin. Das Warten auf die Bahn kam ihm wie eine halbe Ewigkeit vor. Warum bin ich nur so unruhig, fragte er sich. Ich habe doch alle Zeit der Welt. Schließlich kam eine fast leere Bahn. Er wählte einen Einzelsitzplatz in Fahrtrichtung und sah zum Fenster hinaus.

Wann war er eigentlich das letzte Mal im Museum gewesen? Er freute sich darauf, denn ähnlich wie im Wald erlebte er hier Momente der Stille. Sie waren oft kurz, dafür prägnant. Es waren Momente, die er am liebsten in die Hosentasche gesteckt hätte, um sie zu konservieren und für sich zu behalten, aber er wusste, es gab Grenzen. Grenzen? In diesem Moment wurde ihm erst richtig bewusst, wie frei er jetzt wirklich war, wie viel Zeit er jetzt hatte. Eigentlich genug, um Hendrik zu helfen, dachte er, aber das wollte er nicht. Er wollte den Lebensabschnitt als Lehrer definitiv hinter sich lassen, musste aber zugeben, dass er sich fast Sorgen um den Jungen machte, weil er das kannte; das Einzelgängerdasein. Wenn man nicht im Strom schwamm, warum auch immer, dann blieb einem nur der Alleingang. Je näher die Bahn der Stadt kam, desto voller wurde sie. Martin war froh, als er endlich aussteigen konnte. Wenige Minuten Fußweg waren es bis zur Städtischen Kunstgalerie. Er sah auf die Uhr, es war kurz vor neun. Da entschloss er sich, noch einen Spaziergang zu unternehmen. Der Schlossgarten lag in unmittelbarer Nähe. Es waren nicht viele Menschen unterwegs, obwohl Martin den frischen Frühlingsmorgen sehr einladend fand, ja beinahe froh war, dass er gezwungen war, noch ein wenig draußen zu verweilen.

Wieder einmal schoss ihm Goethes Faust in den Kopf.

Zum Augenblicke dürft' ich sagen:
Verweile doch, du bist so schön!

Wann käme sein Augenblick? Und was wäre es für einer? Jugendliches Johlen drang von hinten an sein Ohr und unterbrach seine Gedanken. Er drehte sich um. War das eine Horde Schüler? Martin machte einen Erwachsenen unter ihnen aus. Der Lehrer? Hatte Hendrik heute frei? Morgen war das Matheabi, das wusste er natürlich. Aber heute? Nicht, dass Hendrik ihm hier in der Stadt über den Weg lief. Aber warum ausgerechnet jetzt und hier im Schlossgarten?

Die johlenden Jugendlichen entfernten sich. Martin lief eine Runde um den See und dann den Weg an der großen Wiese entlang. Ein paar junge Menschen lagen auf dem Grün. Studenten, vermutete Martin, die Universität war ganz in der Nähe. Beinahe hatte ihn eine Frisbeescheibe getroffen. Zum Glück war es nun halb zehn, bald konnte er ins Museum. Die Umgebung hier kannte er viel zu gut, sie war verwoben mit seinem Lehrerdasein, weil er hier so oft spazieren gegangen war in der Zeit, in der er hier gelebt hatte.

Martin erreichte das Museum und stieg die Treppen zum Eingang empor. Er wollte jetzt nicht mehr an die Vergangenheit denken, nicht mehr an Hendrik. Nachdem er den Eintritt bezahlt hatte, sagte er sich noch einmal, dass er nun frei war und ausschließlich Verantwortung für sich selbst trug. Jetzt wollte er, wie so oft, in Gemälden Momente der Faszination erleben, die er nicht in Worte hätte färben können; er wollte die lautlose Stimme der Maler hören. Besonders faszinierten ihn Bleistiftzeichnungen.

Eine Stunde lang schritt er von Bild zu Bild, dann zog ihn ein blaues Gemälde in seinen Bann. Meer, Sturm, Natur, Aufbrausen und Gewalt waren Worte, die ihm als Erstes in den Sinn kamen. Von Nahem betrachtet erinnerte ihn das Bild an die *Badewannenwasserwellen*, mit denen er als Kind das Badezimmer unter Wasser gesetzt hatte. Das genaue Hinsehen ließ das Gemälde harmlos und weich erscheinen, dann wieder gab es Rätsel auf, weil die gemalten Wellen so blau waren. Wo war die Schaumkrone?

Du machst Wellen – da sinkt jedes Schiff!

Nein Mama, ich bin doch der Kapitän.

Mutters Lächeln war so selbstverständlich leicht dahergekommen wie die Wellen. Es war immer das Selbstverständliche, was man einmal vermisste. Jetzt wellte sich ihr Lächeln in seinem Kopf, türmte sich zu einem Lachen und ebbte wieder ab.

Martin holte seine Lesebrille aus der Hemdtasche und setzte sie auf, um den Titel des Bildes lesen zu können. Punktblau. Wie war der Maler darauf gekommen? Blau – das war nachvollziehbar. Aber was sollte der Punkt? Martin fand ihn viel zu hart. Punkte beendeten etwas. Wellen hatten kein Ende, sie liefen aus und erneuerten sich ständig. Farben für die Maler, Worte für die Schriftsteller, dachte er – sie sollten zusammenarbeiten, die Künstler. Maler sollten Schriftsteller beauftragen, ihre Bilder zu betiteln und Schriftsteller sollten Maler beauftragen, ihre Geschichten zu malen.

Der Museumsbesuch war eine gute Entscheidung gewesen, weil er über Titel wie Punktblau nachdenken, Farben auf sich wirken lassen, sein schlechtes Gewissen Hendrik gegenüber damit in die hinterste Ecke seines Gehirns verbannen konnte.

Als er wieder ins Freie trat, merkte er, dass er nicht nach Hause gehen wollte, er hatte einen Besuch und ein kühles Getränk bei Paule im Sinn.

»Martin, altes Haus, muss ich mich jetzt tatsächlich an den Bart gewöhnen?«, fragte Paule, als er Martin vor dem Tresen erblickte.

Martin fuhr sich durch die Barthaare. »Könnte sein«, sagte er und sah sich um. Schüler. Überall Schüler. Wie hatte er das schon wieder vergessen können?

»Alles in Ordnung mit dir? Du wirst plötzlich so blass um die Nase.«

Die Schüler, wollte er sagen, dachte es aber nur.

»Schülerphobie? Bricht sie wieder aus?« Paule lachte. »Hast doch erst neulich erlebt, dass die dich nicht beißen.«

»Nicht so laut.«

»Nun stell dich nicht so an. Erst vor drei Tagen hast du dich hier blendend mit einem von ihnen unterhalten.«

»Bitte?«

»Hendrik, hieß er, glaube ich.«

Hendrik. Schon wieder.

»Hab bisschen was mitgekriegt. Kannst doch gut mit denen. Aber wie dem auch sei, die sind eh gleich fertig mit ihrem Schnitzel und hauen wieder ab. Kannst dich ja hier an den Ecktisch verkrümeln.«

Martin stellte die Speisekarte so vor sich auf, dass er sich dahinter verstecken konnte. Deutlich hörte er am Nebentisch die Stimme von Tim heraus, der Schulclown konnte einfach nicht leise sprechen. *Scheiß Matheabi, wenn's nur schon rum wäre.* Ja, ihm wäre auch wohler, das Schuljahr wäre beendet und keiner stellte mehr Ansprüche an ihn. Ob ein Sachbearbeiter im Regierungspräsidium grade seine Kündigung bearbeitete? Würde sie zügig bewilligt? Hätte es gar rechtliche Konsequenzen, weil er einfach nicht mehr zum Dienst kam? Paule brachte ihm ein Pils.

»Um diese Uhrzeit trinke ich keinen Alkohol, das weißt du doch.«

»Klar, weiß ich. Du trägst auch keinen Bart.«

Martin sah ihn fragend an.

»Martin, ich bin Kneipenwirt, ich sehe nicht nur viele Menschen essen und trinken, ich sehe Veränderung.«

Martin nahm einen großen Schluck.

»Weißt du was«, sagte Paule. »Ich kassiere jetzt die paar Schüler ab und dann trinken wir ein Bier zusammen, aber draußen im Biergarten.«

Martin, dem es nicht nur nach kühlem Getränk, sondern auch nach Frischluft dürstete, nach Licht und Frühlingslauten, fand den Vorschlag prima. Er ging nach draußen. Auch hier saßen Schüler. Sogar aus seinen Kursen. Sie sahen kurz auf, als er an ihrem Tisch vorbeiging, Judith und Finn grüßten verhalten. Er war geneigt, nach Hendrik zu fragen, tat es aber doch nicht.

Zehn Minuten später kam Paule mit zwei Pils und einer ordentlichen Portion Wurstsalat mit Bratkartoffeln für Martin nach draußen.

»Ich habe das eine Pils doch noch gar nicht ausgetrunken«, sagte Martin.

»Aber gleich bei dem Zug, den du drauf hast.«

Die Frühlingssonne besaß jetzt um die Mittagszeit schon so viel Kraft, dass Martin schwitzte. Das zweite Pils kam eigentlich genau richtig, er trank, kaum dass es vor ihm stand.

Paule hob sein Glas an. »Na denn Prost – falls du mit mir anstößt.«

»Entschuldigung«, sagte Martin und erhob sein Glas erneut. »Gewöhnt man sich daran?«, fragte er dann.

»An was?«

»Sein eigener Herr zu sein.«

»So schnell, wie du dein Bier trinkst.«

Martin verschluckte sich. »Ich …«

»Brauchst dich nicht rechtfertigen. Jetzt genieß dein Bier. Oder musst du noch fahren?«

»Nein, ich bin mit der Straßenbahn gekommen. War in der Städtischen Galerie, da kann man so schlecht parken.«

»Museum? Langweilig.«

»Komm doch mal mit.«

»Ich?«

»Warum nicht?«

»Ich verstehe nichts von Kunst.«

»Ich auch nicht.«

»Und was machst du dann im Museum?«

»Schauen. Den Bildern zuhören.«

»Den Bildern zuhören – du bist doch noch der Alte, darauf stoßen wir an.«

Mit jedem Schluck rückte Hendrik in weite Ferne. Martin fühlte sich immer wohler, aß mit Genuss und schließlich bat er Paule, noch ein weiteres Pils zu bringen.

»Zigarette?«, fragte Paule Martin nach dem Essen.

»Nein danke.«

»Und wie geht's nun weiter mit dir?«

»Was meinst du?«

»Na, was treibst du so den ganzen Tag?«

»Im Moment suche ich Handwerker, ich will das Haus umgestalten.«

Paule hob den Kopf und blies den Rauch gen Himmel.

Dann schwiegen sie. Paule kassierte die restlichen Schüler ab und servierte Martin schließlich noch ein Pils. Nachdem alle Schüler gegangen waren, war es ruhiger im Biergarten. Martin fühlte sich nach dem vierten Pils leicht benebelt. Er war müde geworden und verabschiedete sich von Paule.

Kurz nach vier saß er in der Straßenbahn auf dem Weg nach Hause. Die Sonne schien noch immer kräftig, aber durch das gekippte Fenster blies Wind auf seine Wangen und gestaltete die Fahrt angenehm. Als überraschend unangenehm empfand er die Stille, die ihn umgab. Das Stimmengewirr im Biergarten und die Gesellschaft von Paule hatten seine Gedanken an Hendrik vertrieben. Jetzt waren sie wieder präsent.

»Nächster Halt Siedlerstraße.«

Martin stand auf und fiel beinah auf den Sitz zurück. Er hielt sich an einer Haltestange, drückte auf den Knopf für Stopp, weil er hier aussteigen musste und wankte zur nächstgelegenen Schiebetür.

Nun wollte er nur noch schnell in sein Haus und es sich im Sessel bequem machen, ein bisschen dösen. Eine schöne Vorstellung. Was ihm nicht gefiel waren die zwei Menschen, die er schon von Weitem vor seiner Tür stehen sah. Zwei Frauen, wie er im Näherkommen feststellte. Eine davon war Frau May, die andere stützte sich auf einen Rollator.

»Hallo Herr Wachs, da haben wir ja Glück«, sagte Frau May und ihre Augen lachten.

»Guten Tag«, sagte Martin und blieb vor den beiden Frauen stehen. Er musste dringend zur Toilette. Die zweite Frau entpuppte sich als Frau Mays Großmutter.

»Darf ich vorstellen«, sagte Frau May. »Die liebste Omi aller Zeiten.«

»Guten Tag«, sagte er.

Frau Mays Großmutter strahlte ebenso wie ihr Enkelkind.

»Und, was kann ich für Sie tun?«, fragte er und kam sich vor wie als Lehrer, wenn er gedanklich schon im Feierabend gewesen war, aber Eltern ihn aufgehalten hatten.

»Ich wollte Sie kennenlernen«, sagte Frau Mays Großmutter und sah zu ihm auf.

»Ich verstehe nicht.«

»Ich war mit Irmgard befreundet. Sie hat mir so viel von Ihnen erzählt. Und dann steht plötzlich meine Enkelin Anouk vor der Tür und schenkt mir die Kleider von Irmgard.« Sie senkte den Kopf.

»Kannst du noch stehen, Omilein?«

»Bestimmt können wir einen Moment reinkommen, nicht wahr, Herr Wachs? Ich möchte Ihnen etwas geben.«

»Natürlich.«

Bitte nicht.

Er ging an den beiden Frauen vorbei, öffnete die Haustür, signalisierte mit einem »Bitte sehr«, dass sie eintreten durften und schloss die Tür wieder.

»Wir wollen gar nicht lange stören«, sagte Frau May.

Da standen sie im Flur und sahen sich an. Martin empfand das Schweigen als unangenehm. Stille konnte er nur genießen, wenn er alleine war. Er war froh, als Frau Mays Großmutter – Omilein, er hatte noch immer dieses Wort im Ohr – mit zittrigen Fingern mit einer Tüte raschelte, die am Rollator hing.

»Bei mir dauert es etwas länger, Sie müssen entschuldigen.«

»Das macht doch nichts, Omilein.«

Doch, dachte Martin, denn er befürchtete, dass seine Blase gleich platzte, wenn er nicht schleunigst auf die Toilette gehen konnte. Er verkrampfte sich, aber seine Blase war durch die vielen Pils randvoll, er konnte nicht mehr lange warten. In seinem Rücken befand sich die Tür zur Toilette, vor ihm standen Frau May und Omilein.

»Gehen Sie doch einfach hinein, da können Sie sich setzen und in Ruhe nachschauen«, sagte er schließlich.

Kaum waren die beiden Frauen hinter der milchverglasten Tür verschwunden, stürzte er zur Toilette. Noch während er seine Blase erleichterte, vibrierte das Smartphone in seiner Hosentasche. *Wer zum Teufel will denn jetzt schon wieder was von mir?*

Das Smartphone vibrierte und vibrierte, aber er wusch sich erst die Hände und sah dann nach. Ein Handwerker, schoss es ihm durch den Kopf, und er drückte auf den grünen Hörer, meldete sich mit seinem Namen und ging ins Wohnzimmer. Am anderen Ende der Leitung meldete sich ein Klaus Müller.

»Sie wünschen?«

»Vielleicht kann ich etwas für Sie tun.«

»Sind Sie Handwerker?«

»Ich dachte, das hätte mein Sohn schon mit Ihnen besprochen. Er meinte, Sie suchen jemanden, der …«

»Oh!«, entfuhr es ihm und er stieß sich den Kopf an einem der Balken im Raum. Das am anderen Ende musste Hendriks Vater sein.

Frau May sprang auf und eilte zu ihm. »Haben Sie sich sehr weh getan?«

»Nein«, sagte Martin immer noch mit dem Smartphone am Ohr.

»Dann suchen Sie also keine Handwerker?«, fragte Klaus Müller.

»Doch«, sagte Martin. Er schuldete Hendrik einen Gefallen.

»Gut, dann schlage ich vor, ich komme am Samstag vorbei.«

»In Ordnung.« Martin beendete das Gespräch.

Während ihre Großmutter am Küchentisch saß, stand Frau May noch immer neben ihm. »Kommen Sie, Herr Wachs, schauen Sie sich an, was meine Großmutter Ihnen mitgebracht hat.«

Großmutter. Frau May sollte lieber bei Omilein bleiben, Großmutter war bildbesetzt. Er wusste nichts zu erwidern. Sein Kopf schmerzte.

»Es ist zwar nicht so bedeutungsvoll wie das, was ich Ihnen neulich gebracht habe, aber etwas Besonderes ist ja nur besonders, wenn es das nicht jeden Tag gibt«, sprach Frau May weiter und stellte sich hinter ihre Großmutter, legte ihr die Hände auf die Schultern und als Martin sich gesetzt hatte, sprach die alte Dame: »Ich möchte Ihnen eine Auswahl meiner Marmeladen schenken.« Sie deutete auf eine Reihe von Gläsern vor ihr. »Erdbeere, Rhabarber, Quitte, Orangengelee, und das leuchtende hier …«, jetzt zeigte sie auf das letzte Glas in der Reihe, »das ist Ananas kombiniert mit Möhre. Manchmal waren wir mutig.« Sie lachte.

»Danke«, sagte Martin, der nicht so recht wusste, was das sollte.

»Wissen Sie, früher, da haben Ihre Frau Großmutter und ich sehr oft und sehr viel Marmelade gekocht. Wir saßen auch an diesem Tisch. Dann waren wir zu alt, um am Herd zu stehen, und zu rühren. Aber dank Anouks Hilfe konnten wir unserem Hobby noch eine Weile nachgehen. Inzwischen kocht Anouk die Marmeladen, wenn sie Zeit hat; manchmal sitze ich bei ihr am Tisch und entsteine Kirschen oder Aprikosen, wenn meine Hände nicht zu sehr zittern.«

Frau Mays Großmutter wischte sich eine Träne weg. Martin sah, wie Anouk ihr über die Schultern streichelte. Die alte Dame fuhr fort. »Ich war sehr glücklich, als Anouk mir die Kleider brachte. Jetzt trage ich Irmgard nicht nur im Herzen, sondern sogar am Leib.« Scheinbar erleichtert, einen heiteren Gedanken ausgesprochen zu haben, kicherte sie. »Noch mehr freue ich mich aber darüber, endlich einmal Sie, ihren Enkel, zu sehen, von dem sie mir die letzten Jahre so viel erzählt hat. Jetzt, da Sie vor mir stehen, ist sie für mich gar nicht mehr so tot. Und damit sie das für Sie auch ist, bringe ich Ihnen diese Marmeladen. Denn glücklicherweise fand Anouk in meinem Keller noch ein paar Gläser, die Irmgard und ich zusammen abgefüllt haben.«

Martin sah auf die Frauen am Küchentisch. Er sah frisches Lachen, hörte gelebtes Lachen. Er hörte wieder seine Mutter hier lachen und sah seine Großmutter vor sich. Aber was er auch zu denken versuchte, das Bild einer Frau, die nicht in der Lage gewesen war, ihren verwaisten Enkel zu lieben, indem sie ihn immer wieder hatte spüren lassen, er sei schuld am Tod seiner Mutter, hatte sich eingebrannt. Wie konnte es sein, dass anscheinend alle Menschen diese Frau so geschätzt hatten?

Mein Leben hat eine komische Wendung genommen, dachte Martin, als er wieder alleine war. Er fühlte sich fremdgesteuert. Sein Haus, das sein Ruhepol sein sollte, wurde zum Meet & Greet. Er blickte in den fast leeren Wohnraum. Vielleicht gefiel ihm Frau Mays Vorschlag, sich auf dem Dachboden ein Wohnzimmer einzurichten, so gut, weil Sitzmöbel Menschen dazu einluden, diesen Raum hier unten zu belagern, und das wollte er nicht.

Am Samstag würde er Herrn Müller fragen, ob das möglich sei. Dann sollte er in Gottes Namen die Arbeiten in Angriff nehmen; er schien sofort zur Verfügung zu stehen. In einem Vierteljahr hätte Hendrik sein Abitur in der Tasche. Er hoffte, dass dann auch die Renovierung abgeschlossen war. Dann kehrte endlich Ruhe ein.

Neuntes Kapitel
Wahrheit und Lüge

Schwungvoll leerte Martin am Freitagnachmittag Dreckwasser am Straßenrand in den Gully. Er pfiff vor sich hin und grüßte einen Mann, der einen Dackel ausführte. »Fleißig, fleißig«, sagte der Fremde. »Aber immer doch«, antwortete Martin. Dass ich einmal Spaß am Putzen habe, wunderte er sich. Es war drei Uhr am Freitagnachmittag, der Verkehr im Dorf nahm zu. Es waren also nicht nur Lehrer, die verhältnismäßig früh am Tag ihre Arbeitsstätte verließen und nach Hause fuhren. Martin glaubte allerdings nicht, dass all die Heimkehrenden sich jetzt noch mit ihrer beruflichen Arbeit beschäftigten, so wie er es von Montag bis Samstag getan hatte.

Den geleerten Eimer hin- und herschaukelnd lief er den gepflasterten Weg zurück zum Haus. Für ihn war nun jeder Tag ein Sonntag. Nur die Bauchschmerzen konnte er nicht gebrauchen. Er hatte wohl etwas viel Schmerzmittel genommen, aber das half wenigstens gegen die Rückenschmerzen, so dass er in der Lage war, sich zu bewegen.

Er hatte nicht geahnt, wie gut es tun konnte, einen Großputz zu veranstalten. Um acht in der Früh hatte er begonnen: Zuerst waren die Küchenschränke seinem Tatendrang zum Opfer gefallen; einen Teil von Großmutters Geschirr hatte er aussortiert und die Schränke mit seinem eigenen Hab und Gut aufgefüllt. Nachdem er damit fertig gewesen war und die Küche geschrubbt hatte, fühlte er sich auch selbst ein bisschen aufgeräumter. Und um ein Mehr dieses angenehmen Gefühls herauszuschlagen aus diesem Tag, der ein weiterer Tag seines neuen Lebens war, hatte er fortgefahren zu putzen und aufzuräumen.

Gästetoilette, Flur, Wohn- und Arbeitszimmer mussten ebenso herhalten, wie die drei Zimmer oben und das Bad. Einzig die Fenster hatte er ausgespart, weil er das nicht gut konnte, das Fensterputzen. Ein klarer Blick nach draußen war ihm wichtig. In seiner Stadtwohnung hatte das Frau Brunner, seine Putzfrau, übernommen. Er hatte ihr auf die Mailbox gesprochen und für die Zukunft abgesagt.

Jetzt stand er mit dem leeren Putzeimer vor seiner neuen Haustüre und wollte gerade aufschließen, da vernahm er Stimmen im Rücken, viele Stimmen. Er wandte sich um. Eine Horde Menschen kam auf ihn zu. Zumindest liefen sie in seine Richtung. Sicher wollten sie nicht zu ihm. Trotzdem beeilte er sich, ins Haus zu kommen.

Er ging direkt in den Keller, um den Putzeimer dort abzustellen. Durch den Kellerschacht hörte er die vielen Stimmen wieder. Etwas irritierte ihn. Noch bevor er darauf kam, was es war, klingelte es. Am liebsten hätte er nicht geöffnet, er war völlig erledigt, aber bestimmt hatten alle gesehen, wie er gerade ins Haus gegangen war.

»Martin, wie schön, dass du da bist!«

»Bärbel«, sagte Martin und wusste nun, was ihn eben irritiert hatte. Fremde Sprachen. Die vielen Menschen, mit denen Bärbel vor der Tür stand, sprachen kein Deutsch. Einige von ihnen waren farbig, manche Frauen trugen Kopftücher.

»Lieber Martin, wir machen gerade einen Ausflug durchs Dorf, und da dachte ich, wir kommen mal bei dir vorbei.«

Martin sah in strahlende Gesichter. Er wusste nicht, was er sagen sollte und betrachtete die Menschen, die erwartungslos und glücklich zugleich auf ihn wirkten.

»This ist the german teacher«, sagte Bärbel. »He is called Martin.«

»Bärbel, was soll das?«

Aber Bärbel ignorierte ihn. Sie hatte sich nicht verändert.

»Say hello to Martin.«

»Hello Martin«, sagten sie brav wie Schüler an ihrem ersten Schultag.

Martin schwieg.

»Sieh sie dir an, Martin«, sagte Bärbel. »Die meisten haben alles verloren, sie …«

»Das ist nicht meine Schuld«, sagte Martin. Die Geflüchteten, die um Bärbel herumstanden, lächelten ihn noch immer an, in ihren Blicken lag Dankbarkeit, dabei hatte er nichts zugesagt. »Hast du ihnen etwa gesagt, dass ich sie unterrichte?«

»Nun ja, …«

»Ja oder nein?«

»Jein.«

Jein. Martin hasste diese Wortschöpfung. »Bärbel. Ich kann nicht. So geht das doch nicht.«

»Leider geht es nur so, ich weiß, wovon ich rede.«

Sie mochte recht haben, trotzdem fand er, dass sie die Geflüchteten und ihn gleichermaßen vorführte.

»And now«, fuhr Bärbel fort, »… say goodbye to Mister Martin. We must go on. Wir müssen weiter.«

»Goodbye Mister Martin«, sagten sie im Chor.

Bärbel bedeutete ihnen zu gehen.

Martin sah ihnen hinterher. Das kam ja einem Klingelstreich gleich. Meinte Bärbel, wenn er die Menschen gesehen hatte, würde er zusagen? War die Konfrontation eben ein billiger Trick? So wie bei Spendenaufrufen? Wenn Kinder mit Hungerbäuchen und toten Augen gezeigt wurden?

Wir müssen weiter. Wenn jemand weit genug gegangen war, dann diese Menschen. Bärbel sollte ihre Wortwahl überdenken. *We must go on*. Wenn schon dann *We have to go on*. Wenn ich die Aufgabe hätte, diesen Menschen Deutsch oder Englisch beizubringen, dann würde ich das richtig machen, dachte er. Aber unterrichten, das würde er bestimmt nicht mehr, das würden seine Nerven nicht mehr mitmachen. Als er Bärbel und ihren Schützlingen hinterhersah, drehte sich ein junger Mann um, ein Afrikaner, vermutete Martin. »Thank you friend!«, rief er ihm zu. Martin ging hinein.

Thank you friend.

Für was? Die Worte gingen ihm weiter im Kopf herum. Auch Hendrik hatte vor kurzem Danke zu ihm gesagt, aber auch ihm hatte er nicht geholfen. Auf der einen Seite fühlte es sich so an, als sei er für eine Dienstleistung bezahlt worden, die er nicht erbracht hatte. Er war im Soll. Auf der anderen Seite konnte er sich gar nicht erinnern, wann Menschen ihm das letzte Mal gedankt hatten.

Er hatte Durst und ging in die Küche. Es kratzte im Hals. Da fiel ihm das aussortierte Geschirr seiner Großmutter ins Auge. Er eilte zur Haustür zurück, öffnete sie und als er in der Ferne Bärbel und ihre Schäflein noch sah, brüllte er mehrmals »Bärbel!«, bis sie sich schließlich umwandte und zurückkehrte.

»Ja, das Geschirr können wir gebrauchen.«

Martin schlug vor, dass sie ein paar ihrer Schäflein, die an der Straße warteten, rufen sollte, um ihm die Sachen abzunehmen, aber Bärbel machte einen anderen Vorschlag. »Du wirst nicht wollen, dass diese armen Leute schon wieder ihr Hab und Gut mit den Händen durch die Gegend tragen. Weißt du, wo die Flüchtlingsunterkunft ist?«

»Nein.«

»Hinten beim Baumarkt. Komm doch am frühen Abend vorbei und bringe das Geschirr.«

»Kann Achim es nicht holen?«

»Achim hat sich den Fuß verstaucht, der humpelt.«

Martin suchte verzweifelt nach einer Möglichkeit, sich um den Weg zum Flüchtlingsheim zu drücken, fand aber keine.

»Dann bis später«, sagte Bärbel. »Danke!«

Danke. Schon wieder.

Zurück in der Küche strahlten ihn die bunten Marmeladengläser an. Ja doch, dachte er, auch Frau May und ihre Großmutter hatten sich bedankt. Dabei war es keine große Sache gewesen, was er getan hatte. Im Gegenteil, er war Großmutters Kleider losgeworden und hatte darüber hinaus das Büchlein zurückbekommen, das ihm so viel bedeutete. Müsste er nicht *Danke* sagen? Jetzt kam es ihm so vor, als ob sich die Falschen bei ihm bedankten. Hätte er nicht in der Zeit als Lehrer ab und an ein Danke verdient gehabt? Und hätte er, andersherum – trotz allem – nicht auch einmal seiner Großmutter danken müssen? Aber sein Groll war einfach zu groß gewesen, zu groß für ein verwaistes Kind. Er hätte später – als Erwachsener – auf seine

Großmutter zugehen, das Gespräch suchen müssen. Dazu war er zu stur gewesen, und heute war es zu spät.

Zum Teufel mit den Erinnerungen. Und wenn es gar nicht sein Vater gewesen war, der darauf bestanden hatte, zu fahren? Wenn doch er es gewesen war? Spielte ihm seine Erinnerung einen Streich? War es nicht die Aufgabe von Erinnerungen, Streiche zu spielen? Manchmal nur, um auszuschmücken, aber manchmal auch, um zu überleben.

Verdankte er Großmutter sein Überleben? Wusste sie, welche Worte wirklich gefallen waren? War sie gar nicht so lieblos gewesen und hatte ihn gar vor der Realität verschont? Als sie ihm an den Kopf geworfen hatte, er sei schuld am Tod ihrer Tochter, hatte sie da die Wahrheit gesagt? War tatsächlich er es gewesen, der so gedrängelt hatte, die Eltern überredet hatte, zu fahren? Weil er genau wusste, wie er sie anschauen musste, damit seine Mutter sagte: »Okay, mein Schatz, hast gewonnen.«? Er würde keine Antworten mehr erhalten.

Hatschi!

Er bekam wohl eine Erkältung.

Das Wetter war viel zu schön, um ins Auto zu steigen, aber zu Fuß konnte Martin das Geschirr nicht transportieren. Er war gezwungen, die kurze Strecke zu fahren. Am Flüchtlingsheim parkte er am Straßenrand, holte den Geschirrkarton aus dem Kofferraum und lief auf den Eingang zu. Auf der Wiese vor dem Heim spielten Kinder. Sie lachten und alberten herum, ihre Sprache verstand er nicht. Arabisch? Es war ein Frühlingsnachmittag wie aus dem Bilderbuch. Die Sonne wärmte angenehm, Spatzen und Meisen sangen mit Amseln um die Wette, und es lag eine Frische in der Luft, die einen belebte. Dazu malten nackte Kinderfüße ein Bild der Unbeschwertheit in die Landschaft. Martin stand vor dem Eingang und störte sich an dem Wort Flüchtlingsheim, das durch den Wortteil -heim so warm klang. Es war nicht mehr als eine Baracke.

Ein Mann trat heraus und stieß beinahe mit ihm zusammen. Er grinste und sagte: »Hello friend.«

Der Schwarzafrikaner. Martin erkannte ihn sofort wieder. »Hello«, sagte er über den Karton auf seinen Armen hinweg.

»Come in«, sagte der Schwarzafrikaner, der ihn schon am Morgen angestrahlt hatte, als sei er eine menschgewordene gute Botschaft.

Zögernd ging Martin hinein, sah erst nach rechts, dann nach links einen schmalen Gang entlang. Achim humpelte herbei.

»Martin – wie schön!«

»Bye«, sagte der Schwarzafrikaner. Achim hob die Hand zum Gruß.

»Guten Tag«, sagte Martin zu Achim.

»Bärbel hat dich schon angekündigt. Komm, ich zeige dir, wo du den Karton loswerden kannst.« Achim humpelte voraus.

»Geht's?«

»So lala. Bin umgeknickt. Wenn's nicht besser wird, muss ich zum Arzt.«

Martin folgte Achim den Gang entlang, der gesäumt war von offenstehenden Türen. Er sah in sehr kleine Zimmer. Rechts und links standen Stockbetten, die ihm sehr kurz erschienen. Und in der Raummitte konnte man sich gerade so umdrehen. Er stellte sich vor, wie die Bewohner hier zusammenprallten, wenn sie gleichzeitig aufstanden. Schweißgeruch vermischt mit Zigarettenqualm machte den Raum noch enger. Ein Mann sah ihn aus roten Augen an. Hatte er geweint? Oder waren die Linsen noch getränkt vom Meersalz? War er einer von denen, die beinahe ertrunken wären? Martin kam sich vor wie ein Voyeur und sah weg. Fremde Sprachen drangen an seine Ohren. Ein Gefühl von Enge machte sich in ihm breit, er wollte hier raus.

»Achim, ich …«

»Da wären wir.« Achim deutete auf eine offenstehende Tür. »Hier ist die Küche, hier kannst du den Karton abstellen.«

Während Achim im Türrahmen stehen blieb, ging Martin hinein. Wenigstens war dieser Raum etwas größer, der helle Holztisch, auf dem er den Karton abstellte, und die vier buntstoffigen Stühle drumherum wirkten beinahe einladend. Allerdings war das immer noch zu wenig Platz für die vielen Menschen hier.

»Wo essen all die Leute?«, fragte Martin unwillkürlich und sah ungläubig vom Tisch auf die verschmutzten Herdplatten.

»Ich zeig's dir.«

Sie verließen die Küche, bogen um die Ecke und da sah Martin die Couchgarnitur und den Wohnzimmertisch seiner Großmutter stehen.

»Schau hier«, sagte Achim.

Martin schaute. Ein Wohnzimmer im Flur. Es wirkte wie eine Schlafstelle in einer Wintergarage, und er fragte sich, wie um Himmels Willen er hierhergekommen war.

»Ich muss jetzt gehen.«

»Für einen Kaffee hast du aber noch Zeit, oder?«

»Nein, ich ...«

»Oder ein Wasser?«

»Gut, ein Glas Wasser.«

»Setz dich, ich hole es.«

Und dann saß er auf der Couch seiner Großmutter und sah sehnsüchtig hinaus. Die Fenster waren gekippt, er hörte die Stimme des Frühlings. Wie gerne wäre er jetzt draußen.

Achim kam mit dem Wasser. »Danke«, sagte er.

Achim wollte sich gerade zu ihm setzen, da klingelte sein Smartphone. Entschuldigend sah er Martin an und nahm das Gespräch entgegen.

Martin war erleichtert und winkte Achim zum Abschied. Er lief zum Ausgang und vermied es dieses Mal, in die Zimmer hineinzusehen. Warum standen die Türen alle offen? Er hätte das nicht gewollt – anderen einen Einblick verschaffen. Aber er war auch nicht geflüchtet, er hatte keine Grenze illegal überschritten, im Gegenteil. Ihn verlangte danach, eine Grenze um sich zu ziehen, einen Sicherheitsabstand zu schaffen.

Auf dem Weg zu seinem Auto konnte er nicht anders, als noch einmal auf die Unterkunft zu sehen. Heim. Lächerlich. Eine Baracke. Er schluckte. In seinem Hals kratzte es unangenehm.

Am nächsten Tag kam, wie vereinbart, Hendriks Vater.

»Guten Morgen, Herr Wachs.«

Herr Müller schüttelte ihm so dynamisch die Hand, dass Martin anschließend mit kreisenden Bewegungen kontrollierte, ob etwas gebrochen war.

»Oh, Verzeihung. Handwerkerhand.«

Handwerkerhand. Hand umschließt Werk, dachte Martin.

»Kommen Sie herein.«

»Mein Sohn redet immer so begeistert von Ihnen, das tut er nicht von allen Lehrern, das können Sie mir glauben. Danke, dass Sie ihm helfen«, sagte Herr Müller im Hereinkommen.

Martin war erleichtert. Dann war Hendrik nicht nachtragend.

Bevor er sich weitere Gedanken machen konnte, rief Herr Müller ein »Halleluja« in den Wohnraum, das Martin zusammenzucken ließ.

»Was ist?«

»Grandios. Mein Sohn hat recht. Tolles Zimmer. Und diese Balken …«

»Die müssen als Erstes weg.« Martin fasste sich an die Stelle, an der er sich vor ein paar Tagen die Beule geholt hatte.

»Um Himmels Willen, nein! Sehen Sie sich den Raum an. Erstens dienen die Balken der Statik, glaube ich, und zweitens verleihen sie dem Zimmer Flair. Landhausatmosphäre.«

Um Gottes Willen, dachte Martin. Wenn Herr Müller nun noch mit Prospekten kam, auf denen Fragen wie »Lust auf Landleben?« standen, dann Gute Nacht. Dem wollte er sofort Einhalt gebieten.

»In diesen Raum möchte ich so gut wie nichts hineinstellen. Ich hätte gerne, dass der Fußboden abgeschliffen wird und die Wände weiß gestrichen werden. Fragt sich, was man mit den hässlichen Heizkörpern anstellen kann, sie stören mich, aber heizen muss ich ja.«

»Die Heizkörper sehen in der Tat nicht sehr schön aus. Da gibt es Möglichkeiten.«

»Verkleiden?«

»Nein, das hat man früher gemacht.«

Bei dem Wort verkleiden dachte Martin automatisch wieder an seine Großmutter, an die Kostüme, die Frau May für ihre

Großmutter genommen hatte; daran, dass die ältere Frau May mit seiner Großmutter befreundet gewesen war und vor allem daran, dass er das Büchlein zurückbekommen hatte. Gedankenversunken blickte er auf Rudi, der auf der Lehne des Lesesessels saß, als wäre er nie weg gewesen.

»Herr Wachs, haben Sie zugehört?«

»Was meinen Sie?«

»Die Heizung. Man kann sie …«

»Nicht verkleiden.«

»Fragt sich, wo Sie wohnen möchten.«

»Wohnen?« Martin verstand die Frage nicht.

»Jeder normale Mensch hat ein Wohnzimmer.«

»Ach so.«

»Na ja, Couchgarnitur, Wohnzimmertisch, Fernseher – all das eben. Haben Sie das nicht?«

»Mein Fernseher soll auf den Speicher.«

Instinktiv langte Martin sich an den Rücken. Er hatte sich fast verrenkt, als er den Fernseher alleine hatte hinauftragen wollen, nachdem Frau May ihn auf die Idee gebracht hatte, dort oben zu wohnen.

»Auf den Speicher?«

»Ja, ich hatte die Idee, mir dort oben ein Wohnzimmer einzurichten und wollte Sie fragen …«

»Na, dann zeigen Sie mal.«

Martin hatte einen guten Eindruck von Herrn Müller, weil er auf ihn wirkte, als wolle er gerne loslegen und ranklotzen, wie man so schön sagte. Seine Stimme klang energiegeladen und kräftig. Im Grunde genommen wunderte ihn das nicht, kannte er doch seinen Sohn. Fleiß in Person. Wie es ihm wohl bei den weiteren Abiturprüfungen ergangen war, fragte er sich. War nicht gestern Mathematik an der Reihe gewesen?

»Was macht Hendrik? Wie ist die Matheprüfung gestern gelaufen?«

»Sie kennen doch meinen Sohn. Jammert, und am Ende schreibt er gute Noten.«

»Ja, Hendrik ist wirklich ein sehr guter Schüler. Sie können stolz auf ihn sein.«

»Das bin ich auch.« Inzwischen stand er hinter Martin. Die Leiter war ausgeklappt. »Hier geht es hinauf?«

»Ja, gehen Sie ruhig vor.«

Energischen Schrittes erklomm Herr Müller die Stufen. Der ist doch nur wenig jünger als ich, dachte Martin, der aufgrund seiner Erkältung noch schneller aus der Puste kam als sonst. Oben angekommen, schnäuzte er sich. Herr Müller stand schon mitten im Raum und sah sich um.

»Super. Klasse Raum. Diese Größe. Nur etwas duster, aber ...«

»Genau, Fenster müssen hier rein.«

»Nicht nur das. Es fängt schon bei der Klappleiter an. Man müsste eine richtige Treppe einbauen.«

»Können Sie das?«

»Sicher nicht alleine. Aber ich könnte ein paar Leute auftreiben, die sich nach Feierabend etwas dazuverdienen wollen. Oder wollen Sie lieber den offiziellen Weg gehen?«

»Macht das einen Unterschied?«

»Offiziell wird teurer. Und ob Sie so schnell Handwerker finden, ist die andere Frage.«

»Wie teuer würde das überhaupt?«

»Da muss ich erst kalkulieren. Ich weiß ja noch gar nicht, was Sie alles haben möchten. Man müsste auch schauen, ob das Dach neu isoliert werden muss, Sie brauchen einen neuen Fußboden, Heizung – all das.«

Martin, der sich das bisschen an Krimskrams, das er nicht an Achim losgeworden war, auch noch wegdachte, konnte sich gar nicht mehr vorstellen, woanders zu wohnen als hier. Für den Puppenwagen und die Nähmaschine musste er sich noch etwas überlegen. Jedenfalls war mit dem Polster von den fast hunderttausend geerbten Euros doch einiges möglich. Schließlich hatte auch er etwas auf die berühmte hohe Kante gelegt, da kämen auf den Betrag noch ein paar Tausender oder Zehntausender, die immer darauf gewartet hatten, ausgegeben zu werden, obendrauf. Nun schien es an der Zeit dafür. Der Raum maß fünfzig bis sechzig Quadratmeter, Martin sah plötzlich den Schreibtisch seiner Mutter, der im Arbeitszimmer einstaubte und auf seinen Einsatz wartete, hier unter dem Dachfenster stehen, das allerdings noch eingebaut werden musste.

»Ich wollte auch noch neue Fenster.«

»Ja, die brauchen Sie hier oben.«

»Ich meinte, überall im Haus. Plus neue hier oben, sonst ist es zu dunkel zum Wohlfühlen.«

»Sie wollen ziemlich viel, kann das sein? Nun, möglich ist alles.«

Ja, dachte Martin, möglich war alles. Er verspürte große Lust, hier bei ausreichendem Tageslicht am Schreibtisch seiner Mutter zu sitzen, ohne überhaupt zu wissen, was er da sollte. Er musste keine Arbeiten mehr korrigieren oder Unterrichtsstunden vorbereiten. Und was machte er mit seinem Schreibtisch? Er würde ein paar Möglichkeiten durchspielen. *Nun, möglich ist alles.* Neu war, dass er daran glaubte, dass alles möglich war. Er vereinbarte mit Herrn Müller, Pläne zu entwerfen, einen Kostenvoranschlag aufzustellen, der zumindest ungefähr besagte, was auf Martin finanziell zukam; außerdem versprach Herr Müller, Kontakte zu Handwerkern herzustellen, die Bäder renovierten, und Fenster erneuerten. Denn alles konnte er natürlich nicht selbst umsetzen. Aber er kannte sich aus in der Branche und hatte ein Interesse daran, seinen Betrieb wieder schwarze Zahlen schreiben zu lassen. Und wenn er in seinem Metier nur halb so gut war wie Hendrik in der Schule, dann hatte Martin nichts zu befürchten. Nun hoffte er, dass Herr Müller ihm bald ein Angebot machte, denn spätestens jetzt war er davon überzeugt, dass das Leben in der Mitte von vorne beginnen konnte. Martin spürte eine kribbelige Vorfreude.

»Grüßen Sie Hendrik von mir, und wünschen Sie ihm für Montag viel Glück.«

»Montag? Verzeihen Sie, aber ich habe nicht im Kopf, wann Hendrik welche Prüfungen schreibt. So wie er hinter den Büchern verschwindet, könnte man meinen, er hätte jeden Tag eine schwere Prüfung.«

»Am Montag ist Englisch dran.«

»Englisch? Aber das unterrichten doch auch Sie, oder? Ich meine, Hendrik hat so etwas gesagt. Werden Sie nicht da sein? Dann können Sie ihm selbst viel Glück wünschen.«

»Ich … Nein … Die Prüfungen werden von anderen Lehrern beaufsichtigt.«

»Ach so, bestimmt, damit der Lehrer nicht irgendwelche Lieblingsschüler bevorzugt und versteckte Tipps gibt«, sagte Hendriks Vater und lachte.

Martin widersprach nicht. Und seine kleine Lüge eben – vielleicht gehörte das dazu, wenn man von vorne begann und sich selbst jahrelang belogen hatte. Schaden würde er niemandem damit, die Prüfungen fanden statt, mit oder ohne ihn. Und natürlich würde es so sein, dass ein anderer Lehrer sie beaufsichtigte. Außerdem war er so stark erkältet, er hätte gar nicht kommen können.

Am Montag wurde er per Post für eine andere Lüge bestraft. Zunächst dachte er nur, dass sein Nachsendeantrag funktionierte, als er den an ihn adressierten Brief aus dem Kasten nahm.

Er betrachtete den Absender und sein Herz schlug schneller. Der Brief war vom Regierungspräsidium. Eine Woche war vergangen, seit er Herrn Sassen mitgeteilt hatte, dass er nicht mehr käme. Eine Woche, in der er die Anrufe des Schulleiters und die Nachrichten auf seiner Mailbox, man würde das Regierungspräsidium einschalten müssen, weil er von einem auf den anderen Tag nicht mehr kam, ignoriert hatte. Martin hatte nicht erwartet, dass Herr Sassen sich tatsächlich so schnell an das Regierungspräsidium wenden würde. Er erinnerte sich an den Fall einer Kollegin, die ständig unerlaubt gefehlt hatte. Damals waren sogar Stimmen im Lehrerzimmer laut geworden, man solle sie endlich rauswerfen. Lange passierte da gar nichts. Aber das war noch unter Schulleiter Mohl gewesen, ein zu gutmütiger Mann. Schulleiter Sassen war genau das Gegenteil, der nun an ihm ein Exempel statuieren wollte. Außerdem hatte mal eine Kollegin erwähnt, dass man bei Schulleiter Sassen immer vorsichtig sein müsste, sein Neffe würde im Regierungspräsidium arbeiten.

Er öffnete den Brief und las ihn. Las das Wort Amtsarzt und fragte sich, wie er das verhindern sollte. Das war also der Dank für seine treuen Dienste all die Jahre? Er hatte sich doch zumindest telefonisch krankgemeldet und anschließend die Schule persönlich aufgesucht und versucht, dem Schulleiter seine Kündigung auszuhändigen; außerdem hatte er eine schriftliche Kündigung an das Regierungspräsidium geschickt. Die sollten ihn gehen lassen, mehr nicht. Das Einzige, was er nicht getan hatte, war eine offizielle Krankmeldung abzugeben; und ja, ihm war bewusst, dass eine fristlose, außerordentliche Kündigung nur bei starken Verfehlungen des Arbeitgebers möglich war. So zumindest hieß es in der Amtssprache. Er stieg – für das Regierungspräsidium grundlos, denn er hatte nichts darüber geschrieben – kurz vor den schriftlichen Abiturprüfungen aus seinem Beruf aus wie der Kapitän, der das sinkende Schiff als Erster verließ. Seine Schüler aber waren gut vorbereitet, die Prüfungen mussten sie schreiben, nicht er. Und es wussten doch alle, dass danach nicht mehr viel lief. Es mussten lediglich Kollegen für ihn einspringen, um die Schüler zu beaufsichtigen. Die mussten nicht einmal unterrichten. Zugegeben, sie mussten die Abiturarbeiten korrigieren, keine leichte Arbeit. Aber, mein Gott, dachte er, kein einziges Mal in seiner Laufbahn hatte ihn jemand vertreten müssen, weil er nie krank gewesen war. Und nun musste ausgerechnet er zum Amtsarzt. Wollte der ihm den Stempel Burn-out aufdrücken? Aber doch nicht ihm, der so oft für die anderen eingesprungen war.

... bitten wir Sie, den angegebenen Termin beim Amtsarzt wahrzunehmen, andernfalls ...

Die können mich mal, dachte er.

Ein Windzug warf die Haustür zu und erinnerte ihn daran, dass er noch immer im Flur stand. Er ging in die Küche und legte den Brief dort auf den Tisch. Es ließ ihm keine Ruhe, und so setzte er sich an seinen Laptop und sah im Internet nach, ob es einen Arzt im Dorf gab. Schnell wurde er fündig, es gab in der Nähe die Gemeinschaftspraxis von Herrn und Frau Doktor Janitsch. Er rief an und erhielt schon am Nachmittag einen Termin. Ja, er würde sich diese verdammte Krankmeldung holen, um dann sein Dasein als Lehrer unwiderruflich hinter sich lassen zu können. Er wollte keine lästige Post mehr erhalten. Nur seine Ruhe wollte er, mehr nicht. Wie froh er um das Internet war in solchen Situationen. Schnell und kommunikationslos half es weiter.

»Eine Krankmeldung brauchen Sie also? Auch noch rückwirkend!«

Er saß Frau Doktor Janitsch gegenüber, die ihn fragend ansah. Das ging ja gut los.

»Ja, rückwirkend, ich hatte das versäumt und nun …«

»Wegen Ihrer Erkältung?«

»Nein. Rückenschmerzen.«

»Was arbeiten Sie denn?«

»Lehrer.«

»Sport?«

»Nein, Deutsch und Englisch.«

»Ich verstehe nicht.«

»Kein Sport. Ich unterrichte Deutsch und Englisch. Das heißt, ich habe bis vor Kurzem unterrichtet, jetzt …«

»Ob Sie Sport treiben, wollte ich wissen.«

»Nein.«

»Machen Sie mal Ihren Oberkörper frei.«

»Wozu?«

»Damit ich Sie untersuchen kann. Ich möchte Ihre Lungen abhören.«

Martin stand vom Stuhl auf, zog das Polo-Shirt über den Kopf und hängte es über die Lehne. Frau Doktor Janitsch hörte ihn ab. Er musste tief ein- und ausatmen, unwillkürlich stöhnte er. »Der Rücken«, sagte er.

»Ziehen Sie bitte auch Ihre Hose aus.«

In Boxershorts und Socken stand Martin vor Frau Doktor Janitsch, einer Frau, die er etwa auf sein Alter schätzte.

»Waren Sie schon beim Orthopäden?«

»Nein.«

»Wo haben Sie denn Schmerzen?«

Martin deutete auf den Lendenwirbelbereich.

Frau Doktor Janitsch betrachtete ihn von der Seite. »Beugen Sie sich bitte vor«, sagte sie.

Martin tat, wie ihm geheißen, aber weit in die Beugung kam er nicht.

»Hier tut es schon weh?«

»Ja.«

»Schlafen Ihnen die Füße ein? Kribbelt es im Bein?«

»Manchmal.«

»Das könnten die Bandscheiben sein. Sitzende Tätigkeit. Kein Sport.«

»Ich werde das ändern«, sagte Martin, der endlich eine Krankmeldung haben und dann gehen wollte.

»Treiben Sie Sport. Wenn Sie das bisher nicht getan haben, fangen sie moderat an. Aber erst, wenn Ihre Erkältung vorbei ist. Ihre Lungen scheinen in Ordnung. Zur Sicherheit würde ich aber gerne noch ein EKG schreiben. Dann habe ich auch Ausgangswerte.«

»Ausgangswerte?«

»Bisher waren Sie nicht mein Patient.«

»Nein, ich bin ja gerade erst hierhergezogen.«

»Sehen Sie. Da mache ich einen Rundum-Check wie bei allen neuen Patienten.«

Eine Stunde später verließ er die Praxis zwar mit einer Krankmeldung, aber nicht rückwirkend. Außerdem sollte er in den nächsten Tagen nüchtern zum Blutabnehmen erscheinen. Ausgangswerte, Rundum-Check. Er fühlte sich in die Mangel genommen.

Auf dem Heimweg dachte er, seine Beine seien einbetoniert. Zwei Jogger überholten ihn, und in Gedanken fiel er wieder in die Zeit zurück, da er die Hochschulreife in der Tasche und die

Hoffnung im Herzen getragen hatte. Seine Eltern waren schon seit neun Jahren verstorben, aber Angelika war in sein Leben getreten, ein Neuanfang. Wäre er ein besserer Lehrer geworden, wenn Angelika an seiner Seite geblieben wäre? Besser im Sinne von authentisch? Brauchte man immer jemanden an seiner Seite? Jemanden, der einem Rückmeldungen gab, ob man noch man selbst war oder sich zum Nachteil verändert hatte, weil man Ideale aufgab? Er wurde gerade als Referendar nach Niedersachsen geschickt, als Angelika ihn nach acht, für ihn glücklichen, Jahren verließ. Danach gab es lange niemanden in seinem Leben, weil er sich tot gefühlt hatte. Seine Hoffnung galt dem Berufseinstieg und wurde jäh vernichtet. Denn als er 1990 mit dem Referendariat fertig war und in sein geliebtes Süddeutschland zurückwollte, gab es dort einen Einstellungsstopp. Das Einzige, das man ihm anbot, war eine Stelle im Osten, nahe der Grenze zu Polen. Warum nicht, hatte er gedacht, vielleicht würde ihm der Ortswechsel guttun. Er hatte nicht geahnt, dass das der Anfang vom Ende werden sollte.

In the middle of nowhere, war das Erste, das er damals gedacht hatte. Wo er auch hinsah, sah er Grau. Ein stinkendes, graues Nichts. Nachdem er in Süddeutschland, das ihm damals noch viel wärmer und bunter erschienen war, nur als Mathe- und Physiklehrer hätte punkten können, fühlte er sich hier so fremd wie noch nie in seinem Leben. Er war doch nicht gekommen, um die Vergangenheit Ostdeutschlands zu bewältigen. Mit Verbeamtung hatte man ihn gelockt und auf altem Linoleumboden in Empfang genommen. Die Mauer war gerade gefallen, der Gestank nach Braunkohle und übervollen Stasiakten, die muffelten, wie nur Neid, Missgunst, Heuchelei und Opportunismus muffeln konnten, verpesteten die Luft. Aber das war nur das i-Tüpfelchen auf die Geschichte, die ihr Ende erst fand, als Martin nach vier Jahren endlich wieder fortgehen konnte.

Das waren die schlimmsten vier Jahre meines Lebens gewesen, dachte er jetzt und sah die erbärmlichen Klassenzimmer wieder vor sich, die meisten ohne Tafel, dafür bestückt mit Schrottmobiliar, auf dem seine erste eigene Klasse gesessen hatte. Eine Neunte. Pubertierende Monster, die ihm genauso feindselig gegenübertraten wie Eltern und Lehrer. Als hätte er die Mauer niedergerissen, nur um sie zu ärgern. Er erschrak immer noch, wenn er an die Zeit zurückdachte. Gleich in der ersten Woche erschien eine Vierzehnjährige volltrunken zum Unterricht – er war vollkommen überfordert gewesen. Und dann die Pflichtbesuche bei den Eltern zu Hause mit dem Elternkollektiv, wie es damals noch hieß. Ein Überbleibsel aus der Stasizeit, in der die Lehrer mehr oder weniger kontrolliert hatten, ob die Schüler auch der vorgeschriebenen Ideologie entsprechend aufwuchsen. Die meisten machten kein Geheimnis daraus, dass sie ihn hier nicht wollten. Und er wusste nicht, wohin. Seine ihm zugewiesene Zwei-Raum-Wohnung in einem Plattenbau lud nicht zum Abschalten ein. Und so war er in beinahe jeder freien Minute auf Reisen gegangen. Übers Wochenende und in jeden Ferien. Was einer Flucht gleichkam, bescherte ihm Glück. Er lernte Maria kennen. Ein Lichtblick, der nach besserer Zukunft aussah. Und wenn er nicht bei Maria sein oder mit ihr verreisen konnte, reiste er in Gedanken, verließ den DDR-regimetreuen Schulleiter – *Noch einen Versetzungsantrag, und das kommt in Ihre Kaderakte* –, verließ die Kollegen, die ihn mobbten – *Telefon. Für Sie, Herr Wachs: Bundeskanzler Kohl* –, flüchtete vor den Jugendlichen.

Als er nach vier Jahren an ein Gymnasium in Baden-Württemberg wechseln konnte, war er so froh darüber gewesen, dass er das ungute Gefühl, er käme mit den Schülern allgemein nicht zurecht, zunächst beiseiteschob. Jeden Morgen betrat er das Schulgebäude in der Hoffnung, es zufrieden wieder zu verlassen, weil er mit den Schülern ins Gespräch gekommen war, aber es war ihm nie so recht gelungen. Warum, das konnte er jetzt nur vermuten. Seine Angebote an die Schüler hatten eben nicht der Nachfrage entsprochen. Es war ein aneinander Vorbeireden gewesen. Er hatte nicht erkannt, was sie wollten, hatte sie locken wollen, wie Mäuse mit Käse, ohne zu beachten, dass Speck vielleicht eher nach ihrem Geschmack gewesen wäre. Und wenn er ehrlich war: Die ersten Jahre im Osten waren zwar schlimm gewesen, aber er hatte sie auch benutzt als Sündenbock für seine Unfähigkeit, für das Scheitern an sich. Denn mit seinem Wunsch, in die Fußstapfen seiner Mutter zu treten, um sie am Leben zu erhalten, an seinem Leben, das war ihm nicht gelungen, dafür konnten die Schüler nichts, dafür konnte Ostdeutschland nichts, vielleicht konnte niemand etwas dafür.

Jetzt, da er vor seiner Haustür stand, wusste er gar nicht mehr, wie er hierhergekommen war. Seine Beine fühlten sich immer noch so schwer an. Es mochten wohl seine Gedanken gewesen sein, die ihn nach Hause getragen hatten. Er öffnete die Tür, trat ein, schloss sie hinter sich und fühlte sich im Hausinneren zugleich geborgen und alleingelassen. »Ach Mama«, sagte er.

In der Küche hängte er seine Jacke über den Stuhl, setzte sich und nahm das Rezept für Krankengymnastik aus der Tasche.

Ausnahmsweise. Normalerweise muss das ein Orthopäde ausstellen.

Er hatte nicht danach verlangt, würde es wohl auch nicht in Anspruch nehmen. Er legte es beiseite und suchte nach einem Briefumschlag für die Krankmeldung, die auf den heutigen 11. April datiert war. Elf, zweimal die eins, dachte er. Doppelscherz. Aber es war Frau Doktor Janitsch ernst gewesen mit dem Hinweis auf seine körperlichen Mängel und deren Folgen. Eine rückwirkende Krankschreibung hatte sie abgelehnt, nun war da eine einwöchige bürokratische Lücke. In seiner Aktentasche fand er einen Briefumschlag. Es wurde Zeit, dass er Ordnung in dieses Chaos hier brachte. Vielleicht sollte er verreisen, um wenigstens ein paar Tage dem Durcheinander zu entkommen. In die Berge, frische Luft atmen, und ausgeruht zurückkehren. Trotz schwerer Beine und einer allgemeinen Müdigkeit mochte er doch nicht im Haus bleiben und entschied sich wie so oft, in den Wald zu gehen, um dort seine lästigen Gedanken an früher zurückzulassen. Auf dem Weg wollte er den Brief einwerfen. Zum Briefkasten war es nicht weit. Er schnappte die Jacke vom Stuhl und ging erneut aus dem Haus, zuerst zum Briefkasten eine Straße weiter.

Erleichtert, weil er den Brief durch den Schlitz gesteckt und ihn hineinfallen gehört hatte, wandte er sich von dem gelben

Kasten ab und wollte Richtung Wald marschieren, da fuhr ein heftiger Schmerz in sein linkes Bein, er blieb abrupt stehen und langte sich mit der Hand an den Oberschenkel und massierte ihn ein wenig. Was nun, fragte er sich. Unweit sah er einen Mauervorsprung und schaffte es in kleinen Schritten dorthin. Er setzte sich und versuchte, ruhig ein- und auszuatmen. Widerwillig gestand er sich ein, dass es so nicht weiterging. So brauchte er auch nicht in die Berge fahren zum Wandern. Wie sollte er hinaufkommen? Ob Krankengymnastik ihm vielleicht doch helfen würde?

Zehntes Kapitel
Lagebedingte Einsamkeit

Seit Tagen plagten Martin nun diese Rücken- und Beinschmerzen. Heute am Freitag konnte er endlich zur Krankengymnastik gehen. Die letzten Tage waren die Hölle gewesen, nur mit Betteln hatte er diesen Termin bekommen. Wenn er die Behandlung nur endlich hinter sich hätte!

Lärmend überholten ihn Grundschüler. Er versuchte eine aufrechte Haltung einzunehmen, aber seine Schmerzen zwangen ihn in eine gebückte Haltung zurück. Im Straßenpflaster machte er Unkraut aus, das selbstbewusst durch die Ritzen drang.

Endlich erreichte er die Praxis. Er atmete auf, als er einen ebenerdigen Eingang erblickte und trat gebückt ein.

»Sind Sie das, Herr Wachs? Ich wusste doch, dass mit Ihrem Rücken etwas nicht stimmt, kommen Sie herein.«

Martin richtete sich mühsam auf und erblickte Frau May am Empfangstresen. »Au«, entfuhr es ihm, und: »Was machen Sie denn hier?«

»Arbeiten«, sagte sie und lächelte.

»Aha.«

»Ich hoffe, die Marmeladen sind noch gut. Wenn nicht, schmeißen Sie sie einfach weg. Aber es war meiner Großmutter so wichtig. Haben Sie sie schon probiert?«

»Nein.«

»Ich merke schon – Ihre Rückenschmerzen machen Sie nicht sehr gesprächig, aber das wird schon, Sie werden sehen.«

Wahrscheinlich war Frau May so eine Art Sekretärin. Es war ihm irgendwie peinlich, ihr zu begegnen. Im Gegensatz zu ihm wirkte sie so jung, so fit.

Ein Mann in Weiß kam um die Ecke. Martin nahm an, dass er der Physiotherapeut war.

»Das ist Herr Wachs«, stellte Frau May ihn vor und bat Martin um das Rezept. Martin reicht es ihr, sie las es und sprach mit dem Therapeuten über eine Fangopackung.

Martin folgte dem Therapeuten in die Kabine.

»Kopf hoch, bis jetzt sind noch die meisten hier aufrecht rausgegangen«, rief sie ihm hinterher. Martin biss die Zähne zusammen und vergrößerte seine Schritte. Hauptsache, er war hier schnell wieder raus. Aufrecht, wie die meisten. Und gerne schmerzfrei.

»Bitte ziehen Sie T-Shirt, Jeans und Schuhe aus.«

Martin öffnete die Hose und hoffte, sie möge ohne sein Zutun herunterrutschen, aber das tat sie nicht, er musste sich bücken, um sie über die Knie zu bekommen. Er wollte nicht, dass Frau May ihn hörte und verkniff sich Schmerzlaute jeder Art.

»Kommen Sie, ich helfe Ihnen hoch«, sagte der Therapeut.

Martin lehnte ab, spürte aber jeden Wirbel, als er sich aufrichtete und behauptete: »Geht schon.«

»Sie sind ja ganz rot im Gesicht. Ich fahre die Liege herunter, dann können Sie sich setzen.«

Der Therapeut betätigte das Fußpedal.

Und dann saß Martin da, ein Helfer zu seinen Füßen, der ihm Schuhe und Hose auszog. Wie schrecklich es war, auf fremde Hilfe angewiesen zu sein.

»In welcher Lage sind Ihre Schmerzen erträglicher?«, fragte der Therapeut. »In Bauch- oder Rückenlage?«

»Bauchlage.«

Martin war angenehm überrascht, wie bequem die Behandlungsliege war. Ein Loch im Kopfteil erlaubte es ihm, frei atmen zu können, ohne den Kopf zur Seite drehen zu müssen. Er hörte, wie der Therapeut den Raum verließ. Als er wieder eintrat, sagte er: »Jetzt wird es warm«, und legte ihm die Fangopackung auf den unteren Rücken. Danach deckte er ihn mit weichwolligem Stoff zu und verabschiedete sich mit einem aufmunternden »Entspannen Sie sich!« aus der Kabine.

Das Letzte, was Martin sah, bevor er die Augen schloss, war eine Fliege, die auf dem Fliesenboden saß. Wollte sie nicht davonfliegen?

Die Wärme der Fangomatte breitete sich wohltuend aus, die äußerst angenehme Lage trug ihren Teil dazu bei, dass Martin einschlief. Oder tagträumte er? Wann hatte er zuletzt eine Nacht durchgeschlafen? Er war so schmerzmüde.

Die Wärme tat so gut, dass er Hoffnung auf baldige Besserung schöpfte. Warum war er nicht selbst draufgekommen? Wärme und fertig. Irgendwo musste er doch auch noch eine Wärmflasche haben. Dann hätte er sich den Weg sparen können. Das Zusammentreffen mit Frau May, die ihn eben hatte beobachten können, wie er sich dahinschleppte. Wie ein alter Mann. Er schimpfte sich einen Narren, es sollte ihm egal sein.

Er hörte, wie der Vorhang zu seiner Kabine aufgezogen wurde und öffnete die Augen. Gleich darauf spürte er einen festen, aber zugegeben sehr angenehmen Griff auf seinen Schultern.

»Bitte entspannen sie sich«, sagte Frau May.

»Ich dachte, Sie … Ich wusste nicht …«

»Ihre Großmutter habe ich auch behandelt. Dann lassen Sie mich mal schauen.«

Martin spürte, wie sie die Fangomatte entfernte, hörte, wie sie sie beiseitelegte, um dann mit ihren Händen seine Wirbelsäule entlangzutasten. Hier und da übte sie mit ihren Fingern Druck aus. Als könnte sie in ihn hineinsehen, erwischte sie genau die Schmerzpunkte, die ihm das Leben zurzeit schwer machten.

»Locker lassen, Sie müssen locker lassen, Herr Wachs. Übergeben Sie Ihr Gewicht der Behandlungsliege.«

Fand sie ihn zu dick? Wie mochten die Haare auf seinem Rücken auf sie wirken? Warum musste ausgerechnet eine so attraktive Frau ihn behandeln? Er fühlte sich wie ein Fleischklumpen auf dem Schneidebrett eines Metzgers. Der Unterschied lag darin, dass in seinen Adern das Blut noch floss, sein Herz noch pulsierte.

»Den Rücken Ihrer Großmutter habe ich auch behandelt. Der war, weiß Gott, nicht ihr Problem, aber nachdem sie der Krebs so geschwächt hatte, dass sie nur noch liegen konnte, stellten sich natürlich Rückenschmerzen ein. Am Ende war sie ja ein ganz zartes Persönchen.«

Martin stöhnte laut auf.

»Alles in Ordnung, Herr Wachs?«

Nichts war in Ordnung.

»Ja«, sagte er.

»Wissen Sie – ich habe mich immer gefragt, warum sie fast nur von meiner Omi Besuch bekam. Sicher, in ihrem hohen Alter, da leben eben viele Freunde nicht mehr. Und Verwandte gab es außer Ihnen ja keine, wie sie sagte. Aber so eine liebe, noble Person«, Frau May hielt in ihrer Bewegung inne, »die musste man doch einfach gernhaben, oder? Das ist doch die beste Voraussetzung, um als alter Mensch eben nicht allein gelassen in einem Heim zu verwelken. Was meinen Sie?«

»Eine Metapher.«

»Wie bitte?«

»Alte Menschen in Verbindung mit dem Verb verwelken aus der Pflanzenwelt – das ist eine Metapher.«

»Ach stimmt, Sie sind ja Deutschlehrer. Ihre Großmutter hat erzählt, dass Sie genauso ein Sprachkünstler seien, wie Ihre Mutter es gewesen ist. Ich verstehe davon ja nichts.«

Martin spürte, wie sie schon wieder innehielt. Dabei wollte er, dass sie fortfuhr mit der Behandlung und nicht immerfort redete und redete.

»Sie verkrampfen sich, lassen Sie locker.«

Martin ließ seine Arme seitwärts der Liege herunterhängen, vielleicht half das.

»Schade, dass sich Ihre Großmutter für eine anonyme Beisetzung entschieden hat. Ich wäre gerne dabei gewesen. Ich kenne einen Menschen, der sich nach einem ähnlichen Schicksalsschlag, wie Ihre Großmutter ihn erleben musste, aufgegeben hat. Ihre Großmutter nicht, sie war einzigartig, aber das wissen Sie sicher.«

Wenn man ihrer Einzigartigkeit einen negativen Beigeschmack gab, dann hatte Frau May recht. Entspannen konnte er sich nicht mehr.

»Und großherzig. Wie gesagt ein feiner Mensch eben.« Sie machte eine kurze Pause, fuhr aber zu Martins Leidwesen fort. »Zuerst verliert sie den Mann früh, dann muss sie die eigene

Tochter beerdigen – schrecklich muss das gewesen sein. Dann war sie für Sie als Ersatzmutter da.«

Es reichte. Martin stemmte sich in die Höhe, kam aber nur mit Mühe und Not in den Vierfüßlerstand.

»Bin ich Ihnen zu nahegetreten?«

Ersatzmutter. Das musste er sich nicht anhören.

»Die Wärme hat ausgereicht, die Beschwerden sind besser«, sagte er und glitt von der Liege, schrie aber vor Schmerz auf und langte sich mit beiden Händen in den Rücken. Es stach. Er hatte das Gefühl, die Wirbelsäule würde entzweibrechen, würde er auch nur einen Schritt vorwärts tun.

»Ich helfe Ihnen«, sagte Frau May sehr nah an seinem Ohr und stützte ihn.

Er empfand ihren Körperkontakt als unerträglich, obgleich sie angenehm nach Orangen duftete. Er aß gerne Orangen. Mit ihrer Hilfe kam er auf der Liege zum Sitzen. Er fühlte sich, als hätte er eine sportliche Leistung vollbracht.

»Schaffen Sie es zurück in die Bauchlage?«

Die Fliege war weg.

»Entspannen Sie sich, bitte«, sagte Frau May.

Immerhin hatte sie nicht zum hundertsten Mal lockerlassen gesagt.

»Bewegen Sie sich genug?«

»Ich gehe spazieren.«

»Das ist etwas, immerhin. Wissen Sie, Möbel schleppen und als Ausgleich in gebeugter Haltung über Büchern sitzen, das führt zwangsläufig zu einem Besuch beim Physiotherapeuten.«

Ich werde das ändern, dachte Martin.

»Typischer Bandscheibenschmerz. Ein Zeichen der Überlastung.«

Martin wollte widersprechen, da fuhr sie, seinen Rücken massierend, fort: »Ich vermute, Ihre Bandscheibe ist durch ineinander verkeilte Wirbel eingeklemmt.«

Das klang nach Fachwissen und beruhigte ihn ein wenig. Nur wenn er sich wieder bewegen konnte, käme er hier raus.

Wenigstens war ihm sein logisches Denken nicht abhandengekommen.

»Seitenlage bitte.«

Martin stöhnte auf. Er hatte Angst, von der Liege zu fallen.

»Ich helfe Ihnen, das schaffen Sie«, sagte Frau May aufmunternd und fasste Martin an Oberarm und Oberschenkel.

»Ja, gut so!«

Sie winkelte ihm das obere Bein an und schneller, als er sich hätte wehren können, beugte sie sich über ihn, verkeilte ihr rechtes Knie irgendwie zwischen seinen Beinen, hielt ihn mit der einen Hand an seiner Schulter, drückte mit der anderen auf die schmerzende Stelle am Rücken, es tat einen plötzlichen Ruck, knackte, und …

»Sie können aufstehen.«

»Kann ich nicht.«

Frau May sah ihn herausfordernd an. »Tun Sie's einfach.«

»Einfach … was reden Sie da?«

»Was Ihren Körper betrifft, so dürfte das jetzt in der Tat einfach sein. Ich habe oft Patienten, da drückt der Seelenschmerz auf die Bandscheiben.«

Warum erzählte sie ihm das? Was wusste sie über ihn?

»Und nun stützen Sie sich auf Ihrem Arm ab, so kommen Sie zum Sitzen.«

Zögernd kam er ihrer Aufforderung nach. Er staunte. Es tat kaum noch weh. Er spürte eine Leichtigkeit, die befreiend wirkte. Ja, so käme er jetzt hier raus. Frau Mays Blick sagte *Weiter so*, und er stand auf.

»Gehen Sie in paar Schritte. Sie können sich an der Liege festhalten.«

Martin probierte es. Er umrundete die Liege und blieb vor Frau May wieder stehen.

»Anziehen kann ich mich alleine.«

»Ach, da hätte ich Ihnen auch geholfen«, sagte sie und reichte ihm die Hose.

»Danke, nicht nötig.«

»Manchmal ist es nötig, Hilfe anzunehmen.« Mit diesen Worten verließ sie die Kabine. Ein Hauch von Orangenduft blieb hängen.

Den Schirm, den er als Gehhilfe mitgenommen hatte, vergaß Martin in der Praxis.

Dieser Lärm am Samstagmorgen. Dazu plagten Martin Kopfschmerzen. Er hatte gestern Abend wohl zu viel Rotwein getrunken. Aber der samtige Geschmack war so wunderbar gewesen und seine Stimmung so gehoben durch die gelinderten Schmerzen – er hatte nicht widerstehen können und gedacht, er tue sich etwas Gutes, wenn er sich einen edlen Tropfen gönnte. Und jetzt war Herr Müller mit zwei Kollegen auf dem Speicher zugange. Die Renovierungsarbeiten rauben mir den letzten Nerv, dachte er, als Herr Müller plötzlich hinter ihm stand.

»Herr Wachs, es hat geklingelt, machen Sie auf? Das wird Hendrik sein.«

»Hendrik?«

»Ja«, sagte Herr Müller, »er hat mir gerade eine Nachricht über WhatsApp geschickt.«

Tatsächlich stand Hendrik vor der Tür.

»Guten Morgen, Herr Wachs, keine Sorge, ich belästige Sie nicht. Ich soll nur meinem Vater helfen.« Hendrik lächelte ihn an.

»Ich weiß nicht …«

»Ich habe Hendrik gebeten, mir zur Hand zu gehen. Es ist nie verkehrt, praktisch zu arbeiten. Und er weiß ja immer noch nicht, was nach der Schule werden soll.«

Hendrik zog seine Jacke aus, hängte sie an die Garderobe und folgte seinem Vater nach oben. Martin blieb im Flur stehen, betrachtete Hendriks Jacke an der Garderobe und dachte, dass dieser Einrichtungsgegenstand genauso scheußlich sei wie Großmutters Wohnzimmermöbel, deren er sich zum Glück entledigt hatte. Er nahm die Jacke vom Haken, hängte sie über das Treppengeländer und besah sich das Möbelstück. Es war an die Wand geschraubt, schnell holte er einen Schraubendreher aus dem Keller und machte sich ans Werk. Vielleicht half das auch, um sich von den Kopfschmerzen abzulenken.

Nach einer halben Stunde lagen die Garderobenbretter auf dem Flurfußboden. Zum Verschnaufen nahm Martin auf einer der unteren Treppenstufen Platz, beugte sich über seine Knie und machte so seinen Rücken rund. Der Schmerz war zurückgekehrt. Schweiß tropfte von seiner Stirn zwischen seine Füße auf die Treppenstufe. Martin zählte die Tropfen, eins, zwei, drei, vier, dann erhob er sich mühsam, um sich aus dem Kühlschrank eine Flasche Mineralwasser zu holen. Auf dem Weg in die Küche hörte er Geschrei von oben. Vater und Sohn stritten. Martin schnappte einzelne Worte wie *ungeschickt, zwei linke Hände* und *Bücherfresser* auf. Ja, Hendriks Handwerk war das Wort, gedruckt, gelesen oder von ihm aufgeschrieben. Egal, ob eine mathematische Analyse, eine englische Short Story oder ein deutsches Gedicht. Hendrik war der Druckerschwärze verfallen, nicht dem Hammer oder der Schraube.

Martin hörte wie Hendrik und sein Vater die Leiter hinabstiegen. Kurz darauf standen sie in der Küche.

»Sie schwitzen ja genauso wie mein Sohn«, sagte Herr Müller an Martin gewandt.

»Ich habe die Garderobe abgebaut«, sagte Martin und setzte die Flasche Mineralwasser an den Mund.

»Kann ich auch etwas zu trinken haben?«, fragte Hendrik.

»Hab's schon verstanden«, sagte Hendriks Vater brummig, »ihr seid beide keine Handwerker.«

Martin fragte sich, ob Herrn Müller bewusst war, dass er ihn soeben geduzt hatte. Wahrscheinlich nicht.

»Ich mach dann mal weiter«, sagte Hendriks Vater und wandte sich ab.

Martin war, als hätte er ihm seinen Sohn übergeben, als richtete er unausgesprochen Worte wie *Vielleicht können Sie etwas mit ihm anfangen* an ihn. Da standen sie sich stumm gegenüber, wie einander zugewiesen. Als seien sie die überzähligen Teile eines Puzzles, gerade aussortiert von einem, der ein Puzzle fertiggestellt und erkannt hatte, dass diese zwei Teile nicht dazu gehörten.

»Und nun?«

»Wasser wäre nicht schlecht. Und Kaffee«, sagte Hendrik.

Martin wollte gerade zustimmen, als der Lärm von oben neu einsetzte. Gezwungenermaßen schrie er die nächsten Worte: »Lassen Sie uns woanders hingehen!«

Wenig später betraten sie das nicht weit vom Haus entfernte kürzlich eröffnete Café. Es war voll, Martin sah sich um. Alle wollten das neue Café auf seine Tauglichkeit prüfen. Aber weder Bärbel, noch das Plappermäulchen Frau May konnte er unter den Gästen ausmachen. Er atmete auf. In der hintersten Ecke war der letzte Zweiertisch frei. Sie setzten sich und bestellten zwei Tassen schwarzen Kaffee.

»Sehr still ist es hier auch nicht.«

»Ich mag das«, sagte Hendrik. »Menschen bei ihren Gesprächen belauschen.«

»Und warum?«

»Es ist spannender als Fernsehen oder YouTube und der ganze Kram.«

»Ich dachte, du ... Entschuldigung ... Sie gehören eher zu den lesenden Menschen.«

»Das Du ist schon in Ordnung, Sie sind ja nicht mehr mein Lehrer.«

Warum versetzte ihm das einen Stich? Er schluckte und hörte Hendrik weiter zu.

»Wenn man schreiben will, muss man den Menschen zuhören.«

»Du willst ernsthaft Schriftsteller werden?«, fragte Martin und wunderte sich, wie leicht ihm das Du über die Lippen kam. »Was schreibst du denn?«

»Nichts Konkretes. Ich denke, ich werde mich für Germanistik einschreiben, das wird wohl kein Fehler sein. Am besten weit weg von zu Hause. Sonst muss ich in der vorlesungsfreien Zeit meinem Vater zur Hand gehen.«

Nein, dachte Martin, ein Fehler wohl nicht. Er allerdings fand, dass sich der Journalismus besser eignete, wenn man für Menschen schreiben wollte.

»Ich bin Martin.«

»Ich verstehe nicht.«

»Wenn ich dich duzen darf, solltest du mich auch duzen dürfen.«

Hendrik lachte.

»Es tut mir leid, dass Sie auf den Kaffee so lange warten mussten«, sagte die Bedienung und stellte jeweils eine Tasse vor Martin und Hendrik ab. »Aber Sie sehen ja, was hier los ist.«

Als die Frau wieder weg war, erhoben Martin und Hendrik ihre Tassen und stießen miteinander an, um das Du zu besiegeln.

»*Die Katze spielt mit der Maus*. Ich wette du hast diesen Kurzprosatext von Kurt Tucholsky gewählt. Stimmt's?«, fragte Martin.

»Treffer. Obwohl ich erst überlegt hatte, einen Essay über ›*Mensch und Maschine*‹ zu schreiben, aber dann … Mist, verdammter!«

Martin lachte, es hatte funktioniert. Hendrik hatte ihm soeben offenbart, dass er bei der Abiturprüfung eben kein leeres Blatt abgegeben hatte.

»Hendrik, niemals hätte ich mir vorstellen können, dass du ein leeres Blatt abgibst.«

Sie lachten beide und verloren sich anschließend in einem Gespräch über Tucholsky. Martin war erleichtert, als er hörte, was Hendrik in der Abiturprüfung zum Kurzprosatext *Die Katze spielt mit der Maus* niedergeschrieben hatte. Für ihn klang das nach einer sehr guten Abiturnote. Aber er würde nun nicht mehr der Erstkorrektor sein.

Am Abend lag Martin in seinem ehemaligen Kinderzimmer in seinem Bett, Faust auf dem Nachttisch, weil er noch keinen anderen Platz für seine Lieblingslektüre gefunden hatte.

Und mich ergreift ein längst entwöhntes Sehnen.

Die Zueignung aus Goethes Faust sprach ihm aus dem Herzen. Martin sah – wie er so dalag – das Sehnen beinahe aus den

Herzkammern tropfen, sah das Blut durch die Bahnen in seinem Körper fließen, stellte sich vor, dass sauerstoffarmes sich dem sauerstoffreichen hingab wie Faust sich dem Gretchen. Die Einsamkeit, die Martin in eine Melancholie versetzte, die er hasste, war durch das Literaturgespräch mit Hendrik nur schlimmer geworden.

Was ihm fehlte zum Leben, war das Zwiegespräch über die Sprache; das Gespräch über das, was sie für Spielräume bot. Denn genau das war die Sprache: ein Raum zum Spielen. Lehrpläne sollten Spielpläne heißen. Aber bei Spielplänen hatten die Menschen die Fußballbundesliga vor Augen wie der Sehgeschwächte die Brillengläser. Hendrik war da eine Ausnahme, er interessierte sich nicht für Fußball. Wenn er es recht überlegte, war Hendrik nicht nur sein Lieblingsschüler gewesen, sie hatten darüber hinaus auch viel gemeinsam.

»Sollen wir einen Literaturkreis ins Leben rufen?«

»Literaturkreis?«

»Ja, wir treffen uns einmal die Woche im Café und reden über Literatur.«

Martin war sich vorgekommen wie ein Schüler und hatte rasch zugestimmt. Nun überlegte er, dass es gar keinen Grund gab für eine melancholische Stimmung, eher sollte er sich überlegen, welche Lektüre das Thema ihres nächsten Gespräches sein könnte. Was Modernes oder ein Klassiker? Und welche Schüler passten noch in diesen Kreis, damit es eine runde Sache würde? Über diesen Gedanken schlief er ein.

Elftes Kapitel
Schnapsidee und beschwerdefreies Versprechen

Die Straßenbahn war fast leer, Martin vermutete die meisten Dorfbewohner im Sonntagsgottesdienst. Auch auf dem Weg zur Haltestelle hatte er kaum jemanden gesehen. Nun saß er in der Bahn, um bei Paule Zerstreuung zu finden und sein Sonntagsfrühstück einzunehmen. Wie früher, dachte er und stolperte gedanklich über das Wort früher, weil früher für ihn nach einer langen Zeitspanne klang. Dabei war sein neues Leben gerade mal vier Wochen alt, im Rückblick kam ihm das wie Jahre vor. Er sah aus dem Fenster und dachte, dass er auf dieser Bahnstrecke zwischen seinem neuen und seinem alten Leben hin- und herfuhr. Und dass es Zeit war anzukommen. Zeit, um Ja zu sagen zum Augenblick. Hatte er diese Kernaussage aus Faust seinen Schülern vermitteln können?

Werd ich zum Augenblicke sagen:
Verweile doch! Du bist so schön!

Am liebsten hätte er jetzt laut geseufzt. Aber er hatte bereits in der Kindheit gelernt, Emotionen nicht in der Öffentlichkeit zu zeigen.

»Nächster Halt: Schillerstraße.«

Mit Goethe im Kopf hier aussteigen – Martin musste lächeln.

Auch in der Stadt begegnete er nur wenigen Menschen. Der Aprilhimmel zeigte sich seinem Ruf entsprechend bedeckt mit sonnigblauen Löchern, als könnte er sich für kein Wetter entscheiden.

Kaum dass Martin die Kneipe betreten hatte, rief ihm Paule von der Theke entgegen: »Martin, wo hast du denn deinen Bart gelassen?«

Hab mich wegen Frau May rasiert, schoss es ihm in den Kopf. »Im Müll«, sagte er und ging auf Paule zu, der hinter dem Tresen hervorkam.

»Eier mit Speck?«

»Ja, gerne.«

»Dein Stammplatz ist frei.«

Martin setzte sich. Es war noch immer der gleiche Platz, nur er war ein Anderer. Alles fühlte sich plötzlich so neu und fremd an. Ob Paule sich zu ihm setzte? Der Gedanke war ihm beinahe unheimlich, weil er es von sich nicht kannte, aber ihn dürstete nach Gesellschaft wie Goethes Faust nach Erkenntnis.

Martin sah sich in der Kneipe um. Sieben Gäste zählte er. Ein junges Pärchen, das sich über dem Tisch an beiden Händen hielt, als käme gleich ein Tornado zur Tür herein und fegte ihre frische Liebe davon; ein junger Mann, vertieft in ein Buch; ein weiterer Gast versteckte sich hinter einer Zeitung, und an einem anderen Tisch saßen Vater, Mutter, Kind, der Vater stand gerade auf und ging an Martin vorbei zur Toilette. Er wirkte genervt, weshalb Martin unwillkürlich zu Mutter und Kind hinübersah. Den Jungen schätzte er auf sechs oder sieben Jahre, vielleicht ein Erstklässler. Er war der Mutter wie aus dem Gesicht geschnitten. Gerade legte der Junge den Kopf auf den Schoß der Mutter und forderte sie auf, ihn zu streicheln. Sie zog ihre Hand weg. Martin fiel eine Begebenheit aus seiner Kindheit ein. Er war vielleicht zehn Jahre alt gewesen, seine Eltern machten mit ihm einen Ausflug in den Zoo. Einer der seltenen Ausflüge in der Einheit Vater, Mutter, Kind. Seine Mutter war so glücklich über diese Einheit gewesen, dass sie Martin während der gut besuchten Eisbärenfütterung küsste. Natürlich hatte er sie weggestoßen. Mit zehn Jahren mochte man in der Öffentlichkeit nicht von seiner Mutter geküsst werden. Aber Mütter taten das. Lieben. Ihr Kind lieben. Zu jeder Stunde. Überall. Diese Mutter tat das nicht.

»Alles in Ordnung, Martin?«, fragte Paule und stellte Rühreier und Speck vor ihn.

»Ja.« Er nahm das Besteck zur Hand.

»Lass es dir schmecken.«

»Danke.«

Nachdem Martin aufgegessen und zwei Tassen Kaffee geleert hatte, kam Paule zu ihm an den Tisch.

»Trinkst du ein Bier mit mir?«

»Für mich ein Wasser.« Weil seine Rückenschmerzen wieder keine Ruhe gaben, hatte er vor Abfahrt eine Schmerztablette genommen.

»Sollte ich vielleicht auch trinken.« Paule ging, kam mit zwei Biergläsern voll Sprudelwasser zurück und setzte sich Martin gegenüber.

»Du trinkst Wasser?«

»War etwas viel Wein gestern. Ich glaub, bei mir zu Hause liegt noch ne Frau im Bett.«

Unwillkürlich musste Martin an Frau May denken.

»Und?«

»Nichts und. Ich glaube, sie heißt Corinna, oder war's Karin, oder Karina? Was weiß ich.« Paule trank sein Glas in einem Zug leer. »Und bei dir?«

»Was?«

»Wer schläft bei dir?«

Rudi, hätte Martin beinahe geantwortet.

»Martin, Martin. Du musst endlich auch mal auf die Kacke hauen.«

Martin konnte nicht anders, als sich das bildlich vorzustellen. »Kannst du nicht ein bisschen wertschätzender mit Sprache umgehen?«

»Wie lange kennen wir uns?«

»Seit zweiundzwanzig Jahren.«

»Typisch. Wahrscheinlich kannst du das auch noch in Tage umrechnen … Ach was, in Stunden, in Minuten, oder gar Sekunden.«

»Ich nehm's halt genau, ich weiß.«

»Oh, Einsichten!«

»Erkenntnisse trifft es eher.«

»Jedenfalls – ich hatte eine geile Nacht, ganz ohne Sprache.«

»Stimmt nicht.«

»Kannst du doch nicht wissen.«

»Körpersprache ist auch eine Sprache.«

»Du machst mich wahnsinnig. Erzähl das deinen Schülern.«

Martin, der gerade vom Wasser trank, verschluckte sich.

»Stimmt, du kneifst ja.«
»Kneifen?«
»Hast deinen Job doch geschmissen, oder?«
»Er hat keinen Sinn mehr für mich gemacht.«
»Sagt sich einfach für jemanden, der geerbt hat.«
Martin hielt das Bierglas mit beiden Händen. Mit einem Mal störte ihn das falsche Glas. Mit einem Mal war ihm danach zu provozieren.
»Vielleicht mache ich einen SecondWord-Laden auf«, sagte er und wunderte sich über das, was er sagte.
»Klingt cool, was ist das?«
»Da kannst du deine unpassenden Worte abgeben, ich prüfe, ob sie wiederverwertbar sind und gebe dir ein paar schönere mit, ich habe genügend gesammelt.«
»Ich verstehe zwar den Sinn und Zweck nicht, aber das klingt so verrückt, dass es mir gefällt. Bist du auch nüchtern?«
Martin sah in das Bierglas, in dem Mineralwasser sprudelte.
»Du musst mich nicht ernst nehmen, aber du hast recht, das war eine Schnapsidee.«
»Nee, nee, mein Lieber, jetzt will ich alles hören.«
»Da gibt es nicht viel zu erzählen.«
»Hör ich mir an.«
Martin schwieg.
Ich habe eine Idee, Mama.
Ja, Martin?
Wir machen einen Wörterladen auf.
Wie geht das?
Wir verkaufen unsere Worte.
Du hast recht, sie sind wertvoll.
»Ich will's hören.«
»Neulich war ich im Secondhandladen und kam auf die Idee, man könne so was mit Worten machen – ihnen eine zweite Chance geben.«
»Aha.«
Paule verstand ihn nicht, hätte er bloß nichts gesagt.
»Und weiter?«

»Nichts weiter.«
»Wie geht das?«
»Man geht in den SecondWord-Laden und schaut sich um, ob man passende Worte findet; oder man gibt welche ab, die man nicht mehr braucht, ein anderer freut sich vielleicht darüber.«
»Kann ich da Frauennamen abgeben? Wenn Schluss ist mit einer? Krieg ich da noch was für? Oder kriegt ein anderer dann die Frau, wenn er den Namen kauft? Aber wieso sollte ich für etwas bezahlen, was sowieso umsonst ist?«
»Ich sagte ja, es war eine Schnapsidee.«
»Ich weiß nicht. Das ist so skurril, das gefällt mir. Ich muss es ja nicht verstehen.«
Als er wieder in der Straßenbahn saß, dachte Martin, dass genau das das Problem war: Worte kosteten nichts. Und er lebte in einer Gesellschaft, in der der Wert über den Preis gemessen wurde. Was viel kostete, war viel wert. Er stieg aus der Bahn. Auf dem Nachhauseweg erinnerte ihn sein schmerzender Lendenwirbelbereich daran, dass er am nächsten Morgen einen Behandlungstermin bei Frau May hatte.

Am Montag lag er wieder in bequemer Bauchlage und entspannte sich.
Er hörte noch, wie der Praktikant den Vorhang zu seiner Kabine zuzog und gab sich der Wärme auf seinem Rücken hin. Stimmen drangen an sein Ohr. Die Praxis füllte sich, aus Stimmengewirr wurden deutliche Worte. *Herr Fromm, bitte Kabine drei; Frau Sölden, Sie können in Kabine vier, ich bringe Ihnen gleich die Fangopackung.* Dann hörte er, wie der Vorhang zu seiner Kabine aufgezogen wurde.
»Ich hoffe, Sie haben sich entspannt«, sagte Frau May.
»Ja«, sagte er, noch mit Blick durch das Liegenloch.
Martin spürte, wie Frau May die Fangomatte entfernte.
»Dann setzen Sie sich bitte mal hin.«
Martin bemühte sich um eine aufrechte Sitzhaltung. Brust raus, Rücken gerade, wie man so schön sagte.

Frau May trat vor ihn. »Und wie ist es Ihnen nach der letzten Behandlung ergangen?«

Gut, wollte er sagen, *sehr gut*. Aber er brachte keinen Ton heraus. Frau May stand auf Augenhöhe vor ihm, er spürte die Wärme ihres Atems.

»Raus mit der Sprache. Sie dürfen mir ruhig sagen, wenn Sie meinen, die Behandlung hätte Ihnen nicht gut getan. Ich muss ja wissen, ob ich etwas ändern muss.«

Ändern? Bloß nicht, dachte Martin. Die letzte Behandlung hatte ihn für Stunden gänzlich vom Schmerz befreit und an ganz andere Dinge denken lassen.

»Die Schmerzen waren etwas besser«, brachte er hervor. Er wollte nicht übertreiben, schließlich waren sie nicht weg.

Er musste sich hinstellen und zur Seite neigen, während sie ihn von hinten betrachtete. Scheinbar gab sein Bewegungsmuster ihr Auskunft darüber, was nun zu tun war.

»Bauchlage bitte«, sagte sie.

Martin genoss die warmen Hände auf seinem Rücken, drehte sich auf Verlangen auf die Seite, strengte sich an, Muskeln so anzuspannen, wie Frau May es verlangte, und als er merkte, dass er zu schwitzen begann, fragte er sich, ob Frau May das eklig fand. Wenigstens war er frisch geduscht gewesen.

»Ich zeige Ihnen nun ein paar Übungen für zu Hause. Die sollten Sie dann täglich durchführen.«

»Übungen?«

»Ja, Sie müssen selbst etwas tun. Ich kann Sie unterstützen, heilen kann ich nicht. Das muss jeder selbst.«

Martin hatte schon beinahe seine Haustüre erreicht, da traf er auf Frau Wondra, die ihr Haus gerade verließ.

»Ein chinesisches Sprichwort besagt, es sind nicht unsere Füße, die uns bewegen, es ist unser Denken«, sagte sie zu ihm und ging einfach weiter.

Eine Stimme in Martin sagte ihm, dass sie das Sprichwort eins zu eins wiedergegeben und es nicht, wie es sonst ihre

Gewohnheit war, verdreht oder verwandelt hatte. Er hielt kurz inne und sah ihr nach.

Dann langte er in die Jackentasche, zog seinen Hausschlüssel heraus, schloss auf und ging hinein. Heute kein Baulärm, dafür laute Gedanken. Hatte er sich hierher bewegt, weil er sich zuerst hierher gedacht hatte? Das war doch nichts Besonderes. Das Besondere lag darin, dass es ihm möglich gewesen war, sich hierher zu denken. Also musste dem Denken ja etwas vorausgegangen sein. Oje, dachte er, denn er wollte die Leichtigkeit nach der Behandlung von Frau May nun nicht verlieren. Beinahe tat es ihm leid, dass Herr Müller jetzt nicht zugange war, hämmerte, bohrte und sägte, damit sein Denken undenkbar wurde. Der Nachteil war in der Tat, dass die Renovierung mit den paar Schwarzarbeitern, die Herr Müller organisiert hatte, zu lange dauern würde, weil die nur begrenzt Zeit hatten. Außerdem könnte er zusätzlich Leute gebrauchen, um den Keller aufzuräumen, wo noch so vieles zu entsorgen war. Einen Container hatte er schon bestellt. Ob er Achim fragen konnte? Er zog seine Jacke, die er halb ausgezogen hatte, wieder an und ging hinaus. Garantiert würde er Achim beim Flüchtlingsheim antreffen.

Gerade erreichte er den Eingang der Baracke, da trat Achim aus der Tür. »Du kommst wie gerufen«, sagte er. »Du kannst mir helfen, Gemüse- und Obstkisten hereinzutragen.«

Obwohl Martin bezweifelte, dass das für seinen Rücken gut war, folgte er Achim zu dessen Auto.

»Was macht der Fuß?«

»Besser, danke.«

Im Anhänger warteten noch drei Kisten darauf, in die Flüchtlingsküche gebracht zu werden. Martin griff nach der mit den Salaten, weil sie ihm am leichtesten schien und trottete dann hinter Achim her, der die anderen beiden auf einmal trug.

»Das würde alles weggeschmissen, kannst du dir das vorstellen?«

Martin betrachtete die Salate. Wie frisch geerntet, glänzten sie saftig grün in der Morgensonne.

»Suchen die Männer hier Arbeit?«

»Arbeit, ein Heim, ein gutes Leben für ihre Kinder. Such dir was aus.«

Achim räumte gelbe und rote Paprika, sowie mehrere Salatgurken und Kohlrabi in den Kühlschrank.

»Ich brauche Männer, die mir zur Hand gehen.«

Die erste Kiste war leer, Achim klappte sie zusammen.

»Die sind froh um jede Beschäftigung. Darf nur keiner wissen. Arbeitserlaubnis und so.«

»Ich werde sie gut bezahlen.«

Achim sah aus, als wolle er ihm den Kohlrabi, den er gerade aus der zweiten Kiste genommen hatte, an den Kopf schmeißen. Martin sah ihn fragend an.

»Immer dieses verdammte Geld.« Er legte den Kohlrabi wieder zurück in die Kiste, der Kühlschrank war überfüllt. »Es ehrt dich, Martin, dass du den Männern hier zu einem Job verhelfen und sie gut bezahlen willst. Mich stört es nur, dass es dauernd ums Geld geht und viele meinen, mit genügend Scheinen könne man Probleme lösen.«

Martin sah Achim vor sich, wie er auf hoher See für Greenpeace tätig war. Er hingegen war in seinem Leben über eine Geldspende nicht hinausgekommen. Aber täte er nicht Gutes, wenn er Geflüchteten Arbeit gab? »Wo sind denn alle?«

»In der Stadt. Ämtergänge, Arztbesuche. Mit Ehrenamtlichen unterwegs. Der Staat kriegt das ja nicht auf die Reihe.«

»Und wie vereinbarst du das mit deiner Arbeit?«

»Ich arbeite in einem großen Software-Unternehmen und habe vor einiger Zeit um ein Sabbatjahr gebeten. Hat geklappt. Die stehen nämlich auch gut da in der Öffentlichkeit, wenn sie sagen können, dass sie Mitarbeiter – zum Beispiel für die Flüchtlingshilfe – gerne mal ein Jahr freistellen.«

»Stimmt wohl.«

»Mir macht das Spaß. Ich kriege auf die Art und Weise wenigstens keine Sinnkrisen im Beruf. Es gibt wohl kaum Sinnvolleres, als zu helfen. Das geht auch ganz ohne Helfersyndrom, oder was meinst du?«

»Da magst du recht haben.«

»Was meinst du eigentlich mit *zur Hand gehen*?«

»Es geht in erster Linie darum, alten Krempel in einen Container zu befördern.«

»Vorschlag: Ich komme mit ein paar Leuten vorbei, die dir den Container füllen und du bringst denen Deutsch bei.«

»Ich weiß nicht, ich …«

»Wenn sie sowieso schon in deinem Haus sind, der Berg quasi zum …«

»Ich wollte …«

»Eine Hand wäscht die andere.«

»Nun gut.«

Martin wollte gehen, da hakte Achim nach: »Wo steht denn der Container?«

»Noch nirgends, der wird noch geliefert.«

»Lass ihn hinters Haus stellen, es wäre gar nicht gut, wenn das im Dorf die Leute sehen.«

Auf dem Heimweg kreisten Martins Gedanken um den Wert, das Geld einer Sache verlieh. Ihm wäre es lieber, die Männer zu bezahlen – in Euro, nicht durch Unterrichten. Schließlich war er hierhergezogen, um kein Lehrer mehr zu sein. Aber Geld war in der Tat nicht alles. Auch was ihm am Herzen lag – die wunderbare Welt der Worte – kostete nichts. Irgendwie konnte er die Idee nicht loslassen, Geld für Worte zu verlangen, um sie ins Rampenlicht zu stellen. Provokation als Mittel zum Zweck. Schon sah er ein Schild an seiner Haustüre baumeln:

SecondWord-Laden – Annahme gebrauchter Wörter.

Doch bis dahin wäre es ein weiter Weg. Bisher war es nicht einmal wohnlich bei ihm, wie sollten sich da Worte wohlfühlen?

Martin ertappte sich dabei, wie er sich im Spiegel, der von der Garderobe übrig geblieben war und an der Flurwand lehnte, betrachtete. Maria hatte die letzten Jahre zu meckern begonnen, er solle abnehmen. Vielleicht hatte sie recht gehabt. Seit er die Termine bei Frau May hatte und sich vor ihr entblößen musste, schaute er sich selbst wieder an. Heute war Mittwoch, und er musste wieder zur Behandlung. Er schob sein T-Shirt hoch, zog es aber gleich wieder herunter, weil ihm nicht gefiel, was er sah, mochte er auch wenige Kilo abgenommen haben, schwabbeliger Bauchspeck war noch ausreichend sichtbar. Er hatte ausgiebig geduscht und sich rasiert, mehr konnte er im Moment nicht tun. Er ging aus dem Haus. Wenig später lag er in blauem T-Shirt und blauen Boxershorts in Rückenlage auf Frau Mays Behandlungsliege und überlegte, sie zu fragen, ob sie irgendwann einmal mit ihm einen Kaffee trank, vielleicht im neuen Café.

Blau macht dich einfach sexy.

Findest du?

Deine blauen Augen strahlen dann so verführerisch.

Dabei war es immer Angelika gewesen, die ihn verführt hatte.

Jetzt fühlte sich Martin nicht unbedingt sexy, aber immerhin beweglicher. Frau May hatte wieder ein paar für ihn sonderbare Handgriffe angewandt, es hier und da in seinem Rücken knacken lassen, so dass er sich schon nach zehn Minuten Behandlung besser fühlte, weil er überzeugt war, in seinem Rücken säße nun alles wieder an Ort und Stelle und könne den Dienst wieder antreten.

»Darf ich?«, fragte Frau May und deutete an, ihm das T-Shirt hochschieben zu wollen.

»Bitte«, sagte Martin und erinnerte sich an sein Spiegelbild von vorhin.

Frau May tastete behutsam seinen Bauch ab. Wenngleich er Sinn und Zweck nicht verstand und er für sein Empfinden hier und jetzt seine doch nicht so optimale Figur preisgab, konnte er nicht anders, als ihre warmen Hände auf seinem Bauch zu genießen. Er sah sie an, ihr Blick war konzentriert, so, als wäre Martin gar nicht anwesend, nur die Körperstellen, die sie berührte. Wie es wohl wäre, ihr die Haarspange zu lösen und sich von ihren samtschwarzen Haaren körperkitzeln zu lassen?

»Ich mache derzeit eine osteopathische Zusatzausbildung«, sagte sie. »Ich denke, Osteopathie würde Ihnen guttun. Bei Ihrer Großmutter habe ich das auch angewandt.«

Martin stöhnte.
»Tut was weh?«
Das Wort Großmutter.
»Nein.«
»Genau das hätte Ihre Großmutter jetzt auch gesagt. Was sie am Ende alles ausgehalten hat an Schmerzen – unfassbar. Ich vermisse sie. Und meine Omi vermisst sie auch. Sie muss Ihnen ja schrecklich fehlen. Immerhin hat sie Ihre Mutter ersetzt.«
Martin starrte sie an. Frau May wich zurück.
»Bin ich Ihnen zu nahegetreten? Das tut mir leid. Ich sollte nicht so viel reden.«
»Für heute reicht es«, sagte Martin und war sich der Doppeldeutigkeit in seinen Worten bewusst. Er glitt von der Liege und langte nach seiner Hose, die in greifbarer Nähe über der Stuhllehne hing.
»Ich komme alleine zurecht.«
»Ich hätte gerne noch eine Übung …«
Nein.
»Ein andermal.« Er wollte kein weiteres Wort über seine Großmutter hören. Jetzt nicht, morgen nicht und auch übermorgen nicht. Er war aus dem Haus gegangen, um Frau Mays Behandlung zu genießen, um sie vielleicht sogar auf einen Kaffee einzuladen, nun kehrte er schlecht gelaunt zurück.

Im Haus war es kalt. Im Flur standen Farbeimer herum, die Herr Müller besorgt hatte. Er trat dagegen. Sollte er einen Waldspaziergang unternehmen? Hinsetzen wollte er sich nicht. Er stellte sich mittig in den Wohnraum und betrachtete Rudi auf dem Sessel. Dann nahm er das Büchlein vom Beistelltisch und schlug es auf. *Schlupftag*. Er erinnerte sich dunkel, dass das Wort aus einer Kindergeschichte stammte, die ihm seine Mutter vorgelesen hatte.
Lies weiter, Mama.
Moment, das Wort ist so schön, das muss ich in unser Büchlein eintragen.

Schlupftag – Ich bin in diesem Haus geboren. *Hier kommst du nicht wieder weg.* Woher kam dieser Gedanke? Er wollte doch gar nicht weg. Konnte er jetzt auch nicht mehr. Die Stadtwohnung war gekündigt, seinem Beruf hatte er den Rücken gekehrt. Er war hier, um ein neues Leben zu beginnen. Martin streckte seinen Rücken durch und sprach Rudi an: »Das nennt sich Ambivalenz.«

Kaum hatte er seine Gefühle in ein Wort gekleidet, konnte er damit umgehen. *Ich nehme den Kampf auf,* sagte er zu Rudi und beschloss, das Zimmer zu streichen.

Genau drei Stunden und siebzehn Minuten später strahlten ihn weiße Wohnraumwände an, und die Sonne schien durch geputzte Fensterscheiben herein. Jetzt war er zufrieden mit sich und der Welt. Daran konnte weder der Rückenschmerz, den er mit seiner Tat heraufbeschworen hatte, noch der unerwartet einsetzende Regen etwas ändern. Martin sah zum Seitenfenster hinaus und beobachtete, wie aufprallende Tropfen sich zu Wasserfäden langzogen und das saubere Glas hinabglitten. Da es zur Terrassentür aufgrund der Glasüberdachung nicht hereinregnen konnte, ließ er sie offen stehen. Anschließend räumte er die Teppiche beiseite, die den Holzfußboden vor Farbklecksen geschützt hatten und legte sie im Flur in die Ecke, in der Herr Müller einen Teil des Handwerkzeugs aufbewahrte. Er ging in die Küche, schrubbte sich über der Küchenspüle die Hände mit einer Bürste, um die Farbreste zu entfernen und musste unwillkürlich darüber nachdenken, wie lange es her war, dass er ein Zimmer gestrichen hatte. Nur ein einziges Mal hatte er das getan, und wahrscheinlich erinnerte er sich gerade wegen der Einzigartigkeit. Sie hatte sich eingebrannt. Angelika. Die erste große Liebe. Die Einzige? Zusammen hatten sie seiner Studentenbude einen neuen Anstrich verpasst, viel gelacht, sich gegenseitig mit Farbe bespritzt, um dann auf die sperrmüllreife Matratze zu sinken, sich der Liebe hinzugeben und anschließend weiterzumalen, als sei das alles eins: Alltag, Neugestaltung, sich lieben – Angelika. So wie die Farbe – es war ein Babyblau gewesen, weil Angelika das gewollt hatte – sich auf ihren Kaffeetassen, in den Haaren, auf der Fensterscheibe, der Matratze und schließlich auf ihren nackten Körpern verteilt hatte, so waren sie beide miteinander verschmolzen; unter einem albernen Babyblauhimmel, der es gegen den sagenumwobenen siebten Himmel hatte aufnehmen können.

Er trocknete seine Hände ab und betrachtete sein Werk im Wohnraum. Was wird das hier?

Wie gerufen beleuchtete ein einzelner Sonnenstrahl, der dem Regen trotzte, die Folie, unter der Martin den Sessel, Rudi, Beistelltisch, Kassettenrekorder und das Büchlein geschützt hatte. Er kontrollierte noch einmal, ob er wirklich saubere Hände hatte und nahm die Folie ab. Feierlich, als würde in einem Museum das wertvollste Stück enthüllt und staunenden Menschen gezeigt. Er war schon immer gerne in Museen gegangen. Selbst als Kind. Bestimmt, weil seine Mutter ihm das nahegebracht hatte: das Studieren früheren Lebens in Ausstellungsstücken. Er erinnerte sich, wie er einmal mit ihr in einem Schulmuseum gewesen war, in dem gezeigt wurde, wie ein Lehrer damals gelebt und unterrichtet hatte. Martin sah seine Mutter noch heute vor sich, wie sie über die Bettkante gestrichen, den Sekretär berührt und in den Kleiderschrank gesehen hatte. Als sei sie selbst aus dieser Zeit gewesen. Sie und ihr Lehrerberuf, das war eine Einheit gewesen, seine Mutter war in ihrem Beruf aufgegangen. Jetzt schwappte etwas von dieser Energie, die seine Mutter gehabt hatte, auf ihn über und sie war wieder da: seine Lebenslust, verpackt in einer Idee. *Wörtermuseum*. Genau, das war es! Hier würde er sich ein privates Museum erschaffen. Für seine Worte. In einer Vitrine würde er das Büchlein ausstellen. Nur für sich. Vielleicht fing er sogar wieder an, Worte zu sammeln. Die letzten beiden besonderen Worte, die er im Kopf notiert hatte, hießen *Kofferträume* und *augenbetäubend*. Ausgerechnet der scheinbar größte Fan seiner Großmutter hatte diese Worte geliefert. Aber was konnten die Worte dafür? Frau May hatte sie ausgesprochen, sie somit in die Welt entlassen, und er wollte nun der Beschützer von wunderbaren Worten sein, von Wunderworten. Und schrie diese strahlend weiße Wand nicht nach einem Regal? Einem Regal für Wunderworte von A wie *augenbetäubend* bis Z wie *Zeittropfen*?

Martin ging in die Küche, fuhr den Laptop hoch, der auf dem Tisch stand, und setzte anschließend einen Topf voll Wasser auf für Spaghetti. Er wollte alles auf einmal: essen, trinken, im Netz nach einer Vitrine und Regalen suchen. Ungeduldig, wie er mit einem Mal war, fand er schnell etwas Passendes und bestellte rasch. Er wollte hier in Wunderworten baden.

Nach dem Essen setzte er sich wieder an den Laptop, um die Bilder der Regale und der Vitrine aufzurufen, die er vorhin bestellt hatte. Die Regale waren aus einem mittelbraunen Holz und für Bücher vorgesehen, aber das sollte ihm egal sein. Er würde Worte hineinstellen. Die Vitrine war ein rechteckiger Kasten mit hellgrauem Unterbau und auf Hüfthöhe ein Glasdach, unter dem ein Buch ausgestellt war. Er wechselte auf Vollbildmodus, konnte aber das Buch, das der Händler als Beispiel gewählt hatte, nicht erkennen. Genau so würde er das Büchlein ausstellen, für sich. Vielleicht jeden Tag eine andere Seite aufschlagen, sich wie im Museum davorstellen und hineinblicken, die Stille der Worte genießen. Ihm war nach einem Glas Rotwein. Gerade öffnete er einen trockenen Spätburgunder aus der Gegend, da klingelte es. Er ging und öffnete die Tür.

»Die Bahn hatte Verspätung. Normalerweise bin ich pünktlich«, sagte Hendrik, trat wie selbstverständlich ein und reichte Martin das Buch, das er in der Hand hielt, um seine Jacke ausziehen zu können.

Während Hendrik die Jeansjacke über das Treppengeländer hängte, betrachtete Martin die Lektüre: *Tod in Venedig*. Ihm dämmerte es.

»Ist heute Mittwoch?«

»Unser erster Mittwoch, ich freue mich schon.« Hendrik ging in den Wohnraum. »Cool. Hat mein Vater gestrichen?«

»Nein, das war ich.«

»Da hätte ich dir auch helfen können.«

Auf die Idee war Martin gar nicht gekommen. »Komm rein«, sagte er.

Aschenbach und Tadzio. Martin und Hendrik. Nun, nichts verband Martin und Hendrik wie Aschenbach und Tadzio. Aber dass sie etwas verband, das fühlte sich gut an.

»Was wird das hier?«, fragte Hendrik.

»Weiß noch nicht so genau. Vielleicht ein Museum.«

»Ein Museum für was?«

»Für Worte.«

»Aus dem Büchlein?«

»Vielleicht. Nun lass uns ins Café gehen und über *Tod in Venedig* reden.«

»Das Museum finde ich jetzt aber viel spannender.«

»Noch ist es ein leerer Raum.«

Hendrik durchquerte ihn, als würde er Maß nehmen. In der Mitte blieb er stehen.

»Hier kommt ein riesiger Glaskasten wie im Museum hin und darin legst du das Büchlein.« Er sah sich um. »Platz ist ja noch«, überlegte Hendrik, »ich frage mich, wie es wäre, lauter kleine Vitrinen hier rundherum aufzustellen. Aber dann wäre der Raum doch schnell überfüllt. Man müsste eine andere Lösung finden.«

Martin fand Gefallen an dem, was Hendrik sagte. Sollte er ihm verraten, dass er schon eine Vitrine für das Büchlein bestellt hatte? Aber etwas in ihm sträubte sich, denn eigentlich hatte er vorgehabt, sich ein ganz privates Museum zu schaffen, zu intim, als dass er es mit jemandem teilen wollte. »Du hast gute Ideen.«

»Darf ich dir helfen, das Museum einzurichten?«

»Jetzt helfe ich dir erst mal, herauszufinden, wie man gute Literatur schreibt. Das willst du doch, oder?«

»Klar. Ich möchte mindestens so gut werden wie Thomas Mann.« Hendrik hielt das Buch in die Höhe und lachte.

Sie gingen rüber ins Café. Schon auf den paar Metern hatte Martin viele Ideen, wie er Hendrik unterstützen konnte. Endlich konnte er all das anwenden, was ein Lehrplan nicht hergab.

Am nächsten Morgen saß Martin wieder am Küchentisch. Automatisch suchte er diesen Platz nach dem Aufstehen als erstes auf, um hier seinen Kaffee zu trinken. Ich habe meinen Platz wiedergefunden, sagte er dann im Stillen zu seiner Mutter und spürte ihre Wärme, Kaffeeschluck für Kaffeeschluck. So auch heute. Er fühlte sich wohl und beschmierte sich ein Brötchen ganz dick mit Butter, wie er es von ihr kannte. Vor ihm standen die Marmeladen aufgereiht, die Frau May mit ihrer Großmutter vorbeigebracht hatte. Er betrachtete die Gläser, deren Farbpalette von dunklem Gelb – Aprikose – über Orange – Ananas-Möhre – und Rot – Erdbeere und Himbeere – bis zu Blaubeerblau reichte. *Himbeerblaubeerig*. Ein Wort aus dem Büchlein. Ene mene muh …, seine Finger stoppten bei Ananas-Möhre, diese Marmelade leuchtete allerdings so sehr – fast unnatürlich –, dass er sich zugunsten der Erdbeermarmelade umentschied. Er drehte am Deckel, hörte das typische Ploppgeräusch, als er sich löste und deutete das als Zeichen dafür, dass die Marmelade mit Sachverstand hergestellt worden und nicht über die Zeit war. Sie duftete gut. Er tat eine ordentliche Portion auf die dicke Butterschicht und biss genussvoll hinein. Es war fantastisch. Während der Kaffee seine Kehle hinabrann, schloss er die Augen, um alleine dem Geschmack die Bühne zu überlassen. Er stellte die Tasse ab und etwas heißer Kaffee schwappte auf seine Hand, so dass er zusammenzuckte und sie ruckartig zurückzog. Sogleich spürte er den wohlbekannten Schmerz im Rücken. Er hätte den Physiotherapietermin wohl doch wahrnehmen sollen, den er aber aus lauter Angst wegen des Geredes über seine Großmutter ignoriert hatte. Nach einem weiteren Biss in das Brötchen nahm er die ZEIT zur Hand, um sich von seinen Schmerzen abzulenken. *Die deutsche Flüchtlingspolitik macht es wie Brechts Schauspiel vom guten Menschen: Angela Merkel ist humanitär, während alle anderen die Rolle der Bösen spielen müssen …*

Er dachte über seine bisherigen Begegnungen mit Geflüchteten nach, da klingelte sein Smartphone. Er nahm es zur Hand und erkannte auf dem Display die Nummer der Physiotherapiepraxis. Er zögerte. Nach dem vierten Klingeln seufzte er und nahm den Anruf an.

»Physiotherapiepraxis May, ich bin's, Frau May. Sie hätten jetzt einen Termin.«

Martin hustete.

»Herr Wachs? Sind Sie erkältet?«

»Nein.«

»Warum haben Sie Ihren Termin nicht wahrgenommen?«

Er hatte extra am späten Abend auf den Anrufbeantworter gesprochen, um sich nicht persönlich erklären zu müssen.

»Entschuldigung«, sagte er, »ich hatte doch auf den Anrufbeantworter gesprochen.«

»Oh, das ist wohl untergegangen. Für heute kann ich Ihnen keinen Ersatz anbieten, aber wie sieht es am Montag aus?«

Sein Rücken sagte ja, aber was, wenn Frau May wieder von seiner Großmutter anfing?

»Der Montag ist schlecht.«

»Und am Mittwoch, dem 27. April, 12:40 Uhr, ginge das?«

Eigentlich hatten ihm ihre warmen Hände ja sehr gut getan. Trotzdem zögerte er weiter.

»Darf ich Sie da eintragen?«

»Ja, haben Sie vielen Dank.« Martin legte auf.

Die Unterbrechung durch das Telefonat hatte ihm die gute Laune verdorben. Unschlüssig sah er auf seine Uhr, es war bald neun. In einer halben Stunde würde Achim mit drei Männern aus dem Flüchtlingsheim kommen, um die Sachen, die er nicht mehr wollte, zum Container zu tragen. Dieser stand seit dem Vortag direkt hinter dem Haus. Er faltete die Zeitung zusammen, biss noch einmal ins Brötchen, nahm einen Schluck Kaffee, aber die gute Stimmung war endgültig hinüber. Außerdem ging ihm Frau May nicht aus dem Kopf. Dass sie ihm hinterhertelefonierte. Ob sie das mit allen Patienten machte?

Er räumte das Frühstücksgeschirr vom Tisch und nahm noch einen letzten Schluck Kaffee. Dann ging er in den Keller, um schon mal einen Teil des Sperrmülls, den er tragen konnte, nach oben zu holen. Er nahm die Tapetenreste, die waren wenigstens nicht schwer. Oben angekommen, suchte er in der Küche nach dem Zettel, den er sich gestern ausgedruckt hatte. Er fand ihn auf dem Esstisch unter der ZEIT. ›Container für Bauschutt – erlaubt/verboten‹. Mit dem Finger fuhr er die Auflistung ›erlaubt‹ entlang. Tapetenreste waren erlaubt, die Kunststoffstühle ebenso, sogar Altkleider. Die alten Mäntel und Jacken, die noch immer im Kinderzimmer im Schrank hingen, fielen ihm ein. Er holte zwei große Plastiksäcke aus der Abstellkammer in der Küche, ging nach oben und füllte sie. Anschließend schleifte er die Säcke einen nach dem anderen die Treppen hinunter in den Flur und vor die Haustür. Gerade als er den letzten Sack für den Altkleidercontainer an die Häuserwand lehnte, sah er Achim mit drei der von ihm betreuten Geflüchteten auf ihn zukommen. Nach einem kurzen »Hello« griff einer von ihnen nach einem Sack und fragte durch eine Geste, wo er ihn hinbringen solle.

»Das kann man noch weiterverwenden!«, sagte Martin.

»Slowly, slowly«, sagte Achim zu dem Mann.

»Die sind ja voller Tatendrang«, sagte Martin zu Achim und lächelte dann die Männer an. Nacheinander reichte er allen die Hand, wobei ihm Achim ihre Namen nannte. Sie hießen Elvedin, Fawad und Udai und kamen alle drei aus Syrien. Elvedin und Fawad schätzte Martin auf Mitte zwanzig, Udai war sicher jünger, vielleicht nicht einmal volljährig. Er bat sie ins Haus und schloss die Tür. Bevor er irgendetwas sagen konnte, fragte der junge Mann, der voreilig bereits den Altkleidersack gepackt hatte: »Work?«

»Yes, let's start in the cellar!« Martin wies zur Kellertreppe.

Und dann legten sie los, Elvedin, Fawad und Udai, Achim eingeschlossen. Sie trugen die Kunststoffstühle, Verpackungsstyropor, Folien, Kabelreste, Skier, löchrige Eimer, Schrankteile und die Marmeladengläser nach oben und schließlich den Schrank aus dem Kinderzimmer, den sie zuvor auseinandergenommen hatten. Alles landete im Container. Der Kellerraum war jetzt bis auf seinen Kinderschlitten leer. Die Regalfächer luden dazu ein, Neues einzuräumen.

»More?«, fragte Elvedin.

Kurzentschlossen bat Martin die fleißigen Helfer, die Koffer und den Puppenwagen vom Speicher in den Keller zu tragen.

»More?«, fragte nun Fawad. Noch mehr hatte Martin eigentlich nicht geplant, aber dann kam er auf die Idee, dass sie die Nähmaschine in den Wohnraum stellen könnten. Obwohl er auch Englisch unterrichtet hatte, wusste er nicht, was Nähmaschine hieß und wandte sich an Achim. »Weißt du, was Nähmaschine auf Englisch heißt?«

»Nein, warum?«

»Ich wollte fragen, ob sie mir die vom Speicher in den Keller tragen.«

»Musst du eh per Zeichensprache, so gut ist ihr Englisch nicht.«

»Was haben sie in Syrien denn gearbeitet? Sie sind ja irre fleißig.«

»Elvedin und Fawad haben zusammen Zahnmedizin studiert, Udai ging noch zur Schule.«

»Oh.«

»Musst kein schlechtes Gewissen haben, sie sind froh, wenn sie Beschäftigung haben und nicht den ganzen Tag über ihre beschissene Situation nachdenken müssen.«

Martin winkte allen, ihm auf den Speicher zu folgen. Dann wäre dort oben soweit ausgeräumt, und Herr Müller konnte besser weiterarbeiten. Die drei Syrer trugen die Nähmaschine so schnell herunter, dass Martin Angst hatte, sie könnten die Treppen hinunterstürzen, weshalb er wohl hundertmal »Be careful!« sagte, bis die Maschine stand, wo er sie hinhaben wollte, im zukünftigen Museumsraum. Das Nähkästchen, das wegen seines kindlichen Versprechers schon als *Nährkästchen* von seiner Mutter im Büchlein verewigt worden war, trug er selbst hinunter in den Wohnraum. Dann ging er in die Küche und bat seine Helfer, ihm zu folgen. Zum Glück hatte er genügend Bier kalt gestellt. Er holte fünf Flaschen aus dem Kühlschrank und bot sie Achim und den Syrern an.

Die Syrer schüttelten den Kopf.

»Gläubige Muslime trinken keinen Alkohol«, sagte Achim.

»Bin ich doof.«

Unschlüssig standen sie in der Küche.

»Also danke, Achim, das war wirklich nett«, sagte Martin schließlich.

»Bedank dich bei den Männern.«

Martin wandte sich zu ihnen »Thank you. Do you want coffee or water?«

»Water please«, sagte Fawad, Elvedin und Udai nickten.

Martin nahm drei Gläser aus dem Schrank, schenkte sie voll und reichte sie den Männern. Gierig tranken sie. Martin kam die Frage in den Sinn, wie er die Helfer entlohnen sollte. Indem er ihnen einfach Geld gab? Oder gab es sonst etwas, das er für sie tun konnte?

»Do you have your families with you?«, fragte er in die Runde.

»No family«, sagten Fawad und Elvedin hastig. Udai wandte sich an Achim und siganlisierte, dass er gehen wollte.

»Hab ich was Falsches gesagt?«, fragte Martin Achim.

»Udais Eltern sind im Mittelmeer ertrunken und Elvedin und Fawad wurden auf der Flucht von ihren Familien getrennt, sie wissen nicht, wo sie abgeblieben sind.«

Betroffen betrachtete Martin die Männer.

»Wir müssen dann mal wieder«, sagte Achim.

Martin begleitete sie zur Haustür, öffnete sie gedankenversunken und stand im nächsten Moment einem Polizisten gegenüber. Der nickte ihm zu. »Ich wollte gerade klingeln.«

»Bei mir?«

»Ja, sonst würde ich ja nicht vor Ihrer Tür stehen.«

»Und Sie wünschen?«

Der Polizist räusperte sich. »Uns wurde mitgeteilt, dass Sie Schwarzarbeiter beschäftigen. Diese hier zum Beispiel?« Er zeigte mit dem Finger auf die Syrer, die hinter Martin standen, als wäre er Kaufinteressent auf einem Markt, der fragte *Was kostet das da?*

Martin drehte sich zu Elvedin, Fawad und Udai um und sah in ihre Gesichter. In ihren Augen sah er Angst und Wachsamkeit. Dann wandte er sich wieder dem Polizisten zu. »Was soll das?«

»Stimmt es nun, dass Sie Schwarzarbeiter beschäftigen, oder nicht?«, fragte der Polizist.

Martin fragte sich, ob er echt war, weil in seiner Stimme so wenig Durchsetzungsvermögen mitschwang.

»Kann ich mal Ihren Ausweis sehen?«, fragte Achim, als hätte er gerade den gleichen Gedanken gehabt.

Umständlich holte der Polizist das Dokument aus der Innentasche seiner Uniformjacke. Martin beobachtete, wie Elvedin, Fawad und Udai zurückwichen und fragte sich, was sie wohl noch alles durchgemacht hatten. Ihm reichte diese Vorstellung jetzt.

»Und wenn dem so wäre?«, fragte er den Polizisten schroff.

»Dann wäre das eine Ordnungswidrigkeit.«

»Ist das teurer, als abgeschleppt zu werden?«

»Das kann ich auf Anhieb …«

»Ich kläre das Missverständnis gerne auf«, sagte Martin. »Aber zuerst möchte ich meine Schüler entlassen dürfen.« Er gab den Männern die Hand und sagte lächelnd: »See you on monday for your next lesson.« Er streckte jedem nacheinander die Hand hin. Sie schauten ihn verunsichert an, erwiderten aber den Händedruck.

»Danke, Martin«, sagte Achim und zwinkerte. »Ich helfe ihnen dann bei den Hausaufgaben.«

»Hausaufgaben?«, fragte der Polizist.

»Ja. Dieser Herr ist Lehrer in Pension und unterrichtet Geflüchtete in Deutsch. Umsonst«, sagte Achim.

»Und der Container?«

»Wir schaffen Platz für ein Klassenzimmer.«

»Ja, dann …«

»Auf Wiedersehen.« Achim bedeutete Elvedin, Fawad und Udai ihm zu folgen.

»Dann entschuldigen Sie die Störung«, sagte der Polizist. »Ich hatte gehört …«, aber er sprach nicht weiter.

Dorftratsch, dachte Martin. Das gehört wohl dazu – zum neuen Leben.

Ein paar Minuten später saß er mit einem Bier in der Hand in seinem Sessel. Er lachte über das verdatterte Gesicht des Dorfpolizisten, setzte die Flasche wieder an, trank und verschluckte sich. Was hatten sie da eben gesprochen? Ein Klassenzimmer im Haus? Um Gottes Willen. Was hatte er da angerichtet? Er setzte sich so rasch auf, dass Rudi von der Sessellehne fiel. War er von allen guten Geistern verlassen? Niemals wollte er ein Klassenzimmer im Haus einrichten. Und auch, wenn Achim das wahrscheinlich nicht wirklich erwartete, würde er doch sein Wort halten. Widersprochen hatte er nicht. Er nahm Rudi vom Boden auf und sah ihn an. Als Kind hatte er oft mit ihm gesprochen, oft Antworten erhalten, also fragte er ihn auch jetzt: »Was würdest du machen?« Eine Antwort abwartend, trank Martin einen weiteren Schluck Bier. »Was sagst du? Was man verspricht, das hält man? Habe ich das wirklich versprochen? Nur, weil ich nicht widersprochen habe?« Rudi schwieg, aber Martin verstand. Ja, man sollte sagen, was man meinte. Meinen, was man sagte. Er sagte nicht immer die Wahrheit. Wer konnte das schon? Er schwieg in der Regel, wenn ihm die Wahrheit unaussprechbar schien. Nun hatte er aber diese Worte im Beisein von Achim gesagt: *See you on monday for your next lesson.* Das fühlte sich an, als habe er nun ein Versprechen abgegeben.

Das Bier war leer. Er stand auf, um die Flasche in die Abstellkammer zum Leergut zu stellen. In der Küche sah er den Laptop auf dem Tisch liegen. Er wollte jetzt nicht mehr darüber nachdenken, was es bedeutete, wenn man etwas versprochen hatte. Er setzte sich vor seinen Laptop und fuhr ihn hoch. Mal sehen, wie es um die Lieferung der Vitrine und der Regale bestellt ist. Er fand die E-Mail mit dem Link, der die gewünschten Daten anzeigte. Wunderbar, der Schnellbestellservice funktionierte, beides würde schon am nächsten Tag ausgeliefert werden.

Das Wort Versprechen aber ging ihm nicht aus dem Kopf. Sich versprechen. Hatte er etwas versprochen, oder hatte er sich nur versprochen?

Zwölftes Kapitel
Lastloses Lachen

Martin stand in der Badewanne, hielt sich den Duschkopf über die Schulter und genoss das warme Wasser, das seinen Rücken hinunterlief. Gleichzeitig störte er sich daran, dass das Bad seiner Großmutter keine anständige Dusche hatte. Er erinnerte sich, dass nach dem Tod seiner Eltern einmal renoviert worden war, aber das lag nun auch so weit zurück. Dieses Bad hier war scheußlich und unpraktisch, das würde er als Nächstes angehen müssen. Er hielt den Schlauch hoch über seinen Kopf, da hörte er jemanden laut rufen. Es war erst kurz vor acht am Morgen. Ob die Vitrine schon ausgeliefert wurde? Martin drehte das Wasser ab, schlug sich ein Handtuch um, stieg aus der Wanne, eilte zum Fenster und öffnete es. Tatsächlich, unten vor der Tür stand ein Bote, neben ihm ein mannshoher Karton auf einer Sackkarre.

»Hallo«, rief Martin.

Der Mann sah nach oben.

»Ich komme sofort.«

Der Mann nickte kurz.

Martin zog sich in Windeseile Boxershorts, Jeans und Langarmshirt an und eilte barfuß die Treppen hinunter. Er öffnete die Tür und freute sich. »Schön, dass das so schnell ging«, sagte er.

Der Mann bat Martin, ihm den Empfang zu bestätigen und hielt ihm das Gerät für die elektronische Unterschrift hin. Martin unterschrieb, und der Paketbote fuhr die Vitrine auf der Sackkarre auf Martins Bitte hin in den Wohnraum. Martin folgte ihm.

»Stellen Sie den Karton bitte in der Mitte ab.«

Der Paketbote tat wie ihm geheißen und verabschiedete sich. Nachdem die Tür ins Schloss gefallen war, machte Martin sich daran, die Vitrine auszupacken. Als sie schließlich vor ihm stand, wusste er, dass er die richtige Wahl getroffen hatte. Großartig, war sein erster Gedanke. Die rechteckige Form mit dem hellgrauen Unterbau passte gut zum Holzfußboden. Genau mittig würde er das Büchlein unter das Glas legen, eine Halterung für ein Buch war dabei. Er räumte das Verpackungsmaterial in eine große Mülltüte und schnitt schließlich den Karton rundherum ab. Alleine konnte er die Vitrine nicht anheben, so musste sie zunächst auf dem letzten Stück Pappe stehen bleiben. Nun rückte er den Lesesessel in Position. Rechts konnte er noch immer zur Terrassentür hinaus in die Natur schauen, halb links auf die Vitrine – ja, so war es gut.

Die Regale wurden am Nachmittag geliefert.

Zunächst schimpfte er, weil das Auspacken schon so viel Zeit raubte. Was dann vor ihm lag, war kein Regal, sondern Regalbretter, die er selbst zusammenschrauben und dann aufstellen musste. Er lehnte ein beinahe zimmerhohes Brett an die Wand und fragte sich, wie er das ohne Hilfe bewerkstelligen sollte. Nach kurzer Überlegung probierte er, den untersten Regalboden anzubringen, aber er konnte die einzelnen Teile nicht aneinanderhalten und gleichzeitig schrauben. Er schwitzte und fluchte, der Schraubendreher rutschte ab, schon war die erste Macke im Holz. So ging das nicht. Zwei Hände waren zu wenig. Doch er wollte unbedingt, dass die Regale nun standen, weshalb er zu seinem Smartphone griff. Zunächst fiel ihm Hendrik ein, doch dann dachte er, dass das keine gute Idee sei, der Junge hatte genauso wenig ein handwerkliches Geschick wie er. Er überlegte und wunderte sich dann selbst, dass er nicht schneller drauf gekommen war. Paule. Er rief ihn an.

Schon eine Stunde später klingelte es. Rasch ging Martin an die Tür und öffnete. »Paule, ich freue mich. Toll, dass du kommen konntest.«

»Konnte? Ich wollte.«

»Oh, der Herr legt Wert auf die Sprache.«

»Witzbold.«

Sie gingen ins Haus.

»Dann zeig mal her«, sagte Paule und krempelte die Ärmel hoch.

»Ich hab so weit alles ausgepackt.«

Paule ging in den Wohnraum, Martin hinterher.

»Typisch Martin.«

»Was meinst du?«

Paule zeigte auf den Fußboden, auf dem Martin die Materialien ausgebreitet hatte.

»Alles gut sortiert.«

Nach zwei Stunden standen die Regale genauso, wie Martin es sich vorgestellt hatte über Eck an zwei Wänden. Seine Vorbereitung und Paules Geschick hatten die Arbeit leicht gemacht. Jetzt standen sie im Raum und sahen sich ihr Werk an.

»Und jetzt?«, fragte Paule.

»Die Vitrine.«

»Was ist mit der?«

»Die muss beiseitegeschoben werden, darunter ist noch Pappe.«

Paule packte direkt an. »Ach, du Scheiße.«

»Warte, ich helfe dir.«

»Ich dachte, ich helfe dir.«

Martin sah ihn irritiert an.

»Da merkst du mal, wie das ist, wenn einer jedes Wort so genau nimmt.« Paule lachte.

Martin lachte auch und freute sich, dass er das konnte. Lachen. Einfach so. Immer wieder lachen. Paule war ein guter Freund.

Nachdem sie unter Ächzen und Stöhnen das restliche Verpackungsmaterial unter der Vitrine entfernt hatten, holte Martin zwei Bier aus dem Kühlschrank, öffnete sie und ging damit auf Paule zu.

»Prost, mein Freund!«

Paule nahm Martin eine Flasche ab und stieß mit ihm an. »Na, denn Prost.«

»Jetzt koche ich uns was«, sagte Martin.

Was gibt's?«

»Spaghetti mit Pesto.«

»Genehmigt.«

Martin ging in die Küche.

»Darf ich mich mal im Haus umsehen?«

»Klar«, sagte Martin. Paule war so selbstverständlich gleich an die Arbeit gegangen, er war gar nicht auf die Idee gekommen, ihm das Haus zu zeigen. »Pass nur auf, wenn du auf den Speicher gehst, die Leiter ist nicht besonders stabil.«

»Wenn sie dich aushält ...«

»Hau ab«, sagte Martin und tat, als schmisse er ihm sonst den Spaghettikochtopf, den er gerade aus dem Schrank geholt hatte, hinterher.

»Das war lecker«, sagte Paule nach dem Essen und wischte sich mit dem Handrücken über den Mund.

»Da liegt auch eine Serviette.«

»Überflüssig, ist schließlich kein Candle-Light-Dinner.«

»Noch ein Bier?«

»Und einen Kurzen, bitte schön. Fahren kann ich dann aber nicht mehr.«

»Dann schläfst du hier.« Martin hatte schneller geredet, als er denken konnte. Während Paules Blick in den Wohnraum wanderte, fragte sich Martin, wie er auf diese für ihn ganz und gar untypische Einladung gekommen war. Hatte das eine Bier seine Zunge gelockert?

»Und wo steht die Couch, auf der ich schlafen soll?«

Martin überlegte. Es gab nur sein Bett und das Bett, in dem einst seine Eltern, später seine Großmutter, geschlafen hatten, sonst keine weitere Schlafgelegenheit. Er wollte nicht, dass Paule darin lag. Dieses Bett wollte er ohnehin loswerden, hatte es bisher aber nicht geschafft. Die restlichen Großmutter-Möbel wohnten im Flüchtlingsheim oder waren zerstückelt im Container gelandet.

»Du kannst in meinem Bett schlafen.«

»Und du?«

»Ich nehme meinen Sessel.«

»Soll ich nicht den Sessel ...«

»Nein!«

»Du bist schon eigenartig.«

»Weil ich kein Gästebett habe?«

»Das meine ich nicht.«

Martin schaute Paule fragend an.

»Ein Wort-Raum, was soll das sein?« Paule sah vom Küchentisch aus durch die offen stehende Flügeltür in das ehemalige Wohnzimmer von Martins Großmutter hinüber.

»Ein Raum für Worte.«

»Kein Raum für Freunde also.«

Worte sind meine besten Freunde.

»Na, dann zum Wohl, würde ich sagen.« Paule griff nach der Bierflasche, sie war leer.

»Moment.« Martin stand auf und holte zwei weitere Bier aus dem Kühlschrank. Er stellte sie auf den Tisch, und schneller, als er nach dem Öffner greifen konnte, entfernte Paule die Kronkorken mit seinem Feuerzeug.

»Irgendwie sieht der Raum ja cool aus. So viel Platz. Geiler Holzfußboden. Und wenn ich mir die Regale erst mal mit Büchern gefüllt vorstelle ...«

»Da werde ich keine Bücher einsortieren.«

»Aber da stehen sie doch kistenweise.« Paule deutete auf die Stapel, die an der Wand gegenüber der Regale fast bis zur Decke reichten.

»Die Bücher kommen in mein Wohnzimmer auf dem Speicher, wenn es so weit ist.«

»Wieso willst du eigentlich auf dem Speicher wohnen?«

Das war Frau Mays Idee.

»Wohnen, was heißt das eigentlich?«

»Couch, Bier und Sportschau zum Beispiel.«

»Couch ja, Sportschau nein. Bier manchmal und gute Filme immer.«

»Und für was habe ich dir die Regale hier unten aufgebaut?

»Keine Sorge, die Regale bleiben hier unten stehen.«

»Für was?«

»Ich werde besondere Worte hineinstellen.«

»Für diesen SecondWord-Laden?«

Martin nickte.

»Was ist denn ein besonderes Wort?«

Martin überlegte. »Besondere Worte sind Worte, die klingen und Bilder hervorrufen.«

Paule hob die Bierflasche an und hielt sie über den Tisch. »Prost.«

Martin stieß mit ihm an.

»Das klingt und schmeckt. Und wenn ich genug davon trinke, ruft es auch Bilder hervor«, sagte Paule.

Sie lachten. Paule liefen bald Lachtränen aus den Augen, er wischte sie weg, leichtfertig, weil er genug im Speicher hatte, so vermutete Martin und beobachtete ihn. Lachtränen gehörten für Martin in die Zeit vor dem Unfall. Jetzt, da er Paules Lachtränen sah, stieg eine Sehnsucht in ihm auf, so befreit lachen zu können wie Paule. Lastlos laut lachen. Aber genau das konnte man ja nur, wenn es nichts gab, das auf einem lastete. Er trank noch einen Schluck, wandte seinen Blick von Paule und sah auf die Vitrine im Wohnraum. Er wurde ernst.

»Was ist dein Lieblingswort?«

Paule fummelte mit dem Daumennagel das Etikett von der Bierflasche. »Hab keins.«

»Denk nach.«

Paule legte die Stirn in Falten, kratzte sich am Kopf und sagte schließlich: »Fraukohol.«

»Was soll das sein?«

»Frauen und Alkohol in einem Wort. Dinge, die das Leben schön machen.«

»Frauen sind keine Dinge, das kannst du nicht in einen Topf schmeißen, aber die Wortschöpfung …«

»Sag mal Martin, wie viel Bier musst du eigentlich trinken, um mal locker zu werden? Das hält ja kein Mensch aus. Und schon gar keine Frau.«

Martin wollte gerade einwenden, dass Frauen Menschen seien und die Formulierung deshalb nicht korrekt war, da kam er sich plötzlich so albern vor, dass er lachen musste. »Fraukohol«, wiederholte er, lachte und schlug sich auf die Schenkel.

Er lachte und lachte und lachte und dann spürte er das Feuchte in seinen Augen. Aber waren das wirklich Lachtränen? Oder war das Lachen und Tränen? Gab es das eine überhaupt ohne das andere?

Kurze Zeit später überließ er Paule sein Bett und sank mit einer Wolldecke in den Lesesessel. Die Kurzen, die auch er getrunken hatte, würden sich rächen am nächsten Morgen, befürchtete er. Aber jetzt war jetzt, er saß in einem mondbeschienenen Raum für Worte und kam sich vor wie ein Museumsbesucher bei der langen Nacht der Museen. Er könnte sie fortan genießen, ohne mit einem Besucherstrom, der nicht an den Museumsstücken, sondern nur an der langen Nacht interessiert war, teilen zu müssen. Lange saß er wach, erst im Morgengrauen überkam ihn der Schlaf. Sein letzter Gedanke galt dem Wort SecondWord-Laden, den Paule wieder aufgegriffen hatte.

Am Sonntag stand Martin mit den ersten Sonnenstrahlen auf. Endlich hell. Im Bad fragte er sich, ob er von Urlaub geträumt oder nur die ganze Nacht darüber nachgedacht hatte. Eigentlich wollte er keinen Urlaub machen, vielmehr wollte er nicht anwesend sein, wenn Handwerker in seinem Domizil lärmten. Warum um alles in der Welt sollte er sich das antun? Er würde irgendwohin fliehen, wo die Sonne schien und die Luft gut war zum Spazierengehen. Es musste ja nicht weit weg sein, so dass er vorbeischauen konnte, wenn Herr Müller ihn brauchte. Er hätte ein paar Tage Ruhe.

Unten in der Küche kochte er sich einen Kaffee. Dabei genoss er seine besonderen Räumlichkeiten. Die Wohnküche, die ähnlich einem Museumsstück ihre Geschichten erzählte und im Übergang der angrenzende Wohnraum, der nun tatsächlich ein Museum war. Sein privates Wörtermuseum. Ein Wohnwortmuseum. Oder Wortwohnmuseum. Es fehlten noch ein paar Ausstellungsstücke, aber die fanden sich bestimmt mit der Zeit. Er jedenfalls bekam intensiv Lust, wieder besondere Worte aufzuschreiben. Warum auch nicht? Wenn das Wohnzimmer auf dem Speicher renoviert wäre, würde er dort oben unter dem Dachfenster sitzen und seine Gedanken zu Papier bringen. Er brauchte nur endlich Ruhe. Zum Denken, zum Lesen, zum Leben. Mit dem Kaffee in der Hand ging er ins Obergeschoss hinauf, stellte ihn kurz auf dem Fußboden ab und klappte die schmale Leiter zum Speicher herunter. Er wollte sich sein zukünftiges Wohnzimmer in Ruhe anschauen, es auf sich wirken lassen, damit er eine Antwort bekäme, ob er seinen Schreibtisch, der in Großmutters Schlafzimmer parkte, hier heraufbringen lassen, oder ob er doch den Schreibtisch seiner Mutter unten nutzen sollte. Voller Vorfreude auf etwas Neues betrat er mit dem Kaffee wieder in der Hand die erste Stufe und dachte dabei an Hermann Hesse, da rutschte er ab und stolperte nach hinten. Mist verdammter, was ist mit meinem Bein, fragte er sich, denn es gehorchte ihm nicht, er verlor das Gleichgewicht und fiel hin. Dabei schwappte der heiße Kaffee über, Martin ließ die Tasse fallen, sie ging zu Bruch. Da lag er nun auf dem morgenkalten Fliesenboden. Sein linker Arm tat weh. Er war auf ihn gefallen, hatte wohl versucht, sich abzustützen. Vorsichtig richtete er sich auf. Ein Glück, der Rücken tat nur ein bisschen weh. Jetzt bewegte er die Beine. Aber das linke wollte nicht, er hatte kein Gefühl darin. Oh Gott, dachte er und sah sich um. Wie soll ich hier wieder hochkommen? Mit der Hand tastete er das Bein ab. Nichts. Ich muss Hilfe holen. Seine kaffeeverschmutzten Handflächen wischte er an seiner Jeans ab und holte das Smartphone aus seiner Hosentasche. Wen soll ich überhaupt anrufen, fragte er sich und ärgerte sich über seine Hilflosigkeit. Erneut versuchte er sich über den Vierfüßlerstand aufzurichten. Aber das linke Bein kribbelte so fürchterlich. Plötzlich war da eine Angst, die seinen Puls beschleunigte. Sie war größer als jedes vernünftige Denken. Er wählte die Notrufnummer. Schon nach dem zweiten Klingeln fragte ihn eine männliche Stimme: »Wie kann ich Ihnen helfen?«

Martin atmete erleichtert auf.

»Hallo, wer ist am Apparat?«

»Mein Name ist Martin Wachs. Ich bin gestürzt.«

»Wo sind Sie? Haben Sie Schmerzen?«

»Mein linkes Bein kribbelt so komisch, und ich kann nicht aufstehen.«

»Kann Ihnen jemand helfen? Sind Sie zu Hause?«

»Ich bin in meinem Haus, ich lebe alleine.«

»Haben Sie Nachbarn, die dem Notarzt die Tür öffnen können?«

»Nein.«

»Und Sie können wirklich nicht aufstehen, richtig?«

»Warten Sie.« Martin legte das Smartphone beiseite, weit genug weg, dass es von der Kaffeelache nicht erwischt wurde und versuchte noch einmal, sich aufzurichten. Jetzt funktionierte es. Er hielt sich an der Leiter und bewegte beide Beine. Dann bückte er sich vorsichtig nach dem Smartphone. »Fehlalarm, es geht schon wieder.«

»Sind Sie sicher?«

»Ja.«

Der Rettungsassistent am Telefon sagte ihm, er könne jederzeit wieder anrufen, man würde dann einen Arzt vorbeischicken. Er gab ihm noch den Rat mit auf den Weg, baldmöglichst den Hausarzt zu konsultieren. Martin bedankte sich und legte auf. Was für ein beschissener Start in den Sonntag. Am liebsten hätte er die Sauereien um sich herum weggezaubert. Aber es half nichts, mühsam kam er in die Höhe und besah sich die Misere. Ihm war danach, das Smartphone auf die Fliesen zu feuern oder gegen die Leiter zu treten, aber er tat beides nicht. Das Einzige, das er sich erlaubte, war, das Wort Scheiße nicht nur zu denken, sondern es laut auszurufen. »Scheiße, Scheiße, Scheiße.«

Als Martin am nächsten Morgen aufstand, tat ihm sein Bein noch immer weh. Außerdem meldete sich der Rücken zu Wort. Er fühlte sich wie ein Achtzigjähriger, als er die Treppe hinunterging in die Küche. Statt mit einem Kaffee, startete er mit einer Schmerztablette und einem Schluck Wasser in den Montagmorgen. Dann kochte er Wasser und füllte die Wärmflasche. Er nahm sie mit zu seinem Sessel, setzte sich und legte sie sich in den Rücken. Hoffentlich war in einer halben Stunde alles besser. Er seufzte. Vielleicht musste er sich nur mehr bewegen. Ob er einen Spaziergang wagte? Irgendwann einmal hatte er gehört, man könne Schmerzen wegatmen. Dazu reichte seine

Vorstellungskraft nicht. Er konnte sich aber vorstellen, dass seine Muskeln sich beim Gehen aufwärmten, entspannten, und der Schmerz dadurch geringer wurde. Er musste ihn bei den ersten Schritten einfach ignorieren. Wegdenken statt wegatmen.

Nach zwanzig Minuten erhob er sich langsam von seinem Sessel und setzte vorsichtig einen Fuß vor den anderen. Im Flur nahm er seine Jacke vom Treppengeländer und wollte den Schirm holen, aber dann merkte er, dass er nicht da war. Ihm fiel ein, dass er ihn in der Physiotherapiepraxis liegen gelassen hatte. Wohl oder übel musste er freihändig gehen. Als er vor die Tür trat, stimmte ihn das Rotkehlchen, das gegenüber im Efeu saß, milde.

Meterweise entfernte er sich von seinem Haus, blieb aber immer wieder stehen. Die Schmerztablette wirkte nicht, und auch die Wärmflasche hatte nicht geholfen. Er ignorierte das und ging weiter. Manchmal war er stur. Weit kam er nicht. Ihn verlangte nach Halt. Ein Bauzaun bot sich an, er betrachtete Arbeiter, wie sie ein Gerüst aufbauten. »Hier entsteht ein Mehrfamilienhaus« stand auf einem Plakat neben der ausgehobenen Baugrube. Ein Bauarbeiter warf den Schlagbohrer an und vertrieb ihn. Schweren Herzens setzte er seinen Weg fort zur Praxis von Frau Doktor Janitsch und hoffte auf eine Spritze, die die Blockade beseitigte.

Ohne Spritze, dafür mit der Adresse eines Orthopäden, verließ Martin die Praxis schon zehn Minuten später wieder. Vielleicht konnte er den Termin beim Amtsarzt doch umgehen. Ob er es schaffte, dass ein Orthopäde ihn arbeitsuntauglich schrieb? Es ging ihm zwar nicht gut mit diesem Gedanken, denn schließlich war er nicht arbeitsuntauglich, sondern nur des Lehrerdaseins müde. Trotzdem fand er ein Ausscheiden aus dem Beruf aus orthopädischen Gründen akzeptabel.

An seinem Haus angekommen, ging er an der Haustür vorbei in den Garten, vielleicht munterten ihn die Blumen dort auf, vielleicht erfrischte ihn die Frühlingsluft. Er mochte doch diesen Duft so. Er setzte sich auf die alte Gartenbank und machte seinen Rücken rund. Das tat gut. Er atmete auf. Dann sah er sich um. Tulpen und Mohnblumen hatten ihre Blüten entfaltet, die Zwergmagnolie sah aus, als sei sie aufgeplatzt. Farben fabulierten flüsternd. Seine Schmerzen allerdings waren im Vergleich dazu laut. Lauter als die Vogelstimmen. Resigniert ging er hinein. Er wollte jetzt den Urlaub buchen. Bestimmt würde er sich im Schwarzwald gut erholen können. Im Internet suchte er die Telefonnummer des Hotels heraus, in dem er früher oft gewesen war und rief dort an.

»Und Sie wollen ganze vierzehn Tage über Pfingsten bei uns verbringen?«, fragte die Empfangsdame des Hotels am Telefon.

Am liebsten hätte Martin darauf hingewiesen, dass er es normal fand, ganze und nicht etwa halbe oder viertel Tage an einem Urlaubsort verbringen zu wollen.

»Ist das nicht möglich?«

»Theoretisch schon. Ich schaue, ob noch etwas frei ist. Waren Sie schon einmal bei uns?«

»Oft, aber das liegt ein paar Jahre zurück.« Er wartete und versuchte sich zu erinnern, wie es damals ausgesehen hatte in diesem Hotel im Schwarzwald, in dem er mit Maria viele Male ein verlängertes Wochenende verbracht hatte.

»Hören Sie? Für diese Zeit kann ich Ihnen nur das etwas teurere Komfort Doppelplus anbieten, alles andere ist bereits ausgebucht.«

»Dann buchen Sie das bitte.«

Nachdem er seine E-Mail-Adresse für die Buchungsbestätigung durchgegeben hatte, legte Martin auf und schaute auf den Kalender, den er an den Kühlschrank geklebt hatte. Nach drei Wochen Wohnen in Großmutters Haus, einer Baustelle auf dem Speicher und ständigen Rückenschmerzen erschienen ihm zwei Wochen Urlaub in einem sogenannten Wellnesshotel – Komfort Doppelplus, was auch immer das heißen mochte – wie das Paradies auf Erden. Weil ihm nach einer Erfrischung war, öffnete er den Kühlschrank. Im Seitenfach stand eine Flasche Orangensaft, er bückte sich, griff danach, und als er nach oben kommen wollte, fuhr es ihm so heftig in den Rücken, dass er sie fallen ließ. Er spürte zwar seine Beine, aber es war ihm unmöglich, wieder in die Höhe zu kommen. Er schaffte es gerade so, die Kühlschranktür zu schließen, dann stützte er sich auf der Arbeitsfläche neben dem Kühlschrank ab. In gebeugter Haltung blieb er stehen und wartete. Aber der Schmerz verging nicht, er brauchte Hilfe.

Manchmal ist es nötig, Hilfe anzunehmen.

Zum Glück hatte er das Smartphone in der Hosentasche, er nahm es und wählte Frau Mays Nummer.

Martin stand noch immer neben dem Kühlschrank und fragte sich, wie er zur Tür kommen sollte, da klingelte es schon. Gebeugt und im Gänseschritt, wie ein uralter Mann mit Buckel, schleppte er sich bis zur Tür.

»Hallo Herr Wachs, Sie Armer«, sagte Frau May.

Er hielt sich am Türgriff, als sie eintrat.

»Sie können sich auf meinem Arm abstützen.«

»Danke.« Trotz Schmerzen nahm Martin ihren angenehmen Duft nach Orangen wahr.

»Am besten, Sie setzen sich in der Küche auf einen Stuhl.«

Frau May half ihm. Er stöhnte, aber jetzt auf dem Stuhl spürte er ein wenig Erleichterung.

»Wie ist es, wenn Sie den Kopf auf den Tisch in ihre Arme legen?«

Martin probierte es. »Ganz gut.« Frau May berührte seinen Rücken. Oh wie gut ihre Hände doch taten. Sie sprach davon, dass sie so oder so Hausbesuche machte, dass er wahrscheinlich eine Blockade hätte, ein Besuch beim Orthopäden unumgänglich sei, ebenso ein MRT, um anderes auszuschließen, sie wolle ihre Kompetenz aber nicht überschreiten …

Er hörte ihre Worte bruchstückweise, ihre Berührung aber spürte er im Ganzen. War er so erleichtert, so empfindsam, weil sie mit wenigen Handgriffen dafür gesorgt hatte, dass er wieder durchatmen konnte, weil ihn die Schmerzen nicht mehr einzwängten?

»So ist es gut. Tief ein- und ausatmen.«

Er dachte wieder an die für ihn fragwürdige Aussage, Schmerzen wegzuatmen.

»Natürlich kann ich Sie in meiner Praxis besser behandeln. Aber ich denke, fürs Erste bekomme ich das hin, zumindest so, dass Sie in der Lage sind, zum Orthopäden zu gehen.«

»Gibt es im Dorf einen?«

»Leider nicht. Sie müssen in den Nachbarort. Dort hat Doktor Schuster seine Praxis. Ihre Großmutter war auch bei ihm, als sie noch mobil war.«

Großmutter. Martin versuchte, sich auf Frau Mays Hände zu konzentrieren.

»Ihre Großmutter …«

»War eine Hexe.«

Jetzt war es raus. Die Hände auf seinem Rücken massierten nicht mehr. Sie streichelten.

»Das wusste sie.«

»Wie bitte?«

Sie hat nie viel gesprochen.

»Ich habe sie einige Jahre behandelt. Sie hat viel erzählt von früher. Und in der letzten Zeit vor allem von Ihnen, ihrem fantastischen Enkel.«

Martin richtete sich auf. Tatsächlich ging das schon wieder. Frau May trat zurück. Martin wandte sich um und sah sie an. Sie fuhr fort: »Ihre Großmutter sagte, sie habe viele Fehler gemacht. Alle nur denkbaren Fehler. Sie habe ihre Trauer auf Sie abgeladen, weil die Last für sie zu schwer gewesen war, um weiterleben zu können.«

»Das hat meine Großmutter gesagt?«

»Ja.«

»Sind Sie sicher?«

»Warum sollte ich das erfinden?«

Da hatte sie recht.

»Darf ich Sie etwas fragen?«

Martin wich ihrem Blick aus. Er fühlte sich nackt. Frau May schien so viel über ihn zu wissen.

»Hatten Sie früher schon Rückenschmerzen?«

»Nein, erst seit ich hier bin.«

»Aha.«

»Mit Mitte fünfzig sollte man wohl nicht mehr renovieren.«

»Es muss nicht am Renovieren des Hauses liegen. Man kann ja auch sein Leben renovieren.«

»Kann man?« Eigenartig, dass er nachfragte. Normalerweise tat er so eine Äußerung unter Esoterik ab.

»Viele Menschen leiden unter Rückenschmerzen, weil sie Lasten anderer tragen.«

»Wollen Sie sich nicht setzen?« Martin war verlegen, weil ihm nichts einfiel, was er hätte erwidern können, außer, dass er so etwas nicht glaubte. Aber er brachte es nicht fertig, Frau May das zu sagen. Warum nur, fragte er sich.

»Gerne.«

Nun saß sie ihm gegenüber.

»Bestimmt ist es nicht leicht für Sie gewesen als Kind.«

»Nein.«

»Bestimmt tauchen viele Erinnerungen jetzt wieder auf.«

»Ja.«

»Warum wollen Sie eigentlich hier einziehen?«

»Ich habe das Haus geerbt.«

»Das beantwortet meine Frage nicht.«

Martin schwieg.

»Ich wollte Ihnen nicht zu nahetreten. Es ist nur …«

»Sagen Sie ruhig.«

»Ich kannte Ihre Großmutter so lange. Sie hat wirklich geschwärmt von Ihnen. Schließlich habe ich sie dann gefragt, warum Sie nie zu Besuch kommen.«

»Und was hat meine Großmutter geantwortet?«

»Dass Sie es beide nicht verkraftet haben, den Unfall damals. Was genau passiert war, wollte sie aber nicht erzählen. Das könne sie nicht.«

Unfall. Natürlich konnte man einen Unfall verkraften. Was er nicht verkraftet hatte, war der Verlust seiner Mutter. In so jungen Jahren. Was an ihm bis heute nagte, war ein ständiges

Gefühl des Schuldbewusstseins. Schließlich waren die Eltern nur wegen ihm ins Auto gestiegen.

»Das mag wohl stimmen.«

»Wissen Sie, Herr Wachs, ich bin ja froh, dass ich keine Kinder habe. Ich glaube, ich habe schon mal erwähnt, dass ich viele Nichten und Neffen habe.« Sie nahm die Finger und zählte nach. »Sechs Nichten, vier Neffen, drei Großnichten, drei Großneffen.« Sie stöhnte. »Und die liebe ich, als wären es meine eigenen Kinder. Wenn Mia krank ist oder Noah traurig, dann geht mir das so ans Herz, dass ich es mir nicht vorzustellen wage, wie man es als Mutter aushält, wenn das eigene Kind leidet. Ich kann es nur erahnen. Was ich mir aber noch viel, viel weniger vorstellen kann, ist, wie es wohl sein mag, das eigene Kind zu Grabe tragen zu müssen. Soweit ich weiß, musste Ihre Großmutter das, ihr eigenes Kind begraben.«

Martin erschienen ihre Augen nun deutlich größer. Was wollte sie noch sagen? Als sie seinen Blick bemerkte, schaute sie weg. Schließlich drehte sie sich aber wieder zu ihm und sah ihm in die Augen.

»Ausschließlich wegen Ihnen hat sie weitergelebt und bis zu ihrem letzten Atemzug bereut, ihre Trauer auf Ihnen abgeladen zu haben. Manchmal stößt man von sich, was einem am liebsten ist, aus Angst, vor lauter Liebe bliebe einem der Atem weg.«

Am Mittwochvormittag kam Hendrik. »Wow«, sagte er, als er Martins Wörtermuseum betrat, obwohl außer dem ausgestellten Büchlein in der Vitrine und leeren Regalen nichts zu sehen war.

»Wieso kommst du jetzt schon? Es ist erst elf, hast du keinen Unterricht?«

»Frau Hamm vertritt dich.«

Martin lief hinter Hendrik her. Eigentlich hatte er im Sessel sitzen und lesen wollen. *Tschick* von Wolfgang Herrndorf, das er mit Hendrik besprechen wollte. Aber eben nicht jetzt.

»Und warum bist du jetzt nicht in der Schule bei Frau Hamm?«

»Warum sollte ich da hingehen, wenn ich auf dich gar nicht verzichten muss?«

Hendrik schaute in die Vitrine, lief um sie herum, dann sah er zu den Wänden. »Die Regale sind ja leer.«

»Noch.« Diese Unverfrorenheit hatte er Hendrik gar nicht zugetraut. Hätte er ihm nicht den kleinen Finger geben sollen?

»Und wenn ich nicht dagewesen wäre? Wir waren für den Nachmittag verabredet.«

»Bist ja da und kannst mir sowieso mehr beibringen.«

Martin fiel nichts mehr ein, was er hätte erwidern können. Er fühlte sich geschmeichelt und spürte eine Wärme, die in den Kopf stieg. Bestimmt wurde er rot. Hastig wandte er sich von Hendrik ab und ging in den Flur. »Dann lass uns halt jetzt ins Café rübergehen. Ich hole nur schnell meinen Geldbeutel«, sagte er und ging nach oben. Er hatte eine frische Jeans angezogen, die alte lag noch in seinem Bett, in der Hosentasche steckte der Geldbeutel.

Unordentlich war es hier. Er musste sich um eine Putzfrau kümmern. Selbst war er nicht der Typ, der den Putzlappen regelmäßig schwang. Und das sollte ich auch nicht tun, dachte er, als er sich nach der Jeans bückte und sein Rücken schmerzte.

»Wir können gehen«, sagte er, als er wieder sein Wörtermuseum betrat, in dem Hendrik immer noch verweilte.

Hendrik und er hatten beschlossen, ihre mittwöchentlichen Literaturgespräche im Café zu führen, weil Hendrik das Stimmengewirr dort so mochte, das Geschirrgeklapper, außerdem den Duft nach Kaffee und Gebäck. Martin hätte auch gerne mit Hendrik am Küchentisch gesessen. Aber Hendrik behauptete, in einem Café würden seine Sinne mehr angesprochen. Er wollte Schriftsteller werden. »Dazu brauche ich das Leben draußen.« Und da Martin Gefallen daran fand, Hendrik auf dem Weg zum Schriftsteller zu begleiten, hatte er sich darauf eingelassen.

»Hast du gehört, Hendrik, ich bin soweit.«

Hendrik stand vor der Vitrine und sah hinein.

»Schenkst du mir ein Wort?«

Martin trat zu Hendrik. »Worte gehören niemandem.«

»Ich find's ja obercool, dass du meine Idee aufgegriffen hast und dieses tolle Wörterbuch sichtbar machst, aber warum hast du die Worte weggeschlossen?«

»Es reicht, wenn man die Worte liest. Anfassen ist überflüssig.«

»In der Vitrine kann man aber nur zwei Seiten sehen.«

»Ich öffne sie regelmäßig und blättere um.«

»Dann darfst also nur du die Worte anfassen?«

»Wer denn sonst? Das Büchlein ist alt, ich will einfach nicht, dass irgendjemand aus Versehen eine Seite herausreißt. Ich unterstelle ja keine Absicht.«

»Und wer soll diese Nicht-Absicht haben?«

»Ich verstehe nicht.«

»Glaube ich nicht.«

Martin schwieg und vermied es, Hendrik anzusehen.

»Glaubst du, ich würde mir eine Seite herausreißen, oder das Buch gar stehlen?«

»Nein, natürlich nicht.«

»Wer dann?«

Martin starrte auf das aufgeschlagene Büchlein in der Vitrine. Die Worte *verleinigt* und *dunkelstumm* stachen ihm ins Auge.

»Siehst du?«, sagte Hendrik »Es gibt niemanden. Und genau das meine ich. Da kannst du lange schimpfen, dass die Menschen von Sprache keine Ahnung haben. Wenn du ihnen nicht die außergewöhnlichen Worte zeigst, wie sollen sie es dann begreifen?«

»Wieso hast du mir eigentlich im Unterricht zugehört und die anderen nicht?«

»Das musst du die anderen fragen.«

»Ich frage aber dich, warum du mir zugehört hast.«

»Damit wir zu zweit waren.«

»Ich verstehe nicht.«

»Lehrer und Schüler, das sind zwei Teile, wenn du so willst. Einer gegen viele und ...«

»Ich wollte kein Gegengewicht bilden.«

»Ist aber so. Auf der einen Seite steht der Lehrer, auf der anderen die Schüler. Singular gegen Plural.«

»Im Ernst? Toll formuliert übrigens, solltest Schriftsteller werden.« Martin grinste.

»Danke. Mich interessiert das halt alles.«

»Warum begreifen das nicht alle?«

»Man muss ein Teil von etwas sein.«

»Und wir sind Einzelteile, meinst du?«

»Klar.«

Eine Pause entstand.

»Lass uns jetzt gehen«, sagte Martin.

Auf dem Weg ins Café schwiegen sie. Doch kaum traten sie in die Atmosphäre des Miteinander ein, legte Hendrik wieder los.

»Warum hast du uns so was nicht im Deutschunterricht vermittelt?«

»So was?«

»Worte sammeln; selbst lesen, statt Interpretationen konsumieren und in Klausuren eins zu eins wiedergeben; selbst Gedichte schreiben statt ...«

»Lehrpläne. Vorschriften.« Martin benutzte den Plural absichtlich.

»Warum hast du dich daran gehalten?«

Was sollte er antworten? Er gestand sich ein, dass er sich jetzt herausredete. Die Lehrpläne waren nicht ganz so starr, wie er es jetzt gerne gehabt hätte, um sein aufkommendes schlechtes Gewissen zu beruhigen. Er steuerte den Zweiertisch an, der seinem Gefühl nach bald den Status eines Stammplatzes bekam.

Hendrik setzte sich zuerst und sah fragend zu Martin auf. Was wollte er von ihm hören? Dass er Angst hatte, dass er zu früh aufgegeben hatte; dass es zu spät war, es noch einmal zu versuchen; dass er das gar nicht wollte. Er seufzte und setzte sich.

Die Bedienung kam und nahm die Bestellung auf. Zwei Kaffee.

»Hast du eine Idee für einen Abischerz?«

Martin war überrascht, aber froh über den Themenwechsel. Aus Hendriks Mund hätte er so eine Frage nicht erwartet. Abischerz. Das schrieb er anderen zu.

»Als Lehrer soll ich mir einen Abischerz überlegen?«

»Du bist doch kein Lehrer mehr.«

»Ich fand das mit den Luftballons gefüllte Schulgebäude inklusive Lehrerzimmer letztes Jahr klasse. Oder die zugehängten Fenster und die abgeklebten Lichtschalter. Da sind auch die im Dunkeln getappt, die das selbst bei Licht tun.«

Hendrik lachte herzhaft. »Dieses Jahr gibt es aber ein Problem, weil sich Frau Steifenbacher letztes Jahr das Bein gebrochen hat, als sie wegen der Luftballons die Treppen hinabstürzte.«

»Ich weiß, die Konsequenz ist, dass Abischerze nun außerhalb des Schulgebäudes stattfinden müssen.«

»Da kann man sich aber auch das Bein brechen.«

»Stimmt. Aber nachdem das in der Presse war, musste die Schulleitung ja irgendwie reagieren. Seither darf eben kein Lehrer oder Hausmeister mehr vor Schulbeginn den Abiturienten für ihren Abischerz aufschließen. Warum willst du …«, Martin stockte.

»Will ich was?«

»Ach nichts.«

»Red ruhig weiter. So ein Streber wie ich, der organisiert keinen Abischerz. Ich weiß.«

Martin sah auf seine Fingernägel. »Tut mir leid.« Er berührte Hendriks Hand, Hendrik zog sie weg und sah aus dem Fenster.

»Wo bleibt denn der Kaffee?«, fragte Hendrik.

Martin wollte ihm unbedingt etwas Nettes sagen und grübelte. Er fand, Hendrik war ein toller Kerl. Sicher machten bei den Mädchen andere Jungs das Rennen, aber letztendlich kam man rennend schneller aus der Puste als in gemäßigtem Tempo.

»Du bist einer, der seinen Weg geht.«

»Eine Floskel.«

»Auf dich trifft sie zu. Andere rennen und kommen nicht ans Ziel. Oder hast du schon mal jemanden davon sprechen hören, dass er seinen Weg rannte?«

»Sie schenken wirklich jedem Wort Aufmerksamkeit.«

»Waren wir nicht per du?«

»Hatte ich vergessen.«

Die Bedienung brachte den Kaffee.

»Danke«, sagte Martin und führte die Tasse zum Mund. Bevor er einen Schluck nahm, sah er Hendrik an und sagte: »Die Sprache verdient unsere Aufmerksamkeit. Jedes einzelne Wort.« Dann trank er, stellte die Tasse ab und lehnte sich zurück.

»Was ist das Geheimnis eines guten Romans?«

»Möglicherweise gibt der Schriftsteller jedem Wort eine Chance.«

»Nur eine?«

»Ohne die eine, die erste, gäbe es keine zweite. Sag, was hältst du von einem SecondWord-Laden?«

»Was soll das denn sein?«

Warum erzählte er Hendrik jetzt davon?

»Ein Laden, in dem man Worte abgeben kann, die man nicht mehr braucht.«

»Und dann?«

»Der Ladeninhaber hütet die Worte und gibt sie an Menschen heraus, denen Worte fehlen.«

»Und der Ladeninhaber bist du? Klingt nach einem Einkaufsshop für Schriftsteller.«

»Genau, ein wenig Geld müssten die Worte kosten, der Mensch wertschätzt nicht, was umsonst ist.«

»Aber das Geld sollte für einen guten Zweck sein.«

»Hervorragende Idee.«

»Und die Worte aus deinem Büchlein sind besonders teuer.«

»Die sind unverkäuflich. Ich dachte an neu gesammelte.«

»Genau genommen kannst du gar keine Worte verkaufen. Stell dir vor, ich kaufe bei dir ein Wort aus dem Büchlein, weil ich es für meinen Roman verwenden will. Dann verschwindet das Wort nicht aus dem Büchlein wie eine Ware aus dem Supermarktregal, sondern es bleibt da stehen. Es bleibt auch in deinem Kopf.«

Martin kam sich plötzlich vor wie ein Schüler, der den einfachsten Sachverhalt nicht verstand.

»Es ging ja nur darum, Menschen aufmerksam zu machen.« Er wollte das Thema wieder wechseln, aber Hendrik kam ihm zuvor.

»Eigentlich warst du gerne Lehrer, oder?«

Martin schwieg. Er wollte das Gespräch nicht fortführen, weil er Angst hatte zu bereuen, alles hingeschmissen zu haben. Er wusste ja auch gar nicht, wie das nun weiterging mit seiner Kündigung, die nicht dem normalen Vorgehen entsprach. Dann wieder sagte er sich, dass diese Angst absolut unbegründet war, denn er konnte Hendrik nicht klonen und ihn in zwanzigfacher Ausfertigung in den Unterricht setzen. Was also sollte er bereuen? Woher kam nur diese Unzufriedenheit? Er war nicht gerne Lehrer gewesen. Und das lag nicht nur an seinem schlechten Start in Ostdeutschland nach dem Referendariat. In der Theorie hatte er sich das Lehrersein gut vorstellen können, in der Praxis war er eben doch nicht wie seine Mutter. Er war einer, der mit Sprache umgehen konnte wie sie, aber keiner, der hätte Lehrer werden sollen.

»Lass uns über das reden, was wir für heute geplant hatten«, sagte er, um seinen Gedankenfluss zu stoppen.

Es funktionierte. Hendrik bückte sich nach seiner Tasche und nahm das Buch hervor, über das sie heute sprechen wollten: *Tschick* von Wolfgang Herrndorf. Ob Hendrik das Buch so gefiel, weil es von einer ungewöhnlichen Freundschaft handelte? Sah er Parallelen zu ihm und sich? Am Ende redeten sie eine Stunde lang über außergewöhnliche Freundschaften in der Literatur. Hendrik war so ernst bei der Sache, Martin wollte, dass er wenigstens zum Abschied lächelte und sagte deshalb, dass er sich etwas überlegen wollte für den Abischerz.

»Das wäre cool.«

Martin war froh, dass Hendrik wieder fröhlich geworden war. Wer jung war, konnte Schlaf entbehren, nicht aber Heiterkeit.

Am nächsten Morgen saß Martin wieder im Café am gleichen Tisch wie tags zuvor. Er wollte nichts mehr, als ein neues Leben leben, sein neues Leben. Seinem Rücken ging es wieder besser, Frau May hatte ihn gestern in der Praxis erneut behandelt. Sie hatte wirklich Zauberhände. Wenn er sich konzentrierte, konnte er sie wieder spüren. Er schloss die Augen, nahm aber dann das Geschirrgeklapper wahr und besann sich, dass ein öffentlicher Raum sich nicht zum Träumen eignete. Er nahm einen Schluck Kaffee und schlug die Zeitung auf. *Ban Ki-moon kritisiert die österreichische Flüchtlingspolitik.* Er begann den Artikel zu lesen, legte die Zeitung aber wieder beiseite. Nein, man konnte nicht alles der Politik überlasssen oder die Politiker zur Verantwortung ziehen. Damit erklärte man sich selbst ja für unmündig, dachte er.

Hin und her rutschte er auf dem Stuhl, der ihm jetzt nicht mehr so bequem vorkam wie gestern. Schließlich legte er Geld für den Kaffee neben die Tasse, rollte die Zeitung zusammen, stand auf und ging. Kaum stand er draußen auf dem Gehweg, nahm er sein Smartphone zur Hand, suchte Achims Nummer heraus und wählte sie, ohne weiter nachzudenken. Achim nahm schon nach dem ersten Klingeln ab.

»Äh, hallo«, sagte Martin.

»Äh, hallo, wer ist das?«

»Martin Wachs. Entschuldigung.«

»Hallo Martin. Was kann ich für dich tun?«

»Der Deutschunterricht«, brachte er schließlich hervor. »Braucht Ihr noch jemanden?«

»Aber ja. Sag bloß, du würdest …?«

»Zur Probe.«

»Prima. Bärbel organisiert das, sie ist aber gerade mit unserem Enkel unterwegs. Ich sage ihr, sie soll dich anrufen.«

»In Ordnung, tschüss!«

»Martin!«, rief Achim so laut in den Hörer, dass Martin das Ohr weh tat.

»Ist noch was?« Hoffentlich fing er jetzt nicht von dem Klassenzimmer an. Das ginge ihm dann doch zu weit.

»Danke. Vielen Dank!«

Zur Probe. Mehr hatte er nicht versprochen. Vielleicht zwei- oder dreimal, bevor er in den Urlaub ging. Wenn es nicht gut lief, würde ihn die Aussicht auf den zweiwöchigen Aufenthalt im Schwarzwald aufatmen lassen.

Dreizehntes Kapitel
Im Heute

Es war schon acht Uhr am Abend, als er sich auf den Weg in die Praxis von Frau May machte. Nun sah er sie wirklich oft, dachte er und merkte, dass ihm das gefiel. Er lief die Straßen entlang und sah in Fenster hinein. Fast überall erhielt man Einblicke, viele Dorfbewohner ließen Vorhänge offen und die Rollläden oben. Bei den meisten lief die Tagesschau. In einem Wohnzimmer sah er einen Mann auf der Couch liegen, während eine Frau mit zwei Weingläsern in der Hand vor ihm stand. Martin konnte sogar erkennen, dass es Rotwein war. Und er erkannte auch, wie der Mann jetzt gestikulierte, die Frau solle zur Seite weichen. Martin stellte sich vor, er sei der Mann und seine Frau böte ihm Wein an. Plötzlich schaute die Frau nach draußen. Er wollte nicht für einen Spanner gehalten werden und entfernte sich rasch. Aber es hätte ihn schon interessiert, ob der Mann seiner Frau die Gläser nicht wenigstens abgenommen hatte inzwischen. Sollte nicht sowieso der Mann der Frau den Wein bringen? Ob es jemanden gab, der Frau May einen Wein servierte? Hatte sie einen Freund? Aber warum dachte er überhaupt über ihr Leben nach? Es ging ihn ja nichts an.

Er betrat die hell erleuchtete Praxis und hörte jemanden singen. Eine Frau. Es klang sehr fröhlich, er wollte sich gerne von guter Laune anstecken lassen. Gerade hängte er seine Jacke an den Haken, da kam Frau May in den Raum. Sie hörte auf zu singen.

»Guten Abend Herr Wachs, Sie können gleich in Kabine drei, ich habe schon alles vorbereitet, wir sind alleine und haben unsere Ruhe.«

Martin ging in Richtung der Kabine Nummer drei.

»Ich komme gleich zu Ihnen«, rief Frau May ihm hinterher.

Fort war sie, aber ihr Duft nach Orangen, den er so mochte, blieb.

Kurz darauf schob sie den Vorhang auf und redete drauflos. »So, lieber Herr Wachs, wie geht es Ihnen denn?«

Martin gefiel, dass sie ihm in die Augen sah beim Reden. Sie wollte wirklich wissen, wie es ihm ging. Das freute ihn.

»Viel besser«, sagte er.

»Wunderbar. Stellen Sie sich bitte mit dem Rücken zu mir.«

Martin erhob sich von der Liege und tat, wie ihm geheißen.

»Nun bitte nach vorne beugen.«

Martin tat auch das. Es fiel ihm nicht mehr so schwer.

»Danke, Sie können wieder nach oben kommen. Das gefällt mir schon besser so. Bauchlage bitte.«

»Gibt es heute keine Fangopackung?«

»Ich dachte, ich behandle Sie dafür ein bisschen länger.«

Martin legte sich auf den Bauch. Ihm war warm. Frau May tastete nun seinen Rücken ab und fand die Schmerzpunkte schnell. Triggerpunkte nannte sie die, verharrte auf ihnen mit viel Druck, er musste tief durchatmen, der Schmerz ließ nach, obwohl Frau May die Druckstärke, wie sie behauptete, nicht verminderte. Stundenlang hätte er so daliegen können. Doch nun kam der unangenehme Teil, bei dem sie ihn einrenkte, wobei es in seiner Wirbelsäule knackte. Martin musste stets an ein Xylophon denken, dessen hölzerne Aufschlagstäbe nacheinander angeschlagen wurden. Aber heute war auch dieser Teil der Behandlung nicht zu unangenehm.

»Ich werde Sie heute versuchsweise einmal tapen.«

Martin setzte sich auf. »Was ist das denn?«

»Ich klebe ein spezielles Band auf ihren Rücken, das lassen Sie so lange dran, wie Sie es aushalten. Es dient der Stabilisierung.«

»Und wie soll ich duschen?«

»Das kann dranbleiben. In der Regel hält es nicht länger als fünf Tage. Wenn Sie es nicht vertragen, zum Beispiel starken Juckreiz bekommen, dann dürfen Sie es natürlich entfernen.«

»Machen Sie immer so spät Feierabend?«

»Oft.«

Eigentlich wollte er wissen, ob niemand auf sie wartete, aber das traute er sich nicht zu fragen. »Ist das nicht anstrengend, so lange zu arbeiten?«

»Ich mache meine Arbeit gerne.«

Das hatte Martin von sich und seiner Arbeit in letzter Zeit gar nicht mehr behaupten können. »Nun ja, wenn man das mit dem Partner vereinbaren kann.« Jetzt war es raus.

»Ich lebe alleine in meinen vier Wänden.«

»Ach.« Gott, kam er sich blöd vor. Ach, mehr fiel ihm nicht ein?

»Nun ja, es ist sicher schwierig, Beziehungen zu führen, wenn man so lange arbeitet.« Beziehungen zu führen – um Himmelswillen, seine Formulierungen wurden ja immer schlimmer.

»Ich führe gerade keine Beziehung. Und wenn, dann werde ich das mit meinem Beruf sicher vereinbaren können. So, das war's für heute. Wenn Sie soweit sind, können wir zusammen hinausgehen.«

Martin löschte das Licht und zog den Vorhang zu. Frau May stand am Empfang.

»Ich kann Sie für nächste Woche Montag und Mittwoch einplanen. Passt das für Sie?«

Martin betrachtete Frau May und stellte fest, dass sie jetzt eine roséfarbene Bluse trug. Das Verlangen nach ihr kam so plötzlich wie ein Zahnschmerz. Er wollte den Stoff fühlen, nur, um sich zu überzeugen, dass sich selbst die teuerste Seide sicher nicht so angenehm zwischen seinen Fingern anfühlen konnte wie ihre Haut. Er wollte die winzigen, silbernen Blusenknöpfe langsam öffnen, gleichzeitig verlangte ihn danach, ihr den Stoff vom Leib zu reißen. Er vermutete apfelknackige Brüste hinter weißem Spitzenstoff, die leicht durchsichtige Bluse formte diesen Gedanken für ihn.

»Würde das passen?«

»Wie bitte?«

»Die Termine.«

»Ich weiß nicht ... Können Sie sie noch mal wiederholen?« War er jetzt etwa rot geworden? Rasch drehte er sich um, steuerte zügig auf die Garderobe zu, nahm seine Jacke vom Haken und zog sie an.

»Nächste Woche Montag um zwanzig vor drei Uhr und Mittwoch, gleich morgens um acht.«

»Ja, passt«, und weil sie nichts erwiderte, wandte er sich zur Ausgangstür, sagte: »Ich wünsche Ihnen noch einen schönen Abend«, und ging.

Nur langsam entfernte er sich von der Praxis. Wieder blieb er vor beleuchteten Fenstern stehen, obwohl ihn gar nicht interessierte, was da vor sich ging.

Was Frau May wohl vorhatte, fragte er sich auf dem Heimweg. Würde doch gleich ein Mann in den Genuss kommen, ihr die Bluse zu öffnen? Sie könnte Sex haben ohne eine Beziehung zu führen, wie er es auch getan hatte. Auf alle Fälle wären ihm Zahnschmerzen jetzt weitaus lieber gewesen, als dieses intensive Verlangen nach einer Frau. Nach dieser Frau. Aber war es wirklich plötzlich aufgetreten? Auch Zahnschmerzen waren nur das Symptom eines Prozesses, der seine Zeit beansprucht hatte. Sein Verlangen nach Liebe und Sex, sein Verlangen nach einer Frau, mit der er beides erleben konnte, war Jahre in ihm herangewachsen, genährt aus seiner Zeit mit Angelika, aus dem Erleben, dass es tatsächlich möglich war. Damals war er zu jung gewesen, um halten zu können, was per se nicht haltbar war. Jetzt wusste er um das Zerbrechliche, das die Liebe zwischen zwei Menschen bedeutete und sah sich in der Lage, wenigstens lebenslang zu halten, jemanden zu halten, sich halten zu lassen – und all das hatte diese Frau ausgelöst. Anouk May. Und er? Er war nur ihr Patient.

»Herr Wachs!«

Martin stolperte und sah sich um. Da kam Frau May angeradelt.

»Sie sind so schnell fortgegangen.«

Ich dachte, Sie wollten mich loswerden.

Frau May stieg vom Rad und schob es neben ihm her.

»Ich dachte, Sie wollten endlich Feierabend machen.«

»Ich arbeite gerne. Nur donnerstagabends bin ich meist auf dem Sprung. Das spiele ich mit meiner Großmutter Canasta. Heute wird's halt etwas später.«

Wollen Sie nicht mit mir spielen?

»Ich möchte Sie nicht aufhalten.«

»Spielen Sie doch mal mit uns.«

»Ich überlege es mir.«

»Wäre schön.«

Schon stieg sie wieder auf ihr Rad und fuhr davon.

Wäre schön.

In der Tat, das wäre schön. Hätte er keine Behandlung nötig, wäre er jung, wirklich jung, er würde jetzt hochhüpfen und die Hacken dabei aneinanderschlagen. Und das würde klacken, als trüge er Steppschuhe.

Am Montagmorgen grummelte es in seinem Bauch, und er verzichtete auf eine zweite Tasse Kaffee zum Frühstück. Appetit hatte er kaum und zum Zeitunglesen fehlte ihm die Konzentration. Er war froh, als es halb zehn war und er sich auf den Weg machen konnte zum Gemeindehaus. Heute sollte er zum ersten Mal Geflüchtete unterrichten. Zügig lief er seinen Weg und dachte an den Tag zurück, an dem er als Achtundzwanzigjähriger vor seiner ersten Klasse gestanden hatte. Nun war er doppelt so alt und begann wieder von vorne. Aber vor ihm würden keine Schüler sitzen, die durch die Schulpflicht in seine Hände gegeben worden waren.

Er betrat das Gemeindehaus und blieb unschlüssig im Eingangsbereich stehen. Geradeaus stand die Tür offen, er ging auf sie zu und sah in einen großräumigen hellen Raum. Stühle standen gestapelt an den Wänden, Licht fiel auf helles Parkett, aber niemand war zu sehen, so dass er wieder in den Eingangsbereich zurückging. War er verkehrt? Er sah auf seine Armbanduhr, sie zeigte zwanzig vor zehn Uhr. Obwohl die alte Uhr seines Vaters verlässlich war, kontrollierte er die Uhrzeit und blickte auf sein Smartphone. Ja, die Uhr tickte richtig. Er hörte Stimmen, sie kamen von unten, er ging die Treppen hinunter. Vor einer Tür blieb er stehen und lauschte. Da schob jemand Tische hin und her. Er spähte hinein und sah eine kleine rundliche Frau. Gerade stellte sie einen Stuhl an einen Tisch.

»Guten Morgen«, sagte Martin.

»Guten Morgen. Sie müssen Herr Wachs sein«, begrüßte ihn die Frau und kam lächelnd auf ihn zu. »Ich bin Dagmar. Schön, dass Sie uns unterstützen. Kannst gleich mit anpacken.« Martin fühlte sich nicht ganz wohl in seiner Haut. Da die Frau sich nur mit dem Vornamen vorgestellt hatte, überlegte er, ihr seinen zu nennen. Aber sie beachtete ihn schon gar nicht mehr, sondern nahm einen weiteren Stuhl und schob ihn vor einen Tisch. Martin tat es ihr gleich. Viel Arbeit war es nicht, schon nach fünf Minuten stand alles so, wie sie es scheinbar haben wollte. Danach begab sie sich in einen Nebenraum und kam mit einem Stapel Bilderbücher zurück. »Ich empfehle dir, hiermit zu arbeiten«, sagte sie und legte sie auf den Tisch. »Oder haben Sie eigenes Material mitgebracht?«

Der ständige Wechsel zwischen dem Du und dem Sie machte Martin ganz konfus. Er entschied sich für das Sie. »Nein, entschuldigen Sie, ich habe nichts mitgebracht, ich habe auch gar keine Erfahrung mit …«

»Keine Erfahrung? Aber ich dachte, Sie seien Lehrer. Sind Sie doch, oder?«

Bevor Martin antworten konnte, wandte sich Dagmar mit einem sehr lauten *Good Morning* der Tür zu. Das waren wohl seine Schüler, die da hereinkamen. Ein kleiner Mann mit großen, furchtsamen Augen trat ein. Ihm folgte eine Frau, die bestimmt zwanzig Jahre älter war. Sie trug ein buntes Kopftuch und schwarze Kleidung. Hinter beiden betraten zwei Kinder den Raum, offensichtlich erst im Kindergartenalter. Er fragte sich gerade, wie er sie alle unter einen Hut bringen sollte, da nahm Dagmar die beiden Kinder an der Hand und zog sie mit sich in den Nebenraum. »Wir gehen spielen. We play«, sagte sie wieder so extrem laut; Martin hätte sie am liebsten zurechtgewiesen. Menschen lernten keine Sprache, wenn man sie ihnen entgegenschrie. Er war froh, als Dagmar weg war. Drei weitere Männer, Martin schätzte sie auf um die zwanzig, betraten den Raum, dann herrschte Stille.

»Setzen Sie sich doch. Please, sit down«, sagte Martin und machte mit den Händen eine einladende Geste.

Die fünf Schüler setzten sich an die Tische in Hufeisenform. Nun saßen sie verteilt um ihn herum, wie noch vor kurzem seine Oberstufenschüler.

»Hallo, mein Name ist Martin. Hello, my name is Martin, what's your name?« Er sah von einem zum anderen. Alle lächelten ihn an. Keiner sagte etwas.

»What's your name? Wie ist dein Name? Wie heißt du?«, fragte er den Mann, der ihm am nächsten saß.

Als auch dieser nur lächelte, zeigte Martin mit dem Zeigefinger auf sich, sagte »Martin« – nun funktionierte es. Seine Schüler zeigten auf sich selbst und nannten nacheinander ihre Namen. Der nächste Schritt begann weitaus früher, als Martin es auf dem Plan gehabt hatte, denn seine neuen Schüler beherrschten nicht einmal die lateinischen Schriftzeichen. Jetzt kapierte er, warum Dagmar ihm Bilderbücher gebracht hatte. Ach du meine Güte, schoss es ihm in den Kopf. Darauf war er überhaupt nicht vorbereitet gewesen. Er fühlte sich überfordert und griff nach der Kreide, um das Alphabet an die Tafel zu schreiben. Seine neuen Schüler sahen ihn fragend an. Er hatte keine Ahnung, was er tun sollte, da ging die Tür auf. Eine junge Frau huschte herein, sofort redete die ältere Frau mit dem Kopftuch auf sie ein. Dem Tonfall nach sprach sie arabisch; sie schien zu schimpfen. Die junge Frau deutete auf den Nebenraum, in den Dagmar zuvor mit den Kindern verschwunden war, woraufhin die ältere Frau nickte. Da hatte Martin eine Idee. Er zeichnete Strichmännchen an die Tafel – zwei große und zwei kleine – über die beiden großen schrieb er in Druckbuchstaben Mama und Papa. Dann machte er einen Pfeil auf die kleinen Männchen. Er drehte sich zu seinen Schülern um, schaute die junge Frau an, deutete auf den Nebenraum, zeigte auf die kleinen Strichmännchen, die Kinder symbolisierten und sah sie fragend an. Sie nickte. Daraufhin zeigte er mit dem Finger auf sie und sagte: »Du bist eine Mama.« *Mama* betonte er und zeigte dann das Wort. Dann fragte er »Papa?« Und der Mann, der vorhin zuerst den Raum betreten hatte, meldete sich. »Papa«, sagte er und lächelte stolz. Immerhin wusste Martin jetzt, dass die beiden wohl die Eltern der

Kleinen waren. Bestimmt war die Frau mit dem Kopftuch die Großmutter. Nun bat er die Geflüchteten, Stift und Papier zur Hand zu nehmen und die Worte Mama und Papa zu schreiben. Er hatte den Eindruck, sie taten das mit voller Begeisterung. Er hatte nie Grundschüler in der ersten Klasse unterrichtet, aber sein Gefühl sagte ihm, hier saßen Menschen, die sich auf den ersten Unterrichtstag gefreut hatten, wie Kinder das bei der Einschulung taten. Über Schiller und Goethe würde er nicht mit ihnen sprechen können, dafür waren sie begierig, zu lernen. So sehr, wie es sich ein Lehrer nur wünschen konnte. Sie waren neugierig und aufmerksam, und er fühlte sich als Lehrer wahrgenommen wie nie zuvor. Auf dem Heimweg machte er sich Gedanken, wie er den Unterricht weiter gestalten konnte. Wie schnell er doch den ersten Schreck überwunden hatte, ganz von vorne anfangen zu müssen. Mama, Papa. Sie hatten wirklich dagesessen und diese Worte auf ihre Blätter gemalt, als würden sie Kunstwerke entwerfen. Und genau das wollte er Menschen beibringen. Die Sprache war ein Kunstwerk, und man konnte mit Sprache malen. Niemals zuvor war es schöner gewesen, noch einmal ganz neu zu beginnen.

Als er vom Unterrichten zurückkam, sah er schon von Weitem, dass etwa vor seiner Haustür lag. Ein Päckchen. Am Küchentisch öffnete er die Sendung mit einem scharfen Messer. Ja, es war die schwarze Sporthose, er probierte sie auf der Stelle an. Sie passte perfekt. Anschließend zog er seine Jeans wieder an und war ein wenig stolz, weil er erneut merkte, dass sie viel leichter zuging. Gleich ging er zu Frau May zur Behandlung. Er fragte sich, ob sie auch sah, dass er schlanker geworden war? Die Sporthose packte er in eine Stofftasche, hängte sie im Flur ans Treppengeländer und ging nach oben ins Bad. Obwohl er schon nach dem Aufstehen geduscht hatte, wiederholte er das nun, das Unterrichten hatte ihn ins Schwitzen gebracht. Auf jeden Fall wollte er frisch sein.

Lag es an dem kurzärmeligen Sportshirt, an der Frühlingssonne, die dazu verleitete, die Jacke am Haken zu lassen und dann doch mit ihrer Frische überraschte, oder war es der nachlassende Rückenschmerz – er fühlte sich ausgeruht und war bester Laune. Der Unterricht am Morgen hatte Spaß gemacht. Er bekam Lust, Frau May davon zu erzählen. Am besten lud er sie auf einen Kaffee ein. Schon verrückt, dass er so viel an sie denken musste. Er öffnete die Praxistür und hielt sofort nach ihr Ausschau, entdeckte sie aber nirgends.

»Guten Morgen Herr Wachs«, sagte der Praktikant. »Kabine drei ist frei für Sie, ich bringe Ihnen gleich die Fangopackung.«

Lieber wären ihm die warmen Hände von Frau May gewesen. Gleich wäre es wieder so weit. Vorfreude war etwas Wunderbares. Aber dann wurde er enttäuscht. Ein Therapeut stellte sich ihm vor:

»Frau May ist heute außer Haus, aber sie hat mir genaue Anweisungen gegeben, wie ich Sie zu therapieren habe. Ich komme gleich zu Ihnen, ich muss mir nur eben die Hände waschen.«

Zwar verstand der Therapeut, ein Herr Mommsen, sein Handwerk, aber Martin verkrampfte sich. Frau May hatte sich an ihn herangetastet, er wollte nicht, dass das noch jemand probierte. Für einen kurzen Moment hatte er gedacht, er sei ein besonderer Patient für sie, aber besondere Patienten gab man nicht aus der Hand. Jetzt kam er sich albern vor. War eine Sporthose für Krankengymnastik nicht etwas übertrieben? Prompt sagte Herr Mommsen: »Das richtige Outfit tragen Sie ja schon, nun müssen Sie nur noch sportlich locker werden.«

Martin dachte an Frau May, an ihr Wegbleiben.

»Nicht anspannen, so wird das schwierig«, sagte Herr Mommsen. »Kräftigen Sie eigentlich Ihre Bauchmuskeln? Das ist das A und O bei Rückenproblemen.«

»Ja, Frau May hat mir ein paar Übungen gezeigt.« Warum war sie heute nicht da? Bestimmt konnte Herr Mommsen das beantworten, er traute sich aber nicht zu fragen. Der Gedanke, dass er nur ein Patient unter vielen war, gefiel ihm jedenfalls nicht.

Auch am Mittwoch versetzte sie ihn. Aber worüber beschwerte er sich überhaupt? Er nahm seine Termine in der Physiotherapiepraxis wahr und wurde seinem Rezept entsprechend behandelt. Das Rezept beinhaltete nicht den Anspruch, sich den Therapeuten auswählen zu können. Was war nur los mit ihm? Obwohl Herr Mommsen ähnlich effektive Griffe parat hatte, die ihn den Rückenschmerz vergessen ließen, wünschte er sich jedes Mal Frau Mays warme Hände auf seinen Rücken. So ging er auch heute enttäuscht nach Hause. Immerhin war Mittwoch, da kam Hendrik zum Literaturgespräch. Das sollte ihn aufheitern. Es war erst ihr viertes Treffen, aber es fühlte sich bereits wie eine Gewohnheit an, die gut tat.

Eigentlich hätten sie sich im Café treffen können, aber Martin fand es schön, dass Hendrik ihn abholte. Als es gegen drei Uhr klingelte, ging er schon mit dem Buch für heute in der Hand, *Mein Name sei Gantenbein,* von Max Frisch, an die Tür.

»Ich komme«, rief er im Flur, riss die Tür schwungvoll auf und prallte beinahe mit Frau May zusammen, die so schnell hereinkommen wollte, wie es ihn hinausdrängte.

»Entschuldigung«, sagten sie beide gleichzeitig.

Martin war so überrascht, das ihm nichts weiter einfiel, woraufhin Frau May die Initiative ergriff und weiterredete: »Kann ich hereinkommen?« Schon huschte sie an ihm vorbei. Martin schloss die Tür. Vielleicht vergaß Hendrik das Treffen, schoss es ihm beim Anblick von Frau Mays schwarz glänzenden Haaren in den Kopf.

»Ich wollte Sie nicht beim Lesen stören.«

»Lesen?«

Frau May deutete auf das Buch in seiner Hand.

»Ach das … ich bin verabredet, gleich kommt …« Verabredet. Hoffentlich dachte sie nicht, dass er sie loswerden wollte. Das wollte er nicht. Er wollte wissen, warum sie ihn nicht behandelt hatte, aber jetzt plötzlich vor ihm stand.

Es klingelte wieder. Martin öffnete. Dieses Mal war es Hendrik. Auch er sah auf das Buch in Martins Hand und sagte: »Prima, da können wir ja gleich gehen.«

»Komm doch kurz rein«, sagte Martin und stellte ihn Frau May vor.

»Guten Tag, ich bin Hendrik.« Hendrik streckte die Hand aus, Frau May ergriff sie, dann sah sie wieder Martin an.

»Herr Wachs, Entschuldigung, dass ich die Tage nicht in der Praxis war, ich musste auf eine Fortbildung. Warum ich so hereinplatze … es geht um eine meiner Nichten. Mia, sie wird nächste Woche sechs. Ich hatte das völlig verdrängt, bis meine Schwägerin vorhin anrief, und ich dachte«, sie zögerte, »an den Puppenwagen auf Ihrem Speicher. Haben Sie darüber nachgedacht?«

»Ach der. Der steht jetzt im Keller.«

»Der ist viel zu schade für den Keller. Würden Sie den verkaufen? Mia ist so eine Puppennärrin, ihr fehlt nur der Puppenwagen. Und Ihrer wäre ein ganz besonderer.«

»Nun, ich weiß nicht …« Er brauchte Bedenkzeit. Wollte er das Stück hergeben? Wenn es von seiner Mutter war? »Ich weiß gar nicht, ob der noch in Ordnung ist.«

»Halb so wild, wenn etwas zu reparieren wäre, könnte das mein Bruder erledigen.«

»Ich komme mit«, sagte Hendrik und wandte sich zur Kellertreppe, als sei es gar keine Frage, dass man nun das gute Stück begutachtete.

Martin ging an ihm vorbei, er wollte wenigstens vorausgehen. Während sie alle drei hinuntergingen, erzählte Hendrik Frau May, dass er bis vor kurzem noch Martins Schüler gewesen war. »Und jetzt bin ich per Du mit meinem Lehrer, cool, was?«

»Ehemaliger Lehrer«, warf Martin ein.

»Das ist auf alle Fälle cool«, sagte Frau May.

Martin wunderte sich über Hendrik, der so ungezwungen mit Frau May redete, wie er es von ihm im Umgang mit Klassenkameraden nicht kannte. Konnte es sein, dass der Junge mit Erwachsenen schneller und besser ins Gespräch kam als mit Gleichaltrigen?

»Da hinten steht er.«

Frau May holte den Puppenwagen aus der Ecke. »Ich bin zwar nicht geübt im Puppenwagenschieben, aber er scheint zu funktionieren.«

»Ich helfe beim Hochtragen«, sagte Hendrik.

Martin ließ sie gewähren. Er fühlte sich gleichermaßen außen vor und mittendrin und hoffte auf eine Eingebung. Sollte er den Wagen wirklich hergeben? Ehe er sich versah, stand der Puppenwagen im Flur, Frau May, Hendrik und er um ihn herum.

»Ein Stück wie aus einem Museum«, sagte Frau May.

»Martin hat ja auch ein Museum.«

»Hendrik, bitte.«

»Wie, Herr Wachs hat ein Museum?«

»Es befindet sich hinter dieser Tür.« Hendrik zeigte auf die Tür zum Wohnzimmer. »Ein Wörtermuseum.«

»Was ist das denn?«

»Martin sammelt Wörter.«

»Was denn für Wörter?«

»Besondere. Er hat da so ein Büchlein, da stehen …«

»Frau May hat es gefunden«, unterbrach Martin ihn.

»Echt jetzt?« Hendrik wandte sich an Martin: »Zeig ihr doch mal dein Museum.«

Martin zeigte auf den Puppenwagen: »Frau May ist deswegen hier, wir sollten sie nicht unnötig aufhalten.« Er hatte Angst, sich mit seinem Museum vor ihr lächerlich zu machen.

»Ich gehe sehr gerne in Museen«, sagte Frau May und sah Martin an. Sie schaute ihn bittend an.

Hendrik mischte sich ein. »Komm schon, zeig dein Museum, wir zahlen auch Eintritt.«

»Neugierig wäre ich ja schon«, bekräftigte Frau May.

Beide sahen ihn erwartungsvoll an. Er mochte keine Erwartungen, aber er ahnte, dass Hendrik ohnehin nicht lockerlassen würde. »Also gut.« Martin öffnete die Tür zum ehemaligen Wohnzimmer seiner Großmutter.

»Die Nähmaschine stand letztes Mal noch nicht hier«, stellte Hendrik fest. »Und die Regale sind ja immer noch leer.«

Frau May ging direkt auf die Vitrine zu, hielt kurz inne und umkreiste sie dann langsam, immer den Blick darauf gerichtet. Ob sie das albern fand? Herrgott noch mal, worauf hatte er sich da nur eingelassen? Das verstand außer ihm doch keiner.

»Sie haben wirklich ein Händchen für Besonderes«, sagte sie da und blieb stehen.

»Ja, finde ich auch«, meldete sich Hendrik zu Wort. »Wenn Sie das Buch gefunden haben, kennen Sie bestimmt die tollen Wörter und Sätze, die da drin stehen. Mir gefällt am besten das Wort *dunkelstumm*. Haben Sie auch ein Lieblingswort?«

»Ja.«

»Verraten Sie es?«

»Nein.«

Schade, dachte Martin, der sich wunderte, dass Frau May plötzlich so einsilbig war. Er stand im Türrahmen und sah den beiden zu, wie sie sich unterhielten. Er fühlte sich wohl. Diese zwei Museumsbesucher mochte er. Hendrik sah ihn an.

»Holst du das Buch mal raus? Ich wette, ich errate, welches Wort Frau Mays Lieblingswort ist.«

»Es ist nicht aus dem Buch, ich klaue keine Lieblingswörter«, sagte Frau May und Martin atmete auf. Er wollte das Buch nicht herausholen. Es hatte nun seinen Platz und sollte von niemandem mehr angefasst werden. Außer von ihm. Stille trat ein. Martins Gedanken kreisten um Frau Mays Lieblingswort. Wie mochte es lauten? War es ein lautes oder ein leises Wort? Er schaute ihr zu, wie sie sich im Raum umsah.

»Ein sehr schönes Stück«, sagte sie mit Blick auf die Nähmaschine. »Warum benutzen Sie das Nähkästchen als Buchstütze, es gehört doch zur Maschine.«

Weil es ein Nährkästchen ist und als solches die beste Behausung für das besondere Büchlein, in das meine Mutter einst diesen Sprechfehler von mir eintrug: Nährkästchen.

»Nur so.«

Sie trat an die Nähmaschine heran und berührte die aufgemalten Ornamente. »Sehr, sehr schön.«

»Da saß meine Mutter früher immer. Ich mochte das Rattern so gerne, wenn sie nähte.«

»Das kenne ich. Mein gutes Geräusch ist das Kartenmischen.«

»Gutes Geräusch?«

»Geräusche, die an Gutes, an Schönes erinnern.«

»Und wieso Karten mischen?«

»Ich spiele doch regelmäßig mit meiner Großmutter Canasta. Das Spiel fängt mit dem Mischen der Karten an. Ich weiß jetzt schon, dass ich dieses typische Geräusch vermissen werde, wenn sie mal nicht mehr da ist. Sie ist ja nun auch schon sehr alt.«

Frau Mays Blick haftete an der Nähmaschine, aber Martin war sich sicher, dass sie etwas anderes sah. Der Moment war intim, beinahe zu intim. Er war froh, als Hendrik sich räusperte und zu reden ansetzte.

»Geräusche sterben nicht«, sagte er.

»Ein schöner Gedanke«, sagte Frau May. »Danke, dass Sie mir Ihr Museum gezeigt haben, ich komme gerne wieder.«

Sie ging zur Tür. Martin begleitete sie.

»Melden Sie sich …«

»Ja.«

»… wegen des Puppenwagens«, vervollständigte Frau May ihren begonnenen Satz.

»Coole Frau«, sagte Hendrik, als er mit Martin schließlich ins Café ging. »Irgendwie besonders.«

»Wo du recht hast.«

»Ihr Tisch ist frei«, sagte die Bedienung, als Hendrik und Martin kurz darauf das Café betraten. Bis auf einen Herrn auf dem Barhocker war es leer. Aber im kleinen Garten saßen ein paar Gäste. Es war Frühling, zweifellos.

»Möchtest du draußen sitzen?«, fragte Martin Hendrik, weil er wusste, wie sehr der Junge das Stimmengewirr mochte.

»Nein, lass uns an unserem Tisch sitzen.«

Unserem Tisch.

»Sehr gerne.«

»Die war ziemlich hübsch.«

»Die Bedienung?«

»Quatsch. Diese Frau May. Woher kennst du sie?«

»Sie ist meine Physiotherapeutin.«

Meine. Was redete er da? Er kannte sie erst seit ein paar Wochen, falls von Kennen überhaupt die Rede sein konnte. Vielmehr kannte sie ihn.

»Warst du eigentlich mal verheiratet?«

»Das ist lange her.« Martin schlug das Buch auf und las im Stillen. Zum Glück fragte Hendrik nicht weiter, sondern holte ebenfalls die Lektüre von Max Frisch hervor.

»Ich habe mir einiges angestrichen«, sagte Hendrik.

»Zum Beispiel?«

»Seite zweihundertzehn: … *das Leben, das tatsächliche, gestattet ja nicht, dass man es überspringt, nicht um ein Jahr und nicht um einen Monat und nicht um eine Woche, auch wenn man ungefähr weiß, was folgen wird* …«

»Warum hast du dir das angestrichen?«

»Ich glaube, der Mensch ist dazu verdammt, einen Schritt nach dem anderen zu gehen. Vorwärts. Er ist dazu verdammt, nicht in die Vergangenheit reisen zu können, um Fehler zu korrigieren, und aus diesem Frust heraus konzentriert er sich auf das Gegenteil: auf das Morgen.«

Martin überlegte, wie es wäre, wenn es kein Gestern und kein Morgen gäbe und nur das Heute zählte. Er konnte nicht umhin, im Heute Frau May vor sich zu sehen. Sie war fröhlich und ernst zugleich. Er fand, das war eine aufregende Mischung. Er hatte sie als ein plapperndes Etwas kennengelernt und falsch eingeschätzt. Denn sie konnte schweigen oder mit Worten sparen, wenn es angebracht war. Im richtigen Moment eben. Was war das eigentlich, der richtige Moment, fragte er sich weiter. Hatte er diese Frau im richtigen Moment kennengelernt? Gab es ihn überhaupt, den richtigen Moment? Momente waren Augenblicke – nur der Mensch bewertete sie mit Adjektiven, mal falsch, mal richtig.

»So schweigsam? Was meinst du dazu?«

»Wozu genau?«

»Dass man sich aus dem Frust, den ich eben beschrieben habe, stets auf das Morgen konzentriert.«

»Und dabei das Heute vergisst?«

»Genau.«

»Da ist was dran an deiner Theorie. Wäre nicht auch ein Philosophiestudium etwas für dich?«

»Das traust du mir zu?«

»Man muss sich die Dinge selbst zutrauen, dann funktionieren sie.«

»Da muss ich jetzt erst mal drüber nachdenken.«

Ich auch, dachte Martin. Traute er sich denn zu, mit sechsundfünfzig Jahren wieder auf eine Frau zuzugehen? Auf Frau May zuzugehen?

Als er am Abend im Sessel saß, dachte er über den heutigen Tag nach. Es war ein gutes Heute gewesen. An diese zwei Menschen konnte er sich gewöhnen. Und damit er nicht den Fehler machte, dem Nachmittag nachzuhängen und so schon wieder in der Vergangenheit zu leben, rief er Frau May in der Praxis an, um ihr zu sagen, dass sie den Puppenwagen haben konnte. Geschenkt. Damit ihre Nichte ihn nutzen konnte. Im Heute.

Frau May kam am nächsten Abend um sechs. Martin bat sie herein und war enttäuscht, als sie im Flur gleich nach dem Puppenwagen griff. Er hatte gedacht, sie würde vielleicht einen Moment bleiben wollen.

»Sind Sie mit dem Auto da?«, fragte er. Warum habe ich nicht gefragt, ob sie etwas trinken möchte? »Noch sehr warm der Abend.« Ob sie jetzt nach einem Glas Wasser fragte? Nein, sie bewegte den Puppenwagen hin und her, als müsste sie ein Baby in den Schlaf wiegen.

»Ich habe heute kein Auto, den Puppenwagen schiebe ich, ich wohne ja nicht weit weg. Ich bin viel zu wenig an der frischen Luft.«

Jetzt oder nie. Er sah ihr fest in die Augen. »Darf ich Sie begleiten?«

»Sehr gerne.«

»Ich halte Ihnen die Tür auf, dann können Sie den Wagen hinausschieben.«

»Würden Sie mir vorher noch mal Ihr Wörtermuseum zeigen? Ich war doch sehr beeindruckt. Es hat mich beschäftigt.«

Es war ganz einfach, die Tür zu öffnen, nichts sträubte sich in Martin wie am Tag zuvor, Frau May in sein Wörtermuseum einzulassen. Neugierig sah er zu, wie sie entschlossen auf die Vitrine zusteuerte und davor stehen blieb.

»Das Nähkästchen stört mich. Ich glaube, das ist es, was mich beschäftigt hat.«

»Aha.«

»Ich glaube«, sie sah ihn an, als bitte sie um Erlaubnis, fortzufahren, »also ich glaube, dieses Kästchen erzählt genauso wie das Büchlein seine eigene Geschichte, aber die kann man nicht hören, weil das Büchlein auch Geschichten erzählt.«

Martin staunte.

»Verstehen Sie, was ich meine? Es ist, als wenn man einen Radiosender sucht, aber der lässt sich nicht richtig einstellen, und am Ende hört man nur undeutliches Gebrabbel, vermischt mit Musik.«

»Ja, das erzeugt Misstöne.« Martin beobachtete Frau May. Sie hielt seinem Blick stand. Ihm wurde heiß. Zum Glück wandte sie sich der Vitrine zu. Er betrachtete sie. Zu gerne hätte er jetzt jede einzelne ihrer Haarsträhnen durch seine Finger gleiten lassen

»Und wenn Sie das Nähkästchen zur Nähmaschine stellen?« Sie wandte sich um zu der Ecke, in der das altertümliche Gerät im Schatten stand, während die Abendsonne die Vitrine erhellte. »Was meinen Sie?«

Martin war gefangen von der Versuchung, ihre Haare zu berühren.

»Herr Wachs?«

»Wie bitte?«

»Stellen Sie doch das Nähkästchen zur Nähmaschine. Da gehört es doch hin, oder nicht?«

»Wenn das zusammensteht, wirkt das Nähkästchen wie ein Nähkästchen und ist nichts Besonderes mehr.«

»Wenn es für Sie etwas Besonderes ist, dann bleibt es das, egal, wo es steht.«

War sie enttäuscht, dass er ihren Vorschlag hinterfragte? »Ich probiere es aus, aber Sie müssen mir helfen.«

»Gerne.«

Als sie die Vitrine zusammen öffneten, berührte Martin ihre Hände. Weich, warm und wohltuend waren sie.

»Haben Sie aber schön warme Hände, meine sind meistens kalt«, sagte Frau May.

»Ich kenne ihre Hände nur warm.« Martin dachte an die Behandlungen.

»Da haben Sie Glück gehabt.«

Glück.

Die geöffnete Vitrine kam ihm vor wie ein lachender Mund.

»Ich hole eine Buchstütze«, sagte Martin und ging zum Regal. Dort im untersten Fach hatte er sie neulich abgelegt. Er bückte sich danach.

»Ihrem Rücken geht es besser, was?«

»Ja, viel besser.« Er brachte die Stütze und reichte sie ihr. »Würden Sie ...«

»Darf ich denn?«

»Ja.«

Frau May nahm das Büchlein heraus, Martin stellte die Stütze auf den Fußboden, holte das Nähkästchen aus der Vitrine, stellte die Buchstütze wieder hinein und Frau May legte das Büchlein aufgeschlagen darauf. Dann schlossen sie die Vitrine gemeinsam wieder. Martin stellte das Nähkästchen nun zur Nähmaschine. Ja, diese Dinge gehörten zusammen.

»Nun kommt das Büchlein viel besser zur Geltung«, sagte Frau May.

Martin wandte sich zu ihr um. Sie beugte sich gerade vor, um besser im Buch lesen zu können. »*Sonnenzapfen*. Ein schönes Wort.«

Martin genoss ihre Nähe. Kam der Orangenduft aus ihren Haaren? Er betörte ihn. Aber es machte ihm auch Angst.

Frau May trat von der Vitrine zurück und sah sich um. »Ein eigenes Museum im Wohnzimmer, Sie sind schon sonderbar.«

Martin versuchte, aus ihrem Blick herauszulesen, ob sie das Adjektiv mit positivem oder negativem Empfinden besetzte.

Sie verließen das Museum und gingen in den Flur zum Puppenwagen zurück.

»Dann wünsche ich Ihnen einen schönen Geburtstag mit ihrer Nichte«, sagte Martin und hielt Frau May die Tür auf.

»Dank Ihnen wird das sicher einer ihrer schönsten.« Frau May schob den Wagen hinaus. »Was für eine herrliche Luft. Sie wollten mich doch begleiten.«

Natürlich wollte er das, er war ganz durcheinander. Schnell schnappte er seine Jacke vom Treppengeländer und folgte Frau May nach draußen.

»Herrlich, die Abendsonne.«

»Ja, wunderbar. Ich komme viel zu selten dazu, spazieren zu gehen. Diese Woche hatte ich schon wieder so viel zu tun. Die drei Tage auf Fortbildung waren supertoll, aber eben auch anstrengend. Die meiste Zeit waren wir drinnen. Nun gut, ich liebe meinen Job. Auch wenn ich heute den ganzen Tag in der Praxis verbracht habe, um Papierkram zu erledigen. Das gehört eben zu meinem Traumjob dazu.«

»Am Feiertag?«

»Ich wüsste nicht, wann ich das sonst tun sollte. Normalerweise stört mich das auch nicht, nur heute war ich ein wenig neidisch auf alle, die bei diesem Bilderbuchwetter nach draußen konnten.« Sie blieb stehen, sah in den Himmel und atmete tief ein. »Der Frühling ist die schönste Jahreszeit. Da nehme ich täglich eine Summdusche.«

»Eine was?«

»Eine Summdusche.«

Ein fantastisches Wort. Was es wohl bedeutete? »Was ist das?«

»Es wäre zu schade, das nur zu beschreiben, das müssen Sie erleben.«

»Das Wort klingt vielversprechend.«

Frau May lächelte. »Summdusche, das ist übrigens mein Lieblingswort.«

»Was macht denn Ihrer Meinung nach ein Lieblingswort aus?«

»Das, was man mit ihm verbindet.«

Martin dachte darüber nach.

»Wenn es an der Zeit ist, zeige ich Ihnen die Summdusche.«

»Wann ist es denn an der Zeit?«

»Im März oder April ist es am schönsten.«

Summdusche, was sollte das sein? Frau May schaute so wissend drein, er traute sich nicht, noch einmal zu fragen. Er war Deutschlehrer, zudem hatte seine Großmutter Frau May vorgeschwärmt, was für ein Sprachkünstler er sei, bestimmt würde er sich jetzt nicht die Blöße geben. »Ich gehe am liebsten in den Wald«, sagte er deshalb »wenn Sie wollen … Ich habe noch Zeit. Sie müssten nur den Puppenwagen abstellen.«

»Heute leider nicht. Donnerstags spiele ich doch mit meiner Großmutter Canasta. Ich möchte sie nicht versetzen, ich war schon letzte Woche so spät.«

Großmutter. Es lag ein Fluch darauf. Martins Laune sank.

»Da vorne ist es.« Frau May deutete auf ein noch recht neu aussehendes Mehrfamilienhaus. »Hier wohne ich.«

»Soll ich Ihnen den Puppenwagen hochtragen?«

»Nicht nötig, es gibt einen Fahrstuhl. Außerdem wäre das nichts für Ihren Rücken. Nicht, dass es Ihnen wieder schlechter geht.«

Im Moment ging Martin auf, dass sein Rezept abgearbeitet war, und es keinen Grund gab, Frau May noch einmal wiederzusehen. Er begleitete sie bis zur Haustür und beschloss, alleine noch ein paar Schritte zu gehen. Sie schloss die Haustür auf, und er wollte ihr höflich einen schönen Abend wünschen, da fragte sie plötzlich: »Können Sie Skat spielen?«

Martin meinte ein Leuchten in ihren Augen zu erkennen, als er »Ja« sagte und lächelte.

»Dann kommen Sie doch mit zu meiner Großmutter. Ständig mokiert sie, weil sie lieber Skat als Canasta spielen möchte, aber da wir sonst immer nur zu zweit sind …«

»Können Sie denn Skat spielen?« Kaum hatte er die Frage gestellt, hätte er sich ohrfeigen können dafür.

Prompt sah sie ihn empört an. »Warum sollte ich das nicht können?«

Ja, warum nicht, dachte Martin.

Vierzehntes Kapitel
Der Schlüssel des Helden

Ähnlich wie seine Großmutter bewohnte Frau Mays Großmutter ein altes Haus ganz alleine. Frau May hatte einen Schlüssel, öffnete und bat ihn herein. Er kam sich vor wie bei einem Antrittsbesuch, obwohl das lächerlich war. Er sollte mit zwei Damen Karten spielen. Mehr nicht. Trotzdem fühlte es sich an, als würde er nun vorgeführt. Er trat ein und war überrascht ob der Helligkeit in diesem großräumigen Flur. Innerlich verband er alte Menschen mit Dunkelheit, stellte er jetzt fest. Das Haus seiner Großmutter war so finster gewesen. Dieses hier war das genaue Gegenteil. Martin staunte. Er fand es beneidenswert. War seine Großmutter zum Sterben ins Hospiz gegangen, weil in ihrem Zuhause Licht fehlte?

»Anouk, bist du das?«

»Ja. Ich habe noch jemanden mitgebracht.«

Frau May bedeutete Martin, ihr zu folgen. Sie betraten das Wohnzimmer, das den Flur noch an Licht und Freundlichkeit überbot. Frau Mays Großmutter saß am Tisch und strahlte sie an. Dass es so zähe Personen gab wie diese alte Frau, machte Martin Hoffnung, hier noch eine lange angenehme Zeit vor sich zu haben.

»Das ist aber schön, dass Sie Anouk begleiten.«

»Es kommt noch besser, Omilein, er kann Skat spielen.«

»Heißt das …?«

»Ja, Herr Wachs spielt eine Runde mit uns.«

Sie sah ihn an. Ja, dachte Martin, so schauen Großmütter ihre Enkelkinder an. Aber er war ja gar nicht ihr Enkel.

»Für mich bist du Irmgards Martin. Ich darf doch Du sagen, oder?«

Martin nickte. Die Frau, die die beste Freundin seiner ungeliebten Großmutter gewesen war, war ihm sympathisch. Ihre Augen wirkten zu groß in ihrem kleinen Gesicht. Schon bei seiner Großmutter hatte er sich gefragt, ob man dem Leben davonschrumpfen konnte.

»Zu gerne würde ich Ihre Gedanken lesen«, sagte sie und sah ihn neugierig an.

Hatte er sie angestarrt? »Verzeihung.«

»Es gibt nichts zu verzeihen.«

»Setzen Sie sich doch«, sagte Frau May und deutete auf einen der freien Stühle.

Martin zählte sechs Stühle an einem großen Tisch, auf einem saß die alte Dame. Er sah sich um. So viel Platz. Seitlich standen noch vier Stühle aufeinandergestapelt.

»Da staunst du, was?«, sagte sie. »Ich habe vier Enkel, zehn Urenkel und sechs Ururenkel, da braucht man viele Sitzgelegenheiten.«

»Das ist wahr.« Martin wählte den Stuhl, der mit der Lehne zum Fenster stand, weil er gerne in den Raum hineinsah.

»Wollen Sie etwas trinken?«, fragte Frau May.

»Nein danke.«

»Ach was«, sagte Frau Mays Großmutter, »wir trinken jetzt erst mal einen ordentlichen Schluck darauf, dass ich mit Irmgards Enkel am Tisch sitze und gleich Skat spielen kann. Und wir müssen das Du besiegeln. Weißt du, Martin, zum Siezen ist mir mein restliches Leben zu kurz.«

Martin hörte Frau May nebenan in der Küche hantieren. Kurz darauf kam sie mit drei kleinen Gläsern und einer Flasche an den Tisch zurück.

»Ah ja, der gute Himbeerlikör.«

Sie stellte jedem ein Glas hin, schenkte im Stehen ein, und setzte sich dann dazu. »Zum Wohl«, sagte die Großmutter und hielt mit zitternder Hand das Glas vor sich, so dass Martin und Anouk mit ihr anstoßen konnten. »Ich heiße Luise.«

Frau May hob wortlos ihr Glas.

»Zum Wohl, die Damen«, sagte Martin, hob das Glas an den Mund und nippte. Sanftwarm glitt der Likör seine Kehle hinab, schmeckte gleichzeitig süß und etwas scharf. Er beobachtete, wie Luise es in einem raschen Zug leerte.

»Schenk mir noch einen ein, bevor du die Karten holst.«

»Omi!«

»Ich bin neunzig. Das ist Altersmedizin.« Sie lachte.

Martin ahnte, woher Frau May ihre Lebendigkeit hatte. »Schenk noch mal nach. Und für Martin auch noch einen.«

»Möchten Sie, Herr Wachs?«, fragte Frau May mit der Flasche in der Hand.

»Ja doch«, antwortete die alte Dame, »wir müssen noch mal auf das Du anstoßen, alle.«

»Omi, bitte.«

»Nun lass mich.« Sie wandte sich an Martin: »Anouk. Sie heißt Anouk.«

Anouk – er wusste das, aber nun wurde ihm der Name angeboten wie eine Köstlichkeit, die rund und warm schmeckte. Mit dem zweiten Likör ließ er ihn sich auf der Zunge zergehen. Dann sah er sie an. Eine schöne junge Frau mitten im Leben, die den Abend eines Feiertages mit einer alten Frau und ihm verbrachte.

»Ich hole jetzt mal die Karten«, sagte sie, stand auf und holte aus einem Sekretär einen Stapel Karten heraus. Dann kam sie zurück an den Tisch und gesellte sich wieder zu ihnen. »Martin, Omilein, bereit?«

Es war bald Mitternacht, als Martin sich verabschiedete. Die Likörflasche war fast leer geworden. Nun lief er durch die milde Frühlingsnacht nach Hause und wünschte sich Frau May, nein, Anouk, an seine Seite. Sie war noch bei ihrer Großmutter geblieben, um ihr ins Bett zu helfen. Anouks Eltern wohnten am anderen Ende von Deutschland, somit sah Luise ihren Sohn und die Schwiegertochter nur selten.

Einschlafen konnte er nicht. Seine Gedanken kreisten um Frauen. Anouk, ihre Großmutter, seine Großmutter – wie anders war doch Anouks Großmutters Umgang mit ihrer Enkelin – so innig und zugleich respektvoll.

»Sie ist schon ein bisschen stur gewesen, deine Großmutter«, hatte Luise gesagt. Luise. Irgendwie war es komisch, eine so alte Frau, einen so alten Menschen beim Vornamen zu nennen. Für Martin verkürzte das Du die Distanz zum Alter. »Ich habe sie immer wieder ermutigt, Kontakt zu dir zu suchen, aber sie hat sich nicht getraut. *Ich habe meine Tochter beerdigt und meinen Enkel vergrault – ich habe sie beide verloren, so ist das nun mal.* Das war das Einzige, was sie sagte. Und als der Krebs ihren Körper befiel, meinte sie, dass das eine Strafe sei. Eine verdiente Strafe, wie sie selbst sagte.«

Es war ein sehr versöhnlicher Abend gewesen. Auch wenn Martin bedauerte, dass Anouk sich nicht hatte von ihm begleiten lassen – auch auf sein Bedenken hin nicht, dass es schließlich schon tiefe Nacht war. Sie hatte ihn angesehen, als sei er weltfremd und gemeint, man lebe hier auf dem Dorf. Und Martin hatte erkannt: Anouk war ein positiver Mensch, der nur an das Gute dachte. Ob sie ihm das beibringen konnte? Ihre Unbeschwertheit jedenfalls fand er beneidenswert, und er wollte sich gerne anstecken lassen.

Am nächsten Tag war er zum Amtsarzt geladen. Er stand auf, duschte sich, zog sich an und ging zum Bäcker. Obwohl er aufgrund des bevorstehenden Termins keinen Appetit hatte, wollte er sich sein Frühstück nicht verderben lassen. Zwei weitere Kunden waren vor ihm an der Reihe. Die Luft war sehr stickig, er wollte hier schnell wieder raus. Hätte er den lästigen Termin doch schon hinter sich. Ob es ein Arzt oder eine Ärztin war? Was wäre ihm lieber? Was würden sie überhaupt von ihm wollen? Würden sie ihn auf ein Burn-out testen, von dem Schulleiter Sassen gesprochen hatte?

»Sie wünschen?«

Martin war so überrascht, als er angesprochen wurde und sagte zunächst nichts. Die Verkäuferin wiederholte ihre Frage: »Sie wünschen?«

»Zwei Croissants bitte.«

»Schoko oder normal?«

»Normal«, sagte er, wenngleich er das völlig absurd fand, denn Schokocroissants waren schließlich nicht unnormal. Wenn er Croissants bestellte, wollte er Croissants, wenn er Schokocroissants bestellte, dann Schokocroissants. So einfach war das. Aber das erklärte er der Bäckereifachverkäuferin nicht. Nachdem er bezahlt hatte, sagte sie, dass das doch wieder typisch für Freitag, den Dreizehnten, sei.

»Was meinen Sie?«

»Den Regen.«

Martin bezahlte und ging zügig nach Hause. Er hatte keinen Schirm dabei, aber es tröpfelte mehr, als dass es regnete, und es störte ihn nicht. Im Gegensatz zu anderen hatte er kein Problem mit der Zahl Dreizehn auf dem Kalender, Freitag hin oder her. Den Aberglauben überließ er Fatalisten. Zu Hause angekommen schloss er auf, hängte seine Cordjacke im Flur über das Treppengeländer und ging in die Küche. Die Croissants schmeckten ihm nicht so gut wie sonst. Er trank Kaffee dazu und hatte danach das Gefühl, das Fett der Teigware säße nun auf dem Grund seines Magens und verursache das Sodbrennen. Es ging vorüber. Und die Mängel, die seine Bandscheiben laut der Magnetresonanztomografie, der er sich auch noch unterzogen hatte, aufwiesen, waren auch nicht von Dauer, wenn er sich entsprechend verhielt. Deswegen aus dem Lehrerberuf auszuscheiden, war Unfug. Und das wollte er auch gar nicht. Etwas vorschieben. Er dachte über den Verlauf des bevorstehenden Termins nach. Aktuell sprach man vom Jahr des Lehrermangels, überlegte Martin. Und das würde in Zukunft sicher nicht besser werden. Man würde ihn bestimmt nicht gehen lassen wegen eines vorübergehenden Bandscheibenproblems. Es ging ihm nur darum, nicht den Stempel Burn-out zu bekommen. Für ihn klang ein orthopädischer Grund da weitaus besser. Aber die Realität war eine ganz andere. Er hatte weder ein Burn-out, noch gravierende Bandscheibenprobleme – er wollte schlichtweg nicht mehr unterrichten, Lehrermangel hin oder her.

Lehrermangel. Mangel. Wollte das nicht immer die vorausgegangene Generation? Dass es der nächsten an nichts mangelte? Bestimmt hatte seine Mutter das gewollt, aber seine Großmutter hatte dafür gesorgt, dass es ihm an Zuneigung gemangelt hatte. Seit dem Tod seiner Großmutter war vieles im Unterbewusstsein Verdrängte in sein bewusstes Denken gelangt. Das appellgleiche Wecken zum Frühstück, das meist aus Brot, Butter und Käse bestanden hatte, dabei hätte er viel lieber Wurst und Marmelade gehabt. Die Mittagmahlzeiten waren nicht besser gewesen, Fettaugen hatten im Eintopf geschwommen und ihn angestarrt. Und abends sollte er sich etwas aus dem Kühlschrank holen, wenn er Hunger hätte.

Was er heute sah: Großmutter war schon damals dem Leben davongeschrumpft, denn sie aß kaum etwas. Vielleicht hatte sie ihr Verschwinden mit den schönen, auffallend teuren und exklusiven Kleidern kaschieren wollen. Weil sie wusste, sie musste bleiben – für ihn. Und später waren es wohl Menschen wie Luise gewesen, die sie am vollständigen Verschwinden hinderten. Denn als er alt genug war, war er versorgt, seine Eltern hatten eine Lebensversicherung gehabt, die ihm das Studium mitfinanzierte. Er hatte lange gebraucht, um zu begreifen, dass er allein dafür verantwortlich war, ob es ihm im Leben an etwas mangelte. Wenn er weiterhin als Lehrer arbeitete, wirkte er zwar dem Lehrermangel entgegen, blieb aber selbst auf der Strecke.

Da es noch nicht an der Zeit war zu gehen, beschloss er, schon einmal mit dem Kofferpacken anzufangen. Egal, was beim Amtsarzt später herauskam, morgen würde er für zwei Wochen in den Schwarzwald fahren. Eines war sicher: In den Lehrerberuf bekämen ihn keine zehn Pferde mehr. Und wie es dann beruflich mit ihm weiterginge, würde er sich im Urlaub überlegen.

Er holte seinen Rollkoffer aus dem Keller. Die Stelle, an der Puppenwagen gestanden hatte, stach ihm ins Auge, versetzte ihm allerdings keinen Stich, denn der Puppenwagen erfüllte andernorts einen Wunsch. Er nahm den Koffer und ging in den ersten Stock in das ehemalige Schlafzimmer seiner Großmutter, dort bewahrte er seine Kleider auf. Was musste er für zwei Wochen alles einpacken? Seine beiden Wanderhosen hatten schon ein paar Jahre auf dem Buckel, er hätte daran denken sollen, neue zu kaufen. Er öffnete die Schranktür und nahm den großen Bügel heraus, über den er beide Wanderhosen gehängt hatte. Er schlüpfte hinein und – oh Wunder – er konnte sie leicht schließen. Abermals stellte er fest, dass er schlanker geworden war. Er freute sich, zog seine Jeans wieder an und legte die Wanderhosen in den Koffer. Wann hatte er eigentlich zuletzt einen Koffer gepackt? Von der weiten Welt geträumt? *Kofferträume.* Ein wunderschönes Wort hatte Anouk da in den Raum geworfen. Nun würde er sie zwei Wochen lang nicht sehen. Dieser Gedanke dehnte seinen Urlaub in eine Länge, die er gar nicht wollte. Aber er musste hier raus aus diesem Haus, in dem er zwar in kurzer Zeit einiges umgestaltet hatte, aber eben noch keine Ruhe fand. Er freute sich schon jetzt auf den Tag, an dem sein Wohnzimmer oben auf dem Speicher fertig war, dann würde er im wahrsten Sinne des Wortes über den Dingen stehen und dann vielleicht auch über dem, was in den Zimmern darunter passiert war.

Das Schweigen seiner Großmutter, das ihm als Kind so weh getan hatte, als habe ihm jemand den Kopf gegen die Wand gehauen. Rückblickend wäre ihm körperliche Gewalt weitaus lieber gewesen. Dann hätte er sich auf den akuten Schmerz konzentrieren und sich über das Nachlassen freuen können.

Ehe er sich versah, hatte sich der Koffer über sein Nachsinnen wie von selbst gepackt. Nun schloss er ihn und schleppte ihn die Treppen hinunter. Unten angekommen, sah er auf die Uhr. Es blieb ihm immer noch etwas Zeit, bis er zum Amtsarzt musste. Wenn er es doch nur schon hinter sich gebracht hätte! Er ging in die Küche. Ob er sich noch einen Kaffee kochen sollte? Ihm fiel ein, wie er den Wehrdienst hatte verweigern wollen und Unmengen starken Kaffee in sich hineingeschüttet hatte. Sein Herz raste daraufhin nicht nur, es schlug auch unregelmäßig. Er hatte geglaubt, man würde ihn aufgrund dessen schnell ausmustern, oder zumindest zu weiteren Untersuchungen schicken, die ihm Aufschub gegeben hätten, denn auf den Zivildienst hatte er auch keine Lust. Die Überdosis Kaffee war Angelikas Idee gewesen. Funktioniert hatte das nicht, und der Zivildienst war aus heutiger Sicht sogar eine wertvolle Erfahrung gewesen. *Erfahrungen sind dazu da, sie weiterzugeben.* Von wem stammte dieser Satz? Hatte das nicht ein ehemaliger Lehrer von ihm gesagt? Er verzichtete auf einen weiteren Kaffee.

Wenn er doch nur endlich, endlich den Amtsarztbesuch hinter sich und seine Ruhe hätte! Nervös lief er auf und ab, ging in sein Wörtermuseum, sah dort erst aus dem Fenster, dann in die Vitrine, dann in die leeren Regalfächer, die er mit Worten füllen wollte. Der Panther von Rilke kam ihm wieder in den Sinn. Er musste an die Luft. Nach einem Blick auf die Uhr beschloss er, aus dem Haus zu gehen, auch wenn er noch immer früh dran war. Er trat in den Flur und nahm die Aktentasche vom Boden, in die er die MRT- und Hausarztbefunde gesteckt hatte – und zögerte. Er beschloss, besser noch einmal alles zu kontrollieren, ob er auch wirklich nichts vergessen hatte. Als erstes zog er die CD des MRTs heraus, dann die Befunde. Ja, alles da. Wie aus einem Impuls heraus langte er aber noch einmal in die Tasche und fand den Schulschlüssel. Martin nahm ihn heraus und musste sofort an Hendrik denken, an dessen Bitte, sich etwas für den Abischerz zu überlegen. Mit dem Schulschlüssel konnte Hendrik vor seinen Klassenkameraden auftrumpfen. Martin grinste. Er würde Hendrik helfen, einen Abischerz auf die Beine zu stellen, der ein Knaller war. Die Literaturgespräche mit ihm wollte er nicht missen, fand aber, dass der Junge unbedingt unter Gleichaltrige gehörte. Er selbst hatte, zwar aus anderen Gründen, erfahren, wie es war, nicht dazuzugehören, aber am Ende war es wahrscheinlich ein ähnliches Gefühl, das ihn mit Hendrik verband. Er wollte nicht, dass Hendrik ein Einzelgänger blieb, denn das war er in seinen Augen. Zum Glück hatte er neulich vorgeschlagen, Carola und Jonas könnten an ihrem Literaturkreis teilnehmen. Denn Einsamkeit in jungen Jahren verdarb einen Teil des restlichen Lebens, davon war er heute überzeugt. Nun drehte und wendete er den Schlüssel in der Hand und spürte ein Triumphgefühl in sich aufsteigen. Jetzt konnten die Abiturienten nachts ihr Unwesen in der Schule treiben. Das Schulgebäude mit Luftballons füllen, die Fenster verdunkeln und alle Lichtschalter abkleben, oder das Lehrerzimmer verwüsten. Beinahe hätte Martin bei dem Gedanken daran laut gelacht. Ja, er wollte, dass die Abiturienten und Hendrik als einer von ihnen Spaß hatten – und eigentlich wollte auch er

Spaß haben. Das würde ein Vergnügen werden. Er besah den Schlüssel und überlegte sich, wo er ihn nun aufbewahren sollte. Zurück in seine Aktentasche wollte er ihn nicht stecken, denn wozu sollte er ihn mitnehmen zum Amtsarzt? Da hatte er nichts verloren. Und dann schoss ihm dieser eine Gedanke durch den Kopf, der sich so gut anfühlte, dass Martin dem Denken das Handeln folgen ließ, denn genau in diesem Moment, mit dem Schulschlüssel in der Hand, ging ihm ein Licht auf: Was hatte er denn verloren beim Amtsarzt? Nichts. Er war nicht krank und rechnete nicht damit, dass seine orthopädische Diagnose ausreichte, um ihn aus dem Schulbetrieb zu entlassen. Sie wäre ohnehin nur ein Alibi, um sein Gesicht zu wahren. Natürlich hatte er viel zu verlieren, wenn er den Termin ignorierte. Ein Verweigern würde Konsequenzen nach sich ziehen. Trotzdem, er konnte da nicht hingehen. Nicht mehr. Diese Weigerung, die ihm noch bis vor kurzem unmöglich gewesen wäre, empfand er nun als logisch. In den Augen anderer war das, was er tat, nicht korrekt. Das war ihm durchaus bewusst. In gewisser Weise stand seine Glaubwürdigkeit, die er durch seine jahrelange gewissenhafte Arbeit ohne Fehltage aufgebaut hatte, auf dem Spiel. Er warf den Schulschlüssel in die Höhe, fing ihn auf, erhob sich und ging zurück in die Küche zu seinem Laptop und googelte ein Wort: Abischerze. Einen Kaffee und eine Wasserflasche später lagen mehrere vollgeschriebene Notizzettel neben ihm. Dann schickte er Hendrik eine WhatsApp: *Komm vorbei – jetzt – wir planen den Abischerz!* An den Amtsarzt dachte er nicht mehr.

Eine Stunde später kam Hendrik. Er war noch nicht einmal zur Tür herein, da sagte Martin auch schon: »Ich habe mir folgendes überlegt. Wir kombinieren Luftballons und Wasserbecher. Erst dachte ich, wir nehmen noch die Verdunkelung mit rein, aber manchmal sind aller guten Dinge wohl doch nicht drei.«

Hendrik lachte und schloss die Tür hinter sich. »Wir? Machst du etwa mit?«

»Soll ich nicht?« Hendriks Reaktion versetzte Martin einen kleinen Stich. Der Junge zog seine Jacke aus und hängte sie über das Treppengeländer.

»Ich bin nur überrascht.«

Ich auch. Martin ging zurück in die Küche und machte Hendrik ein Zeichen, ihm zu folgen. Dann setzte er sich vor den Laptop und Hendrik stellte sich hinter ihn, so dass er einen guten Blick auf den Bildschirm hatte. Martin zeigte ihm Aufnahmen von mit Ballons gefüllten Aulen und Klassenzimmern.

»Das war's, was du mir zeigen wolltest?«

»Begeisterung sieht anders aus.«

»Ist ja irgendwie kein Knaller. Das gab es ja schon, sogar an unserer Schule.«

»Ich weiß, aber das Rad kann man auch nicht neu erfinden. Trotzdem ist es gut. Wir perfektionieren das einfach.« Martin klickte von Bild zu Bild und hoffte auf eine zustimmende Reaktion von Hendrik.

»Stopp mal. Das ist doch cool!«

Martin vergrößerte das Bild, auf dem ein langer Gang zu sehen war, der mit Wasser gefüllten weißen Pappbechern zugestellt worden war.

»Die haben da Abi 2012 mit roten zwischen den weißen Bechern dazugeschrieben. Das machen wir auch. Lauter weiße Becher und dazwischen mit rot Abi 2016.«

»Hm«, machte jetzt Martin.

»Gefällt dir nicht?«

»Doch! Das könnte man allerdings ausbauen. Abi 2016 – das klingt ein bisschen langweilig, findest du nicht?«

»Guten Rutsch – wie wäre das? Der eine oder andere rutscht doch bestimmt aus.«

»Das ist aber nicht der Plan, Hendrik. Das Ziel ist doch, dass die Lehrer nicht ins Lehrerzimmer und die Schüler nicht ins Klassenzimmer kommen, damit für alle der Unterricht ausfällt.«

»Wessen Plan ist das? Deiner?«

»Das ist immer der Plan. Die Abiturienten veranstalten ein großes Brimborium, und es findet kein Unterricht statt.«

»Wer freut sich eigentlich mehr darüber? Lehrer oder Schüler? Jetzt kannst du ja ehrlich sein.«

»Naja. Herr Flint zum Beispiel macht sich immer als erster aus dem Staub. Das wird heute wohl nichts mit Unterricht, sagt er stets und ist schneller weg, als der Sassen ihm erklären kann, dass natürlich Anwesenheitspflicht für alle Lehrer besteht.«

»Da wirft er ja buchstäblich die Flinte ins Korn«, Hendrik lachte.

»Ja, und die Kollegen rufen ihm Jahr für Jahr genau diesen Spruch hinterher. Apropos, wir brauchen einen passenden Slogan.«

Hendrik setzte sich neben Martin und sah die vollgeschriebenen Blätter durch. »Was sind das für Telefonnummern?«

»Ich habe schon herausgefunden, wo und wie wir an Ballons und Becher kommen. Wir brauchen ja sehr viele.«

»Ballons und Becher.«

»Sag ich doch.«

»Klingt wie ein Buchtitel.«

»Recht hast du. Da steckt auch viel drin. Luft und Wasser braucht man zum Leben.«

»Dann lass uns so was in der Art mit roten oder schwarzen Bechern zwischen lauter weißen schreiben.«

»*Wasser – Stoff zum Leben*. Oder: *Wasserstoff* und, äh, irgendwas *ist gleich Abi 2016*.«

»Das ist gut. Mit *Wasserstoff* haben wir Chemie, mit *ist gleich* Mathematik, vielleicht noch was für Deutsch oder Sprache allgemein.«

»Warte, ich schreibe das mal auf.« Martin fischte unter den Blättern ein leeres heraus und nahm einen Kuli zur Hand. Dann schrieb er das Wort Wasserstoff auf. »Wir müssen formulieren, dass man fürs Leben lernt, weil das notwendig ist wie Wasser.«

Sie zerbrachen sich die Köpfe, schrieben mehrere Blätter voll, diskutierten und einigten sich am Ende auf den Slogan: *Abibombe 2016*. Alle anderen Ideen warfen sie über den Haufen.

»*Abibombe 2016*, das ist kurz und knapp und klingt, das ist die Hauptsache. Die Bildzeitung wäre neidisch.«

»Na, mit der wollen wir uns aber bitte nicht vergleichen!«

»Alles gut, Martin, bleib ruhig. Sollte ich es tatsächlich schaffen, ein Buch zu schreiben, wäre ich allerdings froh, so viele Leser zu haben wie die Bild.«

»Wenn man die als Leser bezeichnen kann. Es sind doch eher Schlagwortkonsumenten. Aber wie dem auch sei, wir haben jetzt alles«, sagte Martin, »Schulschlüssel, Adressen, wo wir Ballons und Becher in großen Mengen bekommen und ein Motto.«

»Das Wichtigste hast du vergessen!«

Martin sah Hendrik an, als sei Hendrik der Lehrer, der eine richtige Antwort aus dem Schüler kitzeln wollte.

»Brauchst gar nicht so angestrengt nachdenken, da kommst du sowieso nicht drauf«, sagte Hendrik.

Martin zuckte mit den Achseln. Er wusste wirklich nicht, was jetzt noch fehlte. Hendrik sah ihn triumphierend an. Ätsch, ich weiß mehr als mein Lehrer, stand ihm auf der Stirn geschrieben. »Sollen wir beide das etwa alleine machen?«, fragte er schließlich.

»Natürlich nicht. Ich könnte Paule …«

»Quatsch. Das ist nicht sein Abitur. Wir müssen ein paar Schüler einweihen. Und uns mit denen zusammensetzen. Die Arbeit, die sicher eine ganze Nacht andauern wird, in Schichten einteilen und vieles mehr.«

»Wieso wir? Ich bin kein Abiturient. Das schafft ihr dann schon.«

»Mitgehangen, mitgefangen. Nach den Pfingstferien werde ich Tom ansprechen, der ist meines Wissens nach Chef des Abischerzkomitees. Dann treffen wir uns mit ein paar Leuten am besten hier bei dir, um alles zu planen. Soweit ich das bisher mitbekommen habe, scheiterten alle Ideen daran, dass niemand nachts in die Schule hineinkommt. Aber jetzt haben wir dich und du hast den Schulschlüssel. Du bist unser Held. Tom wird begeistert sein. Alle werden begeistert sein. Ich bin es schon.«

Aus dieser Nummer kam er wohl nicht mehr raus, ohne Hendrik zu enttäuschen. Aber bei den Treffen mit den Schülern würde er sicher nicht dabei sein. Da hatte ein Lehrer nichts zu suchen. War er überhaupt noch ihr Lehrer? Eigentlich nicht. Und es juckte ihn in den Fingern, Schulleiter Sassen oder den ehemaligen Kollegen, die ihn bisher ignoriert hatten, eins auszuwischen. Trotzdem, es war keine gute Idee, sich bei ihm zu treffen. Aus Sicht der Abiturienten war er immer noch der Lehrer. Er lieferte die Mittel, das sollte reichen. »Ich habe Hunger«, sagte er und hatte jetzt, da er es ausgesprochen hatte, sogar das Gefühl, ein Loch im Bauch zu haben.

»Ich auch.«

»Wir bestellen Pizza.«

Die Sonne ging bereits unter, als Martin Hendrik zur Bahn begleitete. Er hatte vor dem Schlafenlegen an die frische Luft gehen und sich noch etwas die Beine vertreten wollen.

»Da kommt sie schon«, sagte Martin und zeigte mit dem Finger auf die einfahrende Bahn.

»Danke nochmals. Das hat irre Spaß gemacht.«

»Mir auch.« Martin klopfte Hendrik auf die Schulter.

Die Bahn hielt, Hendrik drückte den Knopf für die automatische Türöffnung und stieg ein. Nachdem die Tür geschlossen war, winkte er noch einmal und auch Martin hob die Hand. Er sah der Bahn nach, dann ging er nach Hause. Dort räumte er die Unterlagen vom Nachmittag zusammen, brachte danach die Pizzapappe zum Müll und räumte das Geschirr auf. Spät war es geworden. Bevor er ins Bett fiel, sah er auf sein Smartphone. Kein verpasster Anruf. Aber er hatte auch nicht damit gerechnet, dass der Amtsarzt ihn anrufen würde. Der würde eine Notiz machen, und sicher käme bald wieder deutsch-bürokratisch Post, weil er den Termin nicht wahrgenommen hatte. Für wahr hatte er nur sich genommen. Seine Bedürfnisse, sein Leben. Er zog das Federbett bis zum Kinn hoch und seufzte tief. Er fühlte sich wohl, müde, aber aufgeräumt und glücklich. Ein Schlager fiel ihm ein: *Schön ist es, auf der Welt zu sein.* Dann schlief er ein.

Fünfzehntes Kapitel
Ankunft vor Abfahrt

Am Samstagvormittag startete Martin in seinen zweiwöchigen Urlaub. Begleitet vom Schein der Frühlingssonne fuhr er in seinem alten Volvo in Richtung Schwarzwald an Streuobstwiesen vorbei dem Baulärm in seinem Haus davon. Er hatte das Gefühl, dass sich seine Zeit in den letzten Wochen ausgedehnt hatte. Mit Hendrik war das Jungsein zurückgekehrt. Durch Anouk fühlte er sich nicht nur im Kopf jung, auch der Körper signalisierte wieder Bereitschaft. Wer sich körperlich und geistig jung fühlte, sah nicht das Ende; wer sich körperlich und geistig jung fühlte, sah immerzu Anfänge.

Ihre Großmutter musste ihr Kind zu Grabe tragen. Ausschließlich wegen Ihnen hat sie weitergelebt und bis zu ihrem letzten Atemzug bereut, ihre Trauer auf Ihnen abgeladen zu haben. Manchmal stößt man von sich, was einem am liebsten ist, aus Angst, vor lauter Liebe bliebe einem der Atem weg.

Ein Anfang lag darin, dass er die Vergangenheit neu denken musste. Hätte man ihm vor zwei Monaten gesagt, er würde aus dem Lehrerberuf aussteigen, ja, ihn sogar mehr oder weniger hinwerfen, und dann auch noch mit einem Schüler zusammensitzen, um den Abischerz zu planen, er hätte demjenigen wohl einen Vogel gezeigt. In Wirklichkeit machte es ihm unglaublich viel Spaß, mitmischen zu dürfen. Er war gespannt, was das Abischerzkomitee von ihrer Idee hielt. Hendrik würde sicher bald berichten.

Den Wunsch, diesen Abischerz zu begleiten, als sei er selbst Schüler, verdrängte er. Hendrik hatte ihm am frühen Morgen per WhatsApp mitgeteilt, dass er sich schon in den Ferien an Tom, den Chef des Abischerzkomitees, wenden würde. Martin war sich sicher, dass auch der Rest der Schüler Hendrik in ihrer Mitte begrüßen würden, schließlich hatte er den Schulschlüssel, den Schlüssel zum Abischerzglück. Hoffentlich akzeptierten ihn dann auch endlich alle, weil sie gemerkt hatten, dass sogenannte Streber nicht nur nach guten Noten strebten.

Ehe er sich versah, war er am Hotel angekommen. Die eineinhalb Stunden Fahrt hierher waren wie im Flug vergangen. Geranien hingen in voller Pracht über der hölzernen Balkonbrüstung. Sofort erinnerte er sich wieder. *Diese Blumenpracht*, hatte Maria jedes Mal ausgerufen, wenn sie angekommen waren. Wieso hatte er ausgerechnet dieses Hotel gewählt? Wahrscheinlich, weil er in einer Zeit hier gewesen war, in der er sich von Maria mehr und mehr entfernt hatte, und hier oft allein gewandert war. Das Alleinsein hatte er damals sehr genossen. Jetzt beschlich ihn der Gedanke, dass er lieber woanders wäre. Aber gebucht war gebucht, und es galt nun nichts anderes, als vierzehn Tage lang besonders gute Luft zu atmen, zu entspannen, spazieren zu gehen, gut und gleichzeitig gesund zu essen, viel zu lesen – es galt zu leben. Diese vierzehn Tage im Schwarzwald in einem Wellnesshotel und im Anschluss den Rest seines Lebens.

Er parkte sein Auto auf dem Hotelparkplatz, stieg aus, ließ den Koffer im Kofferraum und betrat das Foyer. Niemand war zu sehen. An der Wand hinter dem Empfangstresen fiel ihm ein Schild auf: *Die meisten Menschen können ihren Akku erst füllen, wenn der ihres Smartphones leer ist – geben Sie Ihr Smartphone an der Rezeption ab, wir verwahren es für Sie, während Sie Urlaub machen.*

Martin überlegte, ob das auch etwas für ihn wäre. Er wollte zwar wissen, was Hendrik berichtete, aber auf keinen Fall im Urlaub irgendeine blöde Nachricht erhalten. Womöglich käme die Schulsekretärin Frau Schlott auf die Idee, ihn anzurufen, um ihn zu beknien, nach den Pfingstferien wieder zu erscheinen. Außerdem war er sich sicher, dass Schulleiter Sassen ein Duplikat des Schreibens vom Regierungspräsidium erhalten hatte. Auch ihm traute er zu, ihn sogar über die Feiertage anzurufen. Als er merkte, dass er das Schild gerade zum dritten Mal gelesen hatte, betätigte er die Klingel auf dem Tresen. Eine blonde Frau mit Zöpfen kam aus einem Nebenraum und begrüßte ihn lächelnd. Er bekam das Zimmer Nummer 307. Wenn er seinen Autoschlüssel hinterließe, würde man sein Gepäck nach oben bringen.

»Da ist noch was«, sagte Martin.

»Ja bitte?«

»Ich möchte mein Smartphone abgeben.« Er deutete auf das Schild hinter dem Tresen.

»Sehr gerne.« Die Empfangsdame streckte die Hand aus.

Martin warf noch einen letzten Blick auf das Gerät, bevor er es ihr übergab. Dann suchte er sein Hotelzimmer auf. Es hatte war angenehm hell und hatte einen großzügigen Balkon. Martin trat hinaus und sah in die Ferne. Weil ihn die Sonne blendete, hob er schützend die Hand vor seine Augen und genoss die Aussicht. Baumgrün und himmelblau. Er fand, es passte gut zueinander, reckte und streckte sich, als sei er gerade erst aufgestanden. Dann hob er beide Arme in die Luft und atmete tief ein, um seine Lungen mit guter Luft zu füllen. Herrlich.

Es klopfte. Ein Hotelangestellter brachte seinen Koffer. Martin hatte keine Lust, ihn auszupacken, lieber wollte er auf der Hotelterrasse einen Kaffee trinken und sich ein extra großes Stück Schwarzwälder Kirschtorte gönnen. Während er nach unten ging, fasste er sich mit der Hand an den Bauch. Ob er wirklich mit einem Stück Schwarzwälder Kirschtorte in die Zeit der Erholung starten sollte? Wenn er noch mehr Bauchspeck loswerden wollte, wohl besser nicht. Mochte Anouk eigentlich dicke oder dünne Männer? Sie zumindest konnte bei ihrer sportlichen Figur Torte vertragen. Aber sie war ja nicht hier, und was dachte er da überhaupt? Unten angekommen, beschloss er, die Entscheidung, ob er Torte essen wollte oder nicht, noch ein bisschen vor sich herzuschieben und sich erst einmal die Außenanlage des Hotels anzusehen. Der Hotelgarten war sehr gepflegt, dem saftigen Rasen- und Baumgrün war Frühlingsbunt in Form von Tulpen in allen Farben an die Seite gestellt worden. Rote Blüten auf grünen Stängeln gaben das Signal für Entspannung. Zu Hause waren sie längst der süddeutschen Schwüle zum Opfer gefallen, hier standen sie noch Spalier. Gartenliegen luden zum Entspannen ein, ein junges Paar, frisch verliebt, so zumindest ordnete Martin sie ein, nutzte bereits welche. Händchenhaltend lagen sie da. Martin grüßte im Vorbeigehen, legte sich ebenfalls auf eine Liege und atmete tief durch.

Wie wohltuend das doch war. Er wollte nicht einmal lesen, einfach nur dazuliegen genügte ihm. Und vielleicht ein bisschen an Anouk denken. Und doch keine Schwarzwälder Kirschtorte essen. Lieber sich sattatmen. *Sattatmen*. Das Wort, das ihm eben in seine Gedanken geflogen war, gefiel ihm. Er war sich sicher, dass seine Mutter es in das Büchlein eingetragen hätte.

Während er so dalag und bewusst atmete, ging ihm das Bild der beiden Hände, die sich hielten, nicht aus dem Kopf. Es erinnerte ihn an sein erstes Verliebtsein. Da ließ man einander nie los. Nicht beim Spazierengehen, nicht beim Fahrradfahren, nicht einmal beim Essen. Verliebte Hände mussten sich halten. Er bekam Sehnsucht nach Zweisamkeit. Anouk. Fast glaubte er, ihren Orangenduft wahrnehmen zu können. Er atmete tief und ruhig. Schön wäre, wenigstens von ihr zu träumen. Nach einer kurzen Weile schlief er ein.

Als er wieder erwachte, war die Kaffeezeit vorbei. Ihn fröstelte, er setzte sich auf, rieb sich die Augen, blinzelte und schaute in den Himmel. Eine Wolke hatte sich vor die Sonne geschoben, aber es sah so aus, als wolle sie zügig weiterwandern und dem Frühabendblau den Vortritt lassen. Alles schien perfekt. Martin entschied, einen Spaziergang zu unternehmen. Er meinte sich zu erinnern, dass es um das Hotel herum einen einstündigen Rundweg gab. Vorsichtshalber fragte er an der Rezeption nach. Die Dirndldame bestätigte es. »Ziehen Sie gutes Schuhwerk an, die letzten Tage ist Starkregen heruntergekommen, die Wege dürften noch etwas rutschig sein.«

Martin zog sich rasch um, es drängte ihn nach draußen in die Natur.

Schon nach einer Viertelstunde wurde ihm sehr warm, weil es steil bergauf ging. Er krempelte sich die Hosenbeine hoch. Das feuchte Gras kitzelte seine Waden. Lächelnd lief er weiter.

Ob Paule mal mit ihm wandern gehen würde?, schoss es ihm in den Kopf. Oder ob Anouk dazu Lust hätte? Das Wandern ist des Müllers Lust, Hendrik Müller, ob der gerne – was war nur los mit ihm? Er war ganz durcheinander. Als seien sie alle mitgefahren: Anouk, Paule, Hendrik. Drei Menschen, die sein Leben neu belebten. Ein schöner Gedanke. Noch schöner war, dass diese drei nicht nur in seinem Kopf existierten, sondern sein Leben ganz real bereicherten. Fröhlich schritt er bergan, es wurde immer rutschiger, der Weg immer steiler. Von Weitem kamen ihm zwei Menschen entgegen. Er hörte sie lachen, es klang jung. Im Näherkommen erkannte er das Paar von der Gartenliege. Sie hielten sich bei den Händen, irgendwie freute ihn das, sie machten es richtig. Er schnaufte, weil es anstrengend war, bergauf zu gehen, aber er wollte vor diesen jungen Leuten nicht wie ein Greis wirken, der kaum noch vorankam. Deshalb setzte er seinen Aufstieg schneller fort, als seine körperliche Verfassung es zugab. Der aufgeweichte Boden bildete eine Schlammschicht, die unter seinen Wanderschuhen schmatzte. Er sah dem Paar entgegen und nicht auf den Weg, schon lag er im Matsch, er war über einen quer liegenden Baumstamm gestolpert. Warum hatte er den nicht gesehen? Er konnte es kaum glauben. Die jungen Leute halfen ihm auf.

»Geht schon, danke«, sagte er.

»Besser, man geht hier zu zweit«, sagte die Frau – fast noch ein Mädchen – und strahlte so verliebt, dass es Martin unangenehm war, sie anzusehen. Frisch Verliebte ließ man in Ruhe in ihrer Welt. »Es muss die letzten Tage wirklich ein Unwetter niedergegangen sein«, sagte er, um seinen albernen Sturz zu rechtfertigen. »Ich passe jetzt auf.«

Das Paar wünschte ihm einen schönen Abend, dann setzten sie ihren Weg fort. Martin sah ihnen nach, sah die sich haltenden Hände. Eine Zeile aus einem Gedicht von Erich Kästner fiel ihm ein: *Mir ist manchmal so einzeln auf der Welt.* Weitaus langsamer lief er weiter, das lebensbejahende Lachen der beiden noch im Rücken. Dann blieb er stehen. Wo wollte er überhaupt hin? So alleine? Er drehte sich um. Das Paar war hinter der Wegbiegung verschwunden, aber ihm war, als sähe er immer noch die sich haltenden Hände. Er starrte auf den Weg, als ob sie zurückkämen, aber das taten sie nicht. Vor seinem inneren Auge sah er Anouk. Vorsichtig lief er bergab. Immer noch lagen vereinzelt Äste quer über dem morastigen Weg. Er überstieg sie nun leichtfüßig, dann überkam ihn der Drang zu springen, und er tat es, als er an dem Baumstamm ankam, über den er eben erst geflogen war. Geschafft! Das war doch nur eine kleine Hürde, dachte er. Aber wenn ich kleine Hürden überspringen kann, machen mir große auch keine Angst mehr.

Besser, man geht hier zu zweit.

Das nächste Mal komme ich mit Anouk hierher.

Martin wollte so schnell wie möglich wieder nach Hause. Er hatte endlich begriffen, was im Leben wichtig war, was ihm in seinem Leben wichtig war: Anouk, Paule, Hendrik und sein neues Heim. Es gab keinen Grund, auch nur eine Sekunde länger hierzubleiben. Die Dirndldame schaute, als wäre es ihre Schuld, dass Martin noch am gleichen Tag wieder abreisen wollte. »Den Aufenthalt müssen wir Ihnen aber trotzdem berechnen«, sagte sie.

Berechnen. Ja, das meiste im Leben wurde einem am Ende in Rechnung gestellt, vor allem das Ende selbst.

»Können Sie mir bitte mein Smartphone geben?«

Die Dirndldame verschwand in einem Nebenraum und kam gleich daraufhin wieder zurück. Sie reichte ihm das Smartphone über den Tresen.

»Geht es Ihnen gut?«

»Machen Sie sich keinen Kopf. Mir geht es gut.«

Ob sie sich wirklich Gedanken um ihn machte oder nicht, war ihm letztendlich egal. Er wollte nur eines: nach Hause. Er wollte die Ärmel hochkrempeln und Herrn Müller zur Hand gehen; er wollte mit dem Abischerzkomitee den Abischerz nicht nur planen, sondern nachts mit ihnen in die Schule eindringen, um die Wasserbecher aufzustellen; anschließend wollte er mit Paule einen über den Durst trinken, aber als Allerersten wollte er sich Anouk widmen. Und das konnte ihm jetzt nicht schnell genug gehen.

Nachdem er seinen Koffer im Auto verstaut hatte, startete er den Wagen. Nicht einmal die beschmutzte Kleidung hatte er gewechselt. Er wollte nach Hause. Und das rasch. Mehr nicht. War er den Hinweg gemütlich über die Landstraße getuckert, so entschied er nun, den zügigeren Weg über die Autobahn zu wählen. Fröhlich pfiff er vor sich hin, als er den Autobahnzubringer entlangfuhr. Nach nur wenigen Kilometern auf der Autobahn stand er im Stau. Er schaltete das Radio ein. In den Verkehrsnachrichten erfuhr er, dass der Stau bereits eine Länge von zehn Kilometern erreicht hatte. Das konnte dauern. Aber Martin war so guter Dinge und voller Vorfreude auf daheim, auf die Menschen, die er inzwischen liebgewonnen hatte und auf sein Wörtermuseum, dass seine Laune trotzdem nicht sank. Sein Ziel war sein Zuhause, das ein Zuhause war, weil es Anouk gab und Menschen wie Paule und Hendrik. Statt in eineinhalb war Martin in sage und schreibe vier Stunden zu Hause angelangt. Er war müde und hatte Kopfschmerzen, als er um Mitternacht den Rollkoffer über das Pflaster zu seinem Hauseingang zog.

Als er die Tür öffnete, meinte er, Stimmen zu hören. Das war doch Toms dunkles Organ. Und Miras unverwechselbares Kichern. Er wunderte sich. Verdrängte eine aufkommende Ahnung. Die Stimmen kamen aus seinem Wörtermuseum. Auf dem Flurfußboden standen unzählige Paar Schuhe. Und dieser Geruch. Vor allem dieser Geruch. Das war doch … Unheil ahnend, aber entschlossen, riss er die Tür zu seinem Wörtermuseum auf. An die Vitrine gelehnt saßen lauter ehemalige Schüler. Auf dem Fußboden lagen Bierflaschen, manche umgekippt. Außerdem roch es seltsam süßlich. Haschisch? Er war fassungslos. »Was um Himmels Willen ist denn hier los?«

Sie starrten ihn an, als käme er vom Mars. Hendrik war der Erste, der sich fasste. »Halloooo, Martin, ich … ich dachte, du … Urlaub?«

»Habt ihr etwa gekifft?«, fragte er an Hendrik gewandt.

»We … Wi … ich?«

»Du. Und die anderen alle.«

»Na … nu … , ein …«

»Wewi, nanu. Sprich in ganzen Sätzen!«

»Ich dachte, du bist Urlaub.«

Mia kicherte und wiederholte: »Du bist Urlaub. Das ist viel besser als *Wir sind Papst*.«

Martin hielt seinen Blick auf Hendrik gerichtet. »Ich höre!«

»Immer cool, Martin ... ich darf doch jetzt auch du sagen?«, fragte Tom.

Martin schnappte nach Luft. »Natürlich nicht!«

»Hendrik hat behauptet, Sie seien total cool geworden. Stimmt dann ja wohl doch nicht.«

»Wir haben extra alle unsere Schuhe ausgezogen«, stammelte Hendrik und zeigte auf Martins Füße. »Wie du.«

Total bekifft, dachte Martin, dem es die Sprache verschlug. Aber er sammelte sich wieder und ging auf die Vitrine zu. Auch das noch! Das Büchlein war berührt worden, Martin wusste genau, dass er die Seite mit dem Satz: *Blendend wie Schneekristalle schneit die Sonne herein* aufgeschlagen hatte, nun aber stachen ihm Hendriks Lieblingsworte ins Auge: *verleinigt* und *dunkelstumm*. Ja, so fühlte er sich.

»Haut ab«, sagte er.

Sie gingen in den Flur, nur Hendrik blieb zurück und versuchte ihm stotternd etwas zu erklären. Martin verstand etwas von einem Anruf auf seinem Smartphone.

»Und weil ich nicht geantwortet habe, hast du gedacht, das sei in Ordnung?«

»Ja.«

»Wie seid ihr überhaupt hier reingekommen?«

»Mein Vater hat doch einen Schlüssel.«

Das schlug dem Fass den Boden aus.

»Ich dachte ...«

»Nichts hast du gedacht. Hättest du nachgedacht, dann wäre dir eingefallen, dass mir mein Wörtermuseum heilig ist, und ich nicht möchte, dass es irgendjemand betritt.«

Martin sah Hendrik fest in die Augen. Hendrik schluckte und sah zu Boden.

»Ich bin enttäuscht von dir, sehr enttäuscht«, fuhr Martin fort, weil er den Eindruck hatte, Hendrik sei mit einem Mal wieder nüchtern. »Ich dachte, du weißt … dachte, du hast begriffen, wie viel mir mein Wörtermuseum bedeutet.«

»Aber Frau May durfte dein Wörtermuseum doch auch sehen.«

»Das war etwas anderes, und das weißt du. Und jetzt haut ab.«

Begleitet von betretenem Schweigen erhoben sich die Schüler. Hendrik folgte Tom, Christoph, Mira, Charlotte und Sebastian in den Flur.

Während sie das Haus verließen, sammelte Martin die Bierflaschen ein und trug sie in die Küche.

Am Dienstag nach den Pfingstfeiertagen ging Martin schon um halb sechs in der Frühe zum Bäcker. Seit seiner erkenntnisfördernden Flucht in den Schwarzwald schlief er schlecht. Wie üblich kaufte er sich zwei Croissants und ging wieder nach Hause. Die Stille um diese Uhrzeit und der Gedanke daran, gleich bei einer Tasse Kaffee in die Croissants zu beißen, die er in zwei Hälften teilen und ganz dick mit Butter und Erdbeermarmelade bestreichen würde, hob seine Laune.

Kaffee und Croissants schmeckten, wirkten aber nicht gegen sein schlechtes Bauchgefühl an. Er schaltete sein Smartphone ein und hoffte, dass keine blöde Nachricht eingegangen war, die ihn in irgendeiner Weise, mit der er nicht rechnete, aus der Bahn warf. Vier verpasste Anrufe wurden angezeigt. Der erste war von Hendrik. *Erhalten am Samstag, den 14. Mai,* sagte die Computerstimme. Das musste gewesen sein, bevor sie in sein Haus eingedrungen waren. Ihm war zwar nicht danach, Hendriks Stimme zu hören, aber um die Sache abschließen zu können, hörte er die veraltete Nachricht notgedrungen ab. Hendrik sprach davon, wie begeistert seine Mitschüler von der Abibombe 2016 waren und vor allem davon, wie ihr ehemaliger Lehrer aus ihrer Sicht endlich mal gezeigt habe, was in ihm steckt und nun *hammer cool* sei.

Übergangslos gab die Mailbox nach einem Pieps die nächste Nachricht wieder. Sie war von Achim. Ob er jetzt immer montags um zehn Uhr unterrichten könne. »Wenn ich nichts weiter höre, gehe ich davon aus, dass das klar geht.« Martin sah auf die goldene Armbanduhr seines Vaters. Es war erst Viertel vor sieben am Morgen, und er fühlte sich allein gelassen. *Mir ist manchmal so einzeln auf der Welt.* Wieso kalkulierten alle seine Zustimmung ein, wenn er schwieg? Schweigen bedeutete doch kein Ja. Die dritte Nachricht war abermals von Hendrik, eingegangen am Sonntag, also nach der Misere. Sie bestand aus einem einzigen Wort: *Entschuldigung*. Martin nickte, als würde er Hendrik zustimmen und wartete, ob noch etwas kam. Nein, die nächste Nachricht war wieder von Achim, der sich an den Feiertag erinnerte und ihn bat, statt Pfingstmontag dann am Dienstag um zehn Uhr zu unterrichten, künftig bliebe es aber bei montags.

Ein einziges Wort hatte Hendrik zu dem Vorfall gesagt. Entschuldigung. Der Junge wusste, wann es Zeit war, sich auf das Wesentliche zu beschränken und nicht mit Worten um sich zu werfen wie die Konfettimaschine mit Papierschnipseln.

Martin beendete sein Frühstück. Im Grunde genommen war er froh, dass er nun eine Aufgabe hatte und in drei Stunden unterrichten sollte. Er hatte keine Lust, zu Hause zu sitzen und sich zu ärgern. Besser gelaunt räumte er das Frühstücksgeschirr weg, fegte die letzten Krümel auf dem Tisch mit der Handkante zusammen und tat sie in die Spüle. Dann nahm er Notizblock und Kuli zur Hand, um sich auf den Unterricht im Gemeindehaus vorzubereiten. Wie von selbst hatte sich sein Kopf ein paar Gedanken gemacht, wie er fortfahren würde. Und genau das würde er tun: fortfahren – zu Ende bringen, was er begonnen hatte. Sich im Haus seiner Kindheit neu einrichten und ein neues Leben beginnen. In Ruhe.

Als er am Gemeindehaus ankam, fiel ihm auf, dass dieser Bungalow doch recht klein war, und er fragte sich sogleich, wieso er eine derartige Überlegung überhaupt anstellte. Wahrscheinlich verglich er das Gebäude automatisch mit seiner Schule, die nicht mehr seine war. Es war für ihn eine große Herausforderung, Geflüchteten die deutsche Sprache nahezubringen. Fröhliche Stimmen drangen aus dem Unterrichtsraum an sein Ohr. Waren seine Schüler etwa schon da? Es waren noch zwanzig Minuten bis Unterrichtsbeginn. Vor der angelehnten Tür blieb er stehen und lauschte. Er hörte viele fröhliche Stimmen in einer ihm fremden Sprache. Zögernd betrat er den Raum und staunte nicht schlecht, als seine Schüler dort bereits saßen, die Schreibutensilien schon bereit. Die Großmutter mit dem Kopftuch hob stolz ihren Block in die Höhe und lächelte ihn an, als wollte sie sagen, dass sie es gar nicht abwarten könne, etwas zu lernen. Neben ihr saßen ihre Tochter und deren Mann. Der Mann zeigte auf die Tafel und Martin schaute hin. *Hello* stand dort. Er schloss die Tür hinter sich und begab sich an den Tisch vor der Tafel, sah in die Runde und sagte: »Hello.«

»Hello«, antworteten sie ihm im Chor. Dieses Mal waren sie zu acht. Leider fehlten Elvedin, Fawad und Udai. Von nebenan hörte er Kinderlachen, weshalb er unwillkürlich in die Richtung sah. »Eure Kinder? Your kids?«, fragte er das Ehepaar. Sie nickten. Dagmar spielte wohl wieder mit ihnen. Seine Schüler ließ er heute die Vokale malen und einfache Worte schreiben wie Ei, Ball oder Hut. Seine Hilfsmittel waren Kinderbilderbücher. Kindliches Lernen war ein gutes Lernen, es implizierte Spaß und Leichtigkeit. Auch heute zeigten sich die Geflüchteten wissbegierig und aufmerksam. Aber Martin war sich bewusst, dass sie alle unter Druck standen. Wer sich integrieren wollte, musste die Sprache des Landes kennen und können. Somit hatte er mit diesen Menschen ein gemeinsames Interesse an der deutschen Sprache. Vielleicht konnte er auf diese Art und Weise etwas Positives zum derzeit doch sehr negativen Weltgeschehen beitragen. Wenn man etwas liebte, ging es einem mit Leichtigkeit von der Hand. Diese Schüler hier schienen ihm sehr bemüht, das war ein ganz anderes Unterrichten als noch an seiner alten Schule.

Nach einer Stunde, die schnell verging, kam Dagmar mit den Kindern aus dem Nebenraum. Sofort liefen sie zu ihren Eltern.

Diese zeigten ihren Kindern stolz ihre vollgeschriebenen Blätter. Verrückt, dieses Umgekehrte, dachte Martin, da zeigte das Mädchen des Geschwisterpaares auf ihn und fragte: »Papa?«

Martin merkte, wie ihm die Röte ins Gesicht stieg und war erleichtert, als es an der Tür klopfte. Automatisch sprach er englisch. »Come in.«

Die Tür ging auf. »Too late?«, fragte Elvedin im Hereinkommen. Ihm folgten Fawad und Udai.

»Never too late«, antwortete Martin und strahlte.

Dann erfüllte eine ihm fremde Sprache den Raum, Elvedin, Fawad und Udai begrüßten die anderen, scheinbar kannten sie sich alle. Wieder stand er als Lehrer außen vor, aber, obwohl er kein Wort arabisch verstand, hatte er hier das Gefühl dazuzugehören. Er nannte Elvedin, Fawad und Udai die Uhrzeit für den Unterricht und sagte, dass er sich freuen würde, wenn sie das nächste Mal dabei wären. Ob sie ihn verstanden hatten? Er hoffte es.

Als er kurz darauf den Heimweg antrat, spürte er Leichtigkeit. Sein Magen knurrte – ein gutes Gefühl. Während die Mittagssonne kräftig auf ihn herabstrahlte, überlegte er, was er noch vorrätig hatte und sich kochen könnte. Wahrscheinlich Spaghetti mit Pesto. Das ging schnell und schmeckte ihm. Vor seinem Haus stand der Briefträger und war im Begriff, zu klingeln.

»Guten Tag. Ich habe ein Einschreiben für Sie.«

Martin nahm es entgegen und ahnte nichts Gutes. Tatsächlich war der Brief vom Regierungspräsidium. Ihm war plötzlich heiß geworden; er fächerte sich mit dem Briefumschlag Luft zu. Schnurstracks ging er durch sein Wörtermuseum zur Terrassentür, öffnete sie und trat wieder ins Freie. Dort setzte er sich auf einen Gartenstuhl, öffnete den Umschlag und las den Brief. Nun drohte man ihm also mit Rausschmiss. Das ging wirklich schnell. Bestimmt hatte der Neffe von Herrn Sassen seine Finger im Spiel. Aber genau das wollte er ja. Aus dem Schulbetrieb ausscheiden. Warum also saß er da und fühlte sich nicht gut? War er zu unvernünftig gewesen? Keine Anstellung mehr, kein Beamtenstatus mehr, das bedeutete auch kein monatliches Gehalt mehr. Er hatte das gewusst, bemerkte aber in diesem Moment den verteufelten Unterschied, wenn man nur einen Buchstaben tauschte. Denn gewusst und bewusst waren zwei verschiedene Angelegenheiten. Bewusst wurde ihm nun die Tragweite seines Handelns. Sicher, er würde die nächsten Tage nicht am Hungertuch nagen, zumindest zwei, drei Jahre brauchte er sich mit dem geerbten und angesparten Geld keine Sorgen machen, aber Gedanken um seine Zukunft sollte er sich schon machen. Obwohl ihm der Brief den Appetit verdorben hatte, ging er hinein und setzte Wasser für Spaghetti auf. Er starrte in den Kochtopf, bis das Wasser sprudelte. Als er die Nudeln hineingab, ging ihm auf, was ihn am meisten ärgerte. Es war der drohende Rauswurf, die amtssprachige Entlassung aus dem Arbeitsverhältnis, denn sie war falsch. Die Sprache war falsch. Er hatte das Arbeitsverhältnis aufgekündigt, er war gegangen! Was bildeten die sich ein, ihm mit Entlassung zu drohen? Diese Amtssprache jedenfalls ließ seiner Freiwilligkeit keinen Raum und tat so, als sei das nicht seine Entscheidung gewesen. Es war ein furchtbares Gefühl, wenn andere eine eigenständige Entscheidung für sich reklamierten und so taten, als wäre es ihre gewesen. Ärgerlich zog er eine Nudel aus dem Wasser und probierte sie. Al dente, wie er sie am liebsten mochte. Er goss die Spaghetti in ein Sieb, und füllte sich eine große Menge in einen tiefen Teller. Dann holte er sich das Pesto und setzte sich an den Tisch. Sein Appetit kehrte zurück, er ließ ihn sich nicht durch das Schreiben des Regierungspräsidenten verderben. Bevor er aß, stand er noch einmal auf, um sich von dem Rotwein einzuschenken, den er schon am Morgen entkorkt hatte, so dass er genug Zeit zum Atmen gehabt hatte. Jetzt war sein Mahl perfekt. Er prostete sich selbst zu, sagte laut *Zum Wohl, Martin*, drehte die Spaghetti mit der Gabel auf den Löffel und führte ihn zum Mund. Da klopfte es an die Fensterscheibe.

Paule!

»Schon gefrühstückt?«, fragte Paule, nachdem Martin ihn zur Tür hereingelassen hatte.

»Ich bin beim Mittagessen.«

»Deine Begrüßungen waren schon netter.«

»Entschuldige. Komm rein.« Martin trat zur Seite und ließ Paule herein.

»Was gibt's denn?«

»Spaghetti mit Pesto«, sagte Martin und ging ihm voraus in die Küche.

Paule folgte ihm und legte eine Bäckertüte auf dem Tisch ab. »Ich muss erst mal frühstücken.«

»Soll ich dir einen Kaffee machen?«

»Das kriege ich schon hin, setz' du dich und iss deine Nudeln, die werden ja sonst kalt.«

Martin setzte sich und sah zu, wie Paule selbstverständlich in der Küche hantierte, als wäre er bei sich zu Hause.

Martin aß seine Nudeln, sie waren inzwischen kalt, schmeckten ihm aber trotzdem. Er schaute seinem Freund beim Kaffeekochen zu und fragte: »Was führt dich eigentlich zu mir zu so ungewöhnlicher Zeit?«

»Zeit ist nie ungewöhnlich.«

»Philosophie am Mittag?«

»Hab ich von dir gelernt.«

»Jetzt sag, warum bist du hier? Sicher nicht zum Philosophieren.«

»Warum nicht?«

Martin merkte, dass Paule ihm auswich. Irgendwas wollte er doch, aber was?

Gerade wollte Paule das sprudelnde Wasser in den vorbereiteten Filter über der Kaffeetasse gießen, da funkte Martin dazwischen. »Kaffeewasser sollte man nach dem Kochen etwas stehen lassen, man sollte es auf keinen Fall sprudelnd aufgießen.«

»Ach was«, wehrte Paule ab, goss es auf, stellte den Wasserkocher zurück und fragte Martin nach Milch.

»Steht im Kühlschrank.«

Paule sah hinein. »Da ist keine.«

»Stimmt. Ich war ja noch gar nicht einkaufen.«

»Egal. Schwarzer Kaffee macht schön.« Paule setzte sich Martin gegenüber an den Tisch und nahm den ersten Schluck. »Verdammt, ist das heiß!«

»Wolltest ja nicht auf mich hören. Hättest du das Wasser einen Moment stehen lassen, wäre auch das Aroma besser.«

»Hätte, hätte – Abfalleimer.«

»Richtig heißt es: Hätte, hätte, Fahrradkette.«

»Ach, was du nicht sagst.« Paule grinste.

»Lass gut sein. Warum bist du hier?«

»Störe ich?«

»Nein.«

»Wenn ich mich richtig erinnere, wolltest du doch Urlaub machen, oder?«

»Genau, woher weißt du eigentlich, dass ich zu Hause bin?«

Paule sah ihn an, als erwarte er, dass er weitersprach.

»Was schaust du so?«

»Ach nichts«, sagte Paule, stand auf und ging mit dem Kaffee in der Hand nach nebenan in Martins Wörtermuseum. Martin erhob sich vom Tisch und blieb im Türrahmen stehen. Von hier aus konnte er gut beobachten, wie Paule vor der Vitrine innehielt. Hoffentlich stellte er nicht die Kaffeetasse darauf ab.

»Da steht *Ewigzeit*, was bedeutet das?«

»Als Kind habe ich gedacht, dass das so heißt. *Ewigzeit* statt Ewigkeit.«

Paule seufzte. »Ach ja. Jung müsste man noch mal sein.«

»Was ist denn mit dir los?«

»Ich bin ganz neidisch auf deine Schüler. Abibombe 2016. Klasse, was die vorhaben.«

»Woher …«

»Habe gehört, du hilfst ihnen.«

»Was du so alles hörst.«

»Und siehst.« Paule schritt das Wörtermuseum ab. »Die Regale sind ja immer noch leer.«

»Diese Woche will ich mir ein System überlegen, wie ich Worte und Sätze einsortiere. Nach Alphabet oder Themen. Was meinst du?«

»Wer wird sich das ansehen?«

»Ich.«

Paule ging auf Martin zu. »Dein Wörtermuseum ist gut bei deinen Schülern angekommen. Sie fanden deine Idee zwar ein bisschen krass und irre, aber unterm Strich sehr cool und außergewöhnlich. Endlich mal was anderes.«

Martin trat an Paule heran. »Siehst du das?«

»Was?«

Martin zeigte mit dem Finger auf den Fußboden. »Na, da, ich habe versucht, den Holzfußboden, den ich in schweißtreibender Arbeit abgeschliffen habe, wieder hinzukriegen, aber man sieht noch was. Da ist Bier ausgekippt und ein Brandfleck ist da auch.«

»Kommt vor.«

»Dass Schüler in meiner Abwesenheit mein Haus bevölkern und mir den Fußboden versauen?«

»Genau. Wobei … das machen sie nur bei besonderen Lehrern.«

»Den Fußboden versauen?«

»Das Haus bevölkern, du Nixblicker.«

»Du verstehst das nicht. Wie sieht das denn jetzt aus?«

»Sieht doch keiner. Lässt ja keinen rein.«

»Ich sehe das.«

»Dann schau halt nicht zu Boden. Da spielt die Musik sowieso nicht.«

»Und wo spielt sie deiner Meinung nach?«

»In meiner Kneipe zum Beispiel. Stell dir vor, ich würde da keinen reinlassen. Von was sollte ich leben?«

»Das kannst du doch nicht vergleichen.«

»Tue ich aber grade. Also stell dir vor, ich würde die Kneipe nur für mich führen. Von was sollte ich leben? Von was willst du leben?«

»Ich habe noch ein finanzielles Polster, das …«

»Ich spreche nicht nur von Geld.«

»Von was dann?« Martin sah zur Terrassentür hinaus. Frischluft täte jetzt gut. Draußen lachte die Sonne seinen verwilderten Garten an.

»Willst du hier vereinsamen?«

»Ich will nur meine Ruhe.«

»Dann leg dich auf den Friedhof. Wenn du mich fragst, dann ist das hier kein Museum, sondern ein Mausoleum oder irgend so was. Diese ganzen toten Worte.«

»Sie stammen aus einer Zeit, als ...« Er traute sich nicht zu sagen, was er soeben gedacht hatte. Die Worte stammten aus der Zeit, in der er gerne gelebt hatte.

»Gestern war gestern und morgen ist morgen. Aber jetzt ist jetzt!«

»Und um mir das zu sagen, bist du hierhergekommen? Was soll ich denn deiner Meinung nach tun?«

»Hendrik hatte ganz schön zu kämpfen mit deinem Rauswurf. Für ihn bist du nicht nur sein ehemaliger Lehrer, sondern ein Freund.«

»Daher weht also der Wind.«

»Er hat mir alles erzählt. Ich habe ein paar Worte aufgeschnappt, als das Abischerzkomitee gestern bei mir in der Kneipe zusammensaß. Ich habe meinen Ohren nicht getraut, als ich gehört habe, dass deine Schüler sich in deinem Haus getroffen haben. Das fand ich so prima, aber dann habe ich die ganze Geschichte gehört. Hendrik hat bestimmt nichts Böses gewollt. Er war so glücklich, dass er endlich integriert worden ist. Das hat er dir zu verdanken. Er war bisher keiner von ihnen gewesen, und gekifft hat er auch noch nie zuvor.«

»Die haben sich danebenbenommen. Bier verschüttet.«

»Echt? Oje, oje!«

»Spar dir deine Ironie«, sagte Martin nun etwas leiser, denn er sah die Szene vor sich. Sah, wie die Schüler erschrocken zusammenfuhren, als er einen Brüller gelassen hatte. Deshalb war Hendrik die Bierflasche aus der Hand gefallen. Er schluckte. Fühlte es sich so an, wenn man über das Ziel hinausschoss? Wenn man Vollgas fuhr, und dann die Bremse versagte?

»Im Übrigen haben die sich auch gar nicht danebenbenommen.«

»Sondern?«

»Sie sind jung, sie leben.«

»Sie zerstören.«

»Jetzt übertreib mal nicht. Die Flecken verblassen ja schon.«

Beide schwiegen, dann sprach Paule weiter. »Martin, du bist vom Lehrer, über den keiner sprach, zum Held geworden. Du gehst, weil du es willst, du hilfst beim Abischerz, weil Hendrik eine Chance verdient hat, du hast Einfälle, die sonst keiner hat ...«

Wieder machte er eine Pause, lief den Raum auf und ab. »Schau es dir an, ich meine dein Wörtermuseum – jetzt mach halt was draus!«

»Was denn?«

»Noch mal: Stell dir vor, ich würde eine Kneipe eröffnen und den Gästen sagen, die Kneipe sei nur für mich.«

Wieder schwiegen sie sich einen Moment an. Dann ging Paule in die Küche, nahm die Bäckertüte vom Tisch und langte hinein. »Auch eine Nussschnecke?«

»Warum nicht?« Martin verspürte Lust auf etwas Süßes. Dabei hatte er die Nudeln gar nicht aufgegessen. Er schüttelte den Kopf über sich selbst. War das der Anfang vom Ende? Egal, es fühlte sich gar nicht so schlecht an.

Paule gab Martin das Gebäckstück, nahm sich das andere und biss hinein. Kauend ging er zurück ins Wörtermuseum und lief umher. »Weißt du was, dein Museum hat irgendwie Kaffeehausatmosphäre.«

»Weil es hier nach frisch gemahlenen Kaffee riecht?«

»Auch. Schau dich doch mal um. Der Raum ist riesig. Der Holzfußboden sorgt für Gemütlichkeit. Die große Fensterfront lässt viel Licht herein, die Aussicht ist der Garten. Viel gemütlicher als in meinem Biergarten. Mach doch ein Café auf, ich helfe dir.«

»Das ist dein Metier, nicht meines.«

»Aber du musst unter Leute.«

»Müssen es gleich so viele sein?«

»Das wären nur Gäste, die gehen ja wieder. Und bezahlen würden sie. Du hast doch keinen Job mehr, oder?«

Er dachte an die letzte Post. »Das Regierungspräsidium wird mich bald offiziell rauswerfen, denke ich. Wenn ich nicht doch beim Amtsarzt erscheine …«

»Wieso doch?«

»Weil ich einfach nicht hingegangen bin.«

Paule lachte und schlug Martin auf die Schulter. »Alter! Ich wusste doch, dass in meinem Freund mehr steckt, als er bisher preisgegeben hat.«

Martin grinste. »Ich habe aber bestimmt keine Lust, ein Café zu eröffnen. Außerdem gibt es hier um die Ecke bereits eines.«

»Stimmt.« Paule leckte sich nach dem letzten Bissen die Finger ab. »Lass uns logisch vorgehen. Was machst du gerne?«

»In Ruhe lesen.«

»Dann eröffne einen Buchladen.«

Auch Martin leckte sich die klebrigen Finger ab. »Ein Buchladen ist mir zu einfallslos. Da bleibe ich lieber bei Museum.«

»Da musst du aber mehr anbieten als Worte hinter Glas. Und so alte Dinger da«, Paule deutete auf die Nähmaschine in der Ecke, »sind auch keine Besonderheit.«

»Ein SecondWord-Laden wäre eine Besonderheit.«

»Was war das noch mal?«

»Ein Laden, in dem man Worte abgeben kann, die man nicht mehr braucht und sich von gebrauchten Worten inspirieren lassen kann.«

»Hm. Das klingt so kompliziert. Und du musst von was leben können. Worte verkaufen, ich weiß nicht.«

»Worte gehören so oder so niemandem. Ich könnte gar nichts verlangen. Außer eine Spende für einen guten Zweck.«

»Du brauchst Einnahmen! Oder hast du so viel geerbt?«

»Für die erste Zeit reicht es.«

»Siehst du. Bleib beim Museum, das ist was Normales, das kostet Eintritt.«

Ich habe eine Idee, Mama.

Ja, Martin?
Wir machen einen Wörterladen auf.
Wie geht das?
Wir verkaufen unsere Worte.
Du hast recht, sie sind wertvoll.

Martin überkam ein starker Durst. Er holte eine Flasche Wasser aus dem Kühlschrank, schraubte den Deckel ab und setzte sie an den Mund. Wozu ein Glas, dachte er und wunderte sich wieder über sich selbst. »Auf das Normale habe ich keine Lust mehr, das hat mich die letzten Jahre nicht glücklich gemacht. Wenn schon, dann eröffne ich einen SecondWord-Laden!«

»Alter Freund, bist du jetzt bekifft?«

Bekifft? Er brauchte keine Drogen. Der Sturz auf seinem Spaziergang im Schwarzwald hatte ihm die Augen geöffnet. Er wollte sich in ein neues Leben stürzen. Jetzt.

»Ich habe endlich einen klaren Kopf. Komm, wir setzen uns an den Küchentisch, ich hole Stift und Papier, und du hilfst mir jetzt bei der Planung.«

»Wollen wir nicht nach draußen gehen? Es ist so herrliches Wetter.«

Martin überlegte. Nein, das ging nicht. Die Küche war das Herz des Hauses. Dort am Tisch zu sitzen garantierte gute Einfälle. »Am Küchentisch habe ich aber die besten Einfälle!«

»Wenn's weiter nichts ist, dann lass uns den Tisch nach draußen auf die Terrasse tragen.«

Paule hatte recht. Herzen konnte man verpflanzen, sie schlugen weiter.

»Und nun lass uns deine Zukunft planen«, sagte Paule, nachdem sie sich draußen eingerichtet hatten.

»Ich hole mal das Schreibzeug.« Martin ging wieder hinein. Als er mit Block und Stift wieder hinauskam, lief Paule durch den Garten bis zum Zaun und blieb dort stehen. Martin legte die Schreibutensilien auf dem Tisch ab. Dann ging er auf seinen Freund zu. »Was schaust du so in die Ferne?«

»Gehören die Felder jemandem?«

»Natürlich, wieso?«

»Sonst könntest du den Garten vergrößern und einen riesigen Biergarten …«

»Paule, das ist dein Metier.«

»Es ging nur durch mit mir.«

»Mein Garten ist groß genug.«

Der riesige Garten war wirklich ein Paradies. Inzwischen zwar ein wild wucherndes, weil sich niemand um ihn gekümmert hatte, aber Martin fand, in einem Paradies musste keine Ordnung herrschen. Martin wollte nun Nägel mit Köpfen machen, holte Luft und sprach: »Das Gartentor wird der Eingang, dann müssen die Leute nicht durch die Haustür, das will ich nicht.«

»Der Eingang von was?«

»Vom ersten SecondWord-Laden weltweit.«

»Erzähl mir mehr.«

»Man kann mir besondere Worte bringen, ich schreibe sie auf eine Karteikarte und sortiere sie in ein Regal. Wer ein besonderes Wort erwerben möchte, spendet etwas. Die Spende leite ich weiter. Zum Beispiel für den Kauf von Lernmaterial für den Unterricht von Geflüchteten.«

»Du bist ja Altruist.«

»Ach was. Es macht mich glücklich, wenn ich Sprache vermitteln kann. Als Lehrer ist mir das nicht gelungen, vielleicht jetzt.«

»Ich sehe da nur ein Problem.«

»Dass keiner kommt?«

»Du selbst hast keine Einnahmen.«

Martin wunderte sich, dass ausgerechnet Paule den Vernünftigen mimte. »Jetzt sei doch nicht so spießig.«

»Ich bin nicht spießig, ich bin dein Freund.«

Martin sah Paule an und wiederholte stumm für sich seine Worte *Ich bin dein Freund*. Warme Worte, die eine Gänsehaut verursachten.

»Holst du deine Jugend nach?«, fragte Paule.

»Und wenn?«

»Dann aber richtig!«

»Was heißt das?«

»Du rufst jetzt Hendrik an und bestellst ihn mit dem Abischerzkomitee ein. Sag ihm, dein Rauswurf täte dir leid.«

»Hendrik könnte auch mich anrufen.«

»Kennst du die Geschichte vom Berg und dem Propheten?«

»Ich bin der Prophet.«

»Berg passt besser zu dir.«

Martin merkte, wie sein Widerstand schwand. »Meinst du wirklich, ich soll …«

»Ja! Wer seine Jugend nachholen will, muss sie sich ins Haus holen.«

»Reicht auch der Garten?«

»Vollkommen.«

»Und was machen wir dann alle?«

»Du und ich, wir unterstützen deine Schüler beim Abischerz.«

Der Abischerz. Auf den er sich so gefreut hatte. Er ging in die Küche, nahm dort das Smartphone vom Tisch und rief Hendrik an. Lächelnd kam er zurück.

»Und?«

»Sie kommen in einer knappen Stunde. Eigentlich waren sie in deiner Kneipe verabredet.«

»Ups. Jetzt bringe ich mich um meine Einnahmen.«

Martin lachte. Er war sehr erleichtert. Hendrik und er hatten eben am Telefon schnell Frieden geschlossen. Mit Paule stellte er nun weitere Küchenstühle nach draußen.

»Lass uns Tisch und Stühle auf den Rasen stellen«, entschied Paule »hier unter dem Glasdach ist es zu warm.«

»Musst du gar nicht in die Kneipe?«

»Das managt heute Anita. Ich will dabei sein bei der Abibombe, darf ich?«

»Frage die Abiturienten.«

»Habe ich schon.«

»Schlitzohr.«

Jeder nahm zwei Stühle, den Tisch trugen sie anschließend zusammen auf den Rasen.

»Bierbänke wären geschickter«, sagte Martin.

»Bier – gut, dass du das sagst. Ich gehe geschwind in den Supermarkt und hole welches.«

»Ich habe Mineralwasser da, reicht das nicht bei der Hitze?«

»Nein.«

Martin sah auf die Uhr. »Wir haben noch etwas Zeit, da kann ich gleich meinen Einkauf erledigen, und du hilfst mir beim Tragen.« Außer Pesto und Spaghetti, die er immer vorrätig hatte, hatte er kaum etwas im Haus.

»Abgemacht.«

Weil der Einkaufswagen schnell mit Lebensmitteln gefüllt war, bat Martin Paule noch einmal nach draußen zu gehen, um einen neuen Wagen für Getränke zu holen. »Wir treffen uns beim Bier.«

Martin nahm auf dem Weg dorthin noch ein paar Tüten Kartoffelchips, Erdnüsse und Salzstangen aus dem Regal und legte sie in den vollen Wagen. Er konnte ihn kaum schieben. Die Räder liefen nicht rund, schwerfällig steuerte er auf den Gang mit den Getränken zu, da hörte er Paule nach ihm rufen. Suchend wandte er sich um, und der schwere Wagen entglitt ihm.

»Aua, mein Fuß!«, rief eine weibliche Stimme. Sie kam ihm bekannt vor. Er sah in die Richtung. »Anouk!«

»Du bist mir über den Fuß gefahren.«

»Das war der Wagen, ich meine die Räder, ich wollte sagen …«

»Ist halb so wild.«

Da war Anouk so plötzlich zwischen hochgestapelten Bierkästen aufgetaucht, er sah sie nur verdattert an. Was sollte er sagen? Warum fiel ihm nichts Geistreiches ein? »Entschuldigung«, brachte er schließlich hervor. »Das mit dem Fuß tut mir leid.« Martin ging um den Wagen auf Anouk zu, die sich mit einer Hand am Wagenende hielt und mit der anderen ihre Zehen rieb.

»Ist nicht weiter schlimm, es war wohl mehr der Schreck.« Sie schlüpfte wieder in ihren Schuh und lächelte Martin an.

»Wie kann ich das wieder gutmachen?«

»Komm am Donnerstag zum Skat spielen, wenn du da nicht im Urlaub bist. Wolltest du nicht schon weg sein?«, fragte sie.

»Ich habe doch nur einen Kurztrip gemacht.«

Paule tauchte wie aus dem Nichts auf. »Skat? Kann ich da auch mitspielen?«, fragte er, ging auf Anouk zu und streckte ihr die Hand entgegen. »Ich bin Paule, Martins Freund.«

»Anouk.«

Es wäre seine Aufgabe gewesen, Anouk vorzustellen. Bevor Paule irgendeinen Unfug redete, musste er etwas sagen. »Ja, das ist Frau May, sie ist Physiotherapeutin.« Mein Gott, klang das gestelzt!

»Anouk May. Ich darf doch du sagen, oder?«

»Das Du ist in Ordnung.«

Martin musste daran denken, wie Anouks Großmutter das Du angeboten und sie dann mit Likör angestoßen hatten. Das war ein feiner Augenblick gewesen.

»Geht es Luise gut?«, fragte Martin.

»Sie fühlt sich zurzeit ein bisschen schlapp. Bestimmt freut sie sich, wenn sie hört, dass du schon wieder da bist und wir Skat spielen können. Also dann – bis Donnerstag, ich freue mich!«

»Bis Donnerstag, ich freu mich auch!« Er sah Anouk hinterher. Sie brauchte weder einen Laufsteg, noch mussten Scheinwerfer sie hervorheben. Ihre Ausstrahlung machte jegliche Requisiten überflüssig.

Paule pfiff durch die Zähne. »Was für Beine. Rattenscharf! Und wer ist Luise?«

»Mensch Paule, nicht so laut!«

»Was wahr ist, muss man in die Welt posaunen. Woher kennst du sie?«

»Sie hat mich behandelt.«

»Behandelt. So nennt man das heutzutage. Und Luise? Ein flotter Dreier?«

»Es reicht, Paule! Anouk ist wirklich nur meine Physiotherapeutin. Und Luise ist ihre Großmutter.«

»So wie du sie eben angeschaut hast, würde ich meinen, du wünschst dir noch eine ganz andere Behandlung von ihr.«

»An was du schon wieder denkst?« Aber auch er dachte daran.

Inzwischen waren sie an der Kasse angelangt und luden die Einkäufe aufs Band. Der Scanner piepste in einem fort, Martin fragte sich, ob Anouk Urlaub hatte, normalerweise musste sie doch jetzt in ihrer Praxis sein oder Hausbesuche machen. Als Paule und er den Supermarkt verließen, hielt er nach ihr Ausschau, sah sie aber nirgends.

Bald darauf klingelte es. Martin öffnete und stand sogleich seinen ehemaligen Schülern gegenüber, allen voran Hendrik.

»In der Schule wart ihr selten so pünktlich«, sagte er zur Begrüßung, weil sie tatsächlich im angekündigten Zeitrahmen erschienen waren. Hendrik, Tom, Christoph, Mira, Charlotte und Sebastian.

»Hallo Herr Wachs«, sagte Tom und streckte ihm die Hand hin. »Entschuldigung, dass wir uns neulich so danebenbenommen haben.«

»Schwamm drüber.« Martin hielt die Tür weit auf. »Geht einfach durch, die Terrassentür ist offen, wir setzen uns in den Garten.«

Aber seine Schüler gingen nicht in den Garten, sie blieben allesamt in Martins Wörtermuseum stehen und sahen sich um.

»Auf was wartet Ihr?«

»Ich finde Ihr Wörtermuseum echt cool«, sagte Tom. »Manche Leute haben einen Pool, andere eine Outdoorkitchen, wieder andere eine Bar im Keller. Aber Sie, Sie haben ein eigenes Museum im Wohnzimmer. Voll krass.«

»Voll krass, aber voll leer«, sagte Mira, kicherte albern und zeigte auf die Regale.

»In der nächsten Zeit werde ich die Regale bestücken. Ich werde sie beschildern von A bis Z, Fächer anlegen für außergewöhnliche Metaphern und Vergleiche, außerdem …«

»Wann ist die Eröffnung?«, fragte Charlotte.

»Was für eine Eröffnung?«

»Naja, die Museumseröffnung halt.«

»Nein, ich dachte …« *inzwischen an einen SecondWord-Laden.* Sie ließen ihn einfach nicht zu Wort kommen. Im Unterricht hatten sie sich nie so fleißig beteiligt.

»Es wird eine große Eröffnungsparty geben«, mischte sich Paule ein.

»Für die Abizeitung haben wir ein paar Lehrersprüche gesammelt, die eignen sich bestimmt, um sie hier auszustellen.« Sebastian lachte und Christoph stimmte zu: »Genau, die besten Sprüche kamen vom alten Ranger, der vergeblich versucht hat, mir Latein beizubringen.«

»Tu nicht so, dich hat er doch auch verschont wie alle Jungs«, sagte Mira. »Der ist doch immer nur auf uns Mädchen losgegangen. *Ein Sprachgefühl wie ein Metzgershund* – das hat er jede dritte Stunde zu Beatrice gesagt.«

»Und Fritz hat er vor jeder großen Pause zur Schokiomi geschickt, um ihm eine Butterbrezel zu holen. Niemals hätte ein Mädchen das machen dürfen«, erinnerte sich Charlotte. »Dabei hätten wir Mädchen alle was drum gegeben, mal fünf Minuten vor die Tür zu kommen, und auch noch mit Erlaubnis!«

Martin räusperte sich, holte Luft, wollte den jungen Leuten erneut sagen, sie sollten sich im Garten an den Tisch setzen, aber er kam einfach nicht zu Wort.

»Mach das, Martin, reserviere ein Fach für Lehrersprüche, bitte, bitte«, sagte Hendrik.

»Im Garten gibt's Freibier und andere kühle Getränke«, sagte Paule.

Von jetzt auf gleich stand Martin allein in seinem Wörtermuseum, das ein SecondWord-Laden werden sollte. Paule blieb auf der Türschwelle zur Terrasse stehen und zwinkerte Martin zu. »Siehste, deine Schüler sind begeistert, die zahlen bestimmt Eintritt und machen obendrein noch Werbung.«

»Werbung, ja, da müsste man Flyer entwerfen.«

»Wer von denen war denn in Kunst gut?«

»Weiß nicht. Was sollte überhaupt drauf stehen auf den Flyern?«

»Das Wichtigste.«

»Annahme gebrauchter Wörter.«

»Klingt ... komisch. Komm, wir fragen die Jugend.«

»Ich komme gleich nach.«

Paule ging nach draußen.

Nachdenklich blieb Martin zurück. Ein Fach für Lehrersprüche, konnte er sich das vorstellen? Nicht unbedingt. Aber er fand es gut, dass die jungen Leute besondere Aussprüche gesammelt hatten. Im Prinzip war das nichts anderes als das, was er früher mit seiner Mutter getan hatte. Worte mit besonderer Bedeutung aufschreiben, damit sie nicht in Vergessenheit gerieten. Tatsächlich war ja auch das der Sinn und Zweck eines Museums. Dafür zu sorgen, dass Besonderes nicht in Vergessenheit geriet. Seine besonderen Worte würden noch weniger in Vergessenheit geraten, wenn ein Austausch stattfand. Das wäre in einem SecondWord-Laden möglich. Er stellte sich das tatsächlich ähnlich vor wie in einem üblichen Secondhandladen für Kleider. Die Kunden sollten ihm Worte bringen, die sie abgeben wollten, weil sie sie nicht mehr brauchten, oder nicht mehr hören konnten. So verrückt das auch klang, Martin gefiel das. Er hoffte, auf die Art und Weise an besondere Worte zu gelangen, die er vielleicht gar nicht kannte oder zu lange nicht gebraucht hatte. Er stellte sich vor, wie seine Sammlung wuchs und daraus wie von alleine schließlich eine Geschichte entstand, eine Romanidee, denn ihm ging der Moment nicht aus dem Sinn, als er am Schreibtisch seiner Mutter gesessen und Lust auf Schreiben gehabt hatte. Außerdem würde es ihm Freude bereiten, den Menschen Worte anzubieten wie einen besonderen Wein. Spontan dachte er an Wortprobe statt Weinprobe, ohne sagen zu können, was er sich darunter vorstellte. Unter dem Oberbegriff SecondWord sollte etwas Erstklassiges entstehen, ein neuer, ein anderer Zugang zur Schönheit der Sprache und ihren Möglichkeiten. SecondWord verbarg für ihn auch die zweite Chance, die jeder verdient hatte. Auch Worte sollten eine zweite Chance bekommen, fand er.

»Kommst du, Martin?«, rief Paule von draußen und holte ihn aus seinen Gedanken.

Hundemüde und glücklich fiel er um Mitternacht ins Bett. Was war das ein lustiger Nachmittag und Abend gewesen. Sie hatten so viel gelacht, es hatte ihn nicht einmal Mühe gekostet, sich zu freuen. Tom hatte die gesammelten Lehrersprüche zum Besten gegeben und Mira hatte so treffend Frau Bretschneider mit ihrer Piepsstimme nachgemacht, dass sie alle Bauchkrämpfe vor Lachen bekamen.

Er stand noch einmal auf, um durch das geöffnete Fenster in die sternenklare Nacht hinauszusehen. Er begann die Sterne zu zählen, gab aber bald auf, weil er gar nicht mehr die Sterne sah, sondern Anouk. Was das Erobern von Frauen betraf – da war er völlig aus der Übung und zählte das zu den großen Hürden, die es in Zukunft zu nehmen galt. Aber so sollte es auch sein. Es gab Dinge im Leben, für die sollte man sich so richtig anstrengen. Gerade wollte er das Fenster schließen, da hörte er, wie Frau Wondra ihr Fenster öffnete.

»Papierworte wirken Papierwunder!«, rief sie ihm von nebenan zu.

Er wünschte ihr eine gute Nacht, schloss sein Fenster und ging zurück ins Bett. Schlafen konnte er nicht. Was hatte Frau Wondra nun schon wieder gemeint? Er schloss die Augen, da machte es klick und er stand wieder auf. Zehn Minuten später war der Brief, gegen den er sich so lange gewehrt hatte, geschrieben. Nun ging er den offiziellen Weg, wendete die Sprache an, die man verlangte und bat um die Entlassung aus dem Schuldienst. Wieder im Bett, zog er Decke bis zum Kinn. Sein letzter Gedanke galt Anouk und der Vorstellung, ihre schwarz glänzenden Haare durch seine Finger gleiten zu lassen. Mit diesem Bild vor Augen schlief er ein.

Den nächsten Tag vertrödelte er, ohne es zu wollen. Zeit verging nur dann schnell, wenn man es nicht wollte. Immerhin war es nun Abend, der Brief an das Regierungspräsidium ging seinen Weg und aus alter Gewohnheit schaltete Martin die Siebenuhr-Nachrichten ein, wie er es vor gar nicht langer Zeit jeden Abend getan hatte. Im Moment suchte er Zerstreuung, suchte etwas, das ihm die Zeit vertrieb, ohne dass er aktiv werden musste. Morgen Abend würde er wieder mit Anouk und ihrer Großmutter Skat spielen. Morgen. Vierundzwanzig lange Stunden. Anouk. Selbst das Literaturgespräch mit Hendrik am Nachmittag hatte Anouk nicht aus seinen Gedanken herausgebracht. Er saß im Lesesessel und hörte dem Nachrichtensprecher zu, dachte dabei an Anouk und bekam vom Inhalt nichts mit.

Sein Smartphone vibrierte, es lag auf dem Beistelltisch neben seiner aktuellen Lektüre, so dass er sofort sah, wer anrief: Anouk. Gedankenübertragung? Er nahm ab.

»Hallo Anouk!«

»Hallo Martin, es tut mir leid, ich muss unseren Skatabend für morgen leider absagen.«

Er schwieg.

»Bist du noch dran?«

»Ja. Das ist aber schade.«

»Ich komme gerade aus dem Krankenhaus, meine Großmutter wurde eingeliefert, sie hat Herzprobleme, ich mache mir große Sorgen.«

»Das glaube ich, du Arme. Aber sie ist eine so starke Frau, bestimmt ist es schnell wieder gut.«

»Hoffentlich.«

»Kann ich etwas für dich tun?«, fragte er vorsichtig.

»Danke nein. Im Moment wird sie untersucht. Ich will auch die Leitung nicht lange blockieren, falls man mich anrufen will.«

»Ich hatte den Eindruck, sie ist noch recht fit.«

»Das dachte ich auch. Drück die Daumen, dass alles halb so wild ist.«

»Soll ich zu dir kommen?«

»Das ist lieb, aber das brauchst du nicht. Ich habe mir dringende Büroarbeit mitgenommen, das lenkt mich ab.«

»Ruf an, wenn du deine Meinung änderst, oder ich sonst etwas tun kann.«

»Mach ich. Danke für das Angebot. Tschüss Martin.«
»Tschüss, Anouk!«

Nun suchte er erst recht Zerstreuung. Die Nachrichtensendung war zu Ende, es folgte die Wettervorhersage. Ein Tief flog an, das konnte er nicht gebrauchen. Er schaltete ab, stand auf und sah sich um. Der Fernseher, der so oder so nur vorübergehend hier stand, störte. Schlechte Nachrichten störten. Tiefs und Attentate. Er lief um die Vitrine, wechselte die Richtung, blieb wieder stehen und sah auf die Wand mit den Regalen.

Es war zu eng hier. Mochte das Wohnzimmer seiner Großmutter auch riesig sein und inzwischen, da kaum Möbel hier standen, viel größer wirken als andere Wohnzimmer – ihm war es zu eng. Er brauchte mehr Platz, seine Worte brauchten mehr Platz. In Museen bekamen die Gemälde enorm viel Raum, den wollte er seinen Worten auch bieten. Ob ein Durchbruch zum Arbeitszimmer möglich war? Die Regale standen davor, aber da sie keine Rückwand hatten, schob er geschwind die Bücher, die er zwischenzeitlich hier parkte, beiseite und klopfte an die Wand. War das Beton? Eine tragende Wand? Er wusste es nicht und ging nach nebenan ins Arbeitszimmer. Erst als er eintrat, fiel ihm auf, dass er dieses Zimmer gemieden hatte, seit der Lesesessel seiner Mutter in seiner heiligen Stätte der Worte stand. Er setzte sich und strich über die freie Fläche, würdigte den Arbeitsplatz seiner Mutter. Plötzlich drängte es ihn zu schreiben. An diesem Tisch. Aber nicht in diesem Raum. Der Schreibtisch gehörte in sein neues Wohnzimmer auf den Speicher, seinen mitgebrachten Schreibtisch würde er entsorgen. Denn es war ein Tisch aus seinem Lehrerleben, er hatte ausgedient. Der Tisch seiner Mutter war ein kreativer Tisch, hier hatte sie gesessen und sich auch als Schriftstellerin versucht. Bestimmt hätte sie es geschafft, wenn sie nicht so jung gestorben wäre. Martin stand wieder auf und sprach laut mit sich selbst: »Der Schreibtisch kommt nach oben, und die Wand muss weg.«

Er wollte sich Notizen machen, was noch alles zu tun war. Ging in die Küche, holte Schmierzettel und Kuli aus einer

Küchenschublade und setzte sich wieder an den Schreibtisch im Arbeitszimmer. Um seinen SecondWord-Laden zu bestücken, brauchte er schönes Papier, das stabil war wie Karteikarten, schließlich musste man die Worte herausnehmen und zurückstellen können. Er stellte sich das vor wie in einer Buchhandlung. Man nahm ein Buch heraus, las den Titel, den Klappentext oder die erste Seite, stellte es wieder zurück und besah sich ein weiteres Buch. Das tat man so oft, bis man sich entschieden hatte. Natürlich kam es auch auf die Schrift an. Sollte er die besonderen Worte per Hand schreiben oder den Computer und den Drucker zu Hilfe nehmen? Er würde beides probieren und notierte: *Schöne Stifte, besonderes (buntes?) Druckerpapier.* Außerdem benötigte er Aufkleber oder etwas Ähnliches, womit er die Regalfächer kennzeichnen konnte. Besondere Worte von A bis Z, Naturbeschreibungen von Frühling bis Winter, Metaphern, Vergleiche abseits des Mainstreams und, und, und. Die Menschen sollten entweder eine Geldspende für einen guten Zweck leisten – er benötigte eine Kasse – oder ein Tauschwort bringen. Er brauchte auch etwas, das als Einkaufskorb dienen könnte. Vielleicht erwarb der eine oder andere Kunde mehrere Worte. Martin gefiel die Vorstellung, Alltägliches, zum Beispiel das Einkaufen, mit dem Besonderen, dem Erwerb von Worten, zu verbinden. Denn am Ende hatte er das große Ziel vor Augen, Menschen dafür zu gewinnen, ihre alltägliche Sprache aufzuwerten, oder aufgewertete Sprache als alltäglich zu empfinden.

Er stand vom Schreibtisch auf und ging wieder nach nebenan, lief ein weiteres Mal um die Vitrine und blieb schließlich mit Blick auf die Regale vor ihr stehen. Plötzlich sah er wortreich bestückte Regalfächer und Menschen, die sich an der Schönheit der Sprache erfreuten. Er sah Groß und Klein und Alt und Jung, wie sie sich begeisterten für Worte, die sie vergessen hatten oder neu kennenlernten. Es machte ihm auch keine Angst mehr, sich hier viele Menschen vorzustellen. Sogar über Sitzgelegenheiten für die Kunden – in warmen Monaten tatsächlich draußen wie in einem Gartencafé –, dachte er nun nach. Schon hörte er die Menschen miteinander sprechen.

Letzte Woche habe ich ein Wort gefunden, das habe ich auf eine Postkarte geschrieben und meiner Freundin geschickt.

Welches Wort war es denn?

Möchte ich nicht verraten, es soll einzigartig bleiben.

Verstehe. Das erinnert mich an die Wortwundertüten für Grundschüler, ich habe meinem Enkelkind eine mitgebracht.

Wortwundertüten für Grundschüler. Wo kam das plötzlich her? Eine gute Idee. Vielleicht gewann er auf die Art sehr junge Kunden, die am Ende sehr alten Kunden wieder Handgeschriebenes schickten. Schön. Martin versank im Rausch der Ideen, der ihn müde machte, wie zu viel Rotwein, aber mit einem nennenswerten Unterschied: Dieser Rausch verhalf ihm zu einer Nacht, in der er durchschlief, was nach Alkoholgenuss selten der Fall war.

Am nächsten Morgen rief er noch vor dem Frühstück Herrn Müller an. Erst, als er schon gewählt hatte, dachte er darüber nach, dass kurz nach sieben sehr früh war für einen Anruf. Aber Herr Müller lachte nur und versprach, sich um einen Statiker zu kümmern, der beurteilte, ob man die Wand zwischen Wohn- und Arbeitszimmer entfernen konnte.

»Ich denke schon, aber sicherheitshalber fragen wir einen Fachmann, ich kenne jemanden, der macht da keine große Sache draus. Der kann sich auch diese Balken im Raum mal ansehen.«

Anschließend suchte Martin im Internet nach Antiquitätenhändlern in seiner Nähe. Er hoffte, dort passende Sitzgelegenheiten oder andere Einrichtungsgegenstände für seinen Second-Word-Laden zu finden. In Antiquitätenläden gab es Dinge, die es zu bewahren galt. Genauso wie besondere Worte. Er war froh, als die Geschäfte in der Stadt endlich geöffnet hatten. Erst am Nachmittag kam er wieder nach Hause. Er besaß nun Papier von hoher Qualität und ebenso wertvolle Schreibstifte für Kalligrafie, wie er sie als Lehrer nie besessen hatte. Im Antiquitätenladen hatte er zudem eine alte Registrierkasse gefunden, vor allem die Kassenschublade hatte es ihm angetan. Schubladen waren immer etwas Geheimnisvolles, fand er. Auch den alten kleinen Tisch, vor den nur ein Stuhl passte, hatte er erworben.

Der Antiquitätenhändler war von Martins Idee des Second-Word-Ladens, von dem er ganz unbewusst erzählt hatte, so begeistert, dass er anbot, ihm den Tisch und einen passenden Stuhl, der im Stil passte, die nächsten Tage persönlich zu liefern.

»Dann schau ich mir Ihren Laden gleich mal an.« Dankbar hatte Martin das Angebot angenommen.

Jetzt verspürte er großen Hunger und wollte sich etwas bestellen. Er griff zum Smartphone, um nach einem Pizzaservice zu schauen, da rief Hendrik an und fragte, ob sie das Literaturgespräch von gestern zu zweit fortsetzen könnten.

»Unter einer Bedingung«, sagte Martin.

»Und die wäre?«

»Du bringst Pizza mit, ich bin am Verhungern.«

»Was willst du draufhaben?«

»Alles!«

Sechzehntes Kapitel
Durchbruch möglich

Martin stand vor dem Spiegel im Badezimmer. Endlich war es so weit, endlich wieder Donnerstag und der erste im Juni, dem Monat, der offiziell den Sommer einleitete. Höchsttemperaturen. Sie passten zu seiner Stimmung. Er kontrollierte seine Rasur und trug Rasierwasser auf. Hoffentlich war das jetzt nicht zu viel, dachte er, weil er sich nach dem Duschen schon mit Deo eingesprüht hatte. Dann zog er seine Lieblingsjeans und ein Poloshirt an. Nichts Besonderes. Bis auf das Blau, das seine Augenfarbe unterstrich, wie ihm das schon einige Frauen gesagt hatten. Er gefiel sich und ging nach unten in die Küche. In der Spüle lag der Blumenstrauß, den er für Anouk besorgt hatte. Zum Glück war ihre Großmutter wieder fit, es war nur eine kleine Herzschwäche gewesen. Anouk hatte sehr erleichtert geklungen am Telefon. Nun freute er sich auf den Skatabend, auf das fröhliche Geplauder, an dem er Gefallen gefunden hatte. Er hoffte vor allem darauf, Anouk heute nach Hause begleiten zu können.

Schon vor Beginn des Abends sehnte er das Ende herbei, weil er sich ausmalte, wie er anschließend alleine mit Anouk durch das Dorf lief. Er wollte sie fragen, ob sie mit ihm ausgehen würde. Ins Kino. Zu einer Lesung. Mit anschließendem Essen. Damit sie sich nicht bedrängt fühlte, würde er sagen, es sei als Dankeschön gedacht, weil sie ihn von seinen Rückenschmerzen erlöst hatte. Insgeheim hoffte er, seine Chance auf ihre Zusage erhöhte sich durch ein Lob für ihre Arbeit. In Wahrheit wollte er natürlich mit ihr alleine sein, weil er sie besser kennenlernen wollte. Als er jetzt die Blumen aus dem Wasser nahm und etwas Haushaltspapier um die feuchten Stängel wickelte, kam ihm in den Sinn, dass er sehr viel über Anouk wissen wollte. Er wollte wissen, welche Bücher sie las, welche Filme sie mochte, was ihre Lieblingsspeise war, und ob sie den ersten Kaffee des Tages ebenso sehr genoss wie er. Er hatte sich im Blumenladen für Wiesenblumen entschieden, weil er fand, das passte zu ihr und hoffte, sie gefielen ihr. Bunt, vielfältig und ungezähmt. Auch wenn er sie noch gar nicht wirklich kannte.

»Omilein, Martin hat dir Blumen mitgebracht«, war das Erste, das Anouk sagte, nachdem sie ihm die Tür geöffnet hatte. »Komm rein, Martin. Meine Großmutter sitzt schon am Kartentisch.«

Schüchtern trat er ein. Diverse Sätze hatte er sich zurechtgelegt, aber keinen dafür, wie er Luise die Blumen überreichen würde, die für Anouk bestimmt gewesen waren. Er folgte Anouk an den großen Tisch im Esszimmer.

»Hallo Martin«, rief Luise, als käme er von weit her. »Schön, dich wiederzusehen. Was für ein hübscher Strauß. So krank war ich gar nicht. Ich danke dir.«

»Ich dachte … Vielleicht gefällt dir …«

»Sehr bunt, das mag ich. Anouk, stellst du die Blumen in eine Vase? Und richte uns bitte etwas zu trinken.«

Anouk kam und nahm Martin die Blumen ab. Dann ging sie mit dem Strauß in die Küche. Am liebsten wäre er ihr gefolgt. Er kam sich vor, wie ein Schulbub – unerfahren und unbeholfen. Er war froh, als Luise das Wort wieder ergriff.

»Setz dich zu mir. Anouk hat erzählt, du seist im Schwarzwald gewesen? Wo genau?«

Martin nahm Platz und erzählte. Von seinem einzigen Spaziergang. Erst stotterte er, dann sprudelte es gerade so aus ihm heraus, dabei entsprach es nicht seinem Wesen, ohne Punkt und Komma zu reden.

Anouk kam aus der Küche, stellte den Strauß im Esszimmer auf der Kommode ab und holte anschließend drei Gläser und eine Karaffe mit Wasser. Auf einem Tablett trug sie alles zum Tisch.

»Wasser?«, fragte Luise und zog die Augenbrauen hoch.

»Ja, Omi, Wasser, denk an dein Herz.«

»Das tue ich, also hol bitte den Likör.«

»Heute nicht. Hast du schon gemischt?«, fragte Anouk und zeigte auf den Stapel Karten auf dem Tisch.

»Nein. Oder doch?« Sie langte nach den Karten, zog die Hand aber wieder zurück. »Ich weiß es nicht mehr. Ich habe mich so gut mit Martin unterhalten, er hat ein großes Talent, sehr bildhaft zu berichten. Danke für den Ausflug in den Schwarzwald, Martin! Ich komme ja nicht mehr so viel raus.«

»Martin war auch nur kurz weg.«

»Aber seine Schilderung eben klang, als wäre er ewig an diesem Ort gewesen.«

Damit hatte Luise gar nicht so unrecht, fand Martin.

»Martin kann prima mit Worten umgehen«, sagte Anouk. »Stell dir vor, er hat sogar ein eigenes Wörtermuseum.«

»Was? Wo?«

»Im Haus von deiner Freundin Irmgard, da wohnt er jetzt doch.«

»Weiß ich, ich bin alt, aber nicht senil. Allerdings kann ich mir nichts unter einem Wörtermuseum vorstellen.«

»Ich nutze das Wohnzimmer als besonderen Raum für Worte«, sagte Martin.

»Das muss ich sehen.«

»Das ist das Problem«, sagte Anouk zu ihrer Großmutter gewandt. »Leider möchte Martin das Museum nicht der Öffentlichkeit zeigen.«

»Hast du es denn schon gesehen? Lohnt es sich denn?«

»Oh ja, ich durfte es anschauen und muss sagen, es hat sich gelohnt. Auch wenn noch gar nicht viel ausgestellt ist. Aber es herrscht eine Atmosphäre in diesem Raum – unbeschreiblich. Es wirkt sehr einladend und macht neugierig. Ich kann das gar nicht richtig schildern.«

»Wie muss ich mir das denn vorstellen?«

»Du kennst doch Irmgards Wohnzimmer, diesen riesigen Raum. Martin hat alle Möbel rausgeworfen, den Fußboden abgeschliffen und in der Mitte thront nun eine Vitrine, daran ist ein besonderes Buch ausgestellt, das Herzstück des Museums würde ich sagen.«

Wie Anouk ihrer Großmutter vom Fund des Büchleins berichtete und dabei so schnell redete, als wollte ein Wort das andere überholen, erlebte er diesen wichtigen Moment in seinem Leben noch einmal, wenn auch im Schnelldurchlauf.

»Die Kittelschürze, ach ja! Ich erinnere mich!«, rief Luise aus, als habe Anouk ihr damit ein Jahrhundertgeschenk gemacht.

»Nun muss er nur noch die Regale mit besonderen Worten bestücken, ich glaube, er hat darüber hinaus aber noch mehr tolle Ideen.« Sie sah ihn herausfordernd an.

»Ja«, sagte er, denn er wollte jetzt nichts verraten.

»Ein Museum für Wörter – eine herrliche Idee, Martin. Daran solltest du deine Mitmenschen wirklich teilhaben lassen.«

»Wie wär's jetzt mit einer Runde Skat?«, fragte er die beiden Frauen und nahm, ohne eine Antwort abzuwarten, den Kartenstapel zur Hand und mischte einmal durch. Er wollte nicht, dass sie sich festquatschten und den Abend in eine unerträgliche Länge zogen, wo er doch vor Augen hatte, Anouk nach Hause zu begleiten, um seine Einladung auszusprechen. Beim Gehen würde ihm das besser gelingen als am Telefon. Zumindest hoffte er, dass Worte flossen, wenn er selbst in Bewegung war.

»Von mir aus«, sagte Anouk. »Aber über das Museum reden wir noch.«

»Später.« In Gedanken lief er schon neben Anouk durch das schlafende Dorf.

Sie spielten bis dreiundzwanzig Uhr, dann endlich gähnte Luise.

»Soll ich dich ins Bett bringen, Omilein?«

»Ich warte«, sagte Martin schnell. »Dann kann ich dich nach Hause begleiten, es ist bald Mitternacht.«

Bevor Anouk widersprechen konnte, meldete sich Luise zu Wort: »Du bist ein echter Gentleman, Martin. Ich habe letztes Mal mit Anouk geschimpft, als sie dein Angebot nicht angenommen hat. Aber heute wird sie es tun. Nicht wahr, Nouki?«

»Nenn mich nicht so, das mag ich nicht.«

»Und ich mag nicht, wenn du nachts alleine durch die Straßen läufst.«

»Okay. Dann warte hier auf mich, Martin.«

Hatte sie jetzt nur einfach klein beigegeben oder machte es auch ihr Freude, mit ihm durch die Nacht zu laufen? Martin konnte ihren Blick nicht deuten. Er wünschte Luise eine gute Nacht und sah ihr nach, wie sie von Anouk gestützt den Raum verließ. Dann lauschte er auf Geräusche von oben. Die Wasserspülung lief und ein Rollladen wurde heruntergelassen. Es dauerte nicht lange, bis Anouk aus dem oberen Stockwerk zurückkehrte.

»Wie lange sie es wohl noch die Treppen nach oben schafft?«, fragte Anouk und Martin erkannte an ihrem abwesenden Blick, dass sie die Frage mehr an sich selbst richtete, als dass sie von ihm eine Antwort erwartete.

»Sie macht noch einen sehr agilen Eindruck«, sagte er trotzdem.

»Schon, aber diese Herzbeschwerden von neulich beunruhigen mich immer noch.«

Sie verließen das Haus. Der Nachthimmel spendierte vereinzelt Sterne, Wolkenfäden huschten vorbei und der Mond zeigte sich zur Hälfte. Es war so ruhig, wie es in der Stadt niemals hätte sein können. Martin hatte fast Angst, laut zu atmen. Er musste seine Unsicherheit im wahrsten Sinne des Wortes überreden. »Hast du Lust, als Dankeschön für deine gute Physiotherapie mit mir essen zu gehen?«

»Hast du das gerade gesehen?« Anouk sah auf den Asphalt.

»Was?«

»Ich glaube, mir ist gerade eine Maus über den Fuß gelaufen.«

»Besser eine Maus als eine Ratte.« Was um Himmelswillen redete er da? Diese blöde Maus. Musste er seine Frage nach dem Essen nun wiederholen? Und er hatte doch fragen wollen, ob sie davor noch etwas unternehmen könnten wie zum Beispiel ins Kino zu gehen. »Ratte? Da vergeht mir der Appetit.«

Hendrik würde jetzt sagen, er hätte es vergeigt, dachte er, aber da sprach Anouk weiter. »Essen gehen? Warum nicht.«

Er wagte kaum noch zu atmen. »Wann würde es dir passen?« Warum hatte er nicht gleich gefragt, ob es am Samstag ginge?

»Ich weiß nicht, ich …«

Was für ein Trottel war er nur. Er wollte sie einladen, es war an ihm, die Initiative zu ergreifen. »Samstag?«

»Da kann ich nicht. «

»Und am Sonntag?«

»Da geht es auch nicht.«

»Wir können auch unter der Woche essen gehen, wenn es dir am Wochenende nicht recht ist. Oder ins Kino.« Was hatte sie vor am Wochenende? Gab es da doch jemanden, mit dem sie sich traf?

»Ich habe zu viel zu tun diesen Monat und ...«

»Dann nächsten Monat«, unterbrach er sie.

»Ehrlich gesagt kann ich die nächsten Wochen nicht. Ich gönne mir von Mitte Juli bis September eine Auszeit. Die eigene Praxis, das hat mich doch sehr geschlaucht. Nun läuft es, und ich habe es tatsächlich organisiert, sechs Wochen fort sein zu können. Sechs Wochen Urlaub, darauf freue ich mich sehr. Zuerst fahren wir an die Ostsee, später geht's nach Spanien, vielleicht noch nach Kroatien, aber das ist nicht sicher.«

Sie erzählte in einem fort. Dass sie schon lange nicht mehr im Urlaub gewesen war, wie sehr sie sich darauf freute, im Meer zu baden, in die Wellen zu springen und nur zu tun, worauf sie Lust hatte. »Aber Ende September könnten wir dann gehen«, schloss sie ihren Monolog.

»Ja, dann«, sagte Martin. Es fiel ihm schwer, seine Enttäuschung zu verbergen. Wer war wir? Und was war das überhaupt für eine komische Reiseroute? Inzwischen waren sie vor Anouks Haustür angekommen.

»Du kannst ja mit meiner Großmutter Canasta spielen, solange ich weg bin. Sie würde sich sicher über Abwechslung sehr freuen.«

»Ich überleg es mir.«

»Du würdest auch mir einen Gefallen tun. Ich kann meinen Urlaub mehr genießen, wenn ich weiß, dass jemand nach ihr schaut.«

Ihm fiel das Bild der kleinen und großen Hürden wieder ein. Wenn schon eine simple Verabredung zum Essen mit Anouk eine große Hürde war, was käme danach? Gäbe es überhaupt ein danach? Einerseits wollte er die Hoffnung gleich wieder aufgeben, denn er fragte sich, ob er sich mit seiner Bitte um ein Rendezvous gerade lächerlich gemacht hatte. Schließlich war er einige Jahre älter als Anouk, er ging auf die sechzig zu. Begriff sie überhaupt, dass er sie um ein Rendezvous bat? Vielleicht hätte er doch nicht sagen sollen, dass es wegen ihrer guten Behandlung war. Das entsprach nicht der Wahrheit. Zumindest nicht ganz, weil es weit darüber hinausging. Was hätte sie geantwortet, hätte er gesagt, er wolle sie zum Essen einladen, weil er sie näher kennenlernen wolle? Er sah sie forschend an. Sie drehte sich weg und steckte ihren Hausschlüssel ins Schloss, so dass er sie nun von hinten betrachten konnte. Wieder waren es diese schwarzen Haare, die es ihm antaten. Verflixt und zugenäht, dachte er, ich würde zu gerne mein Gesicht darin vergraben und ihren Duft einatmen. Bestimmt kam dieser Orangenduft aus ihren Haaren. Und plötzlich stellte das Verlangen nach ihr die Enttäuschung über ihre Absage in den Schatten. Schließlich war es nur eine vorübergehende Absage. Ob es ihm wohl gelänge, diese Haare bald einmal zu berühren? Sein Kampfgeist war geweckt. Er war bereit, große Hürden zu nehmen.

»Wenn dir etwas daran liegt, werde ich mit Luise Canasta spielen. Erhole dich gut und komm gesund wieder, woher auch immer.«

»Noch bin ich nicht weg.«

Sie sah ihn an, als müsse er darauf reagieren, aber er wusste nicht wie.

»Gute Nacht«, sagte er deshalb, lächelte verschmitzt und machte sich auf den Heimweg. Der halbe Mond begleitete ihn ein Stück, dann schob sich eine Wolke vor ihn. Was soll's, dachte er, halbe Sachen mache ich sowieso nicht mehr.

Der Morgen lachte zum Fenster herein und Martin entschied nach einem Blick auf den Radiowecker, der hartnäckig treu seinen Dienst tat, noch etwas liegen zu bleiben. Es war erst 7:29 Uhr. Ihm war nach etwas Unterhaltung, und er schaltete das Radio ein. Der Sprecher sagte gerade, dass sich das Jahr nach diesem Tag in die zweite Hälfte begeben würde. »Und für viele junge Menschen geht heute das erste Lebensviertel zu Ende. In Baden-Württemberg wird den Abiturienten heute die Hochschulreife bescheinigt.«

Martin überfiel Melancholie, er schaltete das Radio wieder aus und stand auf. Zumindest Hendrik hätte er zu gerne sein Zeugnis der Hochschulreife überreicht. Nun tat das ein anderer Lehrer, womöglich Schulleiter Sassen.

Lustlos frühstückte er ein Honigtoast, trank seinen Kaffee und blätterte ebenso lustlos in der ZEIT, obwohl sie heute neu erschienen war, was sein Lesevergnügen normalerweise meist noch steigerte. Die Zeit verging ihm ein um die andere Minute wie in einem Wartezimmer, schließlich wechselte Martin vom Küchentisch in seinen Lesesessel. Er sah aus dem Fenster. Die Blätter am Kirschlorbeer glänzten in der Sommersonne, und ihre Bewegungslosigkeit deutete darauf hin, dass heute ein heißer Tag werden würde. Ein Blick auf seine Uhr sagte ihm, dass die Zeugnisausgabe inzwischen wahrscheinlich schon erfolgt war, denn es war zehn Uhr vorbei. Um zwei würde er Hendrik, Tom und Mira treffen, um die bestellten Becher und Ballons abzuholen. Am Abend sollte es dann so weit sein, der Abischerz würde stattfinden. Er sollte tatsächlich dabei sein, seine ehemaligen Schüler wollten das. Und er wollte das auch. Die Sache hatte nur einen Haken, er musste den Skatabend mit Anouk und Luise absagen. Ausgerechnet am Donnerstag musste der Abischerz über die Bühne gehen, aber die Schüler hatten keine Lust, das nach Zeugnisausgabe weiter hinauszuschieben. Zum Glück gab es noch zwei weitere Skatabende, bevor Anouk ihre sechswöchige Pause einlegte. Er erhob sich, um sein Smartphone aus der Küche zu holen. Vor der Vitrine blieb er stehen und sah in das Büchlein. *Kummerfleck* und *Sorgenspalte* – wann war seiner Mutter das eingefallen? Er öffnete die Vitrine und nahm das Büchlein heraus. Bevor er Anouk anrief, wollte er es an einer Stelle aufschlagen, an der etwas Freundliches, hell Klingendes, ja gar Optimistisches zu lesen war. Er blieb an einem Ausspruch hängen, den er laut Eintrag seiner Mutter im Alter von sieben Jahren gesagt haben sollte: *In der Ruhe liegt die Zeit, und in der Zeit liegt die Geduld.* Er konnte sich daran nicht erinnern, schließlich lag das neunundvierzig Jahre zurück. Unglaublich. Er wusste auch noch gar nicht, was das bedeutete, aber es regte ihn zum Nachdenken an. *In der Ruhe liegt die Kraft*, das kannte man. Aber Zeit statt Kraft? Ergab das Sinn? Kinder sind doch wahre Philosophen, dachte er. Vielleicht hätte ich Grundschullehrer werden sollen, ich hätte wahrscheinlich meine Freude daran gehabt, zu welch fantastischen Gedanken und Wortneuschöpfungen Menschen in jungen Jahren fähig sind. Er seufzte kurz, stellte das Büchlein wieder auf die Buchstütze und schloss die Vitrine. Dann eben doch nichts Lustiges, dann eben Nachdenkliches. In der Küche nahm er das Smartphone vom Ladekabel, rief Anouk an und sagte ab.

»Dann spielen wir heute eine Runde Canasta«, sagte sie sehr schnell.

Martin war enttäuscht, weil ihr jegliches Bedauern in der Stimme fehlte. Sie klang überarbeitet. »Grüße Luise von mir. Wir sehen uns dann am nächsten Donnerstag. Ich freue mich.«

»Ach, das wäre prima, Martin, wenn du sie da besuchen würdest und eine Runde Canasta mit ihr spieltest.«

»Wieso spielen wir kein Skat?«

»Ich bin nicht dabei. Ich besuche vor meinem Urlaub noch eine zweiwöchige Fortbildung. Das hat sich so ergeben. Ist mir eigentlich zu viel, aber ich mag trotzdem nicht drauf verzichten. Meine Arbeit ist mir wichtig.«

Zwei Wochen. Dann gab es gar keinen Skatabend mehr, weil laut seiner Rechnung Anouk dann in den Urlaub fuhr. Das hieß, es gab auch keinen gemeinsamen Spaziergang mehr durch das schlafende Dorf.

»Dann …« Was dann? Es kam ihm nicht über die Lippen, Anouk einen schönen Urlaub zu wünschen, weil er nicht wollte, dass sie so lange weg fuhr, weil er nicht wusste, mit wem sie reiste und weil …

»Wir sehen uns im September. Und danke, dass du mit meiner Großmutter Karten spielst. Sie wird sich riesig freuen. Bis bald, Martin, mach's gut.«

»Du auch.«

Nachdem er aufgelegt hatte, überlegte er, ob er einfach später zu den Abiturienten stoßen sollte, damit er vorher noch Anouk treffen konnte, entschied sich aber dagegen. Der heutige Abend würde eine einmalige Angelegenheit werden, das käme nicht wieder. Und er hatte nicht vor, jetzt, da er neue Ziele für sein Leben hatte, auf Einmaliges zu verzichten. Als er so darüber nachdachte, fiel ihm auf, dass er inzwischen viele Ziele hatte. Er wollte sich endgültig im Haus einrichten, den Second-Word-Laden gestalten, den Geflüchteten anständiges Deutsch beibringen, und vor allem wollte er Anouk für sich gewinnen. Das war ganz schön viel, dachte er. Aber es war ihm nicht zu viel. Doch für heute gab es nur ein Ziel – gemeinsam mit den Abiturienten den Abischerz anzupacken.

Als er sich am Nachmittag auf den Weg machte, kam ihm Herr Müller mit einem ihm unbekannten Mann entgegen. Ob das der Statiker war, von dem Herr Müller gesprochen hatte?

»Hallo Herr Wachs, da erwische ich Sie ja noch.«

»Bin auf dem Sprung, aber erzählen Sie.« Er seinerseits würde sicher nicht erzählen, dass er auf dem Weg war, Hendrik abzuholen, um mit ihm und anderen Schülern nachts in die Schule einzudringen.

»Das ist Herr Bogner, der Statiker.«

Martin streckte ihm die Hand entgegen, Herr Bogner schüttelte sie.

»Sie haben ja einen Schlüssel, Herr Müller, schicken Sie mir einfach eine WhatsApp, ich muss weg.«

»Mach ich. Und viel Spaß in der Schule heute Nacht!«

»Hat Hendrik etwa …«

»Er ist total aufgeregt. Kann ich verstehen.«

Martin war das äußerst peinlich. »Ich muss dann mal los«, sagte er und verabschiedete sich. So sehr er sich auch auf diese Aktion freute, er hatte nicht damit gerechnet, dass Hendrik das seinem Vater erzählte. Hoffentlich ging alles gut. Im Gehen hörte er, wie Herr Müller Herrn Bogner erzählte, dass er der ehemalige Lehrer seines Sohnes sei und heute Nacht mit den Schülern in die Schule einbrechen würde, um sich einen Scherz zu erlauben.

»Hätte ich doch auch nur so einen tollen Lehrer gehabt«, war das Letzte, das Martin vernahm. Er spürte die Blicke der beiden Männer in seinem Rücken, die ein unbekanntes Wohlgefühl auslösten, bei dem sogar seine Augen feucht wurden.

Wie verabredet gabelte er Hendrik, Tom und Mira auf dem Weg zum Ballonladen an einer Straßenbahnhaltestelle auf.

»Alle nüchtern?«, fragte er zur Begrüßung und grinste.

»Noch«, sagte Tom. Sie lachten.

Tom und Mira stiegen hinten ein, Hendrik vorne.

»Jetzt kann's losgehen«, sagte Hendrik, nachdem er sich angeschnallt hatte.

Martin startete den Wagen und fühlte sich, als entdecke nun er nach erlangter Hochschulreife die Welt. *Tschick* von Herrndorf fiel ihm wieder ein. Eine ungewöhnliche Freundschaft. Für wen hatte Herrndorf das geschrieben? Für sich, dachte Martin. Wenn man etwas für sich tat, kam Gutes dabei heraus. Hatte er auch anfangs mit der Herausgabe des Schulschlüssels Hendrik einen Gefallen tun wollen, im Grunde genommen tat er das alles hier für sich. *Wer nichts für andere tut, der tut auch nichts für sich. Goethe.*

Genug der literarischen Eingebungen, dachte er, nun werden die Geschichten gelebt und das reale Leben geschrieben, im Augenblick.

»Du rast aber, war die Ampel nicht eben rot?«, fragte Hendrik.

»Dunkelgelb«, sagte er.

Wieder lachten alle.

Eine Stunde später war die Ladefläche des Volvo voll mit Ballons, dazugehörigen Pumpen und Pappbechern, die in der Nacht mit Wasser gefüllt werden wollten. Als Nächstes ging es zu Paule, da saß bereits der Rest des Abischerzkomitees und noch viele andere Schüler.

»Typisch Paule«, sagte Tom, als sie vor der Kneipe standen und ein Schild lasen: *Heute geschlossene Gesellschaft.*

Martin stutzte. Er verstand nicht gleich, warum Paule die Abiturienten als *Geschlossene Gesellschaft* titulierte. Zum Glück hatte er nichts Dummes gesagt und sich lächerlich gemacht, noch bevor es richtig losging.

Sie traten ein. In der Kneipe herrschte eine ausgelassene Stimmung. Martin wusste nicht warum, aber ihm schoss sofort ein Bild von einem seiner Kindergeburtstage in den Kopf, den seine Mutter für ihn gestaltet hatte. Alberne Dreieckshüte – mit Gummizug um das Kinn auf dem Kopf gehalten – und Kaugummizigaretten. Natürlich war er da viel jünger gewesen, als die jungen Leute, die ihn nun in seiner Mitte begrüßten. Womöglich hatte sein Kopf automatisch nach einem fröhlichen Bild gesucht und eben dies seinem inneren Auge vorgelegt. Hoffentlich waren auch hier drin alle so nüchtern, wie man es an einem Kindergeburtstag war. Schließlich hatten sie etwas vor, für das man einen klaren Kopf brauchte.

»Schau nicht so besorgt, Martin, denen schenke ich heute keinen Alkohol aus«, sagte Paule anstatt einer Begrüßung.

»Dann ist es ja gut«, sagte Martin und sah sich um. Die Schüler kannte er alle, die Namen nicht, das musste er zugeben. Immerhin hatten heute einhundertdrei Schüler ihr Abiturzeugnis erhalten. Hundertdrei Namen. Wenngleich in Paules Kneipe höchstens die Hälfte von ihnen anwesend war. Sie sahen alle glücklich und entspannt aus, weil sie die Prüfungen hinter sich gebracht hatten. Was würde noch vor ihnen liegen?

Das Ende der Schulzeit bedeutete den Anfang einer neuen Ära für die Jugendlichen, die schneller, als sie es für möglich halten würden, alt wären. Aber wie hatte Paule gesagt: *Gestern war gestern, morgen ist Morgen, und jetzt ist jetzt.* Im Augenblick fühlte Martin sich mindestens so jung und voller Tatendrang wie seine ehemaligen Schüler.

Um kurz nach zweiundzwanzig Uhr schloss er den zukünftigen Hochschülern und Paule die Schule auf. Er kam sich vor wie ein Held aus einem Jugendroman, fühlte sich jung und abenteuerlustig. Siebenundvierzig Schüler ließ er ein, sein Gehirn lieferte ihm die Schlagworte *Gruppe 47*. Für ihn war wichtig, dass er ein Teil einer Gruppe im Jetzt war.

Während alle nach oben in Richtung Lehrerzimmer stürmten, blieb er noch ein wenig im Eingangsbereich stehen.

Hatte die Schule schon immer ihren eigenen Geruch gehabt? Sie roch nicht einfach nach Gebäude. Sie roch nicht wie Bürohäuser, nicht wie Wartezimmer, nicht wie Hotelhallen. Schule roch wie Radiergummi und Tuschefarben, wie Pausenbrot mit Leberwurst, roch wie Kaugummi. Schule roch nach Startbahnasphalt und Pubertätsschweiß; Schule roch einmalig.

»Wo bleibst du denn, Martin?«, schrie Hendrik von oben. »Du musst uns das Lehrerzimmer aufschließen.«

»Ich komme.«

Zum letzten Mal stieg Martin die Treppen empor zum Lehrerzimmer, zum ersten Mal fühlte er sich wie ein guter Lehrer.

Es war bereits nach drei Uhr morgens, als die Schülerinnen und Schüler, Paule und er sich im Eingangsbereich der Schule erschöpft auf dem Fußboden niederließen. Die Arbeit war getan. Unzählige mit Wasser gefüllte Pappbecher zierten die beiden Treppenaufgänge, die zum Lehrerzimmer führten. Es würde Stunden dauern, das alles beiseite zu räumen. Und wenn das geschafft war, fanden die Fleißigen vor der Tür zum Lehrerzimmer einen kleinen Teich vor. Tom war auf diese Idee gekommen. Er hatte eigens dafür große Ytongsteine von einer Baustelle mitgehen lassen, die eine Mauer um die Tür zum Lehrerzimmer bildeten. Darüber hatten sie Plastikfolie gezogen und Wasser hineingegossen. Im Lehrerzimmer selbst waren alle Tische aufgetürmt, die Stühle beiseite gestellt und der Raum mit Ballons gefüllt.

»Nach der Arbeit das Vergnügen, was meint ihr?«, fragte Paule.

»Arbeit? Ich fand, das war ein Vergnügen«, sagte Martin.

Alle lachten.

»Herr Wachs, Sie sind der beste Lehrer, den ich je hatte«, sagte Mira.

»Wie auch immer«, sagte Paule. »Wer hilft mir tragen?«

»Was denn?«, fragte Tom.

»Ich hab zwei Kisten Bier im Auto. Und Sekt für die Damen.«

»Ich trinke auch gerne Bier«, sagte Charlotte, aber das ging im allgemeinen Jubel unter.

»Pst!«, machte Martin.

»Wer soll uns denn hören?«, fragte Hendrik.

Er hatte recht. Rund um die Schule gab es keine Anwohner. Trotzdem wäre es Martin lieber gewesen zu gehen, aber er konnte sich nicht durchsetzen. Also blieben sie sitzen, tranken Bier und Sekt und erzählten. Einzig Martin sah immer wieder auf die Uhr, im Blick, dass zu dieser Jahreszeit die Sonne recht früh aufging. Gerade wollte er erneut mahnen, doch allmählich alles einzupacken und zu gehen, da ertönte ein Martinshorn. Erst aus der Ferne, dann kam es immer näher.

»Martinshorn, wie geil ist das denn!?«, sagte Tom und prostete Martin zu.

Die Gruppe brach in lautes Lachen aus, bis Paule sprach. »Ich glaub, es wird ernst.«

Tatsächlich. Durch die Glastüren sahen sie das Polizeiauto nahe dem Eingang auf dem Hof parken. Jetzt stiegen zwei Beamte aus dem Wagen und kamen mit Taschenlampen auf die Tür zu. Es war sinnlos, sich zu verstecken.

»Na denn Prost«, sagte Tom, jetzt nicht mehr so laut, aber einige Mädchen kicherten.

»Dem Feind entgegen«, sagte Martin, erhob sich und öffnete dem Beamten die Tür. »Einen wunderschönen guten Morgen, die Herren!«

Die Schüler und Paule applaudierten, Tom pfiff durch die Zähne, die Beamten schauten verdutzt.

»Wer ist hier verantwortlich, und was geht hier vor?«, fragte der Größere von beiden.

»Zwei Fragen, zwei Antworten: Zu Frage eins – ich bin der Verantwortliche. Und zu Frage zwei: Hier ging der Abischerz vor sich. Sicher erinnern Sie sich noch, wie das bei Ihnen damals war, oder?«, sagte Martin und lächelte den Polizisten an.

»War nur auf der Realschule, aber klar, wir haben auch …«

»Stefan, spinnst du, wir sollen hier für Ordnung sorgen«, sagte der etwas kleiner geratene Beamte, der hilflos wirkte wie ein Junge im Mädcheninternat.

»Ordnung herrscht hier natürlich«, sagte Paule.

»Ja, schauen Sie sich die Treppenaufgänge an. Haben Sie jemals so ordentlich aufgereihte Pappbecher in solchen Mengen gesehen?«, fragte Martin.

»Komm, das schauen wir uns an«, sagte Stefan zu seinem Kollegen, packte diesen am Ellbogen und zog ihn mit sich.

»Ich weiß nicht.«

»Aber ich. Nu komm schon, Matze.«

Als sie außer Hörweite waren, fragten einige Schüler, ob das gut gehen würde.

»Warum nicht?«, fragte Martin, aber dann ging ihm ein Licht auf.

»Weg mit dem Joint, aber schnell.«

Die Beamten kamen zurück. Der Schüchterne räusperte sich und deutete mit der Taschenlampe auf Martin. »Sie tragen also die Verantwortung?«

»Ja.«

»Und welche Funktion haben Sie?«

»Ich bin Lehrer an dieser Schule.«

»Und Sie haben einen Schlüssel? Oder sind Sie hier gewaltsam eingedrungen?«

»Natürlich habe ich einen Schlüssel.«

»Und diese Schüler …«

»Wir sind alle volljährig und aus freien Stücken hier«, sagte Tom.

»Siehste, Matze, alles roger. Nun beende mal dein Interview und lass uns gehen, gleich ist Schichtwechsel. Ich will ins Bett. Du nicht auch?«

»Aber dieser Geruch, das ist doch …«

»Ich rieche nichts.« Grinsend zog Stefan Matze am Ellbogen wie zuvor und wünschte obendrein ein gutes Gelingen.

»Ihr seid echt cool, ich glaub, ich meld mich bei eurem Verein an, hab eh noch keinen Plan, was ich jetzt nach der Schule mache«, sagte Sebastian.

»Geh doch gleich mit«, sagte Mira.

»Schönen Feierabend«, wünschten Martin und Paule.

Unter Applaus verließen die Beamten die Schule. Alle sahen ihnen nach. Am Polizeiauto wartete ein Mann mit Hund. Wahrscheinlich hatte er die Polizei alarmiert.

»So, jetzt ist es aber höchste Zeit, dass wir verschwinden«, sagte Martin.

Sie packten zusammen und gingen. Paules Kneipe lag nicht weit, da sollte es gleich Kaffee für alle geben, denn natürlich wollte keiner ins Bett.

Bevor Martin in seinen Wagen stieg, sah er auf sein Smartphone. Eine WhatsApp von Herrn Müller war eingegangen: *Durchbruch möglich.*

Siebzehntes Kapitel
Ein gutes Blatt

Als Martin die ZEIT aus der Zeitungsrolle nahm, dachte er das Gleiche wie jeden Donnerstag, nämlich, dass schon wieder eine Woche vergangen war. Der Unterschied zu früher lag darin, dass diese Wochen sich nicht mehr glichen wie ein Ei dem anderen. Sein Leben war sehr abwechslungsreich geworden. Früher hatte er die ZEIT immer um zehn vor sechs aus dem Briefkasten geholt, damit er vor Schulbeginn noch darin lesen konnte. Heute war er erst um halb neun aufgewacht. Er stöhnte vor Erleichterung und ging hinein. Zum Frühstück wollte er sich gleich Rühreier mit Speck zubereiten. Etwas, das er liebte und sich früher nur sonntags bei Paule erlaubt hatte. Und der Grund war sicher nicht gewesen, dass er unter der Woche dazu keine Zeit gefunden hatte. Er hatte sich früher einfach nichts gegönnt, aber damit war jetzt Schluss. An gewissen Regelmäßigkeiten hielt er dennoch fest, er fand, sie umrahmten das Leben und schützten es wie ein wertvolles Bild. Zu den neuen Regelmäßigkeiten in seinem Leben gehörte der Skatabend mit Anouk und Luise. Nun war Anouk auf einer Fortbildung, und er würde mit ihrer Großmutter Karten spielen. Er fühlte sich ein wenig unwohl in seiner Haut und konnte gar nicht genau sagen, warum. Eine Mitarbeiterin der Sozialstation würde am Abend vorbeikommen und Luise ins Bett bringen, weshalb Anouk Martin gebeten hatte, früher als sonst zu kommen. Die Mitarbeiterin der Sozialstation – eine Frau Elbe – käme dann spätestens um einundzwanzig Uhr. »Frau Elbe ist schon so lange bei meiner Omi, sie ist ein wahrer Glücksgriff«, erinnerte sich Martin an Anouks Worte. Und Anouks Behandlung im Hospiz war für seine Großmutter sicher ein Glücksgriff gewesen.

Bis zum Spieleabend war noch Zeit. Martin umfasste seine Kaffeetasse mit beiden Händen, als müsse er sie am Porzellan wärmen. In der heutigen Ausgabe der ZEIT ging es um das Thema Brexit. Das Thema Ausstieg schien ihn zu verfolgen. Diesen hier fand er unpassend. Europa. Die Länder sollten zusammenhalten wie Familien das auch normalerweise tun, dachte er. Man sah ja an ihm, was dabei herauskam, wenn das Gerüst einer Familie zerbrach. Es reichten schon morsche Pfeiler. Der Absturz war programmiert. Allerdings musste er zugeben, dass sich sein Leben jetzt nicht mehr wie ein Absturz anfühlte. Er hatte die Landebahn schon im Blick.

Noch bis zur Mittagszeit saß er am Küchentisch und las Zeitung. Dann unternahm er einen Waldspaziergang. Heute war es ausnahmsweise nicht so schwül, er zog sogar seine Cordjacke an. Mittlerweile lernte er, nicht nur in den Tag hinein zu leben, er lernte, zu leben.

Um halb sechs machte er sich auf den Weg zu Luise. Sie wohnte zwar kaum mehr als fünf Minuten Fußweg entfernt, aber er wollte im Supermarkt noch ein paar Cracker kaufen, die knabberte sie so gerne. Er fand die Sorte, die er bei Luise gesehen hatte, nahm sie aus dem Regal und ging an die Kasse. Dort traf er auf Bärbel.

»Hallo Bärbel, wie geht's?«, fragte er, und sie drehte sich zu ihm.

»Martin! Schön, dich zu sehen. Danke, mir geht's gut. Und dir?«

»Auch gut.«

»Das ist so prima, dass du den Unterricht übernommen hast. Das muss ich bei der Gelegenheit unbedingt mal wieder loswerden. Hast du schon von unserem Sommerfest gehört?«

»Sommerfest?«

»Ja, wir wollen im Gemeindehaus einen bunten Abend veranstalten. Die Geflüchteten sollen Gerichte aus ihren Ländern kochen. Alle Helfer werden eingeladen. Also auch du.«

Bärbel wandte sich ab, um ihre Einkäufe aufs Band zu legen. Mittendrin hielt sie inne und sah auf. »Tut mir leid, ich hätte dich vorlassen sollen, du hast ja nur diese paar Cracker. Geht das noch?«, fragte sie die Kassiererin, die begonnen hatte, Bärbels Ware einzuscannen.

»Lassen Sie nur«, sagte Martin zur Kassiererin und fragte sich, ob er jetzt ein anderer Mensch geworden war, denn ja, inzwischen genoss er die Plaudereien. Das Dorf ist ein Ort zum Altwerden, dachte er. Man trifft hier Menschen, die man kennt. In der Stadt ist jeder für sich. Die Stadt ist was für junge Menschen, die das Alleinsein noch gut aushalten. So wie ich es ausgehalten habe. Glücklicherweise bin ich nun hier, denn die städtische Anonymität in dem Wohnblock, in dem ich gewohnt habe, würde mich heute deprimieren.

Bärbel versprach, ihn wegen des Sommerfestes zu informieren. Sie verabschiedeten sich mit einer angedeuteten Umarmung. Auch das war neu. Diese Nähe. Dass er sie zulassen konnte und vor allem wollte. Martin bezahlte die Cracker und setzte seinen Weg zu Luise fort.

Es war Punkt achtzehn Uhr, als er an Luises Tür klingelte. Sie wurde viel schneller geöffnet, als er gedacht hatte. Für eine Sekunde hoffte er auf Anouk, die vielleicht ihre Fortbildung abgesagt hätte, aber nur eine weitere Sekunde nach diesen Gedanken stand ihm ein fremder Mann gegenüber.

»Guten Tag«, sagte Martin.

»Sie sind bestimmt der Kartenspieler«, sagte der Mann.

Martin bestätigte das.

Der Mann streckte ihm die Hand entgegen, damit er sie schüttelte. Martin tat es.

»Ich bin Alexander. Anouks Bruder.«

»Martin Wachs.«

»Hereinspaziert, Martin. Meine Großmutter freut sich schon.«

Martin folgte Alexander ins Haus. Luise saß bereits am Kartentisch.

»Hallo Martin, ich habe schon gemischt.« Sie strahlte ihn an.

Alexander küsste Luise auf die Wange und verabschiedete sich. »Frau Elbe kommt dann um einundzwanzig Uhr«, sagte er noch.

Martin sah ihm nach. Er schätzte, dass er in seinem Alter war. Auf jeden Fall einige Jahre älter als Anouk, er erinnerte sich, dass sie erzählt hatte, sie sei ein Nachkömmling. Die Tür fiel ins Schloss.

»Setz dich, Martin.«

Er zog einen Stuhl zurück und setzte sich.

Mit zitternden Händen verteilte Luise die Karten. Martin beobachtete sie dabei. Die Hände waren klein wie Kinderhände, aber die faltige Haut verriet, dass das Leben eintrocknete, wenn man so wie Luise schon neunzig war. Wen hatten diese Hände wohl schon berührt? Martin hatte Respekt.

»Anouk ist Ihnen eine große Stütze, was?«, fragte er.

»Wir waren per Du, Martin!«

»Entschuldigung.« Es kam ihm immer noch distanzlos vor, eine Neunzigjährige zu duzen. »Vermisst du Anouk schon?«

»Ja, sehr.«

Ich auch.

»Sie ist wirklich meine große Stütze. Mein Sohn lebt leider weit weg. Da bin ich manchmal traurig. Aber er hat mir vier tolle Enkel beschert, die glücklicherweise alle recht nah wohnen.«

Ich habe nur tote Verwandte.

»Manchmal ist eine große Familie ein Segen.« Luise sah ihn über den Brillenrand an.

»Ja, manchmal«, sagte er.

Luise sortierte ihre Karten. »Du hast einfach Pech gehabt. Aber vielleicht hast du heute ja wenigstens bessere Karten als ich.«

Martin sah in seine Karten und fand, er hielt ein gutes Blatt in Händen. Er grinste. Über Familie wollte er jetzt partout nicht reden. Er wollte Vergangenes ruhen lassen und an die Zukunft denken. Anouk. Er durchstöberte sein Gehirn nach einer unverfänglichen Frage.

»Ist Anouk gut angekommen?«

»Sie ist ja noch gar nicht im Urlaub.«

»Ich weiß, sie ist auf Fortbildung, aber dann wollte sie ja noch …« Martin tat, als überlege er.

»An die Ostsee. Mit Christians Familie.«

»Aha.«

»Mein dritter Enkel, Anouks anderer Bruder. Er hat noch drei schulpflichtige Kinder: Lotte vierzehn, Noah acht, Mia sechs.«

»Ach ja, Mia.«

»Kennst du sie?«

»Nein, aber ich habe Anouk den Puppenwagen ...«

»Genau! Mia ist Anouks Lieblingsnichte. Das war ihr schönstes Geschenk.«

Martin betrachtete seine Karten. Er lächelte.

»Sind sie so gut?«

Martin war sehr erleichtert, weil Anouk mit der Familie und nicht etwa mit einem knackigen Mann, der höchstens in den Vierzigern war, und dem er nicht das Wasser reichen konnte, an der Ostsee war. Aber mit wem fuhr sie nach Spanien und Kroatien?

»Anouk macht ja lange Urlaub.«

»Martin?«

»Ja?«

»Frag doch, was du fragen willst.«

Er konzentrierte sich auf seine Karten.

»Wer nicht fragt, bekommt keine Antwort.«

Sie hatte recht. Aber er konnte doch nicht fragen, mit wem sie wegfuhr. Wie sah das denn aus? »Fährt sie demnächst nach Spanien oder Kroatien?«

Luise seufzte. »Das ist zwar nicht das, was du wissen möchtest, aber ich will mal nicht so sein. Nach Spanien reist sie mit Carl, ihrem Neffen, und seiner Frau. Die beiden sind gerade Eltern geworden. Anouk spielt ein bisschen Babysitterin.«

»Anouks Neffe, das ist dann ...«

»Ja, mein Urenkel. Von meiner Enkeltochter Bettina. Und Siri, Carls Tochter, ist meine Ururenkelin.«

»Wahnsinn!«

»Das ist kein Wahnsinn. Das ist schön. Wahnsinn ist, dass ich mir das noch alles merken kann. Alle Namen und Geburtsdaten. Da bin ich schon stolz.«

Luise kam ihm auf einmal unsterblich vor. Sie spielten eine Runde Canasta nach der anderen und am Ende des Abends wusste Martin, dass auch Anouks dritter Urlaub ein Urlaub mit einem Familienmitglied war, nämlich mit Alexander und Frau, die ohne ihre Kinder reisten. Sie wollten nun an die Nordsee, weil Alexander keine Lust hatte, zum vierten Mal nach Kroatien zu fahren.

»Anouk ist überall die Lieblingsschwester und Lieblingstante«, sagte Luise.

»Und die Einzige, die keine eigene Familie hat.«

»Was nicht ist, kann ja noch werden.«

»Stimmt«, brummte Martin.

Da legte Luise ihre Karten beiseite und ihre Hand auf Martins.

»Anouk will keine Kinder. Aber einen Mann, den könnte sie schon gebrauchen«, sagte sie mit einem vielsagenden Blick.

Martin errötete und war froh, als ein Geräusch die Stille unterbrach. Jemand schloss die Tür auf. Das musste Frau Elbe sein.

»Hatten Sie einen schönen Abend?«, fragte sie, kaum, dass sie zu ihnen an den Tisch getreten war.

»Danke, ja«, sagte Luise. »Sie kommen viel zu früh, so früh kann ich nicht schlafen.«

»Sie haben recht, das könnte ich auch nicht. Und nun?«

»Ach, Frau Elbe, Sie sind die beste unter all den Pflegekräften, die schon bei mir waren.«

Frau Elbe setzte sich. Martin registrierte das Vertraute. Schön, dachte er, wenn man im Alter gut versorgt ist.

»Martin, weißt du, wo der Himbeerlikör steht?«

Erstaunt sah er erst Luise und dann Frau Elbe an. Bevor er etwas sagen konnte, meldete sich Frau Elbe zu Wort: »Bleiben Sie sitzen, ich hole ihn.«

Martin staunte noch mehr.

»Nicht Anouk verraten«, sagte Luise zu ihm.

»Ich weiß nicht …«

Frau Elbe kam mit drei Gläsern und dem Likör aus der Küche. »Einer ist in Ordnung«, sagte sie und schenkte jedem ein.

Sie stießen an und Luise lächelte Martin verschwörerisch zu. Er hatte ihr nichts vormachen können. Aber dafür wusste er jetzt auch alles, was er über Anouks Urlaub hatte wissen wollen. Er erhob sich und verabschiedete sich.

»Einen schönen Abend noch«, sagte Frau Elbe.

Den hatte ich schon, dachte er und reichte den beiden Frauen nacheinander die Hand zum Abschied. Nun konnte er beruhigt warten, bis Anouk zurückkam.

Aber schon am Samstag fiel Martin die Decke auf den Kopf. Zu nichts hatte er Lust, zu nichts konnte er sich aufraffen. Es war bereits Mittag, aber er hatte noch immer keinen Hunger. Die schwüle Julihitze glich einem Tropenklima. Er schwitzte, ohne sich bewegt zu haben. Selbst unter dem Sonnenschirm, den er vor einiger Zeit aus dem Schuppen gezerrt und im Garten aufgestellt hatte, war es nicht auszuhalten gewesen. Und so war er wieder hineingegangen, saß seit etlichen Stunden am Küchentisch und war seltsam unruhig. Der Abischerz lag nun über eine Woche zurück, noch war aber niemand an ihn herangetreten. Hendrik und die anderen hatten ihm vom Erfolg berichtet. Auch die Lehrer wären begeistert gewesen und hätten Fotos gemacht, ausgenommen Schulleiter Sassen, der ewige Spielverderber.

Die Schwüle drückte Tropfen für Tropfen aus seinen Hautporen und quetschte auch das letzte Tröpfchen Elan aus ihm heraus. Aber zum Gestalten seines SecondWord-Ladens, zum Spazierengehen, selbst zum Lesen bedurfte es einer gewissen Energie, die er heute einfach nicht aufbringen konnte. Bestimmt würde er kein Schwimmbad aufsuchen, bestimmt keinen der vielen Seen in der Gegend, wenngleich er vom Eintauchen in kühles Nass träumte. Aber alle Badeorte wären ihm zu belebt und von daher zu laut. Selbst Hendrik hatte das Literaturgespräch für den Nachmittag abgesagt, er war mit Carola aus ihrem kleinen Literaturkreis zum Schwimmen verabredet. Martin war fast ein bisschen neidisch geworden. Vielleicht tat ihm ein kühles Bier gut. Warum nicht, dachte er und ging zum Kühlschrank. Er öffnete die Tür und atmete tief durch, am liebsten hätte er sich hineingesetzt. Bier fand er keines. Das Einzige, was ihm einfiel, war, mit der Bahn zu Paule in die Kneipe zu fahren. Dort am Tresen zu sitzen, vor dem Ventilator, den Paule aufgestellt hatte und ein eisgekühltes Kristallweizen trinken – ja, das könnte er vielleicht gerade noch schaffen. Er raffte sich auf und ging zur Bahn. Gegenüber seines Bahnsteigs kam ein Zug zum Stehen, unter Johlen und Grölen blieb eine Horde Jugendlicher zurück. Waren darunter nicht Hendrik und Tom? Just in diesem Moment fuhr seine Bahn ein, aber bevor sie die Sicht auf die jungen Leute ganz verdecken konnte, schrie einer von ihnen: »Martin! Martin! Warte!« Ja, das war Hendrik. Und Tom brüllte jetzt auch: »Martin, komm zu uns rüber!« Seine Bahn ließ er davonfahren. Nun sah er außer Hendrik und Tom auch Mira, Charlotte und Sebastian. Sie winkten.

»Martin, klasse, dass wir dich noch erwischt haben«, rief Hendrik, als Martin bei ihnen angekommen war.

»Waren wir verabredet?«

»Nein, wir wollten dich überraschen«, sagte Tom.

Martin sah, dass er eine Tüte hinter seinem Rücken hielt, als wolle er sie vor ihm verbergen. Er sprach ihn darauf an. »Was verbirgst du da hinter deinem Rücken? Etwa Bier?«

»Nein, was viel Besseres, etwas Großartiges für dich.«

Martin dachte immer noch an sein eisgekühltes Bier bei Paule.

»Lass uns zu dir gehen«, sagte Tom.

Alle sahen ihn erwartungsvoll an.

»Warum habt ihr denn keine WhatsApp geschickt?«

»Ganz simpel. Weil's dann ja keine Überraschung gewesen wäre«, sagte Mira.

Er machte sich mit seinen ehemaligen Schülern auf den kurzen Weg und kam sich vor wie bei einem Schulausflug. Die Sonne knallte von oben und ließ ihn an vergangene Klassenausflüge denken, bei denen er auch geschwitzt hatte. Er hatte solche Ausflüge nie gemocht. Zum Glück war das vorbei.

»Ich bin neugierig. Was für eine Überraschung habt ihr denn?«

»Verraten wir erst, wenn wir bei dir sind«, sagte Hendrik.

Kaum waren sie alle im Haus, schloss Martin die Tür und sagte noch im Flur: »Jetzt könnt ihr mir die Überraschung geben.«

»Lass uns in den SecondWord-Laden gehen«, sagte Hendrik.

»Genau, das ist der richtige Ort, ihm die Überraschung zu überreichen«, pflichtete Tom bei.

Und schon bückten sich alle, um ihre Schuhe auszuziehen.

»Von mir aus«, sagte Martin und sah zu der Stofftasche, die Tom auf dem Boden abgestellt hatte. Was mochte wohl da drin sein? Er ging voraus und bat alle aufzupassen, weil die Nähmaschine im Moment mitten im Raum stand, ebenso die Regale, die nicht so stabil waren und bestimmt schnell umfielen, solange sie nicht an der Wand befestigt waren.

»Was ist denn hier passiert?«, fragte Mira, als sie den zukünftigen SecondWord-Laden betraten.

»Die Wand zum Arbeitszimmer wird eingerissen, damit hier mehr Platz für den Laden ist.«

»Guter Plan«, sagte Sebastian.

»Ich wäre froh, wenn alles schon fertig wäre, und ich endlich nicht mehr in einer Baustelle leben müsste«, sagte Martin.

»Solange das eigene Leben keine Baustelle ist, geht's ja noch«, sagte Mira.

»Können wir mit anpacken?«, fragte Tom und sah in die Runde.

Zustimmendes Gemurmel brach aus. Was da aus den Mündern seiner ehemaligen Schüler kam – Martin staunte. Sogar Mira konnte mehr als nur kichern. Er fand, sie hatten alle wahrlich eine gewisse Reife erlangt.

»Aber jetzt zu der Überraschung«, sagte Hendrik.

»Lasst uns doch besser in die Küche gehen«, sagte Martin. Sie folgten ihm und setzten sich alle um den Tisch, nur Tom blieb stehen, er war der Wächter der Stofftasche, in der sich die Überraschung befand.

»Lieber Martin«, sagte Tom und legte einen feierlichen Klang in seine Stimme. »Als Dankeschön für die Unterstützung beim Abischerz und auch sonst haben wir uns was für deinen SecondWord-Laden überlegt.« Er griff in die Tasche, die er vor sich auf den Tisch gestellt hatte, und entnahm ihr eine Truhe aus Holz. Sie war etwa fünfzig Zentimeter breit und zwanzig Zentimeter tief. Martin hatte keine Vorstellung, wozu sie dienen sollte. Tom überreichte sie ihm. Martin nahm sie entgegen und stellte sie vor sich auf den Tisch. Sie war mit einem Vorhängeschloss verriegelt.

»Sieht aus wie eine Schatztruhe«, sagte er.

»Fast.« Hendrik klatschte in die Hände.

Martin erinnerte diese Geste daran, wie er seiner Mutter zum Geburtstag etwas gebastelt hatte und dann total aufgeregt war, ob es ihr gefallen würde.

»Gibt es auch einen Schlüssel?«, fragte Martin.

»Wenn du errätst, was das ist, dann bekommst du den Schlüssel«, sagte Hendrik.

»Eine Schatztruhe mit Wort-Schätzen?«, fragte Martin.

»Genau. Und jetzt musst du um die Ecke denken«, sagte Tom.

»Kleiner Tipp – die Wort-Schätze stammen aus unserer Schulzeit«, sagte Sebastian.

»Lehrersprüche?«

»Ja!«, riefen alle im Chor.

»Und jetzt musst du noch erraten, wie die Truhe heißt«, sagte Hendrik und hielt den Schlüssel triumphal in die Höhe.

»Ich verstehe nicht.«

»Ich gebe dir noch einen Tipp«, sagte Charlotte. »Die Betonung liegt auf dem Wort *Sätze*. Denk an das Wort *Satz*.«

»Hm.«

Hendrik hielt ihm den Schlüssel nun vor die Nase. »Du musst kombinieren, Martin. Eine Schatztruhe mit besonderen Sätzen.«

»Eine Schatztruhe mit besonderen Sätzen. Was soll das anderes sein als eben das: eine Schatztruhe mit besonderen Sätzen.« Er blickte in die erwartungsvollen Gesichter seiner ehemaligen Schüler, da ging ihm plötzlich ein Licht auf und er schrie es förmlich heraus: »*Satztruhe!* Das ist eine Satztruhe, stimmt's?«

»Du hast es«, sagte Hendrik und überreichte ihm den Schlüssel.

Alle applaudierten. Martin nahm den Schlüssel entgegen und öffnete die Truhe. Er fand in ein Karteikartensystem einsortierte Sprüche verschiedener Lehrer. Außerdem steckte ein roter Umschlag in der Satztruhe. Er nahm ihn heraus. *Einladung für Martin* stand dort drauf. Er war neugierig, wohin ihn seine ehemaligen Schüler einladen wollten und öffnete den Umschlag rasch. Zuerst fiel ihm die wunderschöne Kalligrafieschrift auf, dann las er, dass sie ihn zur Abifeier einluden. Er war gerührt.

»Was schaust du so? Hast du keine Lust?«, fragte Hendrik, und Martin erkannte sofort, dass Hendrik genau damit gerechnet hatte. Warum hatten sie ihn trotzdem eingeladen?

Er schaute in die Gesichter seiner ehemaligen Schüler, sah jedem Einzelnen ins Gesicht, überlegte einen Augenblick und sagte: »Diese Satztruhe, das ist etwas ganz Großartiges. Aber es tut mir leid, dass ich eure Einladung ausschlagen muss. Nach allem, was war, kann ich wirklich nicht an der Abifeier teilnehmen.« So sehr ich es auch wollte, dachte er. Denn er hätte es wirklich gern erlebt, wenn diesen Schülern, die sich hier in seiner Küche versammelt hatten, in einem feierlichen Akt vor geladenen Gästen verkündet würde, dass Sie die Hochschulreife erlangt hatten.

»Lies doch mal vor, was da steht, Martin«, bat Hendrik.

»Einladung zur Abifeier.«

»Genau. Mehr steht da nicht. Da steht nicht, dass wir dich zur offiziellen Feier einladen, die heute Abend stattfindet.«

»Sondern?«

»Wir laden dich zu unserer privaten Abiturfeier ein, nur wir Schüler, Paule und du, da lassen wir dann so richtig die Sau raus! Das heute Abend ist doch nur langweiliges Pflichtprogramm.«

Martin bedankte sich. Er freute sich wirklich über diese besondere Einladung, war aber traurig darüber, am heutigen Abend bei etwas nicht dabei sein zu können. Er wollte weder Schulleiter Sassen noch die Kollegen treffen, das nicht, darum ging es nicht. Er wollte nur gerne Hendrik das Zeugnis zur Hochschulreife überreichen.

Am Abend war es noch immer schwülwarm. Martin saß bei einem kühlen Kristallweizen im Garten und träumte vor sich hin. Hendrik und die anderen waren noch eine Weile bei ihm geblieben, hatten sogar das Kristallweizen besorgt und mit ihm angestoßen. Dann war es Zeit gewesen, sich auf den Rückweg in die Stadt zu machen, weil sie zur offiziellen Abiturfeier mussten. Nun saß er allein in seinem Garten und war traurig. Traurig, weil er das erste Mal wirklich gerne zu so einer Feier gegangen wäre. Früher hatte er das immer gehasst – diese Abschlussfeiern. Er hatte Neid auf die Jugend gespürt, die noch alles vor sich hatte, wirklich alles, und ihm damit aufzeigte, was er schon hinter sich hatte. Hinter sich hatte, ohne es erlebt zu haben: Stolze Eltern auf der Abiturfeier. Martin erinnerte sich dann immer an seinen Abschied aus der Grundschule. Es war das Jahr, in dem er zehn geworden war. Zehn. Zweistellig. Eine Besonderheit, die sich nicht wiederholte, in der Wiederholung sogar verlor, weil jede Wiederholung ein Trugschluss war, denn nur die Null wiederholte sich, während die davorstehenden Zahlen erst mühsam, dann schneller voranschritten. Eins, zwei, drei, vier – auszuhalten, ab fünf wurde es bedenklich, mit der sechs kippte es in die andere Richtung. Sackgasse.

Ein albernes Lied hatten sie gesungen. Während der fette Herr Rossa dirigierte, sang die vierte Klasse den Eltern auswendig Gelerntes über Vergangenheit und Zukunft vor. Martin konnte den gereimten Worten nichts abgewinnen, keines war es wert, in das Büchlein aufgenommen zu werden. Aber er sang brav mit, spürte er doch auch, dass auf der einen Seite etwas zu Ende ging, während auf der anderen Neues anfing. Vielleicht würde er jetzt schneller erwachsen? Herr Rossa dirigierte, Martin sang und sah seine Eltern in der Menge, seine Großmutter; sah die Tränen in den Augen seiner Mutter. Als sieben Monate später der Unfall geschah, fragte er sich, ob sie deshalb in die Zukunft geweint hatte. »Du bist schon so groß«, hatte sie gesagt. Ja, er war ihr Großer gewesen, und dann war das Unglück geschehen. Da war er wieder klein geworden, weil Kleine beschützt wurden. Normalerweise.

Achtzehntes Kapitel
Warm-up

Der Sommer zog sich. Hendrik war nach Weimar gereist, auf den Spuren von Goethe. In ihm steckte viel mehr, als Martin ihm einst zugetraut hatte. Er hatte ihn oft als einen Bibliothekar gesehen, der sich hinter dicken Wälzern versteckte. Aber Hendrik versteckte sich nicht, er ging es an, das Leben. Ach, er vermisste ihn. Auch Paule hatte wenig Zeit, sein Biergarten war jeden Abend voll, und wenn es regnete, musste er sich um die Buchhaltung kümmern und nach einer neuen Bedienung Ausschau halten, da Anita ab Herbst nicht mehr da sein würde.

Anouk war von Ende Juli bis Mitte September mit ihren vielen Nichten und Neffen und deren Eltern unterwegs. Bei ihren kurzen Zwischenstopps packte sie nur die Koffer um, Zeit für ihn hatte sie nicht. Es gab stille Canasta-Abende, die Luise mehr genoss als er, denn sie vergrößerten seine Sehnsucht nach Anouk. Einzig, dass Luise so viel von Anouk erzählte – ihrer Vorliebe für selbst gekochten Schokoladenpudding mit warmer Vanillesoße, ihrem Arbeitseifer im Job und ihrer Herzlichkeit gegenüber den vielen Nichten und Neffen – sorgte dafür, dass sie doch irgendwie mit von der Partie war. Was seinen Mangel ausglich, war ein Rhythmus, dem er wie automatisiert folgte. Er stand um sechs Uhr auf, kochte sich nach dem Gang ins Bad einen Kaffee, trank ihn – sofern es nicht regnete – im Garten, spazierte danach zum Bäcker, kaufte sich zwei Croissants und ging zum Frühstücken wieder nach Hause. Danach unternahm er einen Waldspaziergang, las viel und aß schließlich zu Mittag. Nur der Montagvormittag wurde durch den Deutschunterricht für Geflüchtete aufgewertet. Durch das Sommerfest, das schon Wochen zurücklag, waren sich alle nähergekommen, was dem Unterricht nun eine wohltuende lockere Atmosphäre verlieh.

So manche Minute am Tag beschlich ihn das Gefühl, in den alten Trott zurückzufallen, ohne zu wissen, warum.

Seine Nachmittage galten dem SecondWord-Laden, der Gestalt annahm. Die Wand zum Arbeitszimmer existierte nicht mehr. Der Wort-Raum war nun so groß, wie es ihm gefiel. Es gab gekennzeichnete Regalfächer von A bis Z. Das erste Wort, das er unter A einsortierte, hieß *augenbetäubend*. Ein Wort von Anouk. Anouk fing auch mit A an. Er musste grinsen. A wie Anfang. Darüber hinaus erstellte er die Rubrik *Besondere Sätze*. Seine ehemaligen Schüler hatten ihn durch die grandiose Satztruhe darauf gebracht. Als er wiederholt *Ansichten eines Clowns* von Böll las, kam er auf die Idee, ein Fach für *Böller* zu errichten. Das waren Zitate von Böll, die er für besonders wertvoll hielt. Besser, man schoss an Silvester mit guten Worten um sich, anstatt unsinnig Geld zu verfeuern, so sein Hintergedanke. Wer weiß, wer die Böller mal gegen eine – hoffentlich großzügige – Spende erwirbt, dachte er und verplante die Einnahmen gedanklich schon für Geflüchtete oder Kinder mit Lernschwierigkeiten. Die Kasse aus dem Antiquariat diente als Spendenkasse. Außerdem beschloss er, eine Tauschbörse zu gründen. Worte gegen Worte.

Auch die Renovierung des Hauses schritt voran. Alles lief – die Erneuerung des Bades, der Einzug auf dem ehemaligen Speicher, der jetzt wunderschön hell zum Wohnen einlud –, und doch empfand er es als ein Dahinplätschern.

Anfang September überlegte er, seinen Plan, Anouk an einer offiziellen Eröffnung des SecondWord-Ladens seine Liebe zu gestehen, zu verwerfen. So lange konnte und wollte er nicht warten. Er saß in seinem Lesesessel und versuchte, sich auf seine umfangreiche Lektüre – *1Q84* von Haruki Murakami – zu konzentrieren, aber Anouk spukte so sehr in seinem Gehirn herum, dass er immer wieder abschweifte. Die Idee, den Laden am Frühlingsanfang einzuweihen, fand er nach wie vor gut. Herr Müller hatte ihm versprochen, dass die restlichen Baustellen im Haus bis dahin verschwunden sein würden und er ein wunderschönes Haus bewohnen könnte. *Nur eine Villa wäre eine*

Steigerung. Aber darauf kam es ihm nicht an. Er brauchte keine Villa, um als Luxus zu empfinden, was er sich hier leistete.

Je länger Anouk weg war, desto mehr sehnte er sich nach ihr. Vielleicht war es gut, dass es so gekommen war. Sein Versuch, sie zum Essen auszuführen, war bisher gescheitert, weil sie schlichtweg nicht da war. Der Mangel, den er spürte, gab ihm Sicherheit. Schließlich konnte man nur vermissen, was einem etwas bedeutete. Und wenn er in sie verliebt war, wollte er ihr das bald gestehen, sonst würde er platzen. Er überlegte her, überlegte hin, bis ihn das Klappern des Briefkastens aus seinen Gedanken riss. Er erhob sich von seinem Sessel und ging nach draußen, um die Post reinzuholen. Als erstes fiel ihm eine Postkarte in die Hände. Sein Blick stürzte sich förmlich auf den Absender – und ja, da las er es: *Küsschen, Anouk.* Küsschen! Ihm wurde ganz heiß im Bauch. Sein Herz klopfte schneller. Wie nach dem ersten Kussversuch, damals mit vierzehn. Die dazugehörigen Zeilen wollte er in Ruhe im Sessel lesen. Er nahm drei weitere Briefe aus dem Kasten und schenkte ihnen kaum Beachtung, bestimmt Rechnungen. Noch einmal widmete er sich der Postkarte und betrachtete das Foto. Ein Gärtner stand inmitten eines überdimensional großen Kleeblattfeldes, sah konzentriert zu Boden und goss die braune Erde. Was er nicht sah: über ihm ragten unzählige vierblättrige Kleeblätter in den Himmel, alle saftig dunkelgrün, jedes der vier Blätter in Symmetrie zu seinem Gegenüber, als bedeutete das schönste Vierblättrige das meiste Glück.

»Rudi, wir haben Post, richtige Post«, sagte er zu seinem Stoffaffen, der wie immer auf der Sessellehne saß. Martin setzte sich zu ihm und suchte seine Lesebrille. Zum Glück lag sie in greifbarer Nähe auf dem Beistelltisch neben dem Sessel.

Lieber Martin,
ich genieße meinen Urlaub, der sich nun leider dem Ende neigt. Die Tage mit Alexander und seiner Frau sind ein guter Abschluss. Die Nordsee ist rau, wie das Leben manchmal auch. In Spanien wäre ich

am liebsten für immer am Meer liegen geblieben. Wie geht es meiner Großmutter? Am Telefon sagte sie, die Abende mit dir seien ihr Höhepunkt der Woche. Küsschen, Anouk.

Küsschen, Anouk. Martin spürte es förmlich und strich sich über die Wange. Was für wunderbare Post. Vielleicht sollte er in seinem SecondWord-Laden handgeschriebene Postkarten wie diese ausstellen. Anouk, die seine Ladenidee brillant fand, wie sie gesagt hatte, wäre sicher begeistert. Handgeschriebene Karten hatten inzwischen Seltenheitswert und gewannen haushoch gegen digitale Nachrichten, die niemals übermitteln konnten, was solch handgeschriebene Zeilen vermochten: menschliche Wärme. Dabei war es doch das, was jeder brauchte: Wärme. Ihm war nun so warm, dass er noch nicht einmal mehr Angst hatte, die Briefe zu öffnen, die heute gekommen waren. Letztendlich hatte er viel mehr Renovierungsaufträge erteilt, als sein Erbe hergab. In jedem Fall musste er an seine Ersparnisse. Zur Not würde er bei Paule arbeiten, das würde ihm sogar Spaß machen. Zwei der drei Briefe waren Rechnungen, die eine höher als gedacht, die andere war im Rahmen geblieben. Der dritte Brief aber war gar keine Rechnung, er war vom Regierungspräsidium. Martin atmete tief durch. War das die Stunde der Wahrheit? Heute, am Freitag, den 9. September, war der letzte offizielle Ferientag. Am Montag begann die Schule wieder. Was schrieb man ihm nun? Er war gespannt und nahm den Brief aus dem Umschlag. Das Lesen dauerte nur Sekunden. Martin nahm Rudi von der Sessellehne, warf ihn in die Luft und fing ihn wieder auf. »Wir haben es geschafft!«, rief er und wusste doch, dass ganz allein er es geschafft hatte, und das machte ihn sehr stolz. Er war frei und Pensionär. Nun konnte das Leben beginnen.

Auch noch eine Woche nach dem erlösenden Brief vom Regierungspräsidium erwachte er am Morgen mit dem Hochgefühl, endlich frei zu sein. Er sah nach draußen und dachte, es hätte geschneit. Aber es war nur der Mond, der sein Licht auf der

Wiese abgelegt hatte. Er legte sich wieder hin. Schlafen konnte er nicht mehr, immer wieder hörte er, wie Anouk am Telefon »Sehr gerne« gesagt hatte und bekam Herzklopfen. Endlich war sie wieder da, endlich ging sie mit ihm essen. Heute am frühen Samstagabend. Bis dahin galt es, noch viele Stunden Wartezeit zu überstehen. Unbedingt wollte er ausgeschlafen sein.

Um kurz vor siebzehn Uhr wartete er am Eingang des Restaurants auf Anouk. Er trat von einem Fuß auf den anderen, zupfte sich an seinem weißen Hemd herum und überlegte, ob das wohl eine gute Entscheidung gewesen war. Was, wenn er beim Essen kleckerte? Ein Mann kam aus dem Lokal und steckte sich eine Zigarette an. Martin beneidete ihn um seine Sucht, sie gab nervösen Händen eine Aufgabe. Wo blieb Anouk? Hätte er sie besser abgeholt? Und warum musste es Ende September noch sommerschwül sein? Ihm stand der Schweiß auf der Stirn. Eilig wischte er ihn mit dem Handrücken weg. Hoffentlich war es im Restaurant kühler. Eigentlich hatte er gar keinen Hunger. Er war ganz durcheinander. Hätte er Anouk doch zu einem Spaziergang oder einem Glas Wein eingeladen. Er war zu blöd. Wie war er bloß auf italienisches Essen gekommen? Da sah er sie auf ihn zukommen. Sie nahm den Parkweg wie einen Laufsteg.

»Ein herrlicher Tag«, rief sie ihm entgegen. »Der Spätsommer gibt Vollgas, ich liebe das.«

»Guten Abend«, sagte Martin und reichte ihr die Hand. Anouk ergriff sie kurz. »Lass uns essen, ich habe einen Bärenhunger.«

Martin ging voraus und hielt ihr die Tür auf. Der Abend war jung, es war nicht sehr voll, noch stand der Pizzabäcker gelangweilt an seinem Ofen. Das änderte sich, als er Anouk erblickte. Martin bemerkte, wie er sie begeistert ansah. Auch ihm gefiel ihr kurzes, roséfarbenes Kleid, dessen Ausschnitt die Fantasie anregte.

»Schau, da ist ein schöner Fensterplatz mit Blick in den Park frei«, sagte Anouk.

Martin amüsierte sich, weil sie auf den Tisch zusteuerte, als kämen gleich Horden von Gästen und machten ihnen den Platz streitig. Ihr Kleid wippte über ihren Knien. Ohne Zweifel, es war doch noch Sommer. Martin zog den Stuhl zurück, damit Anouk sich setzen konnte.

»Oh, danke sehr.«

Martin setzte sich ihr gegenüber.

Der Kellner kam und auf Anouks Wunsch bestellten sie zwei Weißwein.

»Mein Essen darf ich mir aber selbst aussuchen?«, fragte Martin und lächelte. Nicht, dass ihm Anouk den Verlauf des Abends aus den Händen nahm. Heute war er an der Reihe, und er hatte einen Plan.

Sie lächelte ihn kokett an. »Bei Hitze immer Weißwein.«

Sie schlugen die Speisekarten auf. Er war froh, dass Anouk so viel plapperte, wie er es von ihr gewohnt war. Es störte ihn schon lange nicht mehr. Diese Leichtigkeit, mit der ihr Worte über die Lippen kamen, während sie gleichzeitig mit Händen und vor allem ihren Augen erzählte, faszinierte ihn. Er beobachtete das vergnügt.

»Es ist so herrlich, sich den Wellen entgegenzuwerfen, die salzige Luft einzuatmen, das tut so gut. Einmal waren wir mit der Luftmatratze ziemlich weit draußen, und da kam eine Riesenwelle, die …«, sie hielt inne.

»Die? Warum erzählst du nicht weiter?« Verunsichert sah er sie an. »Was ist?«, fragte er, aber ausnahmsweise schien auch sie heute nicht genug Worte parat zu haben.

»Wie du mich anschaust. Ich bin ganz irritiert.«

Zum Glück kam der Kellner, stellte den Weißwein ab und nahm die Bestellung auf. Anouk orderte eine Pizza mit allem, Martin wollte nur einen italienischen Salat.

»Wärst du eine Frau, hätte ich jetzt auf Diät getippt.«

»Ich liebe italienischen Salat«, sagte Martin. An dem ungewöhnlich heißen Septemberabend hatte er keinen Appetit auf ein warmes Essen. »Zum Wohl«, sagte er und hob sein Glas leicht an. Anouk zögerte, dann tat sie es ihm gleich. Sie trank und Martin beobachtete ihre Hände, die schon fachmännisch kraftvoll seinen Rücken bearbeitet hatten. Ihm war noch nie aufgefallen, wie zierlich sie eigentlich waren.

»Trinkst du nicht?«, fragte sie und stellte ihr Glas ab.

»Doch, doch«, sagte Martin und nahm nun auch einen Schluck.

»Deine Augen haben ein unheimlich tiefes Blau«, sagte sie und sah ihn so intensiv an, dass ihm ganz komisch wurde.

»So, so«, sagte er und räusperte sich.

»Meine Großmutter hat erzählt, du seist inzwischen weit gekommen mit der Umgestaltung des Hauses. Hendriks Vater leistet ganze Arbeit, was?«

»Aber nicht allein, das würde er nicht schaffen.«

»Es wird höchste Zeit, dass die Menschen an deinen Wort-Schätzen teilhaben können.«

Jetzt war der Moment gekommen, Anouk zu zeigen, wie sehr er sich wünschte, an ihrem Leben teilzuhaben; wie sehr er sich wünschte, dass sie an seinem Leben teilnahm.

»Bald«, sagte er.

»Großartig!«

»Ja.«

Ja. Martin fluchte innerlich. Gerne würde er seine Einsilbigkeit eintauschen und Anouk viel erzählen, ihr schöne Dinge sagen. Aber er wusste nicht mehr, wie Flirten ging.

»Was meinst du, will der gehetzte Mensch von heute in einem Laden für besondere Worte?«, fragte er, um die Unterhaltung aufrechtzuerhalten.

»Was will denn einer wie du an einem Spätsommerabend mit einer Frau in einem Restaurant?«

»Ich …«

»Ja?«

Das *Ja?* empfand Martin nicht als Neugierde. Vielmehr hörte er auch bei Anouk eine Unsicherheit heraus. Er wusste nicht, warum, aber das beruhigte ihn. »Wie ist denn einer wie ich?«

»Nun.« Anouk legte den Zeigefinger an ihre Lippen. »Einer wie du ist wie einer, der zwar eine Augenfarbe hat, die an ein eisblaues Meer erinnert …«, sie schaute ihn nachdenklich an, »… aber man stellt sich die Wassertemperatur angenehm warm vor. Sonnengewärmt.«

Eisblau und warm – einem Schüler hätte er das in einer Deutschklausur angestrichen mit der Bemerkung *geht nicht zusammen*. In Anouks Fall aber lag ihm ein *Danke* auf den Lippen, aber er sprach es nicht aus. Er konnte nicht einmal sagen, ob es ein *Danke* für das Kompliment oder ein Danke für ihre Wortzusammenstellung gewesen wäre, die er ihr nicht nur durchgehen ließ, sondern obendrein mit einer guten Note versah.

Der Kellner brachte das Essen. »Guten Appetit«, sagte er.

Anouk machte sich sofort über ihre Pizza her. Während er in seinem Salat stocherte, schob sie ein um das andere Stück in den Mund und sagte fortwährend »so lecker«. Dann war scheinbar ihr erster Hunger gestillt, sie nahm einen großen Schluck Wein und begann zu erzählen.

»Im Urlaub habe ich jemanden kennengelernt, der arbeitete bei einem der großen Verlage, die jeder kennt. Was der schon alles gelesen hat und vor allem, mit wem der schon alles gesprochen hat. Wahnsinn! Ein sehr sympathischer Typ war das. Er hat zum Beispiel Frank Schätzing mal getroffen. Habe ja noch nichts von ihm gelesen, aber ich erinnere mich an die Werbung für Unterwäsche, die er gemacht hat. Wenn der genauso gut schreibt … Aber ich schweife ab. Beinahe hätte ich Thomas, so heißt er, von deinem SecondWord-Laden erzählt, aber natürlich weiß ich, dass das nichts ist, von dem du möchtest, dass es einfach so weitererzählt wird. Außerdem bezweifele ich, dass Thomas das verstanden hätte.«

Verstehst du es denn?

Als sie nach dem letzten Bissen auch noch dem Pizzabäcker zulächelte, kam sich Martin vor wie ein Versager, der es nicht einmal mit einem Dorfgigolo aufnehmen konnte.

»Pizza war gut?«, rief der Pizzabäcker herüber und Martin war froh, dass er kein Deutschlehrer mehr war. Der frühe Abend entbehrte jeder Romantik, die er sich vorgenommen hatte, und nach all den Erlebnissen und Begegnungen der letzten Monate gestand er sich ein, dass Romantik eben nichts war, was man sich vornehmen konnte. In diesem Restaurant jedenfalls würde keine Stimmung mehr aufkommen, in der er Anouk näherkommen konnte. Hatte er überhaupt irgendeine Chance? So begeistert, wie sie von diesem Thomas gesprochen hatte. Und Frank Schätzing in Unterwäsche! Das war doch schon so lange her, aber scheinbar hatte es Eindruck hinterlassen.

Der Kellner trat an den Tisch und fragte nach einem Nachtisch, aber Anouk wollte keinen, so dass Martin zahlte.

»Du bist so blass um die Nasenspitze, ist dir nicht gut? Und schwitzen tust du.«

»Lass uns einen Spaziergang machen.«

Die Schwüle hatte nachgelassen. Martin atmete tief durch. Sie liefen durch den angrenzenden Park.

»Mir ist kalt«, sagte Anouk.

Dein Kleid passt auch eher in den Hochsommer.

»Zeig mir doch deinen SecondWord-Laden, ich bin so neugierig!«

Sie lächelte verschmitzt, und er überlegte, ob das der Frage nach der Briefmarkensammlung gleichkam, die eigentlich der Mann stellten würde. Da war er altmodisch, gerne altmodisch. Der Mann musste die Frau erobern. »Wir gehen jetzt zu dir und du zeigst mir den Laden.«

Martin bot ihr seinen Arm und sie hakte sich unter. Der Körperkontakt fühlte sich so gut an, ihm fiel kein Gegenargument ein.

Kaum hatte er Anouk die Tür zum SecondWord-Laden geöffnet, stand ihr der Mund offen und ein stilles Staunen erfüllte den Raum. Martin beobachtete, wie ihr Sehsinn abtastete, was er ohne den Fund des Büchleins niemals ins Leben gerufen hätte. Während Anouk sich langsam durch den großen Raum bewegte, dabei die Vitrine kurz berührte, als streichele sie über einen Kinderkopf, hier und da eine Karteikarte aus dem Regal nahm, in eine Wortwundertüte sah und schweigend die Worte las, empfand Martin ihre Anwesenheit hier als das schönste i-Tüpfelchen, das die Schreibschrift jemals hergegeben hatte. Jetzt wandte sie sich ab vom Regal und kam auf ihn zu.

»Ist das wunderbar!«

Martin strahlte.

»Die Wortwundertüten sind ja niedlich. Ein Glückskeks würde neidisch werden! So wundervolle Worte überall. Ich bekomme richtig Lust, zu dichten.« Sie wandte sich wieder ab, ging auf das Regal zu, entnahm eine Karteikarte und las vor: »*Zerflüstern*. Was für ein wunderschönes Wort. Und diese ganze Gestaltung hier. Ich kann mich gar nicht satt sehen. Auch in die Registrierkasse bin ich verliebt.« Sie ging zu dem kleinen Holztisch am anderen Ende des Raums, auf dem die Kasse stand, die durch ihr antikes Aussehen für eine nostalgische Stimmung sorgte. Martin gefiel vor allem die Kurbel an der Seite, ähnlich der der Kaffeemühle.

»Ich kaufe *zerflüstern*, dann musst du sie öffnen. Was kostet das?«

»Weiß ich noch nicht.«

»Ach, das ist so oder so alles unbezahlbar. Aber nenne mir einen Preis, bitte, ich will das ausprobieren.«

»Dir schenke ich das Wort.«

»Das ist nett. Aber ich möchte so gerne die Kasse sehen, wie die Schublade aufgeht.« Sie öffnete ihre Handtasche, fischte den Geldbeutel heraus und hielt ihm ein Zwei-Euro-Stück hin. »Ich weiß, das ist zu wenig, aber lass uns so tun.«

Martin setzte sich an den Tisch, nahm die Münze entgegen, betätigte die Kurbel, eine Art Klingel ertönte und die Schublade öffnete sich. Anouk klatschte in die Hände. Sie kam ihm vor wie ein Kleinkind, das etwas zum ersten Mal sah. Er tat das Geldstück herein und schloss die Kasse wieder.

»Martin, das ist das Großartigste, das ich je gesehen habe.« Anouk drehte sich im Kreis und schenkte jedem Winkel im Raum einen Blickmoment.

Martin spürte, dass er rot wurde und war froh, als Anouk sich abwandte.

»Du übertreibst.«

»Nein. Und tief in deinem Herzen weißt du auch, wie großartig das hier ist. Es geht ja nicht nur darum, besondere Worte zur Geltung zu bringen. Es geht darum, dass Menschen diese Worte gesagt haben. Hinter jedem Wort verbirgt sich eine Geschichte. Vielleicht ein ganzes Menschenleben. Das ist so faszinierend, so wertschätzend.«

»Ich habe lange gebraucht, um zu erkennen, was ich möchte, was mir am Herzen liegt«, traute er sich zu sagen und ging auf Anouk zu.

»Wirklich Wichtiges braucht seine Zeit«, sagte sie und sah ihn an, als wisse sie, was er vorhatte.

»Und manches kann nicht warten, gerade weil es wirklich wichtig ist.«

Er stand nun vor ihr und sah ihr in die Augen. Sein Verlangen nach ihr war enorm, sein Blut pulsierte so stark, dass er es in den Fingerkuppen spürte. Er sehnte sich danach, in Anouks Haare zu greifen und gab seinem Verlangen nach. Endlich. Er vergrub sein Gesicht in ihren Haaren, atmete den Orangenduft ein, küsste erst ihren Hals, dann ihren Mund. Ihre weichwarmen Lippen schlossen sich um seine, ihn schwindelte. *So tauml ich von Begierde zu Genuß, und im Genuß verschmacht ich nach Begierde.* Faust war eine Tragödie, sein Leben himmlisch. Er liebte sie auf dem Holzfußboden und fühlte sich geerdet.

Wirklich Wichtiges braucht seine Zeit. Ein halbes Jahr war seit dem Tod seiner Großmutter vergangen. In einem halben Jahr hatte er sein bisheriges Leben komplett umgeworfen, war gerudert wie blöde, mal mit der, mal gegen die Strömung. Jetzt hatte er es endlich geschafft, sich treiben zu lassen. Anouk lehnte ihren Kopf an seine Schulter, zärtlich streichelte er ihr schwarz-schimmerndes Haar. Da kam ihm eine Idee und er sagte: »Was hältst du davon, wenn ich den SecondWord-Laden am kalendarischen Frühlingsanfang eröffne?«

»Eine wunderbare Idee.«

»Würdest du mir helfen?«

»Au ja!« Ihre Augen leuchteten. »Ich habe auch schon Ideen. Du hast da diese grandiosen Wortwundertüten für Grundschüler. Ich würde die Worte aber nicht in so weiße Brottüten packen, wie du es getan hast. Man könnte doch kleine Schultüten basteln. Dann wäre das auch ein prima Geschenk zur Einschulung. Und zur Nähmaschine fällt mir auch etwas ein. Wie wär's, wenn man da ein Stück Stoff dazulegt, auf dem eine kleine Geschichte steht. Eine meiner älteren Nichten kann sehr schön sticken. Das wäre dann …«

»… der Stoff, aus dem die Geschichten sind!«

»Genau. Und man …«

»Stopp. Wen genau meinst du eigentlich mit man?«

»Na alle. Dich und mich und Hendrik …«

»Und Paule.«

»Klar!«

Martins Nervosität war verschwunden. Er sprühte vor Energie und war glücklich. Wirklich glücklich. Die Eröffnung des SecondWord-Ladens im Frühling würde ein Neustart bedeuten, einen ganz besonderen. *Wirklich Wichtiges braucht seine Zeit.* Wirklich wichtig war, von nun an für immer mit Anouk zusammenzubleiben. An der offiziellen Eröffnungsfeier würde er ihr sagen, was ihm als Hüter des Hauses zu seinem Glück fehlte.

Neunzehntes Kapitel
Vorfreuden

Am Morgen des 24. Dezember schneite es. Martin saß in seinem neuen Wohnzimmer am Schreibtisch unter dem schrägen Dachfenster und beobachtete, wie Flocke um Flocke auf der Scheibe landete und sich dem Schmelzen verweigerte. Heute wollte er als Neujahrsgruß Einladungen schreiben für die Eröffnungsfeier seines SecondWord-Ladens, aber nun träumte er ein wenig vor sich hin. Inzwischen war das hier oben sein zweiter Lieblingsort nach dem Lesesessel im SecondWord-Laden. In einem Vierteljahr würde er den Laden endlich eröffnen und Anouk eine wichtige Frage stellen. Die wichtigste in seinem Leben. Er konnte es kaum erwarten. Wenn er allerdings das Wort Wartezeit in Vorfreude umbenannte, wurde das Warten zum Genuss.

Den heutigen Tag des Wartens würde er ganz allein verbringen. Anouk feierte Weihnachten im Kreis der Familie. Da wollte er nicht dabei sein. Ein bisschen Angst, sich vor lauter Familie ob seiner Vergangenheit einsam zu fühlen, hatte er noch. Da blieb er lieber als Hüter des Hauses in Gedanken bei Anouk. »Ich werde mich überall durchfressen«, hatte sie gesagt. »Und wenn ich zwischen den Jahren nur Büroarbeit mache, werde ich mit fünf Kilo mehr in das neue Jahr starten.« Da war ihm das Bild von Frank Schätzing als Unterwäschemodel wieder in den Sinn gekommen, das Anouk ihm vor einiger Zeit geliefert hatte. Seither war er versucht, ihr einen Roman von Schätzing zu schenken.

Seit dem Essen im September waren sie oft und lange zusammengewesen, gute Gespräche, aber auch leidenschaftliche Begegnungen hatten sie immer näher zusammengebracht. Sie hatten mit Luise Skat gespielt, ab und zu war Anouk mit ihm spazieren gegangen, und einmal musste sie sogar seinen Rücken behandeln, der sich zu Wort gemeldet hatte. Aus Freundschaft war Liebe geworden. Martin spürte, dass sie ihn schätzte. Sei es wegen seiner Wortgewandtheit, wegen des SecondWord-

Ladens, oder der geselligen Abende bei Luise. Wie würde sie seine Frage beantworten, die er ihr stellen wollte?

»Lass uns in deinen Arbeitspausen ausgiebige Waldspaziergänge unternehmen, da kannst du hinter jedem Baum ein paar Gramm fallen lassen.«

»Was meinst du?«

»Ich hatte eben den Eindruck, du wolltest nicht unbedingt mit fünf Kilo mehr ins neue Jahr starten.«

»Ach so, ja. Prima Idee. Lange Waldspaziergänge. Das machen wir.«

Vor allem das Wort *wir* am Ende des Satzes hatte ihm ein Lächeln aufs Gesicht gezaubert. Jedes *Wir* von ihr gab ihm Sicherheit.

Ihm war es egal, ob Anouk fünf Kilo mehr wog oder nicht, wenn er nur für immer alle anfassen dürfte. Dieses Sehnen, das Anouk stillte, machte diesen Heiligen Abend zu etwas ganz Besonderem. Er fühlte sich nicht mehr einsam wie früher an diesem Tag.

Die letzten Jahre hatte er diese Stunden stets in Paules Kneipe verbracht. In diesem Jahr war Paule über die Feiertage ausnahmsweise nicht da. Er fuhr in die alte Heimat Hamburg, weil sein Sohn dorthin kam, und er ihn so lange nicht gesehen hatte. Mochte Paule so wie er ein Einzelgänger sein, aber er hatte Familie, einen Sohn. Es war gut, dass auch Paule jemanden hatte, der fest zu ihm gehörte. Martin war früher eine Zeit lang am zweiten Feiertag bei seiner Großmutter gewesen. Auf dem Tisch hatten immer Plätzchen in einer viel zu großen Schale gelegen. Warum nur? Damit sich ihre Hände nicht berühren mussten, wenn sie gleichzeitig hineingriffen? Schon wieder so eine Frage, die unbeantwortet bleiben würde.

Er seufzte. Jetzt ließ er sich doch tatsächlich von ein paar herabschwebenden Schneeflocken, der Stille und dem 24. Dezember auf dem Kalenderblatt beeinflussen und wurde melancholisch. So war es ihm schon lange nicht mehr gegangen, und er schrieb es ohnehin anderen Menschen zu. Warum passierte ihm das jetzt? Aber er konnte damit umgehen. Eine gute Erfahrung.

Er wollte jetzt die Einladungen schreiben für die Eröffnungsfeier seines SecondWord-Ladens. Und er hatte sich noch einiges mehr vorgenommen. Er hatte sich im Vorfeld informiert, wo er seinen Laden anmelden musste, heute endlich wollte er das entsprechende Formular ausfüllen, und er wollte alles rechtzeitig und richtig machen. Außerdem musste er der Presse Bescheid geben. Denn was nutzte es, wenn er den Laden eröffnete und kaum einer davon wusste?

Er griff zu Bleistift und liniertem Papier. Nach einigen Entwürfen stand sein Text:

»Einladung zur Wortsage

Liebe(r) …

Am 20. März feiert der Frühling zum wiederholten Male einen Neubeginn. Er hat mehr Übung als ich. Aber auch für mich beginnt an diesem Tag Neues: Ich eröffne meinen SecondWord-Laden. Bitte sei/seien Sie mein Gast. Herzliche Grüße Martin Wachs«

Wortsage leitete er von Vernissage ab. Es machte nichts, wenn das nicht verstanden wurde. Dann war das schon der erste Ansatz für ein Gespräch. Auf der Liste der geladenen Gäste standen alle Menschen, die für sein Empfinden zu seinem Neubeginn beigetragen hatten. Anouk, Luise, Paule, Hendrik, Bärbel, Achim, natürlich Herr Müller und weitere ehemalige Schüler wie Tom, Sebastian, Charlotte und Mira. Und selbstverständlich nahm er Frau Wondra in seine Liste auf. Nicht zuletzt, weil sie ihn als Hüter des Hauses bezeichnet und damit etwas in ihm angestoßen hatte, das letztendlich zu dieser besonderen Einladung führte. Jedem Einzelnen würde er gleich noch ein paar persönliche Worte hinzuschreiben und sich bedanken. Bei Herrn Müller für sein Zupacken, bei Hendrik für die Literaturgespräche, bei Bärbel für ihre Beharrlichkeit, denn das Unterrichten der Geflüchteten wollte er nicht mehr missen, bei Luise für die Skatabende, Paule wollte er für seine Freundschaft danken, denn auch das musste hin und wieder ausgesprochen werden, Achim würde er fürs Helfen loben und seine ehemaligen Schüler für die Aufnahme im Abischerz-Komitee und natürlich für die Satztruhe. Und last but not least würde er Anouk danken, schließlich hatte sie mit dem Fund des Büchleins und vor allem mit der Rückgabe an ihn Wunderbares bewirkt. Einen Dank an seine Großmutter für das Büchlein und Rudi schickte er gen Himmel, dann nahm er die hellgrünen Blankokarten zur Hand, die er gekauft hatte, klappte sie auf, nahm seinen Füller, schraubte den Deckel ab und begann zu schreiben.

Zur Einweihung selbst würde er einige Menschen mehr einladen, zum Beispiel Fawad, Udai und Elvedin, vielleicht Frau Schlott und natürlich Vertreter der Presse – aber sie bekämen die Einladung zeitnah erst im Februar oder März. Für alle anderen sollte seine Einladung ein besonderer Gruß ins neue Jahr sein.

Nachdem er all die Einladungen geschrieben hatte, fühlte er sich gut und war hungrig geworden. Als er aus dem Dachfenster sah, lachte er, denn es war inzwischen schneebedeckt. Der Raum hier oben war aber so hell, und die Sonne schien so kräftig, dass er trotzdem gute Sicht gehabt hatte zum Schreiben. Nun kippte er das Dachfenster vorsichtig, schloss es aber gleich wieder, weil Schnee auf den Schreibtisch fiel. Mit einem Taschentuch tupfte er ihn weg und ging zum Fenster an der Wand. Er sah hinaus. Was für ein Bilderbuchweihnachtswetter! Eine sonnenbeschienene Schneeschicht lag weißwarm über dem Dorf. Er erblickte Spaziergänger, Eltern, die ihre Kinder auf Schlitten den Weg entlangzogen, den normalerweise Radfahrer und Jogger frequentierten. Beinahe kitschig kam ihm die Aussicht vor. Das Wetter passte zum Datum, seine Stimmung passte zum Kitsch, das konnte alles gar nicht wahr sein. Nun wollte er die Kulisse auf Echtheit überprüfen und eine Runde durchs Dorf drehen, dabei seine Weihnachtspost bei den Adressaten einwerfen oder dem Briefkasten übergeben. Er wusste nicht, warum, aber ihm war es wichtig, die Einladung am 24. Dezember zu verteilen oder abzuschicken. Vielleicht, damit Weihnachten wieder so besonders wurde wie vor dem Unfall.

Doch bevor er sich auf den Weg machte, wollte er zu Mittag essen. Sein Magen hatte schon beim Schreiben ein paar Mal geknurrt.

Nach einem Teller mit Spaghetti und Pesto war sein Hunger gestillt. Da das nun mal sein Lieblingsessen war, gönnte er sich das auch heute. Er war nicht scharf auf Gänsebraten oder andere weihnachtstypische Menüs. Auf die weihnachtstypischen Plätzchen allerdings, die Anouk ihm letzte Woche vorbeigebracht hatte, mochte er nicht verzichten. Hildabrötchen, Vanillekipferl und Bethmännchen – sie wirkten wie die beste Medizin. Heute wirkten sie gegen die Einsamkeit, der man in dieser Kulisse zweifellos schnell unterliegen konnte, wenn man sie wie er jetzt allein betrat. Er biss in ein Hildabrötchen, es schmeckte ausgezeichnet. Mehr Plätzchen wollte er später genießen.

Er zog den Reißverschluss seiner blauen Steppjacke bis zum Hals hoch und verließ das Haus.

Zuerst steckte er den Brief an Frau Wondra in ihren Kasten. Als Absender hatte er »Hüter des Hauses« angegeben. Schon wollte er weiter, da hörte er, wie ein Fenster geöffnet wurde. Er sah nach oben.

»Hast du alle Post erledigt?«, fragte Frau Wondra.

Bestätigend nickte er und wollte weiter.

»Papierworte wirken Papierwunder«, sagte sie da noch einmal und schloss ihr Fenster.

Das wusste er jetzt.

Leichtfüßig machte er sich erneut auf den Weg. Die Luft war sehr kalt, er hob sich immer wieder die Hand vor die Nase, weil der Winter ihm in die Atemwege biss. Ein Schal wäre nützlich gewesen. Schnell vergrub er die Hände in den Jackentaschen. Es war kurz nach zwei, der Schneefall hatte aufgehört. Bestimmt herrschten nun Minusgrade, seine Ohren wurden ganz kalt. Vielleicht sollte er sich für diesen Winter eine Mütze kaufen. Allerdings mussten seine Ohren frei bleiben, sonst hörte er die Welt nicht.

Sein Weg zum Wald führte ihn durch das Dorf, so dass er als Nächstes die Briefe an Hendrik, dessen Vater und Paule einwerfen wollte. So weit würde er heute aber nicht laufen, diese Post steckte er in einen der gelben Kästen auf dem Weg. Eine zentimeterdicke Schneeschicht bedeckte ihn, aber der Schlitz war frei. Er kam sich ein bisschen vor wie der Weihnachtsmann.

Bärbel und Achim wohnten in einem Reihenhaus. Martin warf ihre Einladung in den Kasten. Soweit er sich erinnerte, waren die beiden über die Feiertage bei ihrer Tochter Mareike.

Die Einladungen an Anouk und Luise steckten noch in seiner Jackeninnentasche, nah am Herzen, und er wollte beide Briefe auf dem Rückweg bei Anouk einwerfen. Als er den Wald betrat, freute er sich, dass der schmale Pfad, den er wählte, noch fußspurenfrei war. Er war der Erste, der hier welche hinterließ. Es war ihm schleierhaft, warum er der Einzige war, der hier entlangspazierte. Wo waren all die Menschen? Saßen alle bei Plätzchen und Tee zusammen, starrten in den Backofen und sahen der Gans beim Bräunen zu? Waren Großeltern mit Enkeln in die Stadt zur Eislaufbahn geschickt worden, damit die Eltern den Weihnachtsabend vorbereiten konnten? Hier im Wald jedenfalls waren nur er und das Weiß auf den Tannen und seine Schrittgeräusche. Er blieb stehen, weil er diese Winterruhe einatmen wollte. Eine Blaumeise hörte er singen und einen Hund bellen, auch das passte ins Bild, das er im Moment von der Welt hatte: Es war eine Welt des Miteinander, es herrschte eine Atmosphäre der besonderen Ruhe, erschaffen durch die Schneeschicht, die wie Geschenkpapier über dem Wald lag, wo er am liebsten war. Für ihn war er seit jeher ein Ort des Friedens. Bäume wurden so wunderbar alt. Sie bekamen keine Sorgenfalten, die ein bewegtes Leben dem menschlichen Hautmantel überzog, nein, Bäume bekamen Ringe, Lebensringe. Er fand das herrlich. So herrlich wie diesen erfrischenden Spaziergang, bei dem zwar seine Ohrläppchen schon weh taten und die Finger steif vor Kälte geworden waren, aber er, er fühlte sich ganz und gar nicht eingefroren. An diesem kalten Tag im Dezember spürte er, dass er aufgetaut war, seit er hier lebte.

Als er nach einer Stunde aus dem Wald heraustrat, dachte er, er sei durch eine Tür gegangen und nun wieder in einer anderen Welt. Aber auch diese Welt gefiel ihm. Eine kleine Welt, in der man sich grüßte, ob man sich kannte oder nicht. Er lief nun raschen Schrittes auf das Mehrfamilienhaus zu, in dem Anouk wohnte. Dort warf er ihre Einladung und auch die für Luise ein. Wann würde Anouk in den Briefkasten schauen? Wie würde ihr seine Einladung gefallen? Martin sah kurz auf den Schlitz, hinter dem die Briefe verschwunden waren, dann wandte er sich ab und setzte seinen Heimweg fort. Nun wollte er in seinem Lesesessel sitzen. Kaffee trinken, Gebäck von Anouk genießen und ein gutes Buch lesen.

Er sah seine Haustüre schon und erkannte, dass dort eine Geschenktüte baumelte. Ein Gruß von Frau Wondra? Er ging schneller. Mit seinen kalten Händen nahm er die Tüte vom Türgriff und sah hinein. Er entdeckte Weihnachtsgebäck und eine Karte. Es dauerte einen Moment, bis er mit seinen steifen Fingern die Karte herausfischen konnte. Sie war von Anouk. Er las sie gleich vor der Tür.

Lieber Martin,

bestimmt hast du heute einzelnen Schneeflocken deine Aufmerksamkeit geschenkt. Bevor ich dich kannte, habe ich immer alles im Ganzen gesehen. Schnee war Schnee, Regen war Regen und Sonnenschein war Sonnenschein. Du hast mir mit deiner unglaublichen Wertschätzung für die Sprache beigebracht, genauer hinzusehen. Schnee besteht aus einzelnen Flocken, Regen aus einzelnen Tropfen und der Sonnenschein aus einzelnen Strahlen. Dafür danke ich dir und hoffe, du genießt nun jedes einzelne Plätzchen. Ich küsse dich tausendmal, Anouk.

Martin steckte die Karte in die Tüte zurück, blieb aber vor der Tür stehen. Der Moment war so schön, er wollte eine Wiederholung, griff nochmals in die Tüte, las die Karte erneut und ging dann erst hinein. Im Flur zog er seine schneenassen Schuhe aus, hängte die Jacke an die gerade erst fertiggestellte Garderobe aus hellem Holz und dachte, es gab sie wirklich: die Weihnachtsidylle. Um sie für sich zu vervollkommnen, holte er eine Flasche Rotwein aus dem Keller, entkorkte sie in der Küche, goss den Wein in eine Karaffe und ließ ihn atmen. Die Plätzchen von Anouk legte er in eine Porzellanschale und stellte sie auf den Beistelltisch neben den Lesesessel. Seine Augen wurden feucht, er konnte nichts dagegen tun. Dann sah er Rudi an und seufzte. Er fühlte sich gut, wollte aber seiner Rührung nicht mehr die Chance geben, in Melancholie umzuschlagen, weshalb er das Buch vom Beistelltisch zur Hand nahm, das er heute lesen wollte: *Das Glücksbüro* von Andreas Izqierdo. Er blätterte kurz und legte es wieder weg.

Während der Wein in der Küche atmete, holte Martin nun bewusst selbst einmal tief Luft. Er musste an den Moment am Sterbebett seiner Großmutter denken. Ohne das Erbe wäre ihm das alles hier nicht möglich gewesen. Rudi und das Büchlein hatten ihn zurück auf Anfang gesetzt. Waren es nicht immer Anfänge, die verlockend waren? Anfänge waren vielversprechend. Er empfand nun sein Leben als vielversprechend, und das rührte ihn erneut zu Tränen. Wieder seufzte er. Manchmal atmete man Tränen aus, manchmal nur verbrauchte Luft, dachte er, als er in die Küche ging, um sich Wein einzuschenken. Wie hatte Anouk es formuliert: *Regen besteht aus einzelnen Tropfen.* Ja, dachte er, alles setzte sich aus Einzelteilen zusammen. Und so dauerte das Leben nicht nur ein paar Jahre, sondern viele einzelne Sekunden. Er genoss sie allesamt.

Der 23. Februar war für Martin ein Tag der tiefen Trauer. Der Tod seiner Eltern jährte sich. In seinen Augen war es ein Irrsinn, dass dieser Tag damals in die närrische Zeit, auf Faschingsdienstag, gefallen war. Auch heute fiel sein persönlicher Trauertag mit einem Faschingstag zusammen, es war Weiberfastnacht. Zwar bestand keinerlei Zusammenhang zwischen dem Unfall und Fasching, dennoch wurmte es Martin, dass sich sein Schicksalsschlag und die darauffolgenden Todestage seiner Eltern oftmals mit so einer Albernheit überschnitten. Er saß in seiner Küche, vor ihm stand das Frühstück unangetastet auf dem Tisch. Er nippte nur an seinem Kaffee, der mindestens so schwarz war wie das Loch, in das er jedes Jahr an diesem Tag fiel. In seiner Zeit als Lehrer war der Todestag oft mit den einwöchigen Winterferien in Baden-Württemberg einhergegangen. Da war er meist vor der Erinnerung geflohen und in den Schwarzwald gefahren, hatte dort Schneespaziergänge unternommen und hatte manchmal sogar Langlauf betrieben. Die Bewegung an der frischen Luft bewegte auch diesen hartnäckigen Erinnerungsklumpen in seinem Kopf, so dass er sich oftmals auflöste wie ein Schneeball in der Sonne. Gegen die Einsamkeit im Hotel hatte meist Rotwein und Lektüre im Bett geholfen. Das fand er allemal besser, als die närrische Zeit, die ihn mehr narrte als andere Menschen, in der Stadt mitzuerleben. Er hasste das ohnehin: lustig sein nach Datum. Erst vorhin beim Bäcker: Konfetti wie Hagelzucker über Gebäck verteilt – wer wollte das essen? –, die Verkäuferin mit Clownsnase und Kinder, die sich mit Berlinern eindeckten für die Faschingsparty. Sogar im Dorf rannten alle verkleidet herum, jedenfalls kam es ihm so vor. Am liebsten hätte er sich auch verkleidet, wobei dieser Wunsch weiter ging als das für Fasching Übliche. Denn zu gerne nur wollte er sich eine andere Erinnerung überziehen – bunt wie Konfetti, wohlwellig wie Luftschlangen. Gerade jetzt, da er auf den Höhepunkt seines Lebens zusteuerte, kam ihm die Erinnerung in die Quere. Und er wusste nicht, wohin. Bei Paule in der Kneipe war Party angesagt. Zum Spaziergang lud das Wetter nicht ein, denn es war windig und regnete. Vielleicht täte es ihm aber gut, rauszugehen und sich den Regen ins Gesicht peitschen zu lassen. Er stand auf, ging zum Küchenfenster und sah hinaus. Heute sauste der Regen wie unzählige kleine Schwerter herab. Sie waren lang wie Stecknadeln, und er spürte förmlich ihre kaltfeuchten Nadelstiche im Gesicht, denn sie schlugen windgetrieben schräg, ja beinahe waagerecht, ans Fenster. Nein, das wollte er sich nicht antun. Hatte er sich nicht vor Kurzem vorgenommen, sich ausschließlich Gutes anzutun? Es war nur so verdammt schwer und heute unmöglich. Er wandte seinen Blick vom Fenster ab. Schon stach ihm wieder das Kalenderblatt an der Wand ins Auge: 23. Februar. Dieser Tag hatte die erste Wende in seinem Leben angestoßen, danach war er – so empfand er es heute – jahrelang in der falschen Richtung unterwegs gewesen. Schluss jetzt, mahnte er sich. Er konnte nicht ewig so weitermachen – die Erinnerung an diesen Tag mit in die Zukunft nehmen, als sei sie ein Gepäckstück, unverzichtbar wie eine Zahnbürste auf Reisen. Während er immer noch auf das Kalenderblatt starrte, atmete er tief durch und sagte sich, dass heute nicht nur ein lästiger Jahrestag war, sondern auch Donnerstag, und das hieß Skatabend mit Luise und Anouk. Martin schüchterte das hohe Alter Luises noch immer so ein, dass er, wenn er an die Donnerstagabende dachte, zuerst Luise und dann Anouk vor Augen hatte. Alter vor Schönheit. Er freute sich, dass er so etwas Leichtes denken konnte und wandte seinen Blick vom Kalenderblatt ab. Stattdessen ging er in den SecondWord-Laden und sah Rudi an. »Was mache ich bis heute Abend?« Rudi antwortete nicht. »Ich habe dich was gefragt!« Martin ging auf seinen Lieblingssessel zu und nahm Rudi von der Lehne, dabei fiel er ihm aus der Hand. Als er sich nach ihm bückte, sah er den Kassettenrekorder, den er vor einiger Zeit unter den Sessel geschoben hatte. Er nahm Rudi hoch, sah ihm in die Stoffaugen, die vor lauter Augenbrauen kaum zu sehen waren und fragte ihn: »Du meinst, ich soll mir die Kassette anhören?«

Also gut, dachte er, platzierte Rudi wieder auf der Sessellehne, zog den Rekorder hervor, stellte ihn auf den Beistelltisch, stöpselte ihn ein, setzte sich in den Sessel und drückte auf Start.

Hallo Martin, hier spricht Mama …

Er drückte auf Stopp. Spulte zurück. Hörte die Worte noch einmal. Und noch einmal. Und noch einmal. Stand es einem Mann zu, seine Mutter zu vermissen? War er in dem Moment, in dem er ihre Stimme hörte, überhaupt ein Mann? War er nicht ihr Kind? Kind! Kinder durften ihre Mutter vermissen. Und wie! Und weinen durften sie auch. Vor allem, wenn die Mutter tot war. Das Kind Martin weinte und spulte das Band immer wieder zurück, stoppte, drückte den Startknopf, da riss das Band. Er hatte seine Mutter verloren.

Wie dumm war er nur. Wehmütig sah er zum Fenster hinaus. Es musste ein Gott der bösen Erinnerungen sein, der fortwährend diese Schwerter von oben schoss, die nun gegen seine Fensterfront prallten, als wollten sie sagen *Wir haben dich getroffen. Ins Mark.*

Ihm reichte es. Er erhob sich, um aus dem Keller eine Flasche Rotwein zu holen. Will ich jetzt tatsächlich bewusst schlechte Erinnerungen wegtrinken, fragte er sich und diskutierte das im Selbstgespräch. Am Ende schob er es auf das Wetter und fühlte sich wie ein Mensch unter vielen, denn das sagten doch immer alle: »Ach, das Wetter!« Und das bedeutete dann alles und nichts. Da war er dann wenigstens einmal so wie alle Menschen.

Er stand in der Küche, entkorkte die Flasche, sparte sich die Zeit, den Wein atmen zu lassen und schenkte sein Glas zur Hälfte voll, stellte sich damit vor die Fensterfront im Second-Word-Laden, sah nach draußen und prostete dem Himmel zu. Von dort kam das Wetter für ihn. Manchmal vermutete er auch seine Eltern dort.

Als er sich später auf den Weg zu Luise machte, spürte er, dass er betrunken war. Solange ich es noch merke, habe ich es im Griff, sagte er sich und klingelte bei Luise. Anouk öffnete und sah ihn fragend an. Er machte einen Schritt auf sie zu, stolperte über die Türschwelle und fiel ihr beinahe in die Arme.

»Du hast es aber eilig heute. Alles okay mit dir?«

»Alles beschtens«, sagte er.

»Du lallst ja!«

Ohne zu antworten, ging er an Anouk vorbei ins Esszimmer, wo Luise ihn schon erwartete. Er ließ sich auf den Stuhl ihr gegenüber plumpsen und begrüßte sie.

»Es scheint, du hast Fasching gefeiert«, sagte Anouk, die hinter Martin ins Zimmer kam.

»Was gibt es da zu feiern?«, fragte Martin und betrachtete den Stapel Karten auf dem Tisch. Bewegte er sich?

»Mit dir stimmt doch was nicht, warum hast du so viel getrunken?«

»Ich hasse Fasching.«

»Das ist alles?«

»Kinder, jetzt streitet euch nicht.«

»Omi, wir streiten nicht, Martin ist offensichtlich betrunken und deswegen ein bisschen seltsam.«

Anouk hatte recht. Aber er konnte nicht dagegen an. Warum hörte er genau jetzt, so viele Jahre nach dem Unfall und im Beisein der Frau, die er liebte, die Sirenen der Feuerwehr und das Martinshorn des Rettungswagens wieder? Ihn fröstelte. Dieses verdammte blau blinkende Licht. Blink, blink, blink. Das Stakkato des Todes. »Sie sind tot«, hörte er den Sanitäter sagen. Er wusste noch genau, dass er einen Schnauzbart getragen hatte und eine Brille mit dicken Gläsern; wusste noch genau, dass es dieser Sanitäter gewesen war, der sich später zu ihm gesetzt und ihn in eine Decke gehüllt hatte; konnte sich genau erinnern, dass er sich getraut hatte, zu fragen, ob er durch diese dicken Brillengläser wirklich sehen konnte, oder ob er etwas sah, das gar nicht so war. Aber es war so gewesen. Tot, tot, tot. Zu zweit hatten sie seine Mutter fortgetragen. Ihr Arm hing so komisch herab. Warum sahen die Sanitäter das nicht? Er musste die ganze Zeit hinsehen. Während die Feuerwehrmänner seinen Vater aus dem Auto befreiten, sah er immer wieder zu diesem baumelnden Arm. Bis er in einem silbernen Kasten verschwand. Warum brachten sie seine Mutter nicht in den Krankenwagen und fuhren sie in ein Krankenhaus? Der Sanitäter mit den dicken Brillengläsern legte seinen Arm um ihn. Der Arm war schwer, Martin ließ seine Schultern hängen, die Schultern zogen seinen Kopf hinab, er starrte auf seine Füße und nahm wahr, dass die neuen Turnschuhe dreckig geworden waren. Kein helles Blau mehr, das sich von seiner dunklen Jeans abhob, sondern vermatschtes Braun, eine Kackfarbe. Wenn ich das Wort Kackfarbe denken kann, bin ich nicht tot, hatte er da gedacht und an sich hinuntergeschaut. Ich bin nicht tot. Nur meine Eltern. Nur. Dann fing er an zu weinen.

»Ich hasse Fasching«, sagte er noch einmal, und es sollte eines der E-Wörter sein. Entschuldigung oder Erklärung oder Ergebung – Luise und Anouk konnten es sich aussuchen. Er hätte nicht aus dem Haus gehen sollen. »Vielleicht ist es auch das Wetter.« Trotz des Rotweins, der in seiner Blutbahn Gas gab, wusste er, dass er Müll redete. »Als ich zehn war, war Glatteis. Meine Eltern …« Es ging nicht, er brach ab.

»Martin, du bist so komisch«, sagte Anouk.

»Ich gehe besser.« Er erhob sich, ihm wurde schwindelig, er musste sich an der Tischkante festhalten.

»Bitte bleib«, sagte Luise.

Anouk fragte: »Was ist hier überhaupt los?«

»Das kann ich erklären«, sagte Luise. »Setz dich, Martin. Bitte.«

Martin gehorchte und setzte sich neben Luise. Und dann horchte er.

»Natürlich weiß ich, was heute für ein Tag ist«, sagte Luise und legte ihre Hand auf Martins Arm. »Heute ist der Todestag deiner Eltern, und ich verstehe sehr, sehr gut, dass das ein schwerer Tag für dich ist, lieber Martin.«

Anouk setzte sich nun auch neben Martin. »Das tut mir leid. Ich wusste ja nicht, wann der Unfall passiert ist.«

Martin schwieg.

»Möchtest du darüber sprechen?«, fragte Luise. »Es würde dir sicher gut tun.«

»Es war so furchtbar«, brachte er hervor.

»Ja, das war es«, sagte Luise.

»Immer sehe ich den Arm meiner Mutter von der Trage baumeln. Ich war ja noch ein Kind, aber ich glaube, dass es dieser Anblick war, bei dem mir klar wurde, dass sie tot ist. Das war so unbegreiflich. Und dann war meine Großmutter so herzlos. Statt mich zu trösten, hat sie mir die Schuld gegeben. Wahrscheinlich hatte sie sogar recht. Wir sind ja nur wegen mir bei Glatteis ins Auto gestiegen.«

Er stützte seinen Kopf in beide Hände.

»Manche Worte darf man nur im Zusammenhang sehen und muss deshalb ihre Bedeutung hinterfragen. Irmgard hat dir nicht die Schuld gegeben.«

»Doch, hat sie, sie …«

»Sie hat ihr Kind verloren und war verzweifelt. Du hättest sie hören sollen, wie sie damals ins Telefon geschrien hat. ›Meine

Tochter ist tot, Luise, tot, hast du verstanden? Wie soll ich da weiterleben?‹, und ich habe es mir angehört. Habe zugehört, ihrem Klagen Raum gegeben. ›Du schaffst das – für Martin, er ist doch dein Enkel und so ein herzensgutes Kind, ich helfe dir.‹

›Ich kann das nicht. Kann nicht leben. Meine Tochter, sie ist tot! Sie hat doch niemandem etwas getan. Welcher Gott macht das? Warum nur?‹

Aber da warst du, Martin, zehn Jahre alt, dem Kindsein gewaltsam entrissen. Deshalb hörte Irmgard schnell auf zu schreien, aber das tat ihr nicht gut. Sie hat ihre Trauer nicht mehr herausgelassen, und es deshalb nicht besser hinbekommen mit dir, aber geliebt hat sie dich, das weiß ich ganz, ganz sicher.«

»Sicher?« Es musste am Alkohol liegen, dass er das fragte.

»Sicher. Du hast keine Schuld. Niemand hat Schuld.«

Jemand reichte ihm ein Taschentuch. Es war Anouk. Er weinte. Weinte wohl sehr, denn das Taschentuch war schnell durchweicht, auch das nächste und übernächste. Mein Gott, was für ein erbärmliches Bild gebe ich hier ab! Heule betrunken vor diesen beiden Frauen. Noch einmal schnäuzte er sich laut, sagte: »Danke für die Taschentücher«, wollte sich erheben und zur Tür, da legte sich Anouks Hand auf seine Schulter und Luises warmer Blick auf seine Trauer.

»Ich hole dir ein Glas Wasser«, sagte Anouk.

»Danke«, brachte er hervor.

»Koche ihm bitte auch einen Kaffee«, sagte Luise.

Er saß da, fühlte sich wie zehn und hundert Jahre zugleich, merkte, wie der Alkoholrausch nachließ und der Kopf zu dröhnen begann. Im Flüsterton sagte er, dass es ihm leidtat.

»Nichts muss dir leidtun, Martin, nichts«, sagte Luise. »Dir hat man Leid angetan.«

Anouk stellte ein großes Glas Wasser vor ihm ab, er trank es in einem Zug aus.

»Kaffee kommt gleich«, sagte sie und verschwand wieder in der Küche.

Und so endete sein Tag wie er begonnen hatte: mit einem Kaffee. Das gleiche Getränk, dieselbe Erinnerung, und doch war jetzt alles anders. Konnte es sein, dass er das erste Mal nach dem Unfall das Bedürfnis hatte, darüber zu sprechen und es auch tat? Mit Menschen, die ihm etwas bedeuteten? Und bedeutete das, dass er den Schmerz loslassen, ihn mit den Tränen abfließen lassen konnte? Es fühlte sich so an. Zum ersten Mal hatte ihm jemand gesagt, dass er nicht schuld war. Ihm war viel leichter ums Herz als sonst an diesem Tag.

»Schwarz wie immer?«, rief Anouk aus der Küche.

»Schwarz«, antwortete er und sah zu ihr hin. Sie lächelte, und er hatte das Gefühl, dieses Lächeln hätte soeben sein Herz geküsst.

»Es ist das erste Mal, dass ich diesen Tag in Gesellschaft verbringe«, sagte er zu Luise. Ihm war, als würde er ein Geständnis ablegen.

Luise streichelte seinen Arm. Wieder fielen ihm diese alten Hände auf. Sie taten gut. Sie wussten so viel, weil sie schon so viel berührt hatten. »Das tut gut, nicht wahr?«

Meinte sie das Streicheln oder die Gesellschaft an sich? Letztendlich war das egal. »Ja«, sagte er, »das tut gut.«

Nach dem Kaffee spielten sie Skat, weil das Leben weiterging, weil sein Leben weiterging, wenn auch erst jetzt, nachdem er über den Unfall gesprochen hatte. Dieses Mal begleitete Anouk ihn nach Hause. Der Regen hatte aufgehört, nun war es nur noch winterkalt.

»Du musst diesen Tag nicht mehr allein verbringen«, sagte Anouk.

»Danke«, sagte er und küsste sie.

Dann entließ er die Frau seines Lebens, wie er sie nun in Gedanken bezeichnete, in die Nacht. Sie musste früh raus am nächsten Tag und sollte nun schlafen. Er aber würde noch wach bleiben und genießen, dass er sich fortan an diesem Trauertag nicht mehr alleine fühlen würde. Nie wieder. Heute war es richtig, dass Anouk die Nacht nicht bei ihm blieb. Heute war es richtig, dass er sie gehen ließ. Aber Morgen käme bald, sehr bald. Die Eröffnung des SecondWord-Ladens in dreieinhalb Wochen und im Anschluss seine Frage. Die wichtigste in seinem Leben.

Zwanzigstes Kapitel
Ein fast perfekter Tag

Frühlingsanfang. Endlich. Heute war es soweit: die Ladenöffnung. Martin hatte den halben Vormittag damit zugebracht, auf die Uhr zu schauen. Nun wollte er gerade einen Schluck Wasser trinken, da klingelte es. Er sah auf seine goldene Armbanduhr. Sie zeigte dreizehn Uhr. Immerhin hatte er nun sieben Minuten nicht nach der Zeit geschaut. Wer war das jetzt? Noch zwei Stunden bis zur Ladenöffnung, Störungen, egal welcher Art, konnte er jetzt nicht gebrauchen. Er ging zur Tür.

»Die Eröffnung ist erst in zwei Stunden«, sagte er beim Öffnen.

»Wenn ich störe, kann ich ja wieder gehen«, sagte Paule und hielt eine Flasche Rotwein in die Höhe. »Für dich, zur Eröffnung.«

»Paule! Du solltest doch durchs Gartentor kommen, damit ich prüfen kann, ob ich im Laden bei geschlossener Tür das Windspiel höre.«

Paule lachte. »Meine Güte, bist du nervös! Das haben wir doch hundertmal geprobt. Wenn ich reinkommen darf, trinken wir erst mal ein Bier zusammen.«

»Wieso Bier?«

»Der Rotwein ist ein Geschenk für dich, du weißt doch, ich trinke lieber was, das auch den Durst löscht.« Lachend überreichte er Martin die Flasche. Martin nahm sie entgegen und warf einen Blick auf das Etikett.

»Oh, ein wirklich guter Tropfen, komm rein. Natürlich darfst du Bier trinken, aber ich trinke heute nichts.«

»Später aber schon, oder?«

Später, wenn alles vorbei war, wenn alles gut gelaufen war, wie er es sich erhoffte, dann würde er hier mit Anouk bei einem Glas Rotwein sitzen und auf den Erfolg anstoßen. Sie würden sich unterhalten, was für ein toller Nachmittag das gewesen war, wie gut der SecondWord-Laden bei den Dorfbewohnern und der Presse aufgenommen worden war. Er würde ihr danken, vielleicht würde sie sagen, dass das nicht nötig sei. Und dann würde er ihr tief in die Augen schauen, ihr das Glas Rotwein aus der Hand nehmen und beiseitestellen, ihr über die Wange streicheln, seine Finger durch ihre schwarz glänzenden Haare gleiten lassen, ihre Lippen küssen und seine Frage stellen. Für diesen Moment lebte er, seit er heute Morgen aufgestanden war. Ach was, dachte er. Viel länger schon.

»Erde an Martin, Erde an Martin, jemand zu Hause?«, fragte Paule und fuchtelte mit der Hand vor Martins Augen herum, als wolle er etwas wegwischen.

»Ja doch, lass das.«

»Wie lange kennen wir uns jetzt? Noch nie habe ich dich so erlebt. Du benimmst dich, als hättest du heute dein erstes Date.«

Martin hustete. »Date, wieso? Was meinst du?«

»Ich habe das gerade bei meinem Sohn in Hamburg gesehen, der ist frisch verliebt und hatte auch so eine Art nervöses Dauerlächeln im Gesicht.«

»Natürlich bin ich in Anouk verliebt.«

»Da ist aber noch mehr. Ich ahne da was. Du bist frisch rasiert, duftest gut, trägst ein glatt gebügeltes Hemd in hellblau, passend zu deiner Augenfarbe – ja ja, mir fällt so was auf –, dazu ausnahmsweise keine ausgeleierten Jeans, sondern schicke braune Stoffhosen«, Paule schaute zu Boden, »und deine braunen Lederschuhe hast du auch geputzt.«

»Spricht was dagegen?«

»Natürlich nicht. Ich wollte nur sagen, dass du einfach klasse aussiehst.«

»Muss ich mir Sorgen machen, dass du …«

»… schwul wirst? Nein, aber mir fällt der Film *Hair* ein. Erinnerst du dich an diese eine Szene da, als dieser blonde langhaarige Typ sagt: *Schwul bin ich nicht, aber Mick Jagger würde ich auch nicht von der Bettkante schmeißen*?«

»Paule, ich bitte dich.«

»Freu dich, altes Haus, du siehst perfekt aus für diesen Tag.«

Ja, dieser Tag würde perfekt werden. Schade, dass du das hier nicht miterleben wirst, Großmutter, dachte Martin und wunderte sich, dass gerade sie ihm in den Sinn gekommen war. Vielleicht, weil er wusste, auch er würde das alles nicht erleben, wenn sie noch lebte. Als müsste wer auch immer den Verlust eines Menschen ausgleichen. Dem Minus ein Plus gegenüberstellen. Damit die Erde sich weiterdrehte und nicht zu einer Seite in die Tiefen des Alls kippte.

Doch heute war kein Tag der Trauer, heute war ein Tag des Neubeginns.

»Bleiben wir heute im Flur stehen?«, fragte Paule.

»Natürlich nicht, Entschuldigung.« Martin hatte den Türgriff zum SecondWord-Laden schon in der Hand, da entschied er sich anders. »Würde es dir etwas ausmachen, doch durch die Ladentür hereinzukommen?«

»Kein Problem«, sagte Paule und ging wieder hinaus, weil er um das Haus herum zum Gartentor gehen musste.

Martin ging in die Küche, stellte den Rotwein dort auf dem Tisch ab und wartete. Da sein Hauseingang sein Hauseingang bleiben sollte, hatte er das Gartentor als Zugang zu seinem Laden auserkoren. Natürlich mit schriftlicher Genehmigung der Gemeinde. Als Ladenglocke diente ein Windspiel, ähnlich dem im Secondhandladen, in dem er kurz nach dem Tod seiner Großmutter gewesen war. Jetzt eröffnete er selbst einen Secondhandladen, allerdings einen der besonderen Art. Keine zwei Stunden mehr und sie kämen alle. Fast alle, denn Luise hatte abgesagt. »Weißt du, Martin, solch ein Trubel in meinem Alter ist mir zu viel. Aber ich hoffe, dass ihr mir am Donnerstag beim Skatabend alles erzählen werdet. Haarklein! Machst du auch Fotos?« Er hatte sie ihr versprochen. Hendrik hatte sich bereit erklärt, Bilder zu schießen. Außerdem hatte die Presse zugesagt.

Das Windspiel bimmelte, er hörte es tatsächlich auch von der Küche aus. Er ging durch den SecondWord-Laden, öffnete die Terrassentür und winkte Paule. Der kam nun auf dem eigens für den Laden gepflasterten Weg auf ihn zu.

»Hereinspaziert«, sagte Martin.

»Wow! Da hängen ja tatsächlich die Wortwundertüten von der Decke. Das war Anouks Idee, stimmt's? Erinnert ein bisschen an Kindergeburtstag, meinst du nicht?«

»Kindergeburtstag, um Gottes Willen!« Aber natürlich würde er sie nicht abhängen.

»Beruhige dich, Martin, Kindergeburtstage sind eine fröhliche Angelegenheit.«

Martin betrachtete Paule, wie er durch den Raum schritt und sich ab und zu duckte. Jetzt griff er nach einer Tüte.

»Die bleiben hängen.«

»Ist ja schon gut.«

War das doch zu albern? Ein zu krasser Gegenpol zur Schönheit der Sprache? Aber er würde das jetzt nicht mehr ändern, schon deshalb nicht, weil Anouk ihm geholfen hatte, die Tüten aufzuhängen.

»Ich hole mir mal ein Bier aus dem Kühlschrank, okay? Du hast doch welches kaltgestellt, oder?«

»Ja, klar.«

Erneut kontrollierte Martin, ob in seinem SecondWord-Laden alles so war, wie es zur Eröffnungsfeier sein sollte. Zuerst ging er in die Raummitte zur Vitrine und sah hinein. Ja, dort stand das Büchlein in seiner Halterung, aufgeschlagen auf der Seite, auf der das Wort *Summdusche* zu lesen war. Eigens für Anouk hatte er das Wort, dessen Bedeutung ihm noch immer schleierhaft war, hier eingetragen. Ob sie es bemerken und sich freuen würde? Sie hatte ihm versprochen, ihm in diesem Frühling zu zeigen, was es damit auf sich hatte. Er wandte seinen Blick ab von der Vitrine und sah in die Richtung, in der sich einst eine Wand zum Arbeitszimmer seiner Mutter behauptet hatte. Die Wand existierte nicht mehr. Ihr Fehlen machte den Raum nicht nur viel größer, sondern gab ihm etwas Leichtes mit. Als ob sich nun die Kreativität seiner Mutter endlich entfalten konnte. Und dass dies ein kreativer Raum war und nicht ein Laden im herkömmlichen Sinne, das würde hoffentlich jeder merken. An den Balken, die noch immer eine Fachwerkhaus-Atmosphäre schufen, hingen handgeschriebene Postkarten. Mal war das

Kartenbild zu sehen, mal waren Adressen und Worte zu lesen. Martin hatte im Fundus seiner Großmutter einige alte Karten aufgestöbert und sie aufgehängt. Den Charme allerdings machten für ihn Postkarten aus der heutigen Zeit aus, da sie so selten geworden waren. Die Karte von Anouk mit dem Gärtner im Kleeblattfeld hing ganz oben, natürlich so, dass niemand den Text lesen konnte, der war nur für ihn bestimmt gewesen. An den Stellwänden erzählten die Regale mit dem, was Martin hineingestellt hatte, Geschichten von A bis Z. Es gab neben außergewöhnlichen Worten Metaphern und Vergleiche zu lesen, die Satztruhe hatte ein extra großes Fach bekommen, und zu Füßen einer Regalwand stand ein großer Papierkorb mit der Aufschrift: Adjektive. Auf diese Idee war Hendrik gekommen, der sich zurzeit durch alle Ratgeber las, die vom Schreiben erzählten. Daher wusste er inzwischen, dass man als Schriftsteller Adjektive sparsam verwenden musste. In einem weiteren Regalfach stand ein Karton, auf den Silvesterraketen und Wunderkerzen aufgemalt waren. Darin befanden sich Zitate von Böll – die *Böller*. Martin ging durch den Raum, prüfte hier und da, ob sich auch kein Staub auf Worte gelegt hatte, nahm Rudi vom Sessel und setzte ihn wieder hin, schenkte der Nähmaschine seine Aufmerksamkeit und zupfte noch einmal das Stück Stoff zurecht, auf den eine von Anouks erwachsenen Nichten tatsächlich etwas Text gestickt hatte:

Manchmal beginnt das Leben in der Mitte von vorne und schiebt so das Ende nach hinten.

Dann sah er in die andere Richtung des Raumes. Dort standen der kleine Tisch und der Stuhl aus dem Antiquariat, und auf dem Tisch thronte die wunderschöne antiquarische Registrierkasse. Schon hörte er sie klingeln.

»Oh, das Windspiel, der erste Gast!«, rief da Paule aus der Küche.

»Es ist halb zwei, das ist noch viel zu früh.« Schnell ging Martin zur Terrassentür und sah hinaus. Dann atmete er auf. »Das ist Hendrik, er wollte wie du unbedingt früher kommen, als die anderen Gäste.«

»Und Anouk, kommt sie auch früher?«

Das Beste zum Schluss.

»Nein, sie muss noch arbeiten.«

Hendrik rannte durch den Garten auf ihn zu. Auch er konnte die Eröffnung wohl nicht erwarten.

»Hallo Martin. Mensch, siehst du klasse aus. Mein Vater hat mich gefragt, was er anziehen soll. Ganz leger hab ich ihm gesagt, aber wenn ich dich so anschaue ... ich glaube, ich rufe ihn noch mal an.« Schon fummelte er sein Smartphone aus der Hosentasche, aber Paule meldete sich aus dem Hintergrund: »Lass stecken, Hendrik. Martin ist heute die Hauptattraktion.«

Nein, das ist Anouk, aber das geht nur mich etwas an.

»Auch ein Bier?«, fragte Paule Hendrik und die drei gingen in die Küche.

»Gerne.«

Paule holte Hendrik ein Bier aus dem Kühlschrank und Martin schenkte sich ein Glas Wasser ein.

»Prost, auf dich, Martin!«, sagte Paule und stieß mit Martin an, dann ließen er und Hendrik die Bierflaschen aneinanderstoßen.

Paule nahm einen Zettel vom Küchentisch. »Was ist das für eine Liste, da stehe ich auch drauf, sogar an erster Stelle!?«

»Da stehen alle drauf, die ich eingeladen habe.«

Paule las vor: »Paule, Hendrik, Anouk, Luise, Herr Müller, Frau Wondra, Tom, Sebastian, Charlotte, Mira, Frau Schlott – wer ist das?«

»Die Schulsekretärin.«

»Bärbel, Achim, Fawad, Udai, Elvedin, Dagmar – Dagmar? Kenne ich auch nicht.«

»Sie unterrichtet auch Geflüchtete.«

»Frau Melzer, Herr Schummerer, Horst Westenstett, Presse (Frau Loft, Herr Jattner), Frau Prüm – die kenne ich alle nicht.«

»Frau Melzer betreibt einen Secondhandladen in der Stadt, ihr habe ich die Idee mit dem Windspiel geklaut. In Herrn Schummerers Antiquitätengeschäft habe ich die wunderbare Registrierkasse aufgetan, außerdem den kleinen Holztisch mit passendem Stuhl. Presse ist klar, Frau Prüm ist eine Buchhändlerin aus der Stadt. Ich überlege nämlich, einen kleinen Buchladen im SecondWord-Laden unterzubringen und Horst Westenstett ist der Dorfpolizist.«

»Der kommt auch? Nicht gut.«

»Warum?«

»Sag ich lieber nicht.«

»Hier herrscht Rauchverbot, das weißt du.«

»Haben alle zugesagt?«

»Brauchst nicht ablenken. Und ja, bis auf Luise haben alle zugesagt. Um die zwanzig Personen kommen, mit mir sind wir zweiundzwanzig, ich denke, das ist eine gute Zahl Menschen für diesen Raum.«

Die Zeit bis drei Uhr verging nun wie im Flug. Fast war es Martin zu schnell. Um kurz vor drei wollte er noch einmal sein Äußeres im Bad kontrollieren, da ging das Windspiel. Frau Wondra war der erste Gast, sie kam vorbildlich durch den Ladeneingang, hielt einen Blumenstrauß mit Gerbera in orange, rot und gelb in ihren Händen, der ihr schwarzes Outfit ausleuchtete und schenkte ihm ein Wort, das er für sie im Laden verwahren sollte.

Frau Wondra, las Martin und sah sie fragend an.

»Die brauchst du nicht mehr, aber vielleicht ein anderer, der in den Laden kommt. Du nennst mich ab sofort Agnes.«

Der Name Wondra hatte ihm immer gut gefallen. Gedanklich hatte er sie oft *Frau Wunder* genannt. Allmählich ging ihm auf, warum. Er verstand und lächelte sie an.

Ihr folgten Vertreter der Presse, wie Martin annahm, denn er kannte beide nicht – eine Frau und ein Mann –, und die Frau trug eine Fotoausrüstung.

Dann ging es Schlag auf Schlag. Binnen kurzem war der Laden brechend voll. Martin sah auf die Uhr: halb vier. Er zählte die Gäste, dann hatte er Gewissheit. Es waren alle gekommen, die er eingeladen hatte. Alle, bis auf Anouk. Bestimmt konnte sie sich nicht aus der Praxis loseisen. Er drängelte sich durch seine Gäste und ging hinaus in den Garten, spähte zum Tor, sah nach rechts und links, nach links und rechts. Nichts.

»Sie wird schon noch kommen.«

»Paule! Hast du mich erschreckt. Wen meinst du?«

»Verkaufe mich nicht für blöd. Anouk natürlich.«

»Amüsieren sich drinnen alle?«

»Hab verstanden, du willst nicht drüber reden. Komm wieder mit rein und überzeuge dich davon, wie geil deine Eröffnungsparty ist.«

Martin folgte Paule zurück in den Laden, hielt Smalltalk mit seinen Gästen, sah dabei immer wieder hinaus und ging auch mehrmals zur Haustür, aber Anouk kam nicht.

Irgendwann packte Herr Jattner von der Presse ein Aufnahmegerät aus und hielt ihm ein Mikrofon unter die Nase.

»Herr Wachs, wie sind Sie auf diese Idee gekommen? SecondWord, abgeleitet von Secondhand – aus zweiter Hand. Beinhaltet das Gebrauchtwordensein nicht eine gewisse Abnutzung, und beinhaltet das Wort Abnutzung wiederum nicht eine Wertung – und zwar eine Abwertung?«

»Nein, den Dingen wird ja gerade durch die Benutzung Leben eingehaucht. Was nutzt denn ein *Ich liebe dich*, wenn man es nicht benutzt? Was nutzt ein *Dankeschön* oder das *Herzliche Beileid*, wenn man es nicht ausspricht? Mit jedem Benutzen wird ein Wort lebendiger, bedeutungsschwerer, weil in ihm Stimmen wohnen, die es schon gesprochen haben. Aus einer Stimme werden zwei, werden vier, werden viele, wenn man die Worte in den SecondWord-Laden bringt und somit erneut in die Welt schickt.«

Martin sah auf die Uhr. Es war erst kurz nach halb vier, Anouk käme sicher gleich. Er lieferte dem Reporter eine weitere Erklärung: »Wenn man einen Mantel aus einem Secondhandladen trägt, trägt man immer auch …« er suchte nach einem Wort und fand es schließlich: »… den Ballast eines anderen Lebens mit sich herum. Der Mantel kann mehrmals gewaschen worden sein, aber ein Kriminaltechniker fände immer noch Spuren des Vorgängers. Und wenn Sie sich nun vorstellen, dass der Mantel wieder und wieder den Besitzer wechselt, so erhalten Sie viele Träger für eine Last.«

»Und was wäre mit dem Gegenteil? Der Leichtigkeit, der Freude? Die würde ebenfalls geringer, oder etwa nicht?«

»Nein, das kennt man ja vom Glück. Wie sagte Albert Schweitzer? *Das Glück ist das einzige, das sich verdoppelt, wenn man es teilt.* Das Positive im Allgemeinen wächst, wenn man es teilt und das Negative verringert sich, wenn man es teilt.«

»Das ist doch total unlogisch.«

»Das ganze Leben ist unlogisch und lebt sich trotzdem.« Martin schob das Mikrofon von sich fort. Er gab ihm noch Beispiele der Unlogik mit auf den Weg, indem er Vegetarier nannte, die durch ihren Verzicht auf Fleisch Tiere retten wollten, aber auf der anderen Seite Plastikartikel konsumierten, von denen man doch wusste, dass sie früher oder später im Meer landeten und genau das töteten, was sie vorgaben, schützen zu wollen.

Martin hatte das Gefühl, stundenlang mit dem Journalisten Herrn Jattner gesprochen zu haben, stundenlang für die Fotografin vor der Vitrine, den Regalen, oder an der Kasse sitzend, Modell gestanden zu haben, aber seine Uhr sagte, dass nicht viel Zeit vergangen war. Wo blieb nur Anouk?

»Auch ein Glas Sekt?«, fragten Mira und Charlotte wie aus einem Mund. Sie hatten sich bereit erklärt, den Gästen Sekt, Sekt-Orange oder Orangensaft auszuschenken. Sogar in schwarzem Outfit und weißer Schürze waren sie erschienen und hatten zuvor geübt, mit vollen Tabletts zu laufen. Martin fand das sehr nett von ihnen.

»Danke, später vielleicht«, sagte er.

»Später ist nichts mehr da, deine Gäste kippen das Zeug gerade so weg«, sagte Charlotte.

»Für mich wird schon noch was übrig bleiben, es ist ja gerade mal halb vier durch.«

»Nö«, sagte Mira.

»Was nö?«

»Sekt ist fast leer, und es ist gleich fünf.«

»Fünf?«

»Fünf. 16:58 Uhr, wenn du es genau wissen willst. Macht das irgendwas?«, fragte Charlotte.

Martin nahm nun doch ein Glas Sekt vom Tablett und trank es in einem Zug leer. Es war fünf Uhr! Seine Uhr war stehen geblieben. Die goldene Armbanduhr seines Vaters war stehen geblieben. Ausgerechnet heute. Er stellte das geleerte Glas auf das Tablett zurück.

»Hoppla«, sagte Mira und balancierte das Tablett aus.

Aber das interessierte Martin nicht. Er eilte in den Flur, fischte an der Garderobe sein Smartphone aus seiner Jackentasche und erwartete, eine Nachricht von Anouk zu lesen. Aber da war nichts. Überhaupt nichts. Er rief sie an. *Der Teilnehmer ist nicht erreichbar.*

Als alle gegangen waren, setzte sich Martin zu Rudi in den Sessel, zog seine Armbanduhr aus, die immer noch halb vier zeigte und sah in die finstere Nacht hinaus. Lediglich von der Küche drang ein unscheinbarer Lichtschimmer in den SecondWord-Laden herüber. Vielleicht war es halb vier am Morgen, vielleicht war gerade Mitternacht vorbei, vielleicht war aber immer noch Frühlingsanfang, und sein Neubeginn. Ein Neubeginn sollte niemals mit einem Ende anfangen, dachte er. Die Nacht war nicht nur finster, sie war schwarz, schwarz wie Anouks Haare, aber ihr fehlte der Glanz, die Sterne versteckten sich.

»Nimm es nicht so schwer, ihr ist bestimmt was dazwischengekommen«, hatte Paule gesagt.

»Sicher.«

Aber sie hätte anrufen oder eine WhatsApp schicken können. Über diese Kränkung kam er nicht hinweg. Zwar erinnerte er sich daran, dass sie den Montag als Eröffnung nicht gut gefunden hatte.

»So etwas macht man doch normalerweise samstags, am besten abends, wenn die meisten Leute nicht arbeiten müssen.«

Aber am Ende hatte er sie mit Worten überzeugt: »Am 20. März ist Frühlingsanfang, einen anderen Tag kann ich mir nicht vorstellen. Bis der Frühlingsanfang auf einen Samstag fällt, vergehen Jahre.«

Jetzt, in dieser zeitlosen Nacht, hörte er ihre Antwort. Ein zustimmendes Lachen, hörbar aus dem Herzen heraus, sichtbar in ihren Augen, deren Glanz alles übertrumpfte. War er so blind gewesen?

Er sah sich im Raum um. Mein SecondWord-Laden. Wie sollte er den Laden betreiben, wenn er die Freude daran nicht mit Anouk teilen konnte? *Das ist das Großartigste, das ich je gesehen habe.* Es war ihm egal, wie spät in der Nacht oder wie früh am Morgen es nun war, er holte sein Smartphone aus der Hosentasche und rief sie erneut an. Aber der gewählte Teilnehmer war wieder nicht erreichbar. Hätte er bloß früher angerufen. Aber der Trubel im Laden hatte dem entgegengewirkt. Jetzt schlief sie bestimmt. Oder lag sie wach und dachte nach. Ahnte sie, dass er sie heute etwas sehr Wichtiges hatte fragen wollen? Nicht erreichbar. Die letzten beiden Worte wiederholte er in seinem Kopf, bis es ihm zu viel wurde. Er musste seinem Gedankenkarussell Einhalt gebieten, musste die Fahrt stoppen, und das ging am besten mit Alkohol. Seit dem Spätnachmittag hatte er schon ein paar Gläser Sekt und auch Bier in sich hineingeschüttet. Das Aufstehen fiel ihm schwer, er schleppte sich in die Küche und sah auf den Tisch. Bier, Champagner von Bärbel und Achim, Weißwein von Herrn Müller, von Paule Rotwein. Letzterer war viel zu wertvoll, um ihn als Betäubung zu benutzen, aber das war ihm jetzt egal. Er entkorkte ihn, feuerte den Korkenzieher zu Boden, schnappte sich die Flasche, verzichtete auf ein Glas und setzte sich wieder zu Rudi. »Prost, mein Freund!«

Nach sieben großen Schlucken setzte er ab und kontrollierte im spärlichen Licht, wie weit der Pegel abgenommen hatte. »Wäre doch gelacht, wenn ich das nicht auf drei, vier Anläufe schaffe, oder was meinst du, Rudi?«

Er setzte die Flasche wieder an und schluckte. Denn schließlich war es Medizin, die er zu sich nahm, und Medizin schluckte man, man trank sie nicht. Mit Worten nahm er es genau. Das würde immer so bleiben. Und Medizin sollte immer so gut schmecken und so schnell wirken wie Alkohol. Nachdem er die Flasche Rotwein geleert hatte, wankte er in die Küche und nahm den Champagner vom Tisch. *Dich nehme ich zum Nachtisch, von mir aus auch ungekühlt.*

Als der Korken knallte und bis an die Decke flog, lachte er. Mit der Magnumflasche in der Hand sank er in den Sessel und trat tiefer in den Gedankenfluss ein, bis er darin ertrank. Martin verschwand in selbstgewählter Narkose aus dem Neubeginn und stürzte vom Sessel. Aber er spürte es nicht.

Erst Stunden später kam er zu sich. Seine Kopfhaut spannte sich wie Fesseln um sein Gehirn und quetschte es aus, so dass es vor Trockenheit nach einem Ertrinkungstod bettelte. Diese Bilderflut, die da vor seinem inneren Auge so schnell vorbeizog, als drückte ein Gelangweilter in Windeseile alle Tasten auf der Fernsehfernbedienung rauf und runter, diese Bilderflut würde ihn gleich umbringen. Was konnte er nur dagegen tun? Und dann dieser Lärm, wo kam nur dieser Lärm her? War er gar nicht mehr bei sich, war er in der Hölle, war die Hölle zu ihm gekommen?

»Martin!«, rief die Hölle, »Martin, Martin! Mach die Tür auf!«

Das war nicht mehr die Stimme der Hölle, das war Paules Stimme. Martins Kopf schmerzte auch ohne Bewegung, aber er drehte ihn trotzdem und sah mit zusammengekniffenen Augen zur Terrassentür hinaus. Da stand sein Freund Paule.

Martin hob die Hand, kam langsam von der Hocke nach oben, indem er sich an der Sessellehne abstützte, wankte zur Tür, öffnete und taumelte wieder zu Boden, so dass Paule über ihn steigen musste.

»Mensch Martin, bist du lebensmüde?«

Ja, genau das bin ich: lebensmüde. Also lass mich hier liegen und sterben.

Aber Paule blieb. Martin hörte, wie in der Küche das Wasser lief. Kurz darauf spürte er, wie sein Freund, neben ihm kniend, seinen schmerzschreienden Kopf vom Boden anhob und ihn auf seinen Oberschenkel bettete. Er legte ihm einen kühlen Lappen auf die Stirn, als sei er sein Sohn, der mit dem ersten Vollrausch kämpfte. Dann hatte er einen Filmriss. Als er das nächste Mal wieder zu sich kam, lag er im Bett. Als Erstes fiel ihm der gute Duft auf. Das Kissen, die Zudecke, beides roch herrlich frisch. Anouk schlich sich in seine nebligen Gedanken. Hatte er nicht das Bett frisch bezogen, weil … Nein, diesen Gedanken wollte er nicht zu Ende denken. Aber er rüttelte ihn wach. Anouk! Hatte sie ihn etwa in diesem Zustand gesehen? Wer war alles bei ihm? Gewesen oder noch? Lag er etwa im Krankenhaus? Um ihn herum war es dunkel. Er sah sich um und atmete auf, als er die roten Zahlen auf seinem Radiowecker erkannte, sie zeigten 22:07 Uhr. Ob die Uhrzeit stimmte? Uhrzeit, das Stichwort erinnerte ihn an irgendwas. Zu spät. Irgendetwas war zu spät gewesen. Die Ladeneröffnung. Anouk. Sie war nicht gekommen, nicht einmal zu spät. Martin setzte sich auf. Tastete nach dem Nachttisch und fand den Knopf für die kleine Lampe, die dort stand. Er knipste sie an. Im gleichen Moment ging die Tür auf.

»Geht's etwas besser?«, fragte Paule.

»Ja, nein, ich weiß nicht. Was ist passiert?«

»Da kann ich auch nur Vermutungen anstellen.« Paule setzte sich auf die Bettkante.

»Dann stell sie mal an, deine Vermutungen.«

»Du hast gestern deinen SecondWord-Laden eröffnet. Die Feier war ein totaler Erfolg. Hendrik und ich waren die Letzten, die gegangen sind. Das muss so um ein Uhr gewesen sein. Du warst nicht gut drauf, weil Anouk nicht gekommen ist. Hätte ich geahnt, dass du versuchen würdest, dich totzusaufen, hätte ich dich niemals allein gelassen. Du hast zwar etwas niedergeschlagen gewirkt, aber mir ganz schön was vorgemacht. Hast gemeint, Anouk hätte so viel zu tun in der Praxis, sie käme bestimmt am nächsten Tag. Du würdest ihr dann eine exklusive Privatfeier bieten. Du hast sogar gelacht.«

»Hör bloß auf, dich zu rechtfertigen. Es liegt an mir, mich zu entschuldigen. Wie bin ich eigentlich in mein Bett gekommen?«

»Leicht war's nicht, aber ich hatte Hilfe.«

»Wer um Himmelswillen …«

»Hendrik hat mir geholfen. Für den nächsten Vollrausch speckst du bitte ab, okay?«

Martin schwieg. Dann fragte er nach Hendrik.

»Wir haben aufgeräumt, Pizza gegessen, und dann ist er gefahren.«

»Wie soll ich das jemals wiedergutmachen?«

»Sind wir Freunde, oder sind wir Freunde?«

»Trotzdem.«

Paule blieb über Nacht. Von Anouk hatte er noch immer nichts gehört. Ob ihr vielleicht etwas zugestoßen war? Um Himmels Willen, wie blöd war er, er hatte nur sich gesehen, unverzeihlich, wenn … er wollte nicht weiterdenken und griff das Smartphone vom Nachttisch. Nein, da war keine Nachricht von Anouk. Er wählte ihre Nummer, aber der Teilnehmer war immer noch nicht erreichbar. Und jetzt war es so spät am Abend, dass er sich nicht traute, bei Luise anzurufen. »Morgen ist auch noch ein Tag«, sagte Paule, aber Martin wollte sich nicht geschlagen geben und versuchte, sich aus dem Bett zu quälen. Paule hielt ihn zurück.

»Hör zu, mein Freund«, sagte Paule bestimmt, »Anouk ist die Frau deines Lebens, okay. Aber das ist sie auch noch morgen. Außerdem machst du grade gar keine gute Figur.«

Paule hatte recht. Außerdem hätte man ihm längst mitgeteilt, wenn Anouk etwas zugestoßen wäre. Er wollte nur schlafen, seine Gedanken wegschlafen. Und tatsächlich schlief er, wie er noch nie in seinem Leben geschlafen hatte. Es war ein Schlaf der Erschöpfung. Das Jahr zwischen dem Tod seiner Großmutter und der Eröffnung des SecondWord-Ladens war das heftigste Jahr seines Lebens gewesen. Dass es nicht happy endete, dem würde er sich morgen stellen.

Einundzwanzigstes Kapitel
Suppensalz und Trauerwort

Am Mittwoch weckte ihn Paules Stimme: »Der Kaffee ist fertig.« Es tat gut, einen Freund zu haben. Martin ging zu ihm in die Küche.

»Heute mal Milch, Zucker?«, fragte Paule mit der Tasse in der Hand.

Schwarz wollte er antworten, aber dieses Wort erinnerte ihn an Vergangenes, schlimmer noch, es erinnerte ihn an nie Gewesenes. Haare, Orangenduft und Glanz.

»Halb Kaffee, halb Milch und viel Zucker«, sagte er und wusste schon jetzt, dass ihm dieser Kaffee sicher nicht schmecken würde.

Paule schüttete etwas Kaffee in die Spüle, füllte die Tasse mit Milch auf und tat eine ordentliche Portion Zucker hinein. Dann reichte er die Tasse Martin. »Komm schon, alter Freund, Kopf hoch. Wirst sehen, alles wird gut.«

Martin hasste Floskeln.

»Dein Laden wird der Renner, das hab ich im Urin.« Paule klopfte ihm auf die Schulter. Kaffee schwappte über.

»Macht nichts«, sagte Martin. »Kannst ruhig gehen, ich mache heute keine Dummheiten mehr.«

»Okay, aber ruf mich später mal an.«

Paule ging erst, nachdem er das hoch und heilig versprochen hatte. Kaum war er weg, stellte Martin die Klingel ab, holte aus dem Keller einen Schraubendreher und ging zum Gartentor, an dem er das Schild *Eingang zum SecondWord-Laden* montiert hatte und schraubte es ab.

»Wie geht es dir?«

Er sah auf. Vor ihm stand Frau Wondra, nein Agnes, am Zaun.

»Gut, gut«, sagte er.

»Ich bringe dir gleich etwas Hühnersuppe vorbei, das wird dir gut tun.«

»Danke, aber …«

»Du brauchst das Salz und die Suppe.« Sie lächelte ihn an und ging.

Martin nahm das Schild, den Schraubendreher und die Schrauben, ging damit durchs Haus zur Eingangstür und öffnete sie mit dem Ellbogen. Agnes stand bereits mit einem Topf vor ihm. Da er keine Hand frei hatte, bat er sie in die Küche. Dort stellte sie den Topf auf dem Herd ab, langte nach einem Kochlöffel und rührte noch einmal um.

»Musst du nur warm machen«, sagte sie und verabschiedete sich.

Er war gerührt.

Gedankenverloren betrat er den SecondWord-Laden und sah in die Vitrine. Summdusche. Er würde doch zu gerne wissen, was es damit auf sich hatte.

Er hörte, wie er schluckte. Diese Stille hier. So herbeigesehnt. Ruhe. Sie war unerträglich. Er ging wieder durch den Raum, blieb stehen und fragte sich, was er nun tun solle. Ein kleines bisschen Glück ist mir ja geblieben, dachte er und schalt sich sogleich einen Jammerlappen. Schluss jetzt mit dem Gejammer! Er mochte sich so nicht mehr leiden und entschied, zur Stärkung einen Teller Hühnersuppe zu essen. Sein alkoholverseuchter Körper lechzte nach dem Salz in der Suppe, die ersten Löffel schmeckten hervorragend. Er konnte gar nicht so schnell pusten, wie er essen wollte. Als das erste Sättigungsgefühl eintrat, aß er langsamer und legte den Löffel schließlich ganz beiseite. Paule hätte bleiben sollen. Ihm wurde bewusst, dass er nicht alleine sein wollte. So viel Suppe. Was sollte er nun damit anfangen? Er saß über dem Suppenteller und salzte die Brühe mit seinen Tränen nach.

Ein Geräusch irritierte ihn. Was war das für ein Ton? Mist, das war das Windspiel am Gartentor. Schnell wischte er sich mit der Serviette die Tränen weg. Anouk? Kam sie jetzt? Er stand so schnell auf, dass er strauchelte. Rasch ging er durch den Laden und sah sie schon vor sich. Aber am Gartentor stand ein Mädchen. Als sie Martin sah, öffnete und schloss sie die Tür immer wieder, so dass es bimmelte und bimmelte. Martin sah sich genötigt, einzuschreiten. Er öffnete die Terrassentür einen Spalt und rief hinaus: »Lass das!«

»Bist du Martin?«, fragte sie.

Wer war das? Er kannte das Kind nicht. »Ja, der bin ich, aber der Laden ist geschlossen.«

Das Mädchen kam durch das Tor auf ihn zu. Martin schätzte, dass sie noch in den Kindergarten ging, höchstens erste Klasse Grundschule. Was wollte sie von ihm? Er musste sie loswerden.

»Ich habe ein Wort für dich.«

»Hast du nicht gehört, der Laden ist geschlossen.«

»Bitte, bitte nimm das Wort, ich kann es nicht mehr hören, bitte.«

»Nein, der Laden ist geschlossen. Und er öffnet auch nie wieder.«

»Nie wieder?«

»Nie wieder.«

Das Mädchen hatte Tränen in den Augen und begann zu schluchzen. Martin war völlig überfordert mit dieser Situation.

»Kannst du nicht eine Ausnahme machen?«, fragte das Mädchen zwischen einzelnen Schluchzern.

»Gehst du dann wieder?«

»Ja.«

»Also gut.«

Martin ließ die Kleine in seinen SecondWord-Laden eintreten.

»Ich habe das Wort nur im Kopf, ich muss es aufschreiben, damit es wirkt, oder?«

»Was meinst du damit?«

»Wenn ich es weghaben will, muss ich es aufschreiben, oder?«

»Besser ist das. Warte, ich hole eine Karteikarte. Setz dich auf den Sessel da. Aber mach mir den Affen nicht kaputt.«

»Der gefällt mir. Wie heißt er denn?«

»Rudi.«

»Hallo Rudi, darf ich dich auf den Schoß nehmen?«

»Lass ihn bitte sitzen.«

»Ich habe Rudi und nicht dich gefragt, Rudi sagt Ja.«

Martin musste lächeln. »Mit welchem Buchstaben fängt das Wort denn an?«

»Mit O«, sagte das Mädchen und nahm Rudi in den Arm.

»Kannst du denn schon schreiben?«

»Ein bisschen. Ich bin letzten Sommer in die Schule gekommen.«

Martin kam mit der Karteikarte zurück. »Du kannst dich in der Küche an den Tisch setzen, da kannst du besser schreiben.«

Das Mädchen folgte ihm, nahm Platz und wartete, dass Martin ihr Stift und Papier reichte.

»Ich kann nur die ersten drei Buchstaben.«

»Dann schreibe sie hin.«

Es dauerte ein paar Augenblicke, dann sagte sie: »Das hätte ich, hilfst du mir bei dem Rest?«

»Dann zeig' mal her.«

Das Mädchen reichte Martin die Karte.

»O – M – I, Omi, aha. Was fehlt denn da noch?«

»Eigentlich muss es Omilein heißen, aber ich weiß nicht, wie man das -lein am Ende schreibt.«

Omilein. Martin setzte sich. Omilein. Er kannte nur eine Frau, die ihre Großmutter so nannte: Anouk. Was sollte das?

»Warum willst du das Wort weghaben?«

»Ich will es nicht mehr hören. Nie, nie, nie wieder!«

»Warum denn nicht? Wer sagt das denn?«

»Meine Tante heult den ganzen Tag und sagt immer nur Omilein, ach Omilein. Sie ist meine Lieblingstante, und ich will nicht, dass sie traurig ist.«

»Warum ist sie denn traurig?«

»Weil ihr Omilein tot ist.«

»Tot?«

»Ja. Tot. Und deshalb ist meine Tante so traurig. Aber wenn du das Wort nimmst, dann kann sie es doch nicht mehr sagen, oder? Du bist doch der, der Worte nimmt? Sie hat mir das erzählt. Und wenn sie das Wort nicht mehr sagen kann, dann ist sie bestimmt nicht mehr so traurig.«

»Heißt deine Tante Anouk?«

»Ja, Tante Anouk«, sagte das Mädchen, aber natürlich wusste er das längst.

»Dann bist du Mia.«

»Das weißt du?«

Das wusste er. Und er wusste jetzt auch, warum Anouk nicht gekommen war. Bestimmt klärte sich auf, warum sie ihm nicht Bescheid gegeben hatte, dass Luise gestorben war. Bestimmt. Sofort rief er sie an.

»Hallo, wer ist da?«, fragte eine männliche Stimme.

»Entschuldigung, ich habe mich wohl verwählt. Martin Wachs, ich wollte eigentlich …«

»Nein, nein, ich bin's, Alexander, Anouks Bruder. Du erinnerst dich? Anouk kann gerade nicht ans Telefon gehen, weil …«

»Ich weiß, Mia ist bei mir, sie hat es mir gerade erzählt.«

»Mia? Gott sei Dank! Ihre Eltern suchen sie überall, ich muss ihnen gleich Bescheid geben.«

»Sag Anouk …« Er wusste gar nicht, was Alexander Anouk sagen sollte, der Tod machte ihn sprachlos.

»Ich gebe rasch Mias Eltern Bescheid, dann rufe ich dich zurück«, sagte Alexander.

Während Martin auf den Rückruf wartete, erklärte er Mia, dass man nicht einfach von zu Hause weglaufen durfte.

»Ich wohne nicht weit weg.«

»Das ist kein Grund«, sagte er und dachte, dass Ausnahmesituationen wohl ihre eigenen Regeln hatten.

Es dauerte nicht lange, da meldete sich Alexander wieder und erzählte ihm, dass Luise einen Herzinfarkt erlitten hatte. »Sie musste nicht leiden, trotzdem sind wir alle natürlich sehr betroffen, vor allem Anouk. Für sie als Nesthäkchen war unsere Großmutter eine Art Ersatzmutter.«

»Das kann ich verstehen.«

»Es ist Montag in aller Herrgottsfrühe passiert, Anouk war dabei. Der Notarzt musste ihr eine Beruhigungsspritze geben. Leider hat sie die gar nicht vertragen, hat paradox reagiert und musste sogar für zwei Tage ins Krankenhaus. Das war eine Aufregung!«

Luise war am Tag der Ladenöffnung gestorben und Anouk hatte daraufhin einen Zusammenbruch erlitten. Martin verstand, warum Anouk sich nicht gemeldet hatte und nickte zustimmend, obwohl Alexander das nicht sehen konnte. Und er sparte sich auch die Frage, warum niemand auf die Idee gekommen war, ihn anzurufen. Es änderte nichts mehr.

»Soll ich Mia heimbringen?«

»Das wäre nett. Kannst du sie zu Luises Haus bringen? Wir sitzen hier alle beieinander.«

Martin schluckte. Hatte er da was verloren, wenn die Familie beisammensaß? Aber nun hatte er es angeboten. »Wir kommen gleich«, sagte er.

Er forderte Mia auf, mit ihm zu kommen, aber sie blieb sitzen.

»Erst muss die Karte fertig sein«, sagte sie.

Martin setzte sich wieder zu ihr und schrieb ihr das ganze Wort vor: Omilein. Mia malte es eher ab, als dass sie es schrieb.

»Das ist ein Kunstwerk geworden«, sagte er.

Sie lachte. »Wo kommt das jetzt hin?«

»Komm mit, ich zeig's dir.«

Martin ging voraus in den SecondWord-Laden und bat Mia, im Regal nach dem O zu suchen.

»Da ist es«, sagte sie und zeigte nach oben zu einem der Fächer.

»Du lernst schnell.«

»Du bist ein netter Lehrer.«

Martin hob sie hoch, und sie stellte die Karteikarte ins Regalfach.

»Ist das Wort bei meiner Tante Anouk jetzt weg?«

»Vielleicht noch nicht sofort, aber nach und nach wird es sich auflösen«, sagte er und hoffte, dass das gut ging.

Dann machten sie sich auf den Weg. Als sei das das Normalste auf der Welt verschwand Mias Hand in seiner.

Martin reichte der kurze Weg nicht, sich die richtigen Worte zurechtzulegen. Er wusste auch gar nicht, ob es da überhaupt richtige Worte gab, die man jemandem sagte, der einen der wichtigsten Menschen in seinem Leben verloren hatte. Die

Tür zu Luises Haus stand offen. Sie traten ein, Mia rief: »Ich bin wieder da!«, und schon kam eine Frau herbeigestürmt und nahm sie in die Arme.

»Mia, mein Schatz, du darfst doch nicht einfach weglaufen.«

»Das ist Martin, der mit dem Wortladen, der ist nett.«

»Ich weiß, das hat Anouk schon erzählt.«

Die Frau richtete sich auf und gab Martin die Hand, er nahm sie.

»Ich bin Isabel May, Anouks Schwägerin. Danke, dass Sie Mia zurückgebracht haben.«

»Keine Ursache.«

»Kommen Sie doch rein.«

»Gerne«, sagte er, obwohl er Angst hatte vor so viel Trauer, vor allem vor Anouks Traurigsein.

Das Esszimmer, in dem sie normalerweise Skat spielten, war gefüllt mit dunklen und hellen Stimmen, mit Schluchzen und Sprechen und Tassengeklapper. Es roch nach Kaffee. Den Tod spürte er nicht. Und dann sah er sie am Tisch sitzen, den Kopf auf die eine Hand gestützt, in der anderen ein Taschentuch, mit dem sie immer wieder ihre Augen abtupfte. Er ging zu ihr und legte ihr die Hand auf die Schulter. Sie sah zu ihm auf. Er erschrak über die Verzweiflung in ihrem Blick.

»Mia war bei mir. Sie wollte mir unbedingt ein Wort schenken. Ich hatte meine erste Kundin«, sagte er und schenkte ihr einen Blick, der ihr sagen sollte, dies sei ihr Werk gewesen – der SecondWord-Laden. Erkannte sie das Flehen in seinen Augen? Er war sich nicht sicher, ob er eben nicht einen Funken Freude in ihrem Blick gesehen hatte. Mindestens gerührt wirkte sie auf ihn.

»Wenn ich gewusst hätte ... ich wäre ins Krankenhaus gekommen, ich ...«, sagte er.

»Ich habe gewartet.«

»Aber ich wusste doch nicht, was passiert war!«

»Hat dich denn niemand vom Krankenhaus angerufen? «

»Nein.«

»Mir haben sie es versprochen, ich habe die Nachtschwester gebeten, dich unbedingt zu informieren.«

»Hat sie nicht getan.«

Martin nahm sie fest in die Arme.

»Welches Wort wollte Mia dir denn unbedingt geben?«, fragte Anouk.

»Omilein.«

Sie sah ihn an. Er hatte Angst, dass sie haltlos weinen würde. Verzweifelt suchte er nach weiteren Worten, die das verhindern konnten, aber er fand keine. War er in der Lage, Anouks Tränenfluss zu stoppen? Noch weinte sie lautlos, noch saugte das Taschentuch Tränentropfen auf, aber er ahnte schon, wie gleich aus einzelnen Tränen ein reißender Fluss der Trauer werden würde. Sein Pullover saugte ihre Tränen auf, die Quelle versiegte in dem Moment, als ihn jemand am Ärmel zupfte. Es war Mia, die ihn wortlos bat, ihr Platz zu machen. Er sah zu, wie sie sich zu ihrer Tante auf den Schoß drängte und befürchtete, dass nun gleich beide wieder furchtbar weinen mussten. Aber da erklärte Mia: »Ich habe dem Martin das Wort Omilein gebracht, jetzt kannst du es nicht mehr sagen, und dann bist du auch nicht mehr traurig.«

Bevor Anouk etwas sagte, sah sie zu Martin auf und schenkte ihm einen Blick, aus dem gerührte Dankbarkeit sprach. Dann nahm sie Mia in die Arme und sagte: »Danke, meine Süße, jetzt bin ich schon nicht mehr so traurig. Ich habe ja dich.« Sie drückte Mia an sich und sah zu Martin. »Und dich«, sagte sie.

Das war das Schönste, das Martin jemals gehört hatte.

Zweiundzwanzigstes Kapitel
Das Paar in Schwarz

Die Trauerfeier war am Freitagnachmittag. Die Familie hatte sichergehen wollen, dass Anouk wieder einigermaßen auf den Beinen war. Martin fand sich eine Viertelstunde vor Beginn vor dem Trauersaal ein. Da standen mindestens fünfzig, wenn nicht gar sechzig oder mehr Menschen. Er vermisste das Schwarz, das Beerdigungen üblicherweise dominierte. Die meisten trugen farbenfrohe Kleider. War er falsch? Er wollte schon wieder gehen, da erkannte er Alexander. Er winkte ihm. Martin wollte auf ihn zugehen, da trat Anouk aus der Menschenmenge und kam zu ihm. Zumindest sie trug Schwarz. Eine langärmlige Seidenbluse mit silberglänzenden Knöpfen, einen Samtrock, der über die Knie reichte, darunter schwarze Strumpfhosen, an den Füßen schwarze Pumps. Ihre schwarz glänzenden Haare umspielten ihre Schultern.

»Hallo Martin, schön, dass du gekommen bist.« Sie klang sehr gefasst und deutete eine Umarmung an.

»Das ist doch selbstverständlich.« Sie lösten sich aus der kurzen Umarmung und Martin wusste, dass er sie anstarrte. *Mein Schneewittchen*. Machte die Trauer sie noch schöner? Der Glanz der Bluse konkurrierte mit ihren Haaren und verlor.

»Du schaust so irritiert!?«

Du bist so schön, konnte er wohl schlecht sagen.

»Liegt es am Schwarz?«, fragte sie.

»Wie bitte?«

»Ich weiß, ich bin die Einzige, die Schwarz trägt. Meine Großmutter wollte das nicht. Sie wollte eine fröhliche Trauergemeinde. Das hat sie tatsächlich gesagt und von allen Trauergästen bunte Kleider verlangt.«

»Aber du findest Schwarz dem Anlass angemessen?«

»Genau.«

Jetzt lächelte sie ihn sogar an.

»Da passen wir ja zusammen«, sagte er und sah an sich herunter.

Als Paar in Schwarz liefen sie durch die bunte Trauergemeinde. Martin begrüßte Alexander, und Anouk stellte ihm ihre anderen Geschwister und alle dazugehörigen Partner vor. »Da vorne stehen meine Eltern. Lass uns kurz hingehen.«

Martin fand, die beiden sahen recht alt aus, da erinnerte er sich, dass Anouk der Nachkömmling in der Familie war. Er sprach vor allem Herrn May sein Beileid aus, Luise war seine Mutter gewesen. Dieser grummelte ein Danke. Martin hatte das Gefühl, er sei nicht sehr gesprächig und so war er froh, als Anouk ihn fragte, ob sie hineingehen sollten.

»Ja«, sagte er. Dieser Frau würde er niemals einen Wunsch ausschlagen können.

Wenige Minuten später dachte er darüber nach, ob es richtig war, dass er hier in der ersten Reihe neben Anouk saß. Der Pfarrer unterbrach sein Denken.

»Liebe Gemeinde«, begrüßte er alle Anwesenden, daraufhin verebbten die Gespräche. Als ob eine Frühlingsbrise sich gelegt hätte, zog Ruhe durch die Kirchenbänke. Anouk begann zu weinen. Martin hörte nicht, was der Pfarrer sprach. Er sah auf den Sarg aus Kirschbaumholz, der nur wenige Meter vor ihnen stand, und auf das große Bild, das Luise lebensfroh lächelnd zeigte, und spürte Anouk neben sich. Er lockerte seine Krawatte. Als der Pfarrer davon sprach, dass Luise trotz hohem Alter bis zuletzt geistig fit gewesen war und sehr gerne Skat gespielt hatte, schluchzte Anouk laut auf und Martin griff sofort nach ihrer Hand. Er hielt sie, als müsse er sie damit auf der harten Bank festhalten. Es gelang ihm. Sie wurde ruhiger. Die halbe Stunde, die der Pfarrer sprach, kam ihm sehr lange vor. So wie ihr Leben, dachte er und bewegte seinen Fuß, als würde er im Auto sitzen und plötzlich bremsen.

Nach der Trauerfeier fanden sich alle im Café des Dorfes ein. Martin wurde sofort warm ums Herz, als er eintrat. Er sah in erstaunlich fröhliche Gesichter. Einige ließen sich ein Stück Kuchen schmecken, andere tranken Kaffee oder Tee. Der Leichenschmaus. Normalerweise saß er hier mittwochs mit Hendrik und den anderen beiden zum Literaturgespräch. Schon komisch, dachte er. Vor allem, weil er sich wohlfühlte. Es war nicht nur die Frühlingssonne, die durch die Fenster drang und den Raum aufwärmte; es war nicht nur der Kaffee, den er viel zu schnell trank, weil er ihm in dieser Runde so gut schmeckte; es waren die Menschen, die ihre Wärme an ihn abgaben.

Er sah, wie Anouk von Tisch zu Tisch ging, ein paar Worte wechselte und sogar lächelte. Jetzt kam sie zu ihm.

»Hast du den Käsekuchen probiert?«

»Ja, sehr lecker.«

»Das war der Lieblingskuchen meiner Großmutter.«

»Dann sollten wir jetzt öfter zusammensitzen, Käsekuchen essen und dabei so an Luise denken.«

»Und wer backt den Kuchen?«

»Äh …«

»Kuchen backen, kann ich mitmachen?«, fragte da Mia, die wie aus dem Nichts an ihrem Tisch aufgetaucht war.

»Natürlich, meine Süße, wir backen zusammen Kuchen«, sagte Anouk und nahm Mia auf den Arm. »Ach, bist du schwer geworden.«

»Ich bin nicht schwer, nur groß!«

Anouk lachte und setzte Mia wieder ab. Dann wandte sie sich an Martin: »Ich gehe mal weiter zu den anderen Trauergästen.«

Er verabschiedete sich von ihr, nun sollten die engsten Verwandten unter sich bleiben. Seiner Meinung nach gehörte sich das so. Anouk begleitete ihn vor die Tür.

»Danke«, sagte sie.

»Wofür?«

»Dass du da warst.«

Wenn du willst, bleibe ich. Für immer.

»Martin?«

»Ja?«

»Ach nichts.«

Sie umarmte ihn und ging, denn er spürte, dass sie nun Zeit für die Familie brauchte. Unter ihren Augen hatten sich Ringe gebildet. Trauerringe. Gab es dieses Wort?

Martin ging nach Hause. Dort kochte er sich einen Tee, nahm ihn mit in sein Wohnzimmer unter dem Dach und setzte sich an den Schreibtisch. Vor ihm lag ein linierter Schreibblock, in der Hand hatte er einen der guten Stifte, die er für die Beschriftung der Regalfächer im SecondWord-Laden gekauft hatte. Ein Bild vom Nachmittag hatte sich in seinem Gehirn eingebrannt, und er wählte es jetzt als Titel für eine Geschichte, die er schreiben wollte, ohne auch nur im Ansatz zu wissen, wohin ihn das führte – das Schreiben. Er setzte den Stift auf das Papier und schrieb: *Das Paar in Schwarz.* Ein Leser mochte bei solch einem dunklen Titel einen Krimi erwarten. Er selbst legte die Betonung auf das Substantiv, das Zweisamkeit bedeutete.

Die nächsten Stunden spielte er mit den Begriffen. Mal war *Das Paar in Schwarz* ein Paar Schuhe, mal waren es zwei Schwäne, ein andermal ein Mann und sein Hund. Es machte ihm nichts aus, dass seine Notizen wahrscheinlich zu nichts führten. Er hatte Spaß daran, mit Worten zu spielen. Grade überlegte er sich, im SecondWord-Laden nachzusehen, ob er unter S wie Schwarz etwas einsortiert hatte, das ihn hier weiterbrachte, da bimmelte die Ladenglocke. Er stand auf, ging zum Seitenfenster, öffnete es, lehnte sich hinaus, konnte von dort aus das Gartentor aber nicht sehen.

»Wer ist da?«, rief er in die hereinbrechende Nacht hinaus.

»Ich bin es, Anouk.«

Martin lehnte sich noch etwas weiter aus dem Fenster und nahm durch die Straßenbeleuchtung von gegenüber eine Bewegung wahr. Dann erschien Anouk in seinem Blickfeld.

»Warte, ich komme runter.«

»Brauchst du nicht«, rief sie. Sie stand nun unter seinem Fenster und sah hinauf. »Ich habe eben die letzten Trauergäste verabschiedet, und bevor ich nach Hause gehe, wollte ich fragen, wann der SecondWord-Laden geöffnet hat. Es tut mir so leid, dass ich bei der Eröffnung nicht dabei war.«

»Komm, ich zeige dir den Laden jetzt. Willst du nicht bleiben heute Nacht?«

»Sei nicht böse, ich bin müde, wollte dir das nur sagen. Außerdem habe ich Mia versprochen, dass sie bei mir im Bett schlafen darf. Den Laden würde ich mir gerne am Tag ansehen. Es muss noch eine Weile hell sein.«

»Am Montag öffne ich wieder, aber natürlich bist du jederzeit willkommen. Bei mir und im Laden.«

»Danke Martin. Gib mir Zeit bis Montag, ich weiß nicht, wie ich es sagen soll, aber ich muss erst mal zu mir kommen. Gute Nacht.« Sie winkte, drehte sich um und ging.

Er schloss das Fenster und kehrte zum Schreibtisch zurück. Als er davor stand, wusste er, dass er jetzt nicht mehr stillsitzen konnte. Hatte er sich das eingebildet, oder hatte Anouk gezögert zu gehen? Wollte sie mit ihm einen Nachtspaziergang unternehmen? Er beeilte sich und ging aus dem Haus. Sein Weg führte am Café vorbei. Durch die Scheiben sah er, wie die Bedienung die Stühle hochstellte. Er lief durch ein paar Straßen, sah Anouk aber nicht. Bestimmt kuschelte sich grade Mia an ihre Lieblingstante.

Der Montag lag in weiter Ferne. Aber Anouk bekäme ihre ganz eigene Eröffnungsfeier. Wie würde nun alles werden? Trotz der vielen Gedanken, die ihn aufrieben, tat ihm die frische Luft sehr gut. Über das Dorf senkte sich nun die Nacht wie eine schützende Schicht. Nach einer Stunde kehrte er unverrichteter Dinge nach Hause zurück und legte sich schlafen.

Am nächsten Morgen fühlte er sich ausgeruht. Schnell zog er sich an und ging nach unten. Noch nicht einmal einen Kaffee gönnte er sich, sondern schnappte sich die Schrauben, den Schraubendreher und das Ladenschild vom Küchentisch und ging nach draußen. Erneut montierte er es am Gartentor. Nachdem er sich davon überzeugt hatte, dass es fest genug saß, ging er wieder hinein. Während er sich den Kaffee mit der Handmühle mahlte, starrte er gedankenversunken auf den Kalender mit Landschaftsaufnahmen, den er zu Jahresbeginn aufgehängt hatte. Rot hatte er den Frühlingsanfang eingekreist. Den Tag der Ladenöffnung. Mit Anouks Besuch am Montag verschob sich für ihn die wirkliche Eröffnung um eine Woche auf den 27. März. Er hörte auf, die Kurbel der Mühle zu betätigen. Am 27. März war sein Geburtstag. Vor genau einem Jahr hatte Anouk ihm an diesem Tag das Büchlein gebracht, ohne zu wissen, dass er Geburtstag hatte.

Dreiundzwanzigstes Kapitel
Die Summdusche

In der Nacht auf Montag schlief er kaum. Anouk. Heute würde er sie fragen. Er war so aufgeregt. All die Ereignisse der letzten Tage, die sich überschlagen hatten, als sei es nicht genug gewesen im letzten Jahr. 4:18 Uhr zeigte der Radiowecker, er hatte genug vom Wachliegen und stand auf. Ihm war eingefallen, dass er im Badezimmer Baldriantabletten aufbewahrte, die er bei seiner Großmutter gefunden hatte. Die brauchte er nun. Vorsichtshalber schluckte er gleich zwei und legte sich wieder hin. Kaum lag er, fuhr er hoch, weil ihm schon wieder etwas eingefallen war: Am Montag hatte er ja gar keine Zeit, da musste er morgens unterrichten. Wie verpeilt war er denn? Verpeilt. Noch nie hatte er so ein Wort gedacht. Er nahm das Smartphone vom Nachttisch und bat Dagmar in einer WhatsApp, den Unterricht zu übernehmen. Dann fühlte er sich ruhiger, und nach einer kurzen Weile schlief er tatsächlich ein. Als er das nächste Mal wach wurde, war es bereits 9:47 Uhr. Er stand so schnell auf, dass ihm kurz schwindelig wurde. So spät, oh je! Wann kam Anouk noch gleich? Sie hatte gesagt, es sollte auf jeden Fall noch eine Weile hell sein. Was hatte sie eigentlich damit gemeint? Als ob er dort eine Antwort finden würde, sah er auf sein Smartphone. Dagmar hatte glücklicherweise den Unterricht zugesagt, sonst war keine Nachricht eingegangen. Er ging nach oben in sein Wohnzimmer, um aus dem Dachfenster zu schauen, ob Anouk vielleicht des Weges kam. Als er die letzte Stufe der Holztreppe bestieg, fiel ihm auf, dass er gar keine Stufen mehr zählte.

Wie lange lag Anouks Besuch auf dem Speicher zurück? Tage oder Jahre? Vor seinem inneren Auge sah er sie hinaufklettern, konnte nicht umhin, an ihre wundervollen Beine zu denken, hörte sie von Kofferträumen erzählen und sah sie den Puppenwagen bewundern.

Er klappte das Dachfenster auf und sah hinaus. Da war niemand. Wie spät war es jetzt? Er sah auf sein Handgelenk, aber die goldene Armbanduhr seines Vaters hatte er ja für immer abgelegt. Er schloss das Fenster und ging wieder eine Etage tiefer in sein Bad. Bevor er duschte, schrieb er Anouk eine WhatsApp, dass sie ab elf Uhr kommen könne. Er blieb nicht lange unter der Dusche, denn obwohl er sein Smartphone in Reichweite auf die Ablage vom Waschbecken gelegt hatte, hatte er Angst, ein Klingeln zu überhören.

Er zog Jeans, ein weißes T-Shirt und eine hellblaue Sweatshirtjacke an und beschloss, der Ungewissheit ein Ende zu setzen, griff zum Smartphone und rief Anouk an.

»Ich komme so gegen zwei, passt das?«

»Wunderbar, ich freue mich. Ich habe auch eine Überraschung für dich.«

»Oh, da bin ich gespannt. Auch ich habe etwas Schönes für dich.«

Die Zeit bis um zwei Uhr verging wie im Flug und im Zeitlupentempo zugleich. Bis vor wenigen Tagen noch hatte er gehofft, dass ihm zu diesem Zeitpunkt jede Menge Menschen aus dem Dorf bereits die Bude einrannten, weil sie alle den SecondWord-Laden kennenlernen wollten. Jetzt war er froh, dass noch kaum jemand gekommen war, was wohl auch daran lag, dass Herr Jattner den Artikel über die Eröffnung noch gar nicht wie angekündigt veröffentlicht hatte. Kurz vor zwei Uhr marschierte er mit einem selbstgemalten Schild mit der Aufschrift *Heute geschlossen* zum Gartentor und hängte es über eine der Latten. Er überprüfte, ob es gut hing, dann schaute er sich um. Im gleichen Moment sah er Anouk auf sich zukommen. Sie winkte. Er tat es ihr nach. Gleich ist sie da, wie begrüße ich sie nur?

»Hallo Martin«, rief sie aus einigen Metern Entfernung.

»Hallo Anouk.« Jetzt stand sie vor ihm. Sie trug ein rotes Kleid, das ihn an Mohnblumen denken ließ. Heute kam es darauf an. Was sollte er jetzt sagen? Er versuchte es mit einem Kompliment: »Hübsch siehst du aus. Rot steht dir gut.«

»Danke.« Sie legte sich den weiß-roten Schal neu um. »Doch noch etwas frisch«, sagte sie. »Hast du eben ein neues Ladenschild aufgehängt?«

Er ging beiseite, so dass sie das Schild lesen konnte.

»Geschlossen? Aber wieso?«, fragte sie.

»Heute habe ich nur für dich geöffnet.«

»Oh, welche Ehre. Ist das die Überraschung?«

»Nein, noch nicht. Komm rein, ich zeige dir alles.« Er öffnete das Tor und sie liefen den kurzen Weg zum Laden nebeneinander.

»Ich bin sehr gespannt auf die Überraschung.«

Martin lächelte sie an und hielt ihr die Terrassentür auf.

Sie trat ein, blieb stehen und sah sich um.

Martin war froh, dass sie ihm nicht zum Geburtstag gratulierte oder gar etwas schenkte, er wollte heute der Geber sein. Er war der Mann. Der Eroberer. Ich kriege das schon hin, sagte er sich.

Anouk lief durch den Laden. »Ach, da ist ja die Registrierkasse, sie ist so schön. Darf ich mich wieder an den Tisch setzen?«

»Aber sicher.«

Anouk setzte sich und betätigte die Kurbel an der Seite, die Kasse gab ihren typischen Ton von sich und die Schublade sprang auf. »Ich fühle mich wie ein Kind beim Kaufladenspielen, wie herrlich.« Dann sah sie zur Decke.

»Die Wortwundertüten haben nicht mehr gehalten. Sie liegen jetzt im Regal, schau da.« Er deutete mit dem Finger in die Richtung. Aber Anouk stand auf und steuerte auf die Vitrine zu. Er musste sie gar nicht an der Hand nehmen, wie er es vorgehabt hatte. Sie hatte eben ein Gespür für Besonderes.

»*Summdusche*«, las sie vor und lächelte geheimnisvoll. »Das war also deine Überraschung. Hast du schon herausgefunden, was das ist?«

»Nein.«

»Aber ich weiß es!« Sie lächelte ihn verschmitzt an und nahm einfach seine Hand. »Komm mit, ich zeige sie dir.«

Martin war es angenehm warm, als sie nach draußen traten. Lag das am Frühling oder daran, dass Anouk seine Hand gar nicht losließ? Sie liefen durch das Dorf in Richtung Park. Krokusse blühten hier und da am Wegesrand. Ein paar Jungs kamen aus einem Hauseingang und rannten sie fast um. Sie kickten einen Fußball vor sich her. Leben. Das ist Leben, dachte Martin. Die Tür zum Park stand offen. Sie gingen hinein.

Spatzen, Amseln und Meisen sangen ihr Lied zum Frühling. Es kribbelte in seinem Körper, er fühlte sich so lebendig wie lange nicht mehr.

»Wir sind gleich da«, sagte Anouk.

»Du meinst die *Summdusche*? Steht sie hier im Park?«

»Ja.«

»Wo?«

»Schau, da vorne, siehst du den Baum?«

Wenige Schritte später standen sie unter einer blühenden Kirsche. Intensiver konnte es nicht nach Frühling riechen, dachte Martin. Er sah Anouk an. Sie konnte erstaunlich still sein, aber ihre Augen strahlten ihn an. Sein Herz klopfte nicht, es schlug und pochte und hämmerte, als sei es ein verliebtes Orchesterinstrument. Ob Anouk es auch hörte? Den beschleunigten Takt, die Hüpfer, gar Sprünge?

»Schließ die Augen«, forderte Anouk ihn auf und machte es ihm vor. Aber er tat es ihr nicht nach, sondern betrachtete sie, wie sie vor ihm stand. Ein Hauch von Wind berührte den Baum und schickte eine zartweiße Blüte auf den Weg. Sie landete in ihrem dunklen Haar, das nun noch mehr schwarz glänzte. Er wollte ihr die Blüte aus dem Haar pflücken, aber das Bild, das sich ihm bot, war so perfekt, er wollte es nicht zerstören.

»Hörst du es?«, fragte sie ihn und hielt ihre Augen geschlossen.

Er machte nun auch seine Augen zu und lauschte. Und da hörte er es: Ein unglaubliches Summkonzert von Hummeln und Bienen ergoss sich über ihnen. Sie standen schweigend und sogen die Atmosphäre ein. War es der Blütenduft, oder ihr Parfüm? Frisch und lebendig wie die fleißigen Bienen um sie herum, die die Nähe nicht scheuten. Er wollte Anouk küssen. Und während sie mit geschlossenen Augen vor ihm stand, den Kopf leicht zurückgebogen, öffnete er seine Augen wieder und betrachtete ihren Hals, ließ seinen Blick herabwandern, sah die hervortretenden Schlüsselbeine unter ihrer schimmernden Haut und fand sie eigenartig zerbrechlich. Was, wenn er sie jetzt wirklich fragte?

»Was ist?«, fragte Anouk und sah ihn nun an.

»Ich …«, sein Hals war ganz trocken.

»Was siehst du mich so an?«

Martin stotterte: »Weil …«

Seine Hände suchten ihre, er brauchte jetzt Halt. Es kribbelte im ganzen Körper, als sich ihre Fingerspitzen berührten.

Nun traute er sich, seine Frage zu stellen.

»Anouk, möchtest du die Hüterin des Hauses sein?«

Dem Blick ihrer Augen entnahm er, dass sie ihn verstand. Sie drückte seine Hände und sagte: »Ja, ich will.«

Martin wusste, selbst in seiner inzwischen gut bestückten Satztruhe würde er nun nichts finden, das ihm half, seine Gefühle für Anouk zu beschreiben.

Er hob seine Hand, nahm Anouk die Kirschblüte aus dem Haar und sah ihr in die Augen. Es war ganz einfach. Als sich ihre Lippen berührten, schlug sein Herz den Takt der Liebe an: aufgeregt und beruhigt zugleich. Er hatte es geahnt. An ihren Lippen schmeckte er reife Süßkirschen.

Später fand er im Briefkasten eine Karte von Agnes.

Dein Weg ist am Ziel, und die Ziellinie führt ins Unendliche.

Wenn das mal nicht Frau Wondra geschrieben hat, dachte er, und ging mit Anouk ins Haus.

Danke

2013 veröffentlichte ich die Kurzgeschichte »Second Word«, die mir fortan nicht mehr aus dem Kopf ging. Jahre später entstand daraus dieser Roman. Dass ich es bis hierhin geschafft habe, verdanke ich vielen Menschen, die ich unbedingt erwähnen möchte:

Mein herzlicher Dank gilt meinen Testleserinnen Dr. Erika Weigele-Ismael und Sandra Jungen, die mir schon während der Romanentstehung mit konstruktiver Kritik zur Seite standen. Testgelesen und bei der Recherche geholfen hat mir der Gymnasiallehrer Christoph Ruch; ein offenes Ohr hatten stets Birgit Adam, Katharina Hettler und Cornelius Hackbarth.

Unendlich dankbar bin ich meiner Lektorin Christine Kaula, die das Manuskript in die Bahnen lenkte, in denen ich es veröffentlicht wissen wollte.

Vielen Dank an den Verlagsleiter des Rhein-Mosel-Verlags Herrn Houben und sein Team, ohne die es dieses Buch nicht auf dem Markt gäbe.

Zum Schluss und doch allen voran danke ich meinem Mann Guido und meinem Sohn Kjell, der Martin das ein oder andere Zauberwort schenkte. Mögen alle Leser ihre Freude daran haben!

Birgit Jennerjahn-Hakenes